엘리자베스 1세

여왕의 연인

The Virgin's Lover

엘리자베스 1세
여왕의 연인

필리파 그레고리 지음 _ **윤은진** 옮김

The Virgin's Lover

1559년 가을

9월, 엘리자베스가 가장 좋아하는 궁들 중 하나인 윈저 성에 이제 막 도착한 신하들은 여왕의 생일 축하연을 준비하기 시작했다. 로버트는 축하 잔치 계획을 짰다. 그날 여왕은 성가대의 노랫소리에 잠에서 깨어날 것이며, 사냥터에서 사냥꾼들이 여왕을 칭송하는 노래를 부르고, 숲 속 요정 분장을 한 이들이 춤을 추고 목에 화환을 두른, 훈련시킨 사슴들이 푸른 숲에 차려진 저녁 만찬으로 여왕을 이끌고 가도록 각본을 짰다. 그날 밤에는 성대한 연회가 열릴 것이고 춤과 노래, 미의 세 여신과 그 밖의 여신들 그리고 엘리자베스를 상징하는 사냥의 여신 다이아나가 왕관을 쓰는 장면을 묘사하는 야외극이 펼쳐질 것이다.

결혼한 궁녀들은 여신들처럼 춤을 출 것이고 미혼의 궁녀들은 미의 여신으로 분장할 것이다. 로버트가 여왕의 알현실 조용한 구석에서 역할을 정하고 있을 때 라티샤가 물었다.

"저는 어떤 미의 여신을 맡게 되는 건가요?"

로버트가 추천했다.

"'불성실'이라 불리는 미의 여신이 있다면 네가 그 역을 맡아라.

혹여 '연애 장난'이라 불리는 미의 여신이 있다면 그 역을 맡든지."

라티샤는 불린가 특유의 표정으로 로버트를 쏘아봤다. 전도유망하고 도발적이며 뇌쇄적이었다.

라티샤가 말했다.

"제가요? 저를 '연애 장난'이라 부르셨어요? 그 말은 정말 칭찬이네요."

로버트는 라티샤의 턱 끝을 꼬집으며 말했다.

"나는 나쁜 뜻으로 한 말인데."

"그 분야의 대가로부터 그런 말을 들으니 대단한 찬사지요."

로버트는 아기고양이를 꾸짖는 듯이 라티샤의 코를 툭툭 치며 말했다.

"네가 순결의 여신 역을 맡는다면 나는 정말 참기 힘들 거야."

로버트를 바라보던 검은 눈동자의 처진 눈이 휘둥그레지며 입을 삐죽거렸다.

"로버트 경! 무엇이 나리를 그렇게 화나게 했는지 저는 잘 모르겠어요. 처음에는 저를 '불성실'이라 부르시고, 다음에는 '연애 장난'이라 부르시고, 이제는 제가 순결의 여신 역을 맡는 건 참기 힘들다고 말씀하시네요. 제가 나리를 불쾌하게 한 적 있나요?"

"전혀 아니야. 넌 내 눈을 즐겁게 해."

"제가 나리를 괴롭혔나요?"

로버트는 라티샤에게 윙크를 보냈다. 그는 이 어린 아가씨가 춤추는 모습에 눈을 떼기 어렵다는 사실과 예전에 이 아가씨와 춤을 출 때 그녀가 팔에 안기는 춤 동작에서 순간적으로 저항할 수 없는 욕망이 울리는 소리를 들었으며 이 욕망은 일생을 통틀어 가장 강렬했다는 사실을 절대로 말하지 않을 것이었다.

로버트가 물었다.

"너같이 조그만 바보가 나 같은 남자를 어떻게 괴롭히겠니?"

라티샤는 눈썹을 치켜떴다.

"나리를 괴롭힐 수 있는 방법이야 열두 가지라도 생각해 낼 수 있어요. 그렇지만 나리를 어떻게 괴롭힐 것인가를 말하자는 게 아니잖아요. 궁금한 건 이거에요. 제가 나리를 괴롭혔나요?"

"그럴 리가 있니. 뻔뻔한 아가씨."

라티샤가 말했다.

"'순결의 여신'으로 불러주세요. 그리고 제가 입게 될 의상은 어떤 건가요?"

로버트는 라티샤에게 약속했다.

"무척 음란한 의상이지. 너야 아주 즐겁게 입겠지만 네 어머니에게 의상을 보여드리고 허락을 얻도록 해라. 여왕의 의상 관리인에게 네 의상이 있다. 굉장히 야한 옷이야."

라티샤는 유혹하듯 말했다.

"나리께 가서 그 옷을 보여 드릴까요? 저녁식사 전에 나리의 방으로 갈 수 있어요."

로버트는 주변을 둘러보았다. 엘리자베스가 정원에서 돌아와 사람들에게 멀리 떨어져 퇴창에서 윌리엄 세실과 긴밀한 대화를 나누며 서 있었다. 라티샤의 남편감으로 선택된 젊은 남자는 팔짱을 끼고 완전히 퉁명스러운 표정으로 벽에 기대어 서 있었다. 로버트는 그 남자를 이용해 음탕스런 이 대화를 끝내게 해야겠다고 판단했다.

로버트가 말했다.

"내 방에 와서는 안 된다. 숙녀처럼 행동해야 해. 나는 네 여주인과 이야기하러 가야 하니 네 불행한 약혼자인 딱한 데브뢰에게 고상하게 행동해라."

라티샤가 버릇없이 말했다.

"나리의 여주인이시겠죠."

당황한 로버트는 라티샤를 근엄하게 바라보며 말했다.

"도가 지나치구나, 라티샤. 너는 미모가 빼어나고 네 아버지는 권력을 쥐고 있으며 네 어머니는 여왕의 사랑을 받고 있다만, 네가 스캔들을 일으키면 네 부모조차도 너를 구해 줄 수 없어."

라티샤는 건방진 대답이 목구멍까지 올라오자 내뱉을까 망설였다. 그러나 그녀는 로버트의 흔들리지 않는 눈빛과 굳은 표정과 자기 발끝을 내려다보는 검은 눈동자를 바라봤다.

"죄송해요, 로버트 경. 저는 그저 농담을 했던 거예요."

로버트는 비록 라티샤가 잘못했고 사과를 했다 하더라도, 젠체하는 따분한 사람처럼 행동하면 안 된다고 생각하며 라티샤에게서 고개를 돌리고 말했다.

"좋아, 됐어."

퇴창 앞에서 세실과 낮은 목소리로 이야기를 나누던 엘리자베스는 너무나 열중한 나머지 로버트가 방 안에 있는지 살펴보지도 않았다.

"그래서 그는 안전하게 떠났습니까?"

"떠났습니다. 전하의 합의도 얻어갔지요."

"그렇지만 문서로 만들지는 않았어요."

"전하, 전하께서 하신 말씀을 부인하실 생각은 하지 마십시오. 그가 스코틀랜드 왕위에 도전하여 성공한다면 전하는 그와 결혼하겠다고 분명히 말씀하셨습니다."

엘리자베스는 냉랭하게 말했다.

"그건 알아요. 그렇지만 그가 왕위에 도전하다 죽었을 경우 유품에서는 나와의 결혼 관련 문서가 발견되는 건 원치 않아요."

세실은 생각했다.

'여왕이 자기의 목적을 위해 싸우다 죽어가는 그의 모습을 상상하다니. 그리고 걱정하는 것이라고는 자기와 그가 연관되었다는 증거가 될 문서뿐이라니. 여왕이 그를, 그 예쁜 소년을 좋아할 거라는 내 꿈은 접어야겠군.'

세실은 여왕을 일깨웠다.

"문서로 만든 것은 없습니다. 그렇지만 전하께서 약속하셨고, 그도 약속했고, 저도 약속했습니다. 그가 프랑스 손아귀에서 스코틀랜드를 찾아온다면 그와 결혼하기로 약속하셨습니다."

엘리자베스는 검은 눈을 크게 뜨며 말했다.

"아, 그래요. 맞는 말이에요."

엘리자베스는 세실과 말을 끝내고 몸을 돌리려 했지만 세실은 움직이지 않고 계속 이야기를 했다.

"전하, 드릴 말씀이 또 있습니다."

엘리자베스는 멈칫했다.

"뭔가요?"

"전하의 목숨을 노리는 자들이 있다는 첩보가 있습니다."

곧바로 엘리자베스는 경계하는 자세가 되었다. 세실은 엘리자베스의 얼굴이 공포로 떨리는 것을 알아챘다.

"새로운 음모인가요? 또 다른 음모냐고요!"

"유감스럽지만 그런 것 같습니다."

"교황이 보낸 사람들인가요?"

"이번엔 아닙니다."

엘리자베스는 떨리는 숨을 몰아쉬었다.

"얼마나 많은 사람들이 나를 노릴까요? 메리 여왕을 노렸던 수보다 더 많잖아요. 언니는 모든 사람에게 미움을 받았는데도요."

세실은 어떤 말도 할 수 없었다. 엘리자베스의 말은 사실이었다. 메리는 미움을 받았다. 그러나 엘리자베스보다 더 많은 위협을 당한 군주는 이제껏 없었다. 엘리자베스가 가진 세력이라고는 자기 수하의 사람들이 전부였다. 게다가 엘리자베스가 죽고 나면 나라가 다시 회복될 거라고 생각하는 사람이 너무나 많았다.

엘리자베스는 세실에게 등을 돌렸다.

"아무튼, 그런 계획을 세운 사람들을 붙잡았나요?"

"밀고자만 확보했을 뿐입니다. 그 사람이 계획을 처음 꾸민 자들에게 데려다줄 거라 생각합니다. 그러나 지금 상황에서 전하께 이 말씀을 드리는 이유는 이 음모에서 노리는 대상은 전하만이 아니기 때문입니다."

엘리자베스는 궁금하여 다시 그에게 몸을 돌렸다.

"나 말고 또 누군가요?"

"로버트 더들리 경입니다."

엘리자베스의 얼굴이 차츰 창백해졌다.

"스피릿, 안 돼요!"

세실은 속으로 외쳤다.

'맙소사, 여왕이 그를 이렇게까지나 사랑하는 건가? 여왕은 자신에 대한 위협은 조금만 관심을 갖더니, 내가 로버트의 이름을 대니 몹시 두려워하는군.'

세실은 소리 내어 말했다.

"정말, 죄송합니다."

엘리자베스는 눈을 부릅떴다.

"세상에, 누가 그를 해하려 하는 거죠?"

세실은 자신이 세워놓은 전략대로 딱 들어맞는 것을 느꼈다.

"잠깐 말씀드릴 것이 있습니다만."

"나와 함께 걸어요. 사람들에게서 떨어진 곳으로 가요."

엘리자베스가 재빨리 말하며 자신의 손을 세실의 팔에 얹었다.

세실은 벨벳 소매의 트인 부분을 통해 엘리자베스 손바닥의 열기를 느낄 수 있었다. 그는 생각했다.

'여왕은 로버트에 대한 염려로 땀을 흘리고 있군. 내가 생각했던 것보다 훨씬 심각해. 금지된 사랑에 완전히 미쳐버렸어.'

세실은 엘리자베스의 손을 토닥였다. 그리고 침착함을 유지하며 머릿속에서 소용돌이치는 생각을 감추려 애썼다. 세실과 엘리자베스가 걸어가도록 신하들이 양옆으로 갈라져 길을 내어주었다. 세실은 그들을 언뜻 보았다. 프랜시스 놀스와 그의 아내, 얌전한 체하며 젊은 월터 데브뢰와 이야기를 나누는 그들의 딸, 메리 시드니, 여왕의 친척인 노퍽 공작과 이야기를 나누는 베이컨 형제, 에스파냐 대사의 수행원 여섯 명 중 일부 몇 명, 런던 상인 두 명과 그들의 후원자가 그곳에 있었다. 여느 때와 다를 바 없었고, 낯선 얼굴도 없고, 위험도 없었다.

"세실, 그를 해치고 싶어 하는 자가 누군가요?"

세실이 부드럽게 말했다.

"전하, 그런 사람은 너무나 많습니다. 로버트는 자신에게 정적이 많다는 말씀을 드리지 않던가요?"

엘리자베스가 말했다.

"한 번, 한 번 말했어요. 자신은 정적에게 둘러싸여 있다고요. 나는 그저…… 나는 그저 그의 경쟁자들이라고 생각했어요."

세실은 단호하게 말했다.

"그는 정적들 중 절반도 파악하지 못했습니다. 가톨릭교도들은 교회의 변혁에 대해 그를 비난합니다. 에스파냐인들은 전하께서 그와 사랑에 빠지셨기 때문에 그가 죽어야 전하께서 다른 결혼 후보자를 선택하실 거라고 생각합니다. 프랑스인들은 그가 세인트쿠엔틴에서 펠리페를 위해 싸웠기 때문에 그를 미워합니다. 잉글랜드 하원은 전하께서 여왕의 의무를 제대로 하지 못하도록 그가 방해했다며 비난합니다. 그리고 아룬델에서 노퍽까지 이 땅의 모든 귀족들은 돈을 지불해 가며 그의 죽음을 보려 합니다. 그들은 전하의 사랑을 받는 로버트를 부러워하며 그가 전하에 관한 끔찍한 스캔들을 만들어냈다고 비난합니다."

"정말 고약한 상황이군요."

"로버트는 잉글랜드에서 가장 미움을 받는 사람입니다. 전하께서 그의 영향 아래에 있는 것으로 보일수록 전하의 위험은 커집니다. 저는 전하를 음해하는 음모를 추적하는 데 여러 날을 매달렸습니다. 그러나 그는……."

세실은 말을 멈추고 애석한 듯 머리를 내저은 다음 말을 이었다.

"어떻게 그의 안전을 지켜야 할지 잘 모르겠습니다."

엘리자베스는 목에 두른 러프만큼 창백해졌다. 그녀는 손가락으로 세실의 소매를 잡아당겼다.

"그를 보호해야 해요, 스피릿. 그의 주변에 호위병들을 붙여야 해요. 그를 해치려 하고 붙잡으려 하고 괴롭히려 하는 자가 누구인지 반드시 찾아내야 해요. 그들이 누구와 한패인지 찾아내야 해요. 무슨 일이라도 해야 해요. 음모자들을 런던탑에 데려다가 자백할 때까지 고문해야 해요……."

세실이 소리쳤다.

"그들은 전하의 친척입니다! 잉글랜드 귀족 절반입니다! 더들리는 많은 이들에게 멸시를 받고 있습니다, 전하. 그에게 너그럽게 대하는 사람은 오직 전하와 예닐곱 명뿐입니다."

엘리자베스가 속삭였다.

"그는 사랑받고 있어요."

세실이 거만하게 말했다.

"오직 그의 친척들, 그리고 그가 돈을 지불한 이들에게요."

엘리자베스가 검은 두 눈을 돌려 세실을 빤히 바라보며 말했다.

"당신은 아닌가요? 그를 미워하지 않았나요? 오직 나를 위해서라도 그와 친구로 지내줘요. 그가 나에게 어떤 의미인지, 그가 내 삶에 가져다준 기쁨이 무엇인지 당신은 잘 알잖아요. 그는 당신과 우정을 나눠야 해요. 당신이 나를 사랑한다면 그를 사랑해야 해요."

세실이 조심스레 말했다.

"오, 저는 그와 친구로 지냅니다."

그러나 그는 생각했다.

'당신과 로버트가 나를 적으로 생각하게 할 정도로 내가 바보천치는 아니니까 친구로 지내야겠지.'

엘리자베스가 몸서리치며 한숨을 쉬었다.

"오, 하느님. 그를 안전하게 보호해야 돼요. 만일 그가…… 잘못되면 난 살아갈 수 없어요. 세실, 경이 그를 보호해 줘요. 어떻게 해야 그가 안전할 수 있을까요?"

세실이 대답했다.

"전하께서 그를 덜 편애하시는 방법밖에 없습니다."

그리고 세실은 스스로에게 경고했다.

'조심스럽게. 이 부분에서는 배려와 확고함을 보여야 해.'

그는 다시 소리 내어 말했다.

"전하께서는 그와 결혼하실 수 없습니다. 그는 유부남이고 그의 아내는 정숙하고 쾌활한 여자입니다. 예쁘고 상냥한 성격이지요. 로버트 경은 전하께 친구 이상이 되어서는 절대로 안 됩니다. 전하께서 그의 목숨을 구하고 싶다면 그를 보내야 합니다. 그는 전하의 친애하는 신하이자 사마관이 되어야 합니다. 그러나 그 이상이 되어서는 안 됩니다.”

엘리자베스는 굉장히 매서워 보였다.

“그를 보내야 한다고요?”

“그를 집으로, 아내에게로 보내면 소문이 잠잠해질 겁니다. 스코틀랜드에 집중하시고 나라를 위해 해야 할 일에 집중하세요. 다른 남자들과 춤을 추시고 그에게서 자유로워지세요.”

엘리자베스는 아이처럼 세실을 따라 말했다.

“그에게서 자유로워지라고요?”

세실은 자신도 모르게, 엘리자베스의 얼굴에 나타난 고통 때문에 마음이 움직였다. 그는 조용히 말했다.

“전하, 로버트와의 관계는 좋을 수 없습니다. 그는 결혼한 남자이고 아무런 이유 없이 아내를 몰아낼 수 없습니다. 전하는 욕망 때문에 이혼을 허가해서는 안 됩니다. 그는 절대 전하와 결혼할 수 없습니다. 전하께서 그를 사랑한다고 해도 그 사랑은 언제까지나 불명예스러울 겁니다. 두 분은 남편과 아내 사이가 될 수 없습니다. 연인이 될 수 없으며 그에게 욕망을 품은 것처럼 보이는 것조차도 안 됩니다. 전하께 흠집이 되는 스캔들이 더 이상 회자된다면 전하는 왕위로 그 비용을 치르셔야 할 겁니다. 전하의 목숨까지도 비용으로 치르셔야 할 겁니다.”

엘리자베스가 고개를 쳐들었다.

“태어나서 줄곧 내 생명은 위태로웠어요!”

세실이 재빨리 로버트로 엘리자베스의 주의를 돌렸다.

“그의 생명을 비용으로 치르셔야 합니다. 지금처럼 공개적으로 관대하게 그를 총애하시면 그는 틀림없이 죽습니다.”

엘리자베스가 완강하게 말했다.

"세실, 그를 보호해 줘요."

세실은 흔들리지 않고 대답했다.

"저는 전하의 친구와 가족에게서 그를 보호할 수 없습니다. 오직 전하만이 그를 보호할 수 있습니다. 지금 저는 전하께 그 방법을 말씀드렸습니다. 전하께서는 어떻게 하셔야 하는지 알고 계십니다."

엘리자베스는 세실의 팔을 움켜잡으며 낮은 신음 소리로 말했다.

"그를 보낼 수 없어요. 그는 내게 유일한 남자예요……. 내 유일한 사랑이에요……. 그를 아내가 있는 집으로 보낼 수 없어요. 내게 그런 말을 하다니 당신은 정말 냉혹하군요. 그를 보낼 수 없어요."

"그렇다면 전하는 그의 죽음을 허락하는 계약서에 서명하시는 겁니다."

세실은 엘리자베스의 몸 전체가 벌벌 떨리는 게 느껴졌다.

엘리자베스가 급히 말했다.

"몸이 편치 않아요. 캣을 불러와요."

세실은 엘리자베스를 데리고 회랑 끝으로 걸어가 여왕의 방으로 어린 시동을 보내 캐트 애슐리를 불렀다. 애슐리는 엘리자베스의 창백한 얼굴을 한 번 보더니, 세실의 심각한 얼굴을 보았다. 애슐리가 물었다.

"무슨 일이신가요?"

엘리자베스가 속삭였다.

"오, 캣. 끔찍한 일이에요. 이보다 끔찍한 일은 없을 거예요."

캐트 애슐리는 조신들이 보지 못하도록 엘리자베스를 가리며 재빨리 엘리자베스의 처소로 데려갔다. 궁의 사람들이 얼빠진 듯 세실을 바라보자 세실은 그들 모두에게 온화하게 미소 지었다.

비가 오고 있었다. 물방울은 윈저 성의 납유리창에 후두둑 소리를 내며 음산스럽게 퍼부어 개울처럼 흘러내렸다. 엘리자베스는 로버트를 부르러 사람을 보내놓고 궁녀들에게 자신과 로버트가 창가 자리에서 이야기를 나누는 동안 난로 앞에 그녀들끼리 둥글게 모여 있으라고 일렀다.

로버트가 진홍색 벨벳 옷자락을 휘두르며 방 안으로 들어왔을 때 여왕은 친구 한 명 없는 외로운 소녀처럼 홀로 창가에 앉아 있었다.

로버트는 성큼 다가와 절을 하고 속삭였다.

"내 사랑, 왜요?"

엘리자베스의 얼굴은 창백했고 엉엉 울어서 눈꺼풀은 빨갰으며 슬픔에 젖어 있었다.

"오, 로버트."

그는 엘리자베스에게 가까이 다가가려다 여러 사람 앞에서 엘리자베스를 끌어안으면 안 된다는 사실을 기억하고 자제했다.

그가 물었다.

"무슨 문제예요? 조신들은 당신이 병에 걸렸다고 생각하고 나는 당신을 보고 싶어서 죽을 지경이었어요. 무슨 문제입니까? 세실이 오늘 아침 당신에게 무슨 말을 한 건가요?"

엘리자베스는 창문으로 머리를 돌리고 손가락 끝을 차가운 초록색 유리에 갖다 대었다. 그녀는 조용히 말했다.

"내게 경고를 하더군요."

"어떤 경고인가요?"

"내 목숨을 노리는 새로운 음모가 있다고요."

로버트는 본능적으로 검을 꽂고 다니던 부위에 손을 가져갔다. 그러나 아무도 여왕의 숙소에는 무기를 들고 들어갈 수 없었다.

"내 사랑, 두려워하지 말아요. 그 음모가 아무리 사악하더라도 나는 항상 당신을 지킬 거예요."

엘리자베스가 로버트의 말을 막으며 끼어들었다.

"나만 노리는 음모가 아니에요. 단지 나만을 노린다면 이렇게까지 두려워하며 앓아눕지 않아요."

로버트의 검은 눈썹이 하나로 모아졌다.

"그러면요?"

엘리자베스가 작은 소리로 말했다.

"그들은 당신도 죽이려고 해요. 세실은 우리가 안전하려면 당신을 보내야 한다고 말해요."

로버트는 속으로 욕했다.

'이런 빌어먹을 교활한 늙은 여우. 묘수를 두었군. 엘리자베스의 사랑을 이용하여 나를 견제하다니.'

로버트가 조용히 말했다.

"우리는 위험에 처했어요, 엘리자베스. 제발 부탁이니, 내 아내를 밀어내고 내가 당신과 결혼할 수 있도록 해줘요. 일단 당신이 내 아내가 되고 아이를 갖게 되면 모든 위험이 사라질 거예요."

엘리자베스는 고개를 저었다.

"그들은 내게 경고한 대로 당신을 부숴버릴 거예요. 그러니 로버트, 나는 당신을 포기해야겠어요."

로버트는 놀라서 크게 소리쳤다.

"안 돼요!"

그러자 난로 앞에서 나누던 대화가 뚝 그치고 모든 여자들이 로버트를 바라봤다. 로버트는 엘리자베스를 가까이 끌어당겼다.

"안 돼요, 엘리자베스. 그럴 수는 없어요. 당신은 나를 포기할 수 없어요. 당신이 나를 사랑하고 내가 당신을 사랑하잖아요. 우리는 지금 행복하잖아요. 긴긴 세월 동안 이 행복을 기다리고 또 기다렸잖아요!"

엘리자베스는 자신을 단단히 억제하고 입술을 꼭 깨물며 쏟아지는 눈물을 멈췄다.

"이럴 수밖에 없어요. 나를 위해서라도 일을 힘들게 하지 말아줘요, 내 사랑. 내 마음은 무너지는 것 같아요."

"그렇지만 여기서 내게 그런 말을 하다니요! 궁녀들이 지켜보는 가운데서요!"

"오, 이곳이 아닌 다른 곳에서 내가 당신에게 이 말을 말할 수 있었다고 생각하나요? 나는 당신에게 그리 강한 여자가 못 돼요, 로버트. 여기서 말할 수밖에 없어요. 당신이 나를 만질 수 없는 곳에서요. 당신이 내 마음을 바꾸려는 말을 하지 못하도록 해야 돼요. 나를 포기해요. 나와 결혼하려는 꿈을 포기해요. 나는 당신을 보내야 해요. 애런이 승리한다면 그와 결혼해야 하고, 그렇지 못하면 대공과 결혼해야 해요."

로버트는 고개를 들어 반박하려 했다. 그러나 엘리자베스가 가로막았다.

"그것이 프랑스를 막을 수 있는 유일한 방법이에요. 애런이나 대공, 우리는 스코틀랜드에서 프랑스와 대적할 동지를 가져야 해요."

로버트는 고통스럽게 말했다.

"당신은 이 왕국을 위해 나를 포기하려는 거군요."

엘리자베스가 담담하게 대답했다.

"말 그대로예요. 그리고 당신이 내게 더 줄 것이 있어요."

"오, 엘리자베스. 당신은 내 마음을 가지고 있는데 내가 무엇을 더 줄 수 있단 말입니까?"

엘리자베스는 검은 두 눈에 눈물을 가득 담고 떨리는 두 손을 내밀었다.

"앞으로도 계속 내 친구가 되어줄 거죠, 로버트? 우리가 절대로 다시는 연인이 될 수 없어도, 내가 다른 남자와 결혼해야만 해도."

궁녀들이 바라보고 있다는 사실을 망각한 로버트는 천천히 엘리자베스의 차가운 손을 쥐고 머리를 숙여 입을 맞추었다. 그러고는 무릎을 꿇고 팔을 들어 예부터 내려온 충성의 동작을 했다. 엘리자베스는 몸을 숙여 그의 모은 손을 잡았다.

로버트가 말했다.

"나는 당신의 것입니다. 마음과 영혼 모두요. 당신이 내 여왕이 된 이후로 나는 항상 그랬습니다. 아니, 당신은 내게 여왕 이상입니다. 당신은 내가 사랑한 유일한 여자이며, 내가 사랑할 유일한 여자입니다. 당신의 결혼식에서 내가 춤추기를 바란다면 그렇게 할 겁니다. 당신이 이 고통에서 나를 되살려준다면 나는 순식간에 다시 당신에게서 기쁨을 느낄 겁니다. 나는 평생 당신의 친구며, 영원히 당신의 연인이며, 하느님 앞에서는 당신의 남편입니다. 당신만이 내게 명령할 수 있습니다. 엘리자베스, 앞으로도 계속, 죽는 그날까지 나는 당신의 것입니다."

두 사람은 결코 떨어질 수 없다는 듯 몸을 떨며 서로의 눈을 바라보고 있었다. 그들이 오랫동안 손을 마주 잡고 말이 없는 가운데 그들에게 끼어들 수 있는 용기를 가진 사람은 캐트 애슐리뿐이었다.

애슐리가 부드럽게 말했다.

"전하, 사람들 입에 오르내리실 겁니다."

엘리자베스는 로버트를 일깨우며 손을 놓아주었고 로버트는 일어섰다.

애슐리는 조용히 말했다.

"전하, 쉬셔야 합니다."

애슐리는 로버트의 하얗게 놀란 얼굴을 바라보며 말했다.

"전하께서는 몸이 좋지 않아요. 너무 무리하셨어요. 이제 전하를 쉬게 해주세요, 로버트 경."

로버트는 열정을 담아 말했다.

"하느님께서 건강과 행복을 주시기를."

로버트는 엘리자베스의 고갯짓에 따라 절을 하고 방 밖으로 나갔다. 엘리자베스는 로버트의 얼굴에서 절망을 읽을 수 있었다.

존 헤이즈의 아버지는 더들리 가문의 소작인으로 태어났지만 양모 교역으로 치슬허스트의 시장까지 된 인물이었다. 그는 아들을 학교에 보내 법률가로 키웠고 아들에게 큰 재산을 남기고 죽었다. 존 헤이즈는 로버트의 어머니에게 귀족 칭호와 재산을 되찾겠다는 요구를 하도록 조언해 주었고, 로버트의 세력과 재산이 커지자 런던과 전국 각지에서 그의 사업을 지속적으로 성장시키는 데 다양한 역할을 하며 자신의 가문과 더들리 가문의 관계를 지속적으로 유지했다.

에이미는 치슬허스트의 헤이즈 대저택에서 존과 함께 지내는 일이 잦았다. 그리고 때때로 로버트가 그곳으로 와서 존과 사업 이야기를 나누거나 도박을 하기도 하고 헤이즈의 소유지에서 사냥하며 투자에 관해 의논했다.

에이미 일행은 정오쯤 저택에 도착했다. 에이미는 여전히 뜨거운 9월의 햇살에서 벗어나게 되어 기뻤다.

존은 에이미의 손에 입을 맞췄다.

"레이디 더들리, 다시 만나게 되어 반갑습니다. 민친 씨가 부인께서 머무실 방을 보여 드릴 겁니다. 정원이 딸린 방을 좋아하실 거라 생각했습니다."

에이미가 말했다.

"좋아요, 그런데 제 남편에게 들은 소식이 있나요?"

"일주일 안에 부인을 만나러 오겠다고 약속한 것밖에 없습니다. 정확히 어느 날인지는 말하지 않아서 언제 올지 우리도 모르겠습니다."

존 헤이즈가 대답하며 미소를 지어보였다. 에이미도 미소로 답하며 생각했다.

'로버트는 여왕이 어느 날에 자신을 놓아줄지 모르기 때문에 그런 거야.'

질투 섞인 목소리가 귓가에 맴도는 듯했다. 에이미는 손가락으로 주머니 속의 묵주를 만지며 말했다.

"로버트가 시간이 생겨 내게 오는 건 늘 기쁜 일이에요."

말을 마친 에이미는 뒤돌아서서 하녀를 따라 계단을 올라갔다.

리지가 머리에 썼던 후드를 젖히고 치마에 묻은 먼지를 털며 집 안으로 들어와 존 헤이즈와 악수했다. 그들은 오래된 친구였다.

존은 머리로 에이미가 묵을 방 쪽을 가리키며 놀라서 말했다.

"레이디 더들리는 괜찮아 보입니다. 많이 아프다고 들었는데요."

리지가 담담하게 말했다.

"그래요? 어디서 그런 얘기를 들었어요?"

존은 잠시 생각했다.

"두 곳에서 들은 것 같군요. 한 번은 며칠 전에 교회에서 누군가에게 들었고, 또 한 번은 런던에서 내 서기에게 들었지요."

"레이디 더들리가 아픈 이유가 뭐라고 하던가요?"

"내 서기 말로는 에이미의 가슴에 병이 있다고 하더군요. 결석이나 종양이 있는데 잘라내기에는 너무 크다고요. 더들리가 에이미를 밀어내려 하고 에이미도 수녀원에 가기로 동의할 것이며 결혼을 무효화할 거랍니다. 로버트의 아이를 가질 수 없기 때문이라는

군요."

리지는 입을 굳게 다물었다가는 부드럽게 말했다.

"거짓말이에요. 지금 그런 거짓말을 퍼뜨리면 이득을 얻는 사람이 누구겠어요? 더들리의 아내가 병이 났고 그 병을 고칠 수 없다는 거짓말을 퍼뜨리면 말이에요."

존은 잠시 동안 깜짝 놀라 리지를 쳐다봤다.

"난처한 말씀을 하시는군요, 오딩셀 부인. 레이디 더들리가 아프다는 소문은 아주 멀리까지 퍼졌다고 들었습니다만……."

"그들이 연인이라는 말은 들었나요?"

존은 아무도 없는 홀을 둘러보았다. 설령 여왕과 로버트의 이름이 언급되지 않았다 해도 그들에 대해 안전하게 말할 수 있는 장소는 아무 데도 없다고 생각하는 듯했다.

"그가 아내를 밀어내고 우리가 말하는 그분과 결혼하려고 계획한다는 말과, 그분이 지닌 권력과 욕망 때문에 그런 계획을 세운다는 소문을 들었습니다."

리지가 고개를 끄덕였다.

"모두 그렇게 생각하는 것 같아요. 그렇지만 명분이 없으니 절대로 그렇게 할 수 없을 거예요."

존 헤이즈가 잠시 생각하더니 작은 소리로 말했다.

"만일 에이미가 너무 아파서 임신할 수 없다고 알려지면 에이미는 밀려나게 될 겁니다."

리지는 더욱 작은 목소리로 말했다.

"혹은, 모든 사람들이 에이미가 병들었다고 생각한다면 에이미가 죽더라도 아무도 놀라지 않을 겁니다."

존 헤이즈는 놀라서 소리를 지르며 성호를 그었다.

"세상에! 오딩셀 부인. 그런 말을 하다니, 정신이 어떻게 된 거

아닙니까? 정말로 그렇게 생각하는 것은 아니겠죠? 로버트 경은 절대로 그런 일을 할 사람이 아니에요. 아닙니다!"

"제가 어떻게 생각해야 할지는 모르겠어요. 애빙던에서 이곳으로 오는 모든 곳에서 그와 여왕에 관한 소문이 무성했고, 모두 에이미가 죽을병에 걸렸다고 믿는 것을 저도 알고 있어요. 한 여관에서는 우리가 말에서 내리기도 전에 여주인이 의사가 필요하지 않으냐고 내게 묻더군요. 모두 에이미가 병들었고, 로버트가 바람을 피운다고 이야기해요. 그러니 나는, 누군가가 지금 굉장히 바쁘게 일을 꾸미고 있다고밖에 생각할 수 없어요."

존 헤이즈가 충직하게 말했다.

"그는 그런 사람이 아닙니다. 에이미에게 절대로 상처 줄 사람이 아니에요."

리지가 되풀이해 말했다.

"그 이상은 나는 몰라요."

"그런데 그가 아니라면 누가 그런 소문을 퍼뜨렸으며, 목적은 뭘까요?"

리지가 멍하니 그를 바라봤다.

"그가 이혼하고 재혼하도록 이 나라 모든 사람들을 준비시키려는 사람은 누구일까요? 내 생각에는 단 한 명이에요. 그와 결혼하고 싶어 하는 여자지요."

메리 시드니는 윈저 성에 있는 동생 방의 난로 앞에 앉아 있었다. 발 아래쪽 바닥에는 갓 태어난 강아지 한 마리가 메리의 승마용 부츠 앞코를 물어뜯고 있었다. 메리는 빈둥대며 다른 발로 그 강아지의 작고 통통한 배를 콕콕 건드렸다.

로버트는 누이인 메리를 말렸다.

"그 강아지 좀 가만히 두세요. 강아지 버릇을 망쳐놓겠어요."

메리가 되받았다.

"이 강아지가 나를 내버려두지 않는 거야. 저리 가라. 이 괴물 같으니라고!"

메리가 강아지를 다시 쿡쿡 찌르자 강아지는 관심을 얻었다는 즐거움에 겨워 꼬물거렸다.

로버트는 편지에 서명을 한 다음 한쪽으로 밀어놓으며 말했다.

"누나는 그 강아지가 순종인 걸 모르나봐요."

이내 로버트는 난로 앞으로 와서 메리의 맞은편으로 의자를 끌고왔다.

"하긴, 이놈 취향은 수준이 낮거든요."

메리가 미소 지으며 말했다.

"지금 내가 최고 혈통의 강아지에게 내 발끝에 침을 적시도록 했던 거구나. 나를 열렬히 좋아하는 강아지라면 혈통이 나쁠 리가 없지."

"정말 그렇군요. 그러면 누나는 매형인 헨리 경을 잡종 강아지라고 불러요?"

메리가 웃었다.

"면전에서는 절대 안 그래."

로버트는 돌연 심각해져서 물었다.

"여왕은 오늘 어때요?"

"아직 많이 흔들리고 있어. 엘리자베스는 지난밤 아무것도 먹지 못했고 오늘 아침에 따뜻한 에일 말고는 입에 댄 게 없어. 그리고 혼자서 한 시간 동안 정원을 산책하고 굉장히 심란한 표정으로 들어왔더라고. 애슐리는 우유술을 들고 엘리자베스의 침실을 들락거리고, 엘리자베스는 옷을 차려입고 나갈 때도 웃거나 말하지 않아.

국정도 돌보지 않고 아무도 만나지 않더구나. 세실은 문서 한 다발을 손을 들고 다니며 아무 일도 결정하지 못하고 있지. 몇몇 사람들은 엘리자베스가 이미 자포자기 상태라 우리가 스코틀랜드에서 할 전쟁에 질 거라고 말하고 있어."

로버트가 고개를 끄덕였고, 메리는 머뭇거리다 말을 꺼냈다.

"아우야, 나한테는 말해야 하지 않겠니. 어제 엘리자베스가 네게 무슨 말을 한 거니? 엘리자베스는 마음이 무너져서 지금 반쯤 죽은 것처럼 보이더구나."

로버트는 곧바로 대답했다.

"엘리자베스가 나를 포기했답니다."

메리는 숨이 막힌 듯 손을 입에 가져갔다.

"그럴 리가!"

"정말입니다. 엘리자베스는 내게 친구로 남아달라고 말했지만 자신이 결혼해야 한다는 사실을 잘 알고 있어요. 세실이 엘리자베스에게 나를 멀리 하라고 경고했어요. 엘리자베스는 세실의 조언을 수용한 거죠."

"그런데 왜 하필이면 지금이니?"

"우선은 소문 때문이에요. 그리고 나를 노리는 위협이 있어요."

메리가 고개를 끄덕였다.

"여기저기에 소문이 무성해. 내 시녀는 에이미와 독약에 관한 이야기나, 머리카락을 곤두세우는 중상적인 거짓말들을 전해 주더구나."

"매질을 하세요."

"그 아이가 만들어낸 이야기라면 그렇게 했을 거야. 그렇지만 길모퉁이마다 사람들이 모여 수군거리는 이야기들을 내게 전한 것뿐이야. 너와 여왕에 대해 떠도는 이야기들은 정말 치욕스럽더구나.

일전에 네 시동이 마구간에서 공격한 사실을 알고 있니?"

로버트는 고개를 저었다.

"그런 경우가 이번이 처음이 아니야. 내 마구간지기들은 시내에 나갈 때 우리 가문의 정복을 입지 않겠다고 말해. 우리 문장이 새겨진 옷을 입기 부끄럽다는구나, 로버트."

로버트가 얼굴을 찡그렸다.

"그 정도까지 심각한 줄 몰랐어요."

"사람들은 네가 여왕과 결혼하기 전에 죽는 꼴을 볼 거라 장담들을 한다고 내 시녀가 전해 주더구나."

로버트가 다시 고개를 끄덕였다.

"오, 누나. 그 일은 이루어질 수 없어요. 어떻게 그럴 수 있겠어요? 나는 결혼한 남자잖습니까?"

메리가 놀라서 고개를 들었다.

"너는…… 그리고 엘리자베스는…… 계획을 가졌던 거니? 내 생각에는 아마도……."

로버트는 미소를 지으며 말했다.

"누나도 이혼과 죽음과 폐위를 상상하는 사람들만큼이나 나쁘군요. 모든 게 말도 안 돼요. 여왕과 나는 함께 춤추고 마상 창 시합을 벌이고 꽃이 만발한 초원에서 노닐며 여름철의 연애 사건을 벌인 거였고, 이제 그 여름은 끝나고 겨울이 오고 있으니 나는 에이미가 있는 존 헤이즈의 집으로 가야 해요. 이 나라는 스코틀랜드와 전쟁을 해야 하고요. 세실이 그렇게 예측했고 그의 말이 맞았어요. 엘리자베스는 그야말로 여왕의 역할을 해야 하죠. 엘리자베스는 이제껏 캐멀럿의 여왕이었지만 지금은 지독한 현실 속의 여왕이 되어야 해요. 엘리자베스는 여름을 한가하게 보냈으니 이제 이 왕국의 안전을 지키기 위해 결혼해야 돼요. 만일 애런이 스코틀랜드를 얻는다면 그녀는 나라의 안전을 위한 최선책으로 애런을 선택할 것이고, 그렇지 않으면 카를 대공과 결혼할 거예요. 지난 7월 엘리자베스가 내게 어떤 감정을 느꼈든 간에 엘리자베스는 성탄절까지 둘 중 한 명과 결혼해야 해요."

메리는 놀랐다.

"여왕이?"

로버트가 머리를 끄덕였다.

"오, 로버트, 엘리자베스가 아무 말 없이 허공을 보며 우두커니 앉아 있을 법도 하구나. 분명 마음이 무너지고 있는 거야."

로버트가 부드럽게 말했다.

"그래요. 엘리자베스의 마음은 무너질 거예요. 그러나 엘리자베스는 해야 할 일을 잘 알아요. 그녀는 절대 이 나라를 저버리지 않을 거예요. 그녀는 절대 용기가 부족하지 않아요. 나라를 위해 무엇이든 희생하려 해요. 그녀는 분명 나를 희생하고 나에 대한 사랑을 희생할 거예요."

"너는 그런 엘리자베스를 참을 수 있니?"

로버트의 얼굴은 너무나 음침했다. 메리는 로버트가 런던탑에서 풀려나 몰락을 겪었던 이후로 이렇게 무서운 그의 모습을 본 적이 없다고 생각했다.

"나는 사내답게 맞서야 합니다. 엘리자베스가 찾아야 하는 용기를 나도 찾아야 해요. 어떻게 보면 그녀와 나는 여전히 함께하고 있어요. 그녀의 마음과 내 마음은 함께 무너져내릴 테니까요. 우리는 빈약하나마 그 사실을 위로로 삼을 거예요."

"에이미에게 돌아갈 거니?"

로버트가 어깨를 으쓱했다.

"나는 절대로 에이미를 떠나지 않을 거예요. 지난번에 에이미와 조금 언쟁이 있었어요. 에이미는 뜬소문으로 괴로웠을 거예요. 나는 자존심이 상하고 화가 나 그녀를 떠나겠다고 맹세했었지요. 하지만 그녀는 내 말을 전혀 받아들이지 않았어요. 그녀는 조금도 물러서지 않았고, 내 면전에서 우리는 결혼했고 절대로 이혼할 수 없다고 말했어요. 그리고 나도 그녀가 옳다는 것을 깨달았어요. 내가 에이미와 절대 이혼할 수 없다는 걸 마음속으로 깨달은 거죠. 그녀는 아무런 잘못도 저지르지 않았거든요. 이 불쌍한 여자에게 독을 먹이거나 우물에 밀어 빠뜨리는 일은 없을 거예요! 여름 한철에, 여왕과 내가 연애를 하고…… 입을 맞춘 것밖에 달리 무슨 일이 생길 수 있겠어요! 그래요! 입맞춤을 한 건 인정해요."

로버트는 미소를 지으며 말을 이었다.

"그리고 깨달은 게 더 있어요. 아주 맛있고 달콤하지만 영원히, 영원히 아무런 결실을 맺지 못할 거예요. 엘리자베스는 잉글랜드의 여왕이고 나는 그녀의 사마관이에요. 나는 결혼한 남자이고 그녀는 왕국을 구하기 위해 결혼해야 하겠죠."

로버트는 누이를 힐끗 보았다. 메리는 눈물을 흘리고 있었다.

"로버트, 나는 네가 엘리자베스 외에는 아무도 사랑하지 않을까 봐 걱정이야. 네 남은 삶을 여왕을 사랑하며 살아야 할 거야."

로버트는 메리에게 일그러진 미소를 지었다.

"맞아요. 나는 어린 시절부터 그녀를 사랑했고 지난 몇 달 동안 내가 이제껏 상상했던 것 이상으로 깊고 진정한 사랑에 빠졌어요. 내 자신이 각박한 사람이라고 생각했었지만 이제 그녀가 내 전부임을 깨달았어요. 나는 그녀를 무척 사랑하기 때문에 진정으로 그녀를 보내줄 거예요. 나는 그녀가 애런이나 대공과 결혼할 수 있도록 도울 겁니다. 그게 그녀가 안전해질 수 있는 유일한 방법이에요."

"엘리자베스의 안전을 위해 포기하려는 거니?"

"내가 어떤 대가를 치르더라도 그럴 거예요."

"세상에, 로버트. 나는 절대 생각 못했다. 네가 그렇게까지……."

"그렇게까지 뭐요?"

"그렇게까지 희생적인 사람인지 말이다."

로버트가 웃었다.

"고마워요!"

"정말이야. 네가 사랑하는 여자가 다른 남자와 결혼하도록 돕는 다는 것은 진정으로 희생적인 일이야."

메리는 잠시 아무 말 않다가 부드럽게 물었다.

"어떻게 참아내려 하니?"

로버트가 말했다.

"여왕의 통치 첫해에, 아름답고 젊은 여왕을 사랑했던 기억을 소중히 간직하겠어요. 젊고 아름다운 그녀가 왕위에 올라 자신은 무엇이든 할 수 있다고, 심지어 나 같은 남자와 결혼할 수 있다고 생각했던 황금빛 여름의 기억을요. 그리고 이제 나는 아내가 있는 집으로 가 아이들을 잔뜩 낳고 여자아이들에게는 엘리자베스라고 이름 지을 거예요."

메리는 소매로 눈물을 훔치며 말했다.

"오, 내 가엾은 동생."

로버트는 메리의 손을 자신의 손으로 감싸며 말했다.

"누나도 내가 그렇게 할 수 있도록 도와줄 거죠?"

메리가 속삭였다.

"물론이지. 뭐든 도와주고말고."

"그러면 에스파냐 대사인 데 카드라에게 가서 여왕이 대공과 결혼하려면 그의 도움이 필요하다고 전해 주세요."

"내가? 나는 그 사람을 잘 몰라."

"그건 문제될 게 없어요. 데 카드라 대사는 우리 더들리 가문을 잘 알아요. 내가 보낸 게 아니라 여왕이 직접 보낸 것처럼 그에게 가요. 여왕이 결혼 계획을 변덕스럽게 바꾸어댔던 여름 이후, 여왕은 직접 대공에게 다가가기를 어려워한다고 그렇지만 대공이 여왕에게 와 새롭게 다시 청혼한다면 여왕은 곧바로 승낙할 거라고 전해 줘요."

메리가 물었다.

"여왕 자신이 그렇게 하기를 바라니?"

로버트가 고개를 끄덕였다.

"엘리자베스는 내가 거절당한 게 아니고 자기는 내 친구며 나와 누나를 사랑한다는 것을 모든 사람들에게 보여주고 싶어 해요. 그녀는 이 결혼을 더들리 가문이 중개하기를 바라지요."

메리가 진지하게 말했다.

"그런 사명을 받는다면 커다란 명예며 큰 책임이기도 하지."

로버트가 미소 지으며 말했다.

"여왕은 우리 가족이 그 사명을 수행해야 한다고 생각해요. 내 사명은 나를 희생하는 것이고 누나의 사명은 전령이 되는 거예요. 그리고 누나와 나는 함께 이 일을 해내는 겁니다."

"여왕이 결혼하면 너는 어떻게 되는 거니?"

로버트가 말했다.

"엘리자베스는 나를 잊지 못할 거예요. 우리는 정말 오랫동안 서로를 너무나 사랑했으니, 그녀가 내게서 돌아서기 힘들 거예요. 어쨌든 누나와 나는 충성스럽게 일을 처리한 대가로 엘리자베스와 에스파냐에게 보상받을 거예요. 누나, 우리가 잘하고 있는 거예요. 나는 의심하지 않아요. 그녀의 안전은 확실해질 거고, 나는 무지막지한 거짓말이나 그보다 더 사악한 것에서 벗어날 겁니다. 내 죽음을 보고 싶어 하는 사람들이 분명히 있어요. 그러니 이렇게 해야 엘리자베스뿐 아니라 나까지 안전해져요."

메리가 약속했다.

"내일 그에게 가마."

"엘리자베스가 보냈다고, 엘리자베스의 명령으로 왔다고 말하세요."

"그렇게 할게."

깊은 밤, 고요한 궁 안 난롯가에 앉아 있던 세실은 조심스럽게 문 두드리는 소리를 듣고 의자에서 일어나 문으로 갔다. 한 남자가 방 안으로 들어오더니, 쓰고 있던 검은 후드를 뒤로 젖히고 난롯가로 가 손을 녹였다.

그 남자는 에스파냐 억양이 조금 섞인 말투로 물었다.

"포도주를 한 잔 주시겠습니까? 강 위의 안개를 뚫고 오느라 병이 날 것 같습니다. 9월 안개가 이 정도면 한겨울에는 얼마나 극심해지려는지 모르겠습니다."

포도주를 따른 세실이 그에게 난롯가 의자로 오라고 손짓했다. 그러고는 난로에 장작을 더 넣었다.

"좀 나아졌는가?"

"예, 감사합니다."

세실은 혼자서 중얼거리듯 말했다.

"이렇게 추운 밤에 여기를 오다니, 흥미로운 소식을 들고 온 게 틀림없겠군."

"네, 여왕님께서 순전히 스스로 카를 대공께 결혼을 제의하셨답니다!"

세실의 반응은 만족할 만했다. 그는 고개를 들고 깜짝 놀란 표정을 지었다.

"여왕이 결혼을 제의했다고?"

"중개인을 통해서요. 이 사실을 모르고 계셨습니까?"

세실은 대답하지 않고 고개만 저었다. 정보는 세실에게 돈이었다. 그레셤과 달리 세실은 정보라는 돈에는 나쁜 돈과 좋은 돈이 따로 존재하지 않는다고 믿었다. 모든 정보는 가치가 있었다.

세실이 물었다.

"중개인이 누군지 아는가?"

남자가 말했다.

"레이디 메리 시드니입니다. 여왕님의 궁녀 중 한 명이지요."

세실이 고개를 끄덕였다. 이 일은 아마도 일전에 그가 여왕에게 해놓았던 말이 효과를 발휘한 것일 게다.

"그래서 레이디 메리는 어떤 제의를 했는가?"

"대공께서 곧 여왕님을 정중하게 방문하시길 바라며, 그러면 여왕님은 청혼을 받아들이겠다고 했습니다. 그런 다음 곧바로 결혼 서약서를 작성하고 성탄절까지 결혼식을 치르겠다는 겁니다."

세실의 얼굴은 얼어붙었다.

"대사는 이 제의에 대해 어떻게 생각하는가?"

남자는 있는 그대로 말했다.

"대사는 지금이야말로 결혼이 이루어질 수 있는 절호의 기회라고 생각합니다. 여왕이 더 나쁜 말이 떠돌기 전에 낯을 세우려 하며, 여왕이 마침내 판단력을 되찾았다고 여깁니다."

"대사는 그 말을 입 밖으로 내어 말하던가?"

"제게 글을 받아쓰게 하고 암호로 바꾸어 펠리페 왕에게 보냈습니다."

"편지 사본은 가져오지 않았는가?"

남자는 쉽게 말했다.

"감히 그럴 수 없었습니다. 대사는 바보가 아닙니다. 이 정보도 제 목숨을 담보로 말씀드리는 겁니다."

세실은 그의 말을 일축했다.

"벌써 전하께 그 사실을 직접 전해 들었네. 그러나 전하께서 말씀하시지 않았더라도 오늘 아침, 레이디 메리가 내게 말해 줬을 것이네."

남자는 조금 무안한 듯 보였다.

"그렇지만 제 주인이신 대사가 대공께 당장 잉글랜드를 방문하라고 조언하는 편지를 오늘밤에 썼다는 사실을 메리가 나리게 말할까요? 카스파르 폰 브로이너가 오스트리아 법률가들에게 사람을 보내 결혼 서약서를 작성하도록 한 사실은요? 이번에는 여왕이 진심일 거라고 믿으며 이 결혼을 추진할 거라는 사실은요? 그리고 대공께서 11월까지 이곳에 올 것이라는 사실을 말했을까요?"

세실이 말했다.

"그건 아니지. 자네가 좋은 소식을 말해 줬군. 그래, 다른 소식은 없는가?"

남자가 생각에 잠긴 듯했다.

"이게 전부입니다. 다른 소식이 생기면 다시 올까요?"

세실이 책상 서랍으로 손을 뻗어 작은 가죽 주머니를 꺼냈다.

"그러게. 이것은 지금 정보에 대한 대가일세. 그리고 서류 말인데, 자네에게 줄 서류를 작성하기는 하겠네만……."

세실이 말에 뜸을 들였다. 그러자 남자가 속이 타는 듯 물었다.

"언제 주실 겁니까?"

세실이 대답했다.

"결혼식이 거행되면 주지. 결혼식이 열리고 우리가 안심하고 두

발 뻗고 잘 수 있게 되면 주겠네. 자네가 성탄절이라고 했는가?"

"여왕님이 직접 성탄절을 결혼식 날짜로 선택했습니다."

"대공께서 엘리자베스의 부군으로 불리게 되는 날 자네가 잉글랜드에 머무를 수 있도록 허가하는 서류를 주겠네."

남자는 동의했다. 그러고는 머뭇거리며 방을 떠나려다가 호기심에서 물었다.

"나리는 항상 그 서랍에서 돈주머니를 꺼내주시더군요. 제가 올 때를 기다리고 계신 건가요? 아니면 굉장히 많은 사람들이 나리께 정보를 알려주러 오기 때문에 그들에게 줄 사례를 미리 준비하고 계신 겁니까?"

천 명이 넘는 정보원을 확보하고 있는 세실은 미소 지으며 부드럽게 말했다.

"정보원은 자네밖에 없네."

조용하고 음침한 9월 어느 날, 로버트는 험악한 얼굴을 하고 헤이즈 대저택에 도착했다.

높은 창에서 바라보던 에이미는 로버트가 프랑스 내 잉글랜드 최후의 거점 칼레를 잃고 돌아온 날 이래로 이렇듯 황망한 표정을 보인 것은 처음이라고 생각했다. 에이미는 이번에는 그가 무엇을 잃었는지 궁금해하며 천천히 뜰로 내려갔다.

로버트는 에이미의 뺨에 성의 없는 입맞춤으로 인사를 하며 말에서 내렸다.

에이미도 인사말을 했다.

"여보, 몸이 어디 불편해요?"

로버트가 짧게 대답했다.

"아니오."

에이미는 로버트 품에 안겨 그의 감촉을 느끼고 싶었다. 그러나 로버트는 부드럽게 에이미를 밀쳐냈다.

"안 돼요. 만지지 마오, 에이미. 내 몸이 더럽소."

"상관없어요!"

"내가 신경 쓰이오."

로버트는 몸을 돌렸다. 그의 친구 존 헤이즈가 현관문 계단을 내려왔다.

"로버트 경! 말 울음소리가 들려서 나왔습니다!"

로버트가 존의 등을 두드리며 쾌활하게 말했다.

"잘 지내느냐고 물을 필요도 없겠군요. 살이 쪘어요, 존. 사냥을 많이 하지 않나 봅니다."

존은 로버트가 걱정스러웠다.

"그렇지만 로버트 경 얼굴은 몹시 좋지 않아요. 어디 아픈가 봅니다."

로버트가 어깨를 으쓱했다.

"나중에 얘기하겠습니다."

존이 재빨리 추측하여 말했다.

"궁 생활 때문입니까?"

로버트가 좀 더 자세히 말했다.

"런던에서 살아남는 것보다 지옥에서 볼타 춤을 추는 게 쉬울 겁니다. 전하와 윌리엄 세실 경, 궁중의 여인들, 추밀원 고문들 사이에서 지내다보니 마구간을 점검하기 위해 일어나는 새벽부터 궁을 떠나 잠자리에 드는 한밤중까지 머리가 빙빙 돕니다."

존이 친절히 권했다.

"들어가서 에일 한잔 하시지요. 그리고 모든 이야기를 털어놓으세요."

로버트가 말했다.

"내 몸에서 말 냄새가 풍깁니다."

"오, 누가 상관한다고 그러십니까?"

두 남자는 집 안으로 향했다. 에이미는 따라가려다가 뒤처져서 두 사람을 앞으로 보냈다. 그녀는 남편이 친구인 존과 단둘이 이야기를 나누다보면 긴장이 풀려, 자기를 거북해하지 않고 편안해질 것이라고 생각했다. 대신 그들 뒤를 살금살금 따라가 굳게 닫힌 방문 밖 홀에 놓인 나무의자에 앉았다. 로버트가 밖으로 나오면 곧바로 그와 함께 할 생각이었다.

로버트는 에일 덕분에 기분이 나아졌다. 그는 좋은 향취가 나는 뜨거운 물로 몸을 씻고 옷을 갈아입었다. 잘 차려진 저녁식사 덕분에 그의 기분이 완전히 바뀌었다. 민친 부인은 통이 크게 음식 차리기로 유명한 가정부였다.

저녁 6시쯤 로버트, 에이미, 리지, 존이 카드 게임을 하는 동안 로버트는 평상시대로 다정한 모습을 되찾았고 일그러졌던 얼굴도 조금 환해졌다. 해질 녘이 되자 로버트는 얼근하게 취했다. 에이미는 로버트에게서 언짢은 기분을 전혀 느낄 수 없었다. 둘은 함께 침실로 갔다. 에이미는 로버트와 몸을 섞고 싶었지만, 로버트는 등을 돌리고 이불을 어깨까지 올려덮고는 깊은 잠에 빠졌다. 어둠 속에서 잠들지 않고 누워 있는 에이미는 피곤한 남편을 깨울 수는 없다고 생각했다. 그리고 어떤 경우든 자신이 먼저 잠자리를 주도한 적은 없었다.

에이미는 로버트를 원했지만 어떻게 시작하는지 알 수 없었다. 로버트의 부드럽고 단단한 등은 에이미의 망설이는 듯한 손길에 아무런 반응도 보이지 않았다. 에이미도 돌아누워 덧문의 나무 틈

새로 들어오는 달빛을 바라보며, 로버트의 깊은 숨소리를 들으며, 어떤 상황에서든 남편을 사랑하겠다는 하느님 앞에서의 맹세를 되뇌었다. 에이미는 아침이 되면 로버트에게 좀 더 좋은 아내가 되겠다고 결심했다.

로버트가 아침을 먹으며 정중하게 물었다.

"나와 함께 말을 타고 나가겠소, 에이미? 내 사냥용 말을 훈련시켜야 해요. 오늘은 멀리 가지도 빨리 가지도 않을 거요."

에이미는 곧바로 대답했다.

"물론 가고 싶어요. 그렇지만 비가 올 것 같지 않나요?"

로버트는 고개를 돌려 하인에게 말을 준비시키라고 명령하느라 에이미의 말을 듣지 못했다.

그는 물었다.

"여보, 뭐라고 했소?"

에이미가 다시 말했다.

"그저 비가 올까 봐 걱정이라고 했어요."

"그럼 다시 집으로 돌아오면 돼요."

에이미는 자기가 바보 같은 말을 한 것 같아 얼굴이 붉어졌다.

말을 탈 때에도 나아지지 않았다. 에이미는 날씨 이야기나 그들 양쪽으로 펼쳐진 들판에 대한 진부한 이야기 말고는 할 말이 전혀 생각나지 않았다. 로버트의 얼굴은 어둡고 눈은 멍했으며 시선은 앞쪽 길에 고정되었으나 아무것도 보고 있지 않았다.

일행이 집으로 돌아가려고 말을 돌렸을 때 에이미가 조용히 물었다.

"여보, 괜찮아요? 전혀 당신 같아 보이지 않아요."

로버트는 에이미가 그곳에 있다는 사실을 잊었던 것처럼 고개를 돌려 그녀를 바라보았다.

"아, 에이미. 난 아주 좋아요. 궁에서 일어난 사건 때문에 문제가 조금 있을 뿐이오."

"무슨 사건이에요?"

로버트는 아이에게 질문을 받는다는 듯 미소 지었다.

"당신이 걱정할 만한 일이 아니오."

에이미가 설득했다.

"여보, 나한테 말해도 돼요. 나는 당신의 아내인걸요. 당신에게 문제가 있다면 알고 싶어요. 여왕님 때문에 그런가요?"

"여왕 전하께서 큰 위험에 빠졌소. 매일 여왕 전하를 해하려는 새로운 음모들이 생겨나요. 백성의 절반에게는 크게 사랑을 받지만 나머지 절반에게는 이렇듯 크게 미움받는 여왕은 지금껏 없었소."

"수많은 사람들은 엘리자베스가 왕위에 오를 자격이 없다고 생각해요. 엘리자베스는 사생아이기 때문에 왕위는 스코틀랜드의 여왕 메리에게 가야 했다고들 해요. 그랬다면 전쟁 없이, 교회의 변화 없이, 엘리자베스가 일으킨 문제없이 두 왕국은 지금 하나로 통합되었을 것이라고 말해요."

에이미의 말을 들은 로버트는 기가 막혔다.

"에이미, 무슨 생각을 하는 거요? 당신이 지금 한 말은 반역죄요. 그런 말을 다른 사람에게 절대 하지 않겠다고 하느님께 맹세해요. 내게도 절대로 다시는 그런 말을 하지 말아요."

에이미가 조용히 말했다.

"하지만 내 말이 사실인걸요."

"엘리자베스는 머리에 성유를 바른 잉글랜드의 여왕이오."

에이미가 자기 말의 근거를 늘어놓았다.

"그 여자의 아버지는 그 여자를 사생아라고 선언했다고요. 그리고 그 말은 결코 철회된 적이 없었지요. 그 여자 스스로도 그 말을 철회하지 않았어요.”

로버트가 단호하게 말했다.

“엘리자베스가 부왕의 적출이라는 사실에는 추호의 의심도 없어요.”

에이미가 공손하게 말했다.

“미안해요, 여보. 하지만 모든 사람이 의심해요. 당신이 그 사실을 외면한다고 해서 비난하는 게 아니에요. 그렇지만 사실은 사실인걸요.”

로버트는 에이미의 확신에 몹시 놀랐다.

“맙소사, 에이미, 도대체 왜 그러는 거요? 누구와 그런 이야기를 했고, 누가 당신 머리에 그런 말도 안 되는 이야기를 채워놓은 거요?”

에이미가 반문했다.

“물론 그런 사람은 아무도 없어요. 내가 당신 친구들 말고는 누굴 만났겠어요?”

잠시 동안 로버트는 에이미가 빈정댄다고 생각하며 그녀를 날카로운 눈초리로 보았다. 그러나 에이미의 얼굴은 평온했고 늘 그랬던 것처럼 사랑스런 미소를 지었다.

“에이미, 나는 심각해요. 당신이 한 말보다도 심하지 않은 말 때문에 혀가 잘린 사람들이 잉글랜드에 수두룩하오.”

에이미가 고개를 끄덕였다.

“진실만을 말하는 무고한 사람들을 고문하는 잔인한 여자 같으니라고.”

둘은 짧은 시간 침묵 속에서 말을 탔다. 로버트는 자기 가족이 이렇듯 갑작스럽게 반역 행동을 하자 몹시 당황했다.

로버트가 조용히 물었다.

"당신은 항상 이렇게 생각한 거요? 내가 여왕 전하를 지지한다는 것을 늘 알고 있으면서 말이오? 내가 여왕 전하의 친구라는 사실을 자랑스러워하는 것을 알면서도 말이오?"

에이미가 고개를 끄덕였다.

"항상 그렇게 생각했어요. 나는 절대로 엘리자베스가 왕위 계승 서열이 가장 높다고 생각해 본 적이 없어요."

"당신은 내게 한 번도 그런 말을 한 적이 없소."

에이미가 엷은 미소 지었다.

"당신은 내게 한 번도 물어본 적이 없어요."

"우리 집 식솔 중에 반역자가 있다는 걸 알았다면 내가 퍽이나 기뻤겠소."

에이미가 싱긋 웃었다.

"한때, 당신이 반역자고 내 생각이 옳았던 시절이 있었어요. 이제는 시절이 바뀌었지요. 그렇지만 우리가 바뀐 것은 아니에요."

"그렇겠지. 그렇지만 자기 아내가 반역을 꾸미는 걸 아는 남자는 퍽이나 좋겠소."

"엘리자베스가 진정한 왕위 계승자가 아니라고 항상 생각했어요. 그러나 엘리자베스가 잉글랜드를 위한 최선의 선택이었다고 여겼어요. 얼마 전까지는 말이에요."

로버트가 물었다.

"그런데 왜 생각이 바뀌었소?"

에이미가 차가운 어조로 말했다.

"엘리자베스는 진정한 종교를 배척하고 돌아서더니, 스코틀랜드의 신교도 반역자들을 지원하고 있어요. 그 여자는 국외로 추방한 주교를 제외한 모든 주교를 감옥에 가두었어요. 더 이상 교회가 없고 어찌할 바 모르고 겁먹은 사제들만이 남았어요. 이 나라의 종교를 공개적으로 공격하는 거죠. 여왕은 무엇을 바라는 건가요? 잉글랜드와 스코틀랜드와 웨일즈와 아일랜드를 모두 신교도 국가로 만드는 건가요? 하느님과 맞서려는 건가요? 이 나라를 신성로마제국으로 만들려는 건가요? 교황을 자기 치마폭 안에 넣으려는 건가요? 엘리자베스가 결혼하지 않는 건 당연해요. 누가 이런 여자를 아내로 용납할 수 있겠어요?"

로버트가 소리쳤다.

"진정한 종교? 에이미, 당신은 신교도였잖소. 우리는 에드워드 왕께서 살아계셨을 때 그분이 정한 의식에 따라 결혼식을 올렸소. 누구랑 이야기했기에 당신의 머릿속에 그런 생각이 들어간 거요?"

에이미는 평상시처럼 온화하게 로버트를 바라봤다.

"나는 아무와도 이야기하지 않았어요, 로버트. 그리고 우리 집 식구들은 메리 여왕이 통치하던 시절에도 가톨릭교도였어요. 당신도 알고 있다고 생각해요. 나 홀로 지냈던 오랜 시간 동안, 생각하는 것 말고는 아무것도 할 게 없었어요. 그리고 나는 이 나라를 돌아다니면서 엘리자베스와 그 추종자들이 무슨 짓을 하는지 보았어요. 수도원이 파괴되고 성당의 토지가 불모지로 변하는 모습을 목격했어요. 엘리자베스는 수많은 사람들을 거지로 만들었고 가난하고 아픈 사람들을 자선 시설도 없이 방치했어요. 이 나라의 동전은 거의 무용지물이고 성당에서는 미사조차 드릴 수가 없어요. 엘리자베스 치하의 잉글랜드를 바라보는 사람들은 아무도 그녀가 좋은 여왕이라고 생각하지 않아요. 그 여자는 골치 아픈 일만 일으켰어요."

에이미는 로버트의 오싹한 표정을 보더니 하던 말을 잠깐 멈추고 그를 안심시켰다.

"이런 말은 아무에게도 하지 않았어요. 하지만 내 생각을 당신에게 말하는 것이 옳다고 생각했어요. 그리고 옥스퍼드 주교에 관해서도 말하고 싶어요."

로버트가 갑자기 소리를 질렀다.

"옥스퍼드의 주교는 지옥에서도 썩어 문드러질 것이오! 내게 그따위 말들은 하지 마시오. 내게 할 얘기가 아니오. 에이미, 당신은 나와 같은 신교도요. 원래부터 말이오. 나처럼."

에이미가 조용히 말했다.

"나는 당신처럼 가톨릭교도로 태어났어요. 그리고 에드워드 왕이 왕위에 있을 때 신교도가 되었지요. 그런 다음 메리 여왕이 왕위에 오르자 다시 가톨릭교도가 되었어요. 바꾸고 또 바꿨던 거죠. 당신이 그랬던 것처럼요. 당신 아버지는 마지막에 신교를 부인하며 굉장한 실수였다고 하셨어요. 그렇지 않나요? 그분은 이 나라의 모든 불행이 자신이 믿던 이단 신앙 때문이었다고 하셨어요. 이 말 그대로 말씀하셨어요. 그때 우리는 모두 가톨릭교도가 된 거예요. 그리고 지금 당신은 신교도가 되고 싶어 해요. 내게도 신교도가 되라고 하지요. 그 이유는 오직 엘리자베스가 신교도이기 때문이에요. 그렇지만 난 신교도가 아니에요."

마침내 로버트는 에이미가 말하려는 핵심을 들었다.

"오, 그러니까 당신은 엘리자베스를 질투하는군."

에이미는 주머니 속의 차가운 묵주에 손을 가져가며 침착하게 말했다.

"아니에요. 나는 세상의 모든 여자를, 특히 엘리자베스를 질투하지 않겠다고 맹세했어요."

로버트가 솔직히 말했다.

"당신은 언제나 질투 많은 여자였소. 그것은 당신에게 저주요. 그리고 내게도 저주요."

에이미는 고개를 저었다.

"나는 이미 저주를 풀었어요. 다시는 질투하지 않을 거예요."

"당신은 질투심 때문에 이런 위험한 생각을 갖게 된 거요. 그리고 종교에 대한 당신 생각은 엘리자베스를 미워하는 당신의 질투심을 숨기려는 가면일 뿐이오."

"여보, 그렇지 않아요. 나는 질투하지 않기로 결심했어요."

로버트가 미소를 지으며 말했다.

"오, 그래요? 그러면 여자의 심술이라고밖에 할 수 없소."

에이미는 고삐를 당겨 말을 세우고 로버트를 한없이 바라보았다. 로버트는 어쩔 수 없이 에이미와 눈을 마주쳤다.

에이미가 물었다.

"왜, 무엇 때문에 내가 질투하는 걸까요?"

로버트는 잠시 안장 위에서 몸을 들썩이며 고함을 쳤다. 그러는 통에 그의 말은 팽팽해진 고삐 때문에 안절부절못했다.

에이미가 다시 물었다.

"무엇 때문에 내가 질투하는 걸까요?"

"나와 엘리자베스에 관한 이야기를 들은 거요?"

"물론이죠. 분명 이 나라 사람들 모두 그 이야기를 들었을걸요."

"그 때문에 당신이 질투가 난 거로군. 그런 소문에 질투가 나지 않을 여자는 없을 거요."

"당신이 그 소문은 전혀 근거 없다고 나를 설득할 수만 있다면 질투가 나지 않겠죠."

로버트는 우스운 일이라는 듯 말했다.

"엘리자베스와 내가 연인이라니 말도 안 돼요!"

에이미는 웃지도 미소 짓지도 않았다.

"당신이 그 소문이 사실이 아니라고 나를 납득시킬 수 있다면 그 소문을 믿지 않을게요."

에이미는 주머니 속의 묵주를 꼭 쥐었다. 마치 묵주가 깊은 늪같이 위험한 이 대화에서 빠져죽지 않게 살려줄 밧줄처럼 느껴졌다.

"에이미, 내가 엘리자베스의 연인이며 당신과 이혼하거나 당신을 죽이려 한다고 시정잡배들이 떠들어대는 소문은 말도 안 돼요!"

에이미는 여전히 아무 표정도 짓지 않고 담담하게 말했다.

"그 소문은 잘못된 거라고 당신이 나를 납득시킨다면 나는 그들의 말에 귀 기울이지 않겠어요. 물론 그 소문은 익히 들었어요. 참으로 선정적이고 불쾌한 소문이에요."

로버트가 뻔뻔스럽게 말했다.

"가장 야비하고 거짓된 소문이에요. 그리고 당신이 그 소문에 귀기울인다면 나는 몹시 서운할 거요."

"나는 그 소문에 귀 기울이지 않아요. 당신 말에 귀 기울이지요. 나는 아주 주의 깊게 듣고 있어요. 당신이 여왕과 사랑에 빠지지 않았고 이혼에 대해 전혀 생각해 본 적이 없다고 당신의 명예를 걸고 맹세할 수 있나요?"

"왜 내게 그렇게까지 묻는 거요?"

"나는 알고 싶으니까요. 당신은 이혼을 원해요, 로버트?"

로버트는 호기심에서 물었다.

"내가 이혼을 제안한다면 당신은 절대로 동의하지 않을 거요?"

에이미는 로버트의 얼굴을 노려보았다. 로버트는 에이미가 아픈 듯 새파랗게 질린 것을 알아챘다. 일삽시간 에이미는 자기 말 위에서 꼼짝하지 못했다. 그녀는 숨이 막힌 듯 입을 약간 벌렸다. 그러고는 작은 발뒤꿈치로 아주 천천히 말을 가볍게 눌러 로버트보다 앞서 집으로 향했다.

로버트는 그녀를 뒤따르며 외쳤다.

"에이미……."

에이미는 멈추지도 돌아보지도 않았다. 로버트는 자신이 에이미의 이름을 부를 때 곧바로 대답하지 않았던 적이 한 번도 없다는 사실을 깨달았다. 그가 부르면 에이미는 언제나 그에게 왔다. 대개의 경우, 에이미는 로버트가 부르기 전에 그의 곁에 있었다. 저 작은 에이미 롭사르트가 시체처럼 창백한 얼굴로 자신에게 떨어져 멀찌감치 말을 타고 앞서 가는 모습이 몹시 이상하고 부자연스럽게 느껴졌다.

"에이미……."

에이미는 왼쪽도 오른쪽도 쳐다보지 않고, 로버트가 뒤따라오는지 확인하기 위해 고개를 돌리지도 않고 쉼 없이 말을 몰았다. 에이미는 집으로 가는 내내 아무 말도 하지 않았고, 마구간에 도착하자 하인에게 고삐를 건네주고는 조용히 집으로 들어갔다.

로버트는 잠시 망설이다가 에이미를 뒤따라 그들의 침실로 올라갔다. 로버트는 이상하고 낯선 에이미를 어떻게 대해야 할지 몰랐다. 에이미는 방으로 들어가 문을 닫았다. 로버트는 에이미가 자물쇠에 열쇠를 꽂고 돌리는 소리가 나는지 귀를 기울였다. 로버트가 들어오지 못하도록 에이미가 빗장을 지르면 그는 화를 낼 수 있었다. 에이미가 로버트를 밖에 두고 문을 잠그면 그에게는 문을 부수고 들어가 그녀를 때릴 수 있는 법적 권리가 있었다. 그러나 에이미는 그렇게 하지 않았다. 에이미는 문을 닫았지만 잠그지는 않았다. 로버트는 자신의 권리대로 문을 열고 들어갔다.

에이미는 창가 의자에 앉아 밖을 바라보고 있었다. 종종 창밖을 바라보며 로버트를 기다렸던 모습 그대로였다.

로버트가 부드럽게 말했다.

"에이미."

에이미는 고개를 돌렸다.

"로버트, 충분히 참았어요. 나는 진실을 알고 싶어요. 거짓말과 소문들로 내 심장은 병이 났어요. 당신은 이혼하고 싶은 건가요, 아닌가요?"

에이미는 무척 차분해서, 로버트는 쉽사리 믿어지지 않았지만 실낱같은 희망을 느꼈다.

"에이미, 당신 마음은 어때요?"

에이미는 흔들림 없이 말했다.

"당신이 우리의 결혼 생활에서 벗어나고 싶은지 알고 싶어요. 당신 지체가 상당히 높아진 지금, 나는 아마도 당신에게 필요한 아내가 아닐 거예요. 나는 최근 몇 달 동안 그 사실을 분명하게 깨달았어요."

에이미는 잠시 말을 멈추었다가 이어갔다.

"그리고 하느님은 아직 우리에게 아이를 축복하지 않으셨어요. 그 사실만으로도 충분한 사유가 돼요. 게다가 소문의 절반쯤 사실이라면, 당신이 내게서 벗어나면 여왕이 당신을 남편으로 삼는 게 가능해요. 더들리 가문 사람들은 이런 유혹을 거부하지 못해요. 당신 아버지라면 이런 기회를 잡기 위해 아내를 기름에 넣어 익혀버리고 여왕을 받들었을 거예요. 그러니 당신에게 묻겠어요. 정직하게 말해 줘요, 여보. 이혼을 원해요?"

로버트는 에이미가 무슨 말을 하고 있는지 차츰 깨달았다. 에이미가 스스로 이런 날을 준비해 왔다는 게 점점 분명해졌다. 그러나 그는 기회가 왔다는 생각 대신 분노를 느꼈고 마음속에서 폭풍과 같은 고통이 커져갔다.

로버트는 격노했다.

"지금은 너무 늦었어! 오, 하느님! 벌써 했어야 할 그 말을 이제 하다니! 그 긴 세월을 보내고 나서 이제야 당신이 정신을 차리다니. 너무 늦었어. 내게는 너무 늦었어!"

에이미는 격한 심정을 억누르는 로버트의 목소리에 깜짝 놀란 얼굴로 그를 바라보며 물었다.

"그게 무슨 뜻이에요?"

로버트는 고통으로 몸부림치며, 감추었던 진실을 털어놓으며 울부짖었다.

"엘리자베스는 나를 포기했소. 그녀는 나를 사랑했고 그 사실을 잘 알고 있었소. 그녀는 나와 결혼하고 싶어 했고 나도 마찬가지였소. 그러나 그녀는 프랑스와 전쟁을 치르기 위해 동맹국이 필요했고, 그래서 대공이나 애송이인 애런을 택하려고 나를 포기했단 말이오."

냉랭한 침묵이 흘렀다. 이내 에이미가 입을 열었다.

"당신이 이곳에 온 이유가 그 때문인가요? 근심이 가득하고 말이 없었던 이유도 그 때문인가요?"

로버트는 여자처럼 흐느껴 울 것같이 고개를 숙이고 창가 의자에 파묻혀 앉았다. 그는 입을 열었다.

"맞아요. 모두 끝났기 때문이오. 그녀는 내게서 벗어나야 한다고 말했고 나는 그녀를 보내주었소. 이제 당신 말고는 내게 아무것도 남은 게 없소. 당신이 내게 걸맞든 말든, 우리가 아이를 갖든 말든, 우리의 남은 삶을 함께 낭비하고 서로 미워하다 죽든 말든 상관없단 말이오."

입으로 손을 가져간 로버트는 더 이상 아무 말도 하지 않으려고 손가락 마디마디를 깨물었다.

에이미가 말했다.

"당신은 행복하지 않군요."

로버트가 짧게 대답했다.

"내 인생을 통틀어 이보다 더 끔찍한 일은 없었소."

에이미는 아무 말도 하지 않았고, 로버트는 몇 분 동안 슬픔을 삼키며 스스로를 다스리다가 고개를 들어 에이미를 봤다.

에이미가 아주 작은 목소리로 물었다.

"당신들은 연인이었나요?"

"그게 지금 무슨 상관이오?"

"연인이었나요? 이제는 진실을 말할 수 있다고 생각되는데요."

로버트가 느리게 말했다.

"그래요. 우리는 연인이었소."

에이미는 자리에서 일어났다. 로버트는 자신 앞에 선 에이미를 올려다보았다. 창문의 빛을 등지고 있는 에이미의 얼굴에 그늘이 졌다. 로버트는 에이미의 표정을 볼 수 없었다. 에이미의 생각을 알 수 없었다. 그러나 에이미의 목소리는 여전히 차분했다.

"그렇다면 당신에게 이렇게 말해야겠군요. 당신은 너무나 중대한 실수를 저질렀다고요. 내 본질이 어떠하며 내가 참아넘길 수 있는 모욕이 무엇인지 잘못 파악하는 실수를 저질렀어요. 당신 자신에 대한 그리고 어떻게 살아갈 것인가에 대한 실수를 저질렀어요. 내가 동정해 주기를 바라며 그런 고백을 하다니 당신은 미친 게 틀림없어요. 다른 여자도 아니고, 이 일로 가장 상처받은 나에게, 받지 못하고 주기만 하는 사랑이 무엇인지 아는 나에게, 사랑으로 인생을 낭비하는 것이 무엇인지 아는 나에게 그런 고백을 하다니. 로버트, 당신은 바보예요. 그리고 그 여자는 이 나라 사람 절반이 생각하는 대로 정말 창녀군요. 그 여자가 내게 준 상처와 그 여자가 당신에게 겪게 한 위험을 정당화하려면 완전히 새로운 종교를 만들어내야 할 거에요. 그 여자는 당신을 죄와 위험으로 몰아갔고, 이 나라를 멸망 직전까지 몰아갔고, 비탄과 가난을 겪게 했어요. 그 여자가 통치한 기간은 이제 겨우 1년이에요. 그 여자는 또다시 어떤 사악한 일을 저지를까요?"

에이미는 드레스 끝자락조차도 로버트에게 닿지 않게 하려는 듯 치맛자락을 끌어당기고 방 밖으로 걸어나갔다.

11월, 강 위로 자욱한 안개는 차가웠다. 화이트홀 궁의 높은 창문에서 안개 속으로 숨겨진 템스 강을 내려다보던 엘리자베스는 몸이 떨려 털을 덧댄 옷자락을 단단히 여몄다.

캐트 애슐리가 미소 지으며 말했다.

"우드스톡보다 훨씬 낫습니다."

엘리자베스가 얼굴을 찌푸리며 말했다.

"런던탑에 갇힌 것보다는 낫겠지요. 다른 여러 궁들보다도 낫겠지요. 그렇지만 한여름철의 궁이 훨씬 좋았어요. 지금은 소름끼치게 춥고 죽음처럼 우울해요. 로버트 경은 어디 있나요?"

애슐리의 얼굴에 미소가 사라졌다.

"아직도 그의 아내와 함께 있습니다."

엘리자베스는 어깨를 웅크리며 말했다.

"그런 표정을 지을 필요 없을 텐데요, 캣. 내게는 내 사마관이 어디 있는지 알 권리가 있어요. 그가 궁의 일을 돌보도록 바랄 권리도 있고요."

캐트 애슐리가 단호하게 말했다.

"그를 보내신 것이 전하께서 하신 일 중 가장 훌륭한 일입니다. 전하의 고통은 알지만……"

엘리자베스의 얼굴은 로버트를 잃은 상실감으로 앙상하게 야위었다. 엘리자베스는 부루퉁하게 말했다.

"아직 끝난 일이 아니에요. 축하가 너무 이르군요. 나는 매일 새로운 희생을 치러야 해요. 그 일은 하루에 끝나는 일이 아니에요, 캣. 나는 그가 없는 삶을 살고, 그도 나 없는 삶을 산다는 걸 매일매일 깨달아야 하죠. 아침에 일어날 때마다 그에게 미소 지을 수 없고 사랑이 담긴 눈으로 나를 바라보는 그를 볼 수 없다는 걸 깨달아요. 매일 밤 나는 자리에 누워 그를 갈망해요. 어떻게 견뎌야 할지 모르겠어요. 그를 떠나보낸 지 51일째이지만 여전히 그에 대한 사랑으로 아파요. 전혀 쉽지 않은 일이에요."

캐트 애슐리는 어린 시절부터 보아온 이 젊은 여자를 바라보았다. 그리고 위로하며 말했다.

"그는 전하의 친구가 될 수 있어요. 그를 완전히 잃어야 하는 건 아니에요."

엘리자베스가 다기 부루퉁하게 말했다.

"나는 그와의 친구 관계를 그리워하는 게 아니에요. 그를 그리워하는 거예요. 바로 그 사람을요. 그의 존재 말이에요. 내 방 벽에 드리워진 그의 그림자를 원해요. 그의 향취를 원해요. 그 없이는 음식을 먹을 수 없어요. 나랏일을 돌볼 수 없어요. 그의 의견을 듣지 않고는 책을 읽지 못해요. 그와 함께 듣지 않고는 음악의 선율을 느낄 수 없어요. 그가 내 곁에 없으면 세상의 모든 생명과 빛깔과 온기가 이 세상에서 빠져나간 것 같아요. 캣, 나는 친구를 잃은 게 아니에요. 그가 없으면 나는 두 눈을 잃게 되어 앞이 보이지 않아요. 그가 없으면 나는 눈먼 여자예요."

그때 문이 열리고 근심 어린 얼굴로 세실이 들어왔다. 엘리자베스가 냉랭하게 말했다.

"윌리엄 경, 나쁜 소식을 가져온 것이 틀림없군요."

세실은 얼버무려 말했다.

"소식이 왔습니다만……."

그는 캐트 애슐리가 자리를 비킬 때까지 기다렸다가 입을 열었다. 그는 베릭에 있는 정보원의 이름을 거론하며 말을 시작했다.

"랠프 새들러가 전해 온 소식입니다. 그가 우리 돈 천 크라운[1]을 신교도 귀족들에게 보냈지만 섭정인 마리 드 기즈의 수하이자 변절한 신교도인 보스웰이 그 돈을 가로챘습니다. 그 돈을 다시 찾아올 수 없습니다."

엘리자베스는 오싹했다.

"천 크라운이라니! 우리가 그들에게 마련해 준 돈의 거의 절반이잖아요."

"우리 행동은 옳았습니다. 신교도 귀족들이 식기를 팔아서 군대의 무기를 준비하는 상황이니 말입니다. 그러나 보스웰이 감히 동료 귀족들을 배신할 거라고 누군들 생각이나 했겠습니까? 우리는 돈을 잃었습니다. 게다가 그보다 더 심각한 일은 섭정 왕비가, 우리가 자신의 적들을 무장시킨다는 사실을 이제 알게 되었다는 사실입니다."

엘리자베스는 위기를 모면할 거짓말을 재빠르게 생각해냈다.

"그 돈은 잉글랜드 주화가 아니라 프랑스 크라운이에요. 우리는 모든 것을 부인하면 돼요."

세실이 말했다.

"그 돈은 베릭의 우리 쪽 사람인 새들러에게 빼앗은 겁니다. 우리 돈이라는 사실이 분명히 드러날 겁니다."

엘리자베스는 간담이 서늘했다.

"세실, 어떻게 해야 해요?"

---

1) 옛 5실링 은화이다 – 옮긴이

"이 일은 프랑스인들이 우리에게 전쟁을 선포할 만한 충분한 이유가 됩니다. 이 일로, 우리는 그들에게 빌미를 제공해 준 겁니다."

엘리자베스는 세실을 등지고 돌아서서 손톱 표피를 손가락으로 문지르며 걸어갔다.

엘리자베스가 말했다.

"그들은 내게 전쟁을 선포하지 않을 겁니다. 내가 합스부르크 가문의 남자와 결혼할 것이라고 생각하는 한 그들은 감히 그럴 수 없습니다."

세실이 엘리자베스를 재촉했다.

"그러면 전하께서 그분과 결혼하셔야 합니다. 결혼이 진행된다는 사실을 그들이 알아야 해요. 약혼 발표를 하시고, 결혼 날짜는 성탄절이라고 말씀하셔야 합니다."

엘리자베스의 얼굴이 음울해 보였다.

"선택의 여지가 없는 건가요?"

"전하께서도 잘 아시지 않습니까? 대공은 당장 잉글랜드로 올 준비가 되어 있습니다."

엘리자베스는 애써 미소 지었다.

"그와 결혼해야만 하는 거군요."

"그렇습니다."

궁으로 돌아온 로버트는 들뜬 분위기를 느꼈다. 핀란드의 얀 공작이 자기가 모시는 스웨덴의 에리크 왕자를 소개하러 도착해 있었다. 얀 공작은 여왕에게 결혼 신청을 하도록 돕겠다는 사람들에게 마구 돈을 써가며 호의를 보였다.

활기가 넘치는 듯 가장한 엘리자베스는 얀 공작과 춤을 추었고 대공의 대사와 산책하며 이야기를 나누었다. 그렇게 두 사람을 미혹해 그들 모두 여왕의 진정한 관심을 받고 있다는 생각이 들도록 했다.

세실이 엘리자베스를 구석으로 데려가자 그녀의 얼굴에 머금었던 미소는 가면을 벗겨내 듯 사라졌다. 스코틀랜드에서 온 소식은 무시무시했다. 신교도 귀족들은 프랑스 보급품이 도착하기 전에 섭정 왕비가 굶어죽기를 바라며 리스 성 앞에서 진을 쳤다. 그러나 성은 난공불락이었고 성 안의 섭정 왕비는 음식을 제대로 섭취하고 있었으며 프랑스인들은 곧 도착할 예정이었다. 스코틀랜드 귀족들이 포위를 유지하리라고 믿는 사람은 아무도 없었다. 그들은 민첩하게 공격하고 승리하도록 훈련받은 군대였지만 긴 전쟁을 대비한 훈련은 받지 못했다. 그리고 이제 모든 사람들은 지금 상황이 작은 반란이 아니라 전쟁이라는 사실을 알고 있었다. 본격적이고 위험한 전쟁이었으며 궁에서 불안하게 유지되는 쾌활한 분위기로는 전쟁의 불안을 절대로 감출 수 없었다.

엘리자베스는 로버트를 유쾌하면서도 냉랭하게 맞이했고 단둘만 있자는 제안은 결코 하지 않았다. 로버트 역시 느릿하고 달콤한 미소를 지었지만 거리를 유지했다.

메리 시드니는 의자에 꼿꼿이 앉아 사람들이 춤추는 모습을 바라보는 엘리자베스와, 자신의 곁에서 엘리자베스를 바라보는 로버트의 어두운 눈빛을 차례로 보며 물었다.

"둘 사이의 관계는 완전히 끝난 거니?"

로버트가 반문했다.

"그렇게 보이지 않나요?"

메리가 말했다.

"더 이상 서로를 찾으려 하지 않는 건 확실해 보이는구나. 더 이상 여왕과 너, 단둘이 있지도 않고 말이다. 그런데 네 기분이 어떤

지 궁금하구나."

로버트가 말했다.

"죽음 같아요. 매일 아침 일어나면 나는, 그녀를 보더라도 귀에 대고 속삭이거나 손을 잡을 수는 없다는 걸 깨달아요. 회의에 빠지라며 유혹할 수 없고, 다른 사람들과 있는 그녀를 살며시 데려갈 수 없어요. 매일 나는 낯선 사람 같은 그녀에게 인사하며 그녀의 눈에서 고통을 봐요. 매일 나는 그녀를 차갑게 대해 상처를 주고 그녀 역시 나를 차갑게 대해 상처를 줘요. 그녀 가까이 지내는 건 궁 밖으로 멀리 나가 지내는 것만큼 힘들어요. 우리 사이에 흐르는 냉랭한 기운은 우리 둘 다 죽이고 있어요. 그리고 나는 그녀를 가엾게 여긴다는 말조차 전할 수 없어요."

로버트는 누이의 놀란 얼굴을 힐끔 보고는 뒤편의 여왕을 보며 말했다.

"여왕이 홀로 있군요. 그녀가 위기에 처했다는 걸 알 수 있어요. 그녀는 몹시 두려워하고 있어요. 하지만 나는 그녀를 도울 수 없다는 것도 알아요."

메리가 로버트의 말을 되풀이했다.

"두려워한다고?"

"그녀는 자기 목숨을 잃을까봐 두려워해요. 자기 나라를 잃을까봐 두려워해요. 그리고 프랑스인들과 전쟁을 치러야 한다는 사실로 완전히 겁에 질렸어요. 선왕인 메리 여왕은 프랑스와 싸워 패배했고 명성이 무너졌어요. 지금 프랑스는 그때보다 훨씬 강력해요. 그리고 이번 전쟁은 잉글랜드 영토에서 벌어질 거예요."

"여왕은 어떻게 할까?"

로버트가 예측했다.

"할 수 있는 한 전쟁을 미루겠지요. 그러나 포위망은 무너질 게 분명하죠. 그다음은 어떻게 되겠어요?"

"그러면 너는 어떻게 할 거니?"

"멀찍이 떨어져서 지켜봐야지요. 그녀를 위해 기도하고, 죽음의 고통처럼 그녀를 그리워하면서요."

로버트의 의문은 11월 중순 무렵에 풀렸다. 최악의 소식이 도착한 것이었다. 프랑스 출신 섭정 왕비의 군대는 리스 성의 포위를 세차게 뚫고 나와 신교도들을 멸할 군사들을 보내고 스털링을 수복했다. 자신의 딸 스코틀랜드의 메리 여왕을 대신하는 섭정 왕비는 또다시 에든버러를 함락했고 스코틀랜드의 신교도는 완전히 패배했다.

1559~1560 겨울

에이미는 노퍽에서 지냈던 어린 시절의 집 스탠필드홀에서 겨울을 보내기 위해 차갑고 질척한 길을 따라 돌아가고 있었다. 평평한 땅 위쪽에서 아치를 이루는 하늘은 먹구름을 품은 회색빛이었고, 그 아래의 땅은 회색 돌로 얼룩진 고동색으로 투박하고 초라할 만큼 단조로웠다.

에이미는 성탄절 전에 로버트를 볼 수 있을 거라고 기대하지 않았고, 성탄절 축제가 열리는 12일 중에 그를 볼 수 있을 거라고도 기대하지 않았다. 겨울 축제를 벌이기로 한 궁의 일정에 따라 로버트는 바쁘게 축제를 계획하고 가면극과 연극과 연회와 사냥을 구성하고 있다는 사실 그리고 로버트가 입 밖에 내지 않았지만 엘리자베스가 여왕으로서 마지막으로 보내는 축제임을 에이미는 알고 있었다. 에이미는 로버트가 여왕의 연인이자 친구며 친밀한 동반자로서 젊은 여왕의 옆을 떠나지 않으리라는 사실을 알고 있었다. 그녀는 그들이 연인이든 혹은 그들 사이가 소원해졌든 상관없이, 엘리자베스를 제외하고 세상에 로버트 편은 아무도 없다는 사실을 알고 있었다.

시더스톤 교구의 성당에서 에이미는 한때 십자고상이 세워졌던 제대 위의 텅 빈 공간과, 한때 온화하게 손을 들어 충실한 신자들을 축복하던 성모마리아의 돌조각상이 있던 초석을 바라보며 무릎을 꿇고 속삭였다.

"나는 로버트를 비난하지 않을 거예요."

엘리자베스의 방침을 따르는 새로운 사제는 신자들이 텅 빈 공간을 향해 기도하도록 만들어버렸다. 에이미는 빈 공간을 향해 속삭였다.

"나는 로버트를 비난하지 않을 거예요. 그리고 그 여자도 비난하지 않을 거예요. 두 사람 모두 비난하지 않을 거예요. 나는 모든 분노와 슬픔에서 벗어나야 해요. 나는 그에게 나를 떠나가도 된다고, 다른 여자에게 가도 된다고, 나를 사랑했던 것보다 그 여자를 더 사랑해도 된다고 말해야 돼요. 마음속의 질투와 고통과 비탄에서 벗어나야 하죠. 모두 보내버려야 해요. 그렇지 않으면 내가 망가져요."

에이미는 두 손에 머리를 파묻고 말했다.

"시도 때도 없이 가슴이 욱신거리는 고통은 비탄의 상처예요. 그 고통은 심장을 쑤셔대는 창과 같아요. 그 상처를 치유하려면 그를 용서해야 해요. 내가 질투에 사로잡혀 상처를 잡아뜯으려 하는 매 순간마다 내게 새로운 고통이 밀려와요. 그를 용서해야만 해요. 그 여자조차 용서해야 해요."

에이미는 손에 파묻었던 머리를 들고 제대를 바라보았다. 돌 위에 십자고상이 매달렸던 자국을 어렴풋이 볼 수 있었다. 에이미는 눈을 감고 마치 십자고상이 그 자리에 달려 있는 것처럼 제단을 바라보며 기도했다.

"저는 이혼이라는 이단 행위를 하지 않을 거예요. 비록 그이가 돌아와, 그 여자의 마음이 변했으니 둘이 결혼하고 싶다고 말하더라도 저는 승낙하지 않을 거예요. 하느님께서 로버트와 저를 하나로 결합하셨으니 아무도 우리를 갈라놓을 수 없어요. 저는 그것을 알아요. 그도 그것을 알아요. 사악한 마음을 가진 그녀조차도 아마 그것을 알 거예요."

세실은 화이트홀에 있는 자신의 큰 방에서 편지를 쓰고 있었다. 이 편지는 여왕에게 쓴 것이지만 평상시처럼 항목마다 번호를 붙이는 방식의 무뚝뚝한 편지가 아니었다. 이 편지는 훨씬 더 형식이 갖춰진 글이며, 스코틀랜드 신교도들이 여왕에게 보낼 편지를 세실이 대신 쓴 것이었다. 세실은 이 편지를 스코틀랜드로 보내면 스코틀랜드 귀족이 손으로 이 편지를 직접 옮겨 적어서, 다시 엘리자베스 여왕에게 긴급히 보내는 복잡한 경로를 거치는 게 좋겠다고 생각했다. 엘리자베스가 마음을 바꾸어 잉글랜드 군대를 스코틀랜드로 보내도록 만들어줄 무언가가 필요했기 때문이다.

리스 성에 주둔한 프랑스 수비군은 요새를 뚫고 나와 성 앞에 진을 쳤던 스코틀랜드 신교도들을 무찔렀다. 스코틀랜드에 대한 세실의 큰 희망이었던 애런 백작은 패배에 따른 공포로 몹시 이상한 행동을 보였다. 분노와 착란, 침묵과 눈물이 번갈아 그를 휩쓸었다. 불쌍한 애런 백작에게서는 영웅적인 지도력을 기대할 수 없고 엘리자베스와의 의기양양한 결혼도 기대할 수 없다. 얼굴이 예쁘장하고 불쌍한 이 젊은이는 반쯤은 미친 게 틀림없고 패배로 인해 궁지에 몰렸다.

스코틀랜드 귀족들에게는 지도자가 없다. 엘리자베스의 지원이 없다면 의지할 곳조차 없다. 지금 후퇴한다면 프랑스 지원군이 당도할 때 크게 패할 것이다. 그리고 파리에서 막 도착한 니컬러스 스록모튼은 미칠 듯한 공포에 사로잡혀 프랑스 함대가 노르망디항 전체를 뒤덮은 듯이 집결했고 군대가 무장을 마쳤으며, 순풍이 불면 바로 출범할 것이라고 경고했다. 파리 대사였던 스톡모튼 경은 프랑스인들은 틀림없이 처음에는 스코틀랜드를 정복할 것이고 다음에는 잉글랜드로 진군할 것이라고 장담했다. 프랑스의 승리에는 추호의 의심도 없었다.

세실은 스코틀랜드 귀족들이 엘리자베스에게 보낼 글을 썼다.

전하,

종교적 동지로서, 프랑스의 강력한 힘을 두려워하는 동맹자로서, 이웃이자 친구로서, 전하께서 저희의 구원자가 되어주시기를 간청 드립니다. 전하께서 저희를 도와주지 않으신다면 저희는 약탈자 프랑스군을 홀로 맞서야 합니다. 스코틀랜드가 무너져내린 다음 프랑스군이 잉글랜드를 침공할 것은 의심할 바 없습니다. 프랑스군이 침공하는 바로 그날, 전하는 저희를 도와줬어야 한다며 후회하실 겁니다. 그때가 되면 저희 중 살아남아 전하를 도울 이는 아무도 없을 것이기 때문입니다.

저희는 스코틀랜드의 메리 여왕에게 충성하지 않겠다는 것이 아닙니다. 저희는 메리 여왕의 사악한 조언자인 프랑스인들에게 반대하는 겁니다. 저희의 진정한 군주인 메리 여왕의 영토를 통치하는 섭정 마리 드 기즈를 반대하는 겁니다. 섭정 왕비의 모국인 프랑스 군대가 이미 전쟁을 준비했고, 프랑스가 우리 영토에서 우리와 싸우려고 무기를 손에 든 이래, 전하께서 프랑스와 체결한 조약은 이미 깨졌습니다. 섭정 왕비의 가족은 저희와 전하의 불구대천의 원수입니다.

저희가 전하의 돌아가신 부왕께 도움을 호소했다면 그분은 저희를 지원해 주시고 그분의 큰 숙원이었던 왕국의 통일을 이루셨을 겁니다. 부디 전하께서는 부왕의 충실한 따님이 되셔서 저희의 구원자가 되어주십시오.

세실은 스코틀랜드 귀족들에게 보내는 글을 덧붙였다.

이 이후에는 당신들이 원하는 말을 덧붙이십시오. 그러나 합법적인 통치자에게 저항하는 반역자처럼 보이지 않도록 조심해서 쓰십시오. 전하께서는 노골적인 반역은 지원하지 않으실 겁니다. 프랑스군이 여성이나 아이들을 살해했다면 곧바로 편지를 써서 그 사실을 전하께 알려야 합니다. 내용을 조금도 줄이지 말고 쓰십시오. 돈 문제는 거론하지 마시고, 전하께서 빠르고 쉬운 작전이 될 것이라고 생각할 만한 적합한 이유를 말씀하십시오. 최근의 상황에 대해서는 쓰지 않았으니 이 편지를 받으시면 직접 쓰시고 제가 쓴 글을 옮겨 적어서 다시 보내주십시오. 안전을 빌며 하느님께서 돌봐주시기를 빕니다.

세실은 편지를 접어 문장을 새기지 않은 채 세 모서리를 봉하며 걱정스럽게 혼잣말을 했다.
'그리고 우리 모두를 돌봐주시기를 빕니다.'
세실은 편지에 서명하지 않았다. 그는 무엇인가에 자신의 이름을 쓰는 경우는 극히 드물었다.

로버트는 늘 인기를 끌었던 캐멀럿 이야기를 새 가면극의 주제로 삼았다. 그러나 멋진 매력의 소유자인 로버트마저 이번에는 즐겁게 극을 꾸미지 못했다.

엘리자베스는 잉글랜드의 정령을 연기했다. 그러고 나서 그녀가 왕좌에 앉아 있는 동안 젊은 궁녀들은 그녀 앞에서 춤을 추었고, 그 다음으로는 배우들이 나와 아서왕이 통치했던 시절의 위대했던 잉글랜드를 칭송하고자 특별히 만든 연극을 공연했다. 원탁의 찬란한 영광을 위협하는 인물들이 등장하는 막간 익살극도 공연되었다. 적들의 존재란 위대한 왕국에서 나타나는 여러 징후 중 하나지만 큰 어려움 없이 그 적들을 물리칠 수 있다는 것이 그 극의 요지임을 누구든 알 수 있었다. 로버트가 창조한 허구의 잉글랜드는 엘리자베스가 끊임없이 느끼는 전쟁의 공포가 전혀 표현되지 않았다.

춤추는 사람들 틈으로 궁전을 살피던 엘리자베스는 로버트가 눈에 들어오자 눈길을 돌렸다. 로버트는 엘리자베스가 이야기하고 싶어 하면 곧장 부를 수 있을 정도로 왕좌 가까이에 서 있었지만, 자신을 스치는 엘리자베스의 검은 두 눈을 보며 자기가 그녀를 응시했다는 걸 간파당한 사실을 깨달았다.

로버트는 화가 나서 생각했다.

'여왕은 빈혈증에 걸린 소년 같군.'

엘리자베스는 다시 한 번 로버트를 똑바로 바라보며 희미하게 미소 지었다. 그 미소는 마치 두 사람이 유령이 되어, 엘리자베스의 영혼이 안개 속에서 소녀 시절 사랑했던 청년을 바라보는 것 같았다. 그러고 나서 엘리자베스는 반드시 관계를 유지해야 할 동맹이며 남편감인 카를 대공의 대사 카스파르 폰 브로이너에게 고개를 돌려 대공이 언제 잉글랜드에 도착할 것인지 물었다.

대사는 즐거운 기분이 아니었다. 엘리자베스가 모든 매력을 동원하며 애써도 대사의 얼굴에 미소가 떠오르도록 할 수 없었다. 마침내 대사는 몸이 아프다며 양해를 구하고 자리에서 일어섰다.

노퍽 공작이 로버트에게 날카롭게 말했다.

"당신이 일으킨 문제를 압니까?"

"나 말이요?"

"카스파르 폰 브로이너는 여왕 전하께서 다른 남자와 공공연히 사랑에 빠져 있는 동안은 결혼할 가망이 없다고 생각하고 있고, 대공에게도 아직은 잉글랜드로 오지 말라고 조언했소."

노퍽 공작은 로버트에게 욕설을 퍼부었다.

"당신은 욕심 많은, 빌어먹을 개요. 당신이 여왕 전하의 앞길을 막고 있으니 유럽의 어떤 왕자도 여왕 전하와 결혼하려 하지 않소. 당신 귀에는 소문이 들리지 않소? 당신이 여왕 전하께 바짝 붙어 있는 걸 사람들이 모를 것이라 생각했소? 사람들이 당신과 여왕 전하와의 관계가 이제는 끝났다고 믿을 것이라 생각했소? 당신은 바람난 여왕이 오쟁이 진 남편을 선택하라고 뒤로 물러났지만, 명예로운 남자라면 이런 여왕을 아내로 맞지 않을 거요."

로버트는 분노로 하얗게 질려서 말했다.

"당신은 여왕 전하를 모욕했소. 당신을 두고 보겠소."

노퍽 공작이 되받아쳤다.

"내가 여왕 전하를 모욕했을지 몰라도 당신은 여왕 전하를 망쳐 났소."

로버트가 물었다.

"대공이 이곳으로 오려 하지 않기 때문에 이러는 거요? 여왕 전하께서 외국인과 결혼해야 한다고 생각한다면 당신은 진정한 친구도 진정한 잉글랜드인도 아닙니다. 왜 우리는 잉글랜드의 왕좌에 다른 외국인을 앉혀야 하는 거요? 에스파냐 펠리페 왕의 경우를 보더라도 그가 우리에게 잘한 일이 뭐가 있습니까?"

노퍽 공작은 머리끝까지 화가 나서 말했다.

"엘리자베스는 왕족과 결혼해야 하기 때문에, 아니 적어도 당신 같은 개보다 나은 사람과 결혼해야 하기 때문에 이러는 거요."

불현듯 프랜시스 놀스의 차가운 목소리가 들려왔다.

"여보시오."

그들은 뒤를 돌아보았다.

"잘들 하십니다. 여왕님이 당신들을 지켜보고 계시오. 당신들은 연회의 즐거운 분위기를 망치고 있어요."

노퍽 공작이 로버트를 밀치고 가며 말했다.

"프랜시스 경에게 말하시오. 내 친척인 엘리자베스가 타락하고 이 나라가 동맹자들을 잃고 침몰해 가는 상황에서, 나는 이런 기가 막힌 일을 참고 있을 수 없다고 말이오."

로버트는 노퍽 공작을 가도록 내버려두었다. 대신 왕좌 쪽을 쳐다봤다. 엘리자베스는 자기가 사랑하는 남자에게 노퍽 공작이 무슨 말을 하는지 관심을 가지고 바라보고 있었다. 대사는 자리를 떠나며 절을 하고 있었지만 엘리자베스는 알아채지 못했다.

11월이 끝나갈 무렵, 세실이 초안을 잡고 스코틀랜드 귀족이 적절하게 고쳐 쓴 편지가 엘리자베스의 손에 건네졌다. 엘리자베스가 아무 일에도 집중하지 못하고 방 안을 서성거리는 동안 세실이 그 편지를 가지고 와 엘리자베스의 책상 위에 놓았다.

세실은 엘리자베스의 창백한 피부와 차분하지 못한 모습을 보며 물었다.

"어디 편찮으십니까?"

엘리자베스가 짧게 대답했다.

"마음이 좋지 않아요."

세실은 속으로 생각했다.

'빌어먹을 더들리.'

그러면서 그는 편지를 엘리자베스에게 가까이 밀어 열어보도록 했다.

엘리자베스는 천천히 편지를 읽었다.

세실이 말했다.

"이 편지는 우리가 스코틀랜드에 군대를 보내야 할 이유를 설명합니다. 또한 스코틀랜드의 귀족 연합이 약탈자인 프랑스와 맞서 싸울 수 있도록 전하께서 도와주시기를 호소합니다. 전하께서 개인의 목표를 위해 침공하려 한다고 말할 수 있는 자는 아무도 없습니다. 합법적인 여왕을 끌어내리려고 한다고 말할 수 있는 자는 아무도 없습니다. 귀족들은 자신들이 불만을 갖는 이유의 정당성을 설명하며 도움을 요청하고 있습니다. 전하께서는 '돕겠다'라고 말씀하시면 됩니다."

엘리자베스는 신경질적으로 말했다.

"아니, 아직은 때가 아니에요."

세실이 이유를 열거하여 설득하려 했다.

"우리는 자금을 보냈습니다. 상황을 지켜보도록 사람들도 보냈고요. 스코틀랜드 귀족들이 전투력을 갖춘 것도 알고 있습니다. 그들이 마리 드 기즈를 패배시킬 수 있다는 사실도 알고 있습니다. 그들은 리스 해안까지 마리 드 기즈 일당을 밀어붙였습니다. 프랑스인들이 오겠지만, 아직 출범하지 않았고 날씨가 바뀌기를 기다린다고 합니다. 풍향이 바뀌기만 하면 침공이 시작될 겁니다. 바람이 바뀌면 재앙이 시작될 겁니다. 이제 우리가 움직일 차례입니다. 요구를 받아들여야 합니다."

엘리자베스는 의자에서 일어났다.

"세실, 추밀원의 절반은 우리가 전쟁에서 질 게 분명하다고 내게 경고했어요. 함대 사령관인 클린턴 경은 우리 해군이 프랑스 함대를 막아낼 수 있다고는 보장 못한다고 말했고요. 프랑스 함대는 우리보다 나은 배와 대포를 가지고 있어요. 펨브룩 백작과 윈체스터 후작이 내게 스코틀랜드에 가지 말라고 조언했고, 경의 매부인 니컬러스 베이컨은 위험이 너무 크다고 말해요. 카스파르 폰 브로이너는 자신과 그의 황제가 내 친구임에도 불구하고 우리가 패배할 게 확실하다고 내게 비밀스레 경고했어요. 프랑스 궁정은 우리가 감히 그들을 상대로 전쟁을 벌이려 한다며 큰 소리로 비웃습니다. 그들은 우리가 그들과 전쟁을 꿈꾸는 것조차도 우스꽝스럽다는 것을 알아요. 내가 조언을 요청했던 모든 사람들은 우리가 질 것이 확실하다고 말해요."

세실이 말했다.

"군대를 너무 늦게 보낸다면 패배가 확실하겠지요. 그러나 지금 군대를 보내면 이길 수 있을 겁니다."

엘리자베스가 타협안을 내놓았다.

"봄에 보내면 어때요?"

"봄에는 프랑스 함대가 이미 리스항에 정박했을 테고 프랑스군은 스코틀랜드의 모든 성에 주둔하여 우리와 대치할 겁니다. 그보다는 지금 정예부대를 보내서 일을 해결하는 편이 낫습니다."

엘리자베스는 창문으로 몸을 돌려 신경질적으로 손톱을 문지르며 비참하게 말했다.

"위험해요. 너무나 위험해요."

"저도 잘 압니다. 그러나 전하는 위험을 감내하셔야 합니다. 시기를 늦추는 것보다 지금이 이길 확률이 훨씬 높습니다."

"돈을 더 보낼 수도 있어요. 그래섬이 우리에게 돈을 더 빌려줄 수 있을 거예요. 그러나 그 이상의 위험을 감수하지는 않겠어요."

세실이 엘리자베스를 재촉했다.

"그러시다면 조언을 들어보십시오. 추밀원에서 하는 말을 들어보도록 하십시오."

엘리자베스가 쓸쓸하게 말했다.

"내게는 조언자가 없어요."

세실이 생각했다.

'또다시 더들리 이야기군. 여왕은 그가 없으면 정말 살아가기 힘든 건가.'

이내 세실은 엘리자베스의 기운을 북돋으며 말했다.

"전하, 전하는 추밀원 전체를 조언자로 가지고 계십니다. 내일 그들에게 의견을 듣도록 하시지요."

그러나 다음 날, 추밀원 회의가 열리기 전에 스코틀랜드에서 누군가 찾아왔다. 스코틀랜드 동료 귀족들의 위임을 받은 레싱턴의 메이틀런드가 변장을 하고 비밀리에 온 것이었다. 만일 엘리자베스가 자신들을 지지하여 프랑스와 맞선다면 스코틀랜드의 왕위를 주겠다는 제안을 하기 위해서였다.

세실은 너무나 기뻐서 온몸이 짜릿했다.

"그렇게 그들은 애런을 단념했군요. 그들은 전하를 원하는 겁니다."

잠시 동안, 엘리자베스는 야망으로 벅차올라 숨을 몰아쉬며 말했다.

"프랑스, 스코틀랜드, 웨일즈, 아일랜드, 잉글랜드의 여왕이라! 애버딘에서 칼레에 이르는 영토에요. 나는 유럽에서 가장 강력한 왕이자 가장 부자 왕 중 한 명이 되겠군요."

세실이 장담했다.

"그렇게 되면 왕국의 미래는 탄탄해질 겁니다. 스코틀랜드와 연합했을 때 잉글랜드가 할 수 있는 일들을 생각해 보세요! 우리는 마침내 안보를 확보하는 겁니다. 북부의 침략 위험에서 영원히 안전해지는 겁니다. 프랑스가 침략할 위험도 없앨 겁니다. 스코틀랜드의 힘과 부를 이용해 앞으로 뻗어나갈 수 있습니다. 강대국이 될 겁니다. 우리가 어떤 위업을 달성할지 아무도 예측할 수 없을 겁니다. 통일된 잉글랜드와 스코틀랜드의 왕은 모두가 인정할 만한, 세상의 권력자가 될 겁니다! 우리는 세상에서 가장 강력한 신교도 왕국이 될 겁니다."

세실은 엘리자베스가 추구할 수 있는 미래에 대한 자신의 생각을 제대로 알렸다고 잠시 생각했다.

그때 엘리자베스가 고개를 돌리며 푸념했다.

"이건 나를 함정에 빠뜨리려는 속셈이군요. 프랑스군이 스코틀랜드를 침공하면 나는 그들과 전투를 해야만 해요. 그들은 내 영토로 들어올 것이고 나는 그들을 상대하지 않을 수 없겠지요. 나를 억지로 프랑스와 싸우게 하려는 거예요."

엘리자베스가 생각을 다시 원래대로 돌리자 세실이 소리쳤다.

"우리는 어쨌든 그들과 싸워야 합니다. 그러나 우리가 이긴다면, 전하는 잉글랜드와 스코틀랜드의 여왕이 되십니다."

"그렇지만 우리가 진다면 나는 잉글랜드와 스코틀랜드의 여왕으로서 참수당하겠지요."

세실은 조바심을 꾹 눌러야만 했다.

"전하, 스코틀랜드 귀족들은 엄청난 제안을 한 겁니다. 이는 수년 동안의…… 아니 수세기 동안의 대립을 끝내는 겁니다. 우리가 이긴다면 전하의 아버님이 원하시던 대로, 전하의 할아버님이 원하시던 대로 왕국이 통일되는 겁니다. 전하께서는 역사상 가장 강력한 잉글랜드 군주가 될 기회를 가지셨습니다. 전하는 이 섬나라에 통일 왕국을 세울 기회를 가지셨습니다.”

엘리자베스가 퉁명스럽게 물었다.

“좋습니다. 그런데 우리가 패배한다면 어쩔 겁니까?”

성탄절 전야였다. 그러나 잉글랜드는 우울함으로 분위기가 가라앉았다. 엘리자베스는 회의 탁자의 상석 의자에 꼿꼿이 앉았고 추밀원 고문관들이 그녀 주변으로 둘러앉았다. 엘리자베스의 유일한 움직임이라고는 손톱의 표피를 문질러대고 손끝으로 손톱을 튕기는 것뿐이었다.

조목조목 빈틈없는 자신의 논리에 동의하지 않을 이는 아무도 없을 것이라고 확신하는 세실은 전쟁을 해야 한다고 주장했다. 세실이 길게 말을 이어갈 동안 나머지 사람들은 침묵했다.

엘리자베스가 음울하게 말했다.

“그런데 우리가 패배한다면 어쩔 겁니까?”

니컬러스 베이컨도 맞장구쳤다.

“바로 그게 문제입니다.”

세실은 극심한 두려움에 빠져 있는 엘리자베스를 보았다.

엘리자베스가 목소리를 매우 낮추어 말했다.

“성령이시여, 저를 도와주소서. 저는 프랑스와의 전쟁을 명령할 수 없습니다. 내 집 가까이에서는 안 됩니다. 이길 승산이 확실하지 않고서는 안 됩니다. 그리고……..”

엘리자베스는 말을 멈추었다.

세실은 생각했다.

‘여왕은 더들리의 지지가 없으면 안 된다는 말을 하려 했던 게야. 오, 자비로운 하느님. 왕이 몹시도 절실한 저희에게 여왕을 주셨나이까? 여왕은 그 남자의 지지가 없으면 아무런 결정도 하지 못하는군. 게다가 그 남자는 얼간이에 반역자라니.'

문이 열리고 니컬러스 스록모튼이 들어와 여왕에게 절을 하고는 세실 앞에 종이 한 장을 내려놓았다. 세실은 종이를 보더니 고개를 들어 여왕과 동료 고문관들을 바라봤다.

세실이 입을 열었다.

"풍향이 바뀌었답니다."

잠시 동안 엘리자베스는 세실의 말을 이해하지 못했다.

세실이 다시 말했다.

"프랑스 함대가 출항했다는 말입니다."

모든 고문관들이 격하게 숨을 몰아쉬었다. 엘리자베스는 더욱더 창백해진 얼굴로 속삭였다.

"그들이 오고 있나요?"

세실이 말했다.

"40척의 배가 오고 있습니다."

엘리자베스가 말했다.

"우리 배는 겨우 14척이잖아요."

세실은 아무 말도 할 수 없었다. 엘리자베스의 입술은 굳고 차가워져 말을 내뱉기도 힘들었다.

세실이 능란한 말씨로 엘리자베스에게 연인처럼 속삭였다.

"우리 함대를 내보내세요. 우리 배를 항구에서 내보내면 적어도 외따로 떨어진 프랑스 함대만이라도 중간에서 막을 수 있습니다. 아마도 그 배들과 교전할 수도 있을 겁니다. 제발 함대를 항구에 묶어두지 마세요. 어쩌면 프랑스 함대가 지나가는 길에 항구로 들어와 우리 배를 모두 불태울 수 있습니다!"

엘리자베스에게는 배를 잃을지도 모른다는 공포가 전쟁의 공포보다 더 컸다. 엘리자베스가 애매모호하게 말했다.

"좋아요, 배를 출항시켜요. 항구에서 불타서는 안 되니까요."

세실은 재빨리 종이에 글을 적고 문 앞으로 가 기다리던 전령에게 건네주며 말했다.

"전하께 감사드립니다. 그리고 지금 당장 프랑스와 전쟁을 선포해야 합니다."

엘리자베스는 살갗이 벗겨지게 입술을 깨물고 손톱 표피를 뜯어내며, 성탄절 영성체에 참석하기 위해 궁정을 가로질러 걸어갔다. 귀신에 홀린 여자 같았고, 미소 띤 입술은 닳아서 해진 붉은 리본 같았다.

예배당에서 엘리자베스는 로버트가 건너편에서 자신을 바라보는 모습을 발견했다. 로버트는 엘리자베스에게 옅은 미소를 지으며 속삭였다.

"용기를 내십시오!"

엘리자베스는 로버트가 세상에서 유일한 친구인 것처럼 그를 바라보았다. 로버트는 모든 신하들 앞에서 예배당의 복도를 가로질러 엘리자베스에게 가려는 듯 자리에서 반쯤 일어났다. 그러나 엘리자베스는 고개를 저으며 시선을 돌렸다. 그로 인해 엘리자베스는 갈망하는 로버트의 두 눈을 보지 못했고, 로버트는 엘리자베스의 굶주린 두 눈을 보지 못했다.

성탄절 연회는 즐거움이라고는 찾아볼 수 없이 진행되었다. 성가대가 노래를 부르는 사이 열을 지은 시종들이 공들여 화려하게 만든 음식들을 끊임없이 내놓았지만 엘리자베스는 음식 접시를 차례로 밀어냈다. 그녀는 도저히 음식을 먹을 수 없었다. 먹는 척도

할 수 없었다.

저녁 만찬 후, 궁녀들이 성탄절 행사를 위해 특별히 준비된 가면극에서 춤을 출 때 세실이 다가와 엘리자베스의 의자 뒤에 섰다.

엘리자베스가 퉁명스럽게 말했다.

"무슨 일인가요?"

세실이 조용히 입을 열었다.

"합스부르크 대사가 제게 빈으로 돌아가겠다고 말했습니다. 그는 전하와 대공의 결혼에 희망을 버렸습니다. 더 이상 결과를 기다리고 싶어 하지 않습니다."

엘리자베스는 너무나 지쳐서 화낼 기운도 없었다. 그녀는 느리게 물었다.

"오, 그를 가게 내버려두는 겁니까?"

세실은 질문이라기에는 모호하게 말했다.

"전하는 대공과 결혼하지 않으시려는 거군요?"

엘리자베스가 말했다.

"대공이 잉글랜드로 왔다면 결혼했을 거예요. 그러나 한 번도 본 적이 없는 남자와 결혼할 수는 없어요. 그리고 세실, 정말이지 나는 너무 기운이 없어서 지금은 정사를 생각할 수 없어요. 대사가 머물든 떠나든 상관없이, 나를 전쟁에서 구하기에는 너무 늦었어요. 그리고 그에 대해서는 전혀 개의치 않아요. 나는 만나기도 전에 모든 결혼 서약서에 서명하고 봉인해야 하는 구혼자가 아니라 믿을 수 있는 진정한 친구가 필요해요. 대공은 내게 아무 약속도 하지 않은 채 남편으로서 그가 가질 수 있는 모든 것을 보장해 주기를 원했어요."

세실은 엘리자베스의 말에 반박하지 않았다. 그는 엘리자베스가 가택 연금을 당해서 죽음의 공포에 시달리는 모습을 본 적이 있었지만, 왕위에 오른 후 이제 겨우 두 번째인 성탄절 연회에서 보인 암울한 모습을 이전에는 본 적이 전혀 없었다고 생각했다.

엘리자베스는 벌써 전쟁에 패한 것처럼 슬프게 말했다.

"너무 늦었어요. 프랑스 함대가 출범했어요. 지금쯤 그들은 분명 우리 해안을 지나갔을 거예요. 그들은 대공 따위를 두려워하지 않아요. 애런을 처부쉈던 것처럼 대공도 처부술 수 있다는 사실을 그들은 알았어요. 프랑스 함대가 바다에 있는 지금 그가 내게 해줄 수 있는 일이 뭐가 있단 말인가요?"

세실이 말했다.

"전하, 기운을 내십시오. 우리는 아직 에스파냐와 동맹 관계입니다. 대공 없이도 우리는 프랑스군을 무찌를 수 있습니다."

엘리자베스는 단 한 마디만 말했다.

"대공 없이는 패할 수도 있어요."

사흘 뒤에 엘리자베스는 추밀원 회의를 다시 소집했다.

엘리자베스가 말했다.

"바른 길로 인도해 달라고 기도드렸습니다. 밤새도록 무릎 꿇고 기도했어요. 나는 못해요. 감히 전쟁에 뛰어들 수 없어요. 배들을 항구에서 떠나지 말도록 하세요. 우리는 프랑스군과 대결할 수 없어요."

망연자실한 침묵이 흘렀다. 모두가 세실이 입을 열 때를 기다렸다. 세실은 동료들을 돌아보았다. 모두 세실의 눈을 피했다.

세실이 단호하게 말했다.

"그렇지만 배들은 이미 항구를 떠났습니다, 전하."

엘리자베스가 아연실색했다.

"이미 떠났다고요?"

세실이 말했다.

"전하께서 명령하시자마자 함대가 출항했습니다."

작은 신음을 내뱉은 엘리자베스는 무릎에 힘이 풀려 의자의 높은 등받이에 온몸을 기댔다.

"세실, 어떻게 이런 일을 저지를 수 있어요? 함대를 보내다니, 경이 바로 반역자로군요."

엘리자베스가 강력하고도 위험한 단어를 입에 담자 추밀원 고문관들 사이에서 놀라 숨을 들이마시는 소리가 흘러나왔다. 그러나 세실은 전혀 흔들리지 않았다.

그는 침착하게 말했다.

"전하께서 직접 내리신 명령이었습니다. 그리고 옳은 명령이었습니다."

궁에서는 스코틀랜드에서 소식이 오기를 기다렸다. 그러나 단편적인 소식만 들려와 앞뒤가 맞지 않고 신경만 거슬리게 해 사람들은 구석에 모여 초조해하며 소곤거렸다. 많은 사람들이 금을 사서 제네바나 독일로 보냈다. 프랑스가 잉글랜드를 침공하면 고향을 쉽게 탈출하기 위해서였다. 잉글랜드의 주화 가치는 이미 밑바닥까지 떨어져 더 이상 내려갈 곳도 없었다.

수적으로나 화력상으로 전혀 희망이 없을 정도로 불리한 잉글랜드 함대에 대한 믿음은 존재하지 않았고, 공포로 완전히 질려 있는 여왕에 대한 믿음도 존재하지 않았다. 그리고 비참한 소식이 도착했다. 엘리자베스가 소중히 여기는 잉글랜드 함대가 폭풍을 만나 모두 실종되었다는 소식이었다.

여왕은 비탄으로 몹시 격노하여 전체 추밀원 앞에서 세실에게 고함을 질렀다.

"경이 함대의 출정을 늦추도록 했다면 배들은 사나운 바람을 피할 수 있었을 것이고, 나는 함대 출정을 준비시켰을 겁니다. 바다에서 내 배들을 잃는 일 따위는 없었을 겁니다."

세실은 아무 말도 하지 않았고, 할 수 있는 말도 없었다.

엘리자베스가 한탄했다.

"내 함대! 내 배! 경의 조바심 때문에, 경의 어리석음 때문에 모두 잃었어요, 세실. 지금 이 나라는 프랑스의 침공에 대해 아무런 방도가 없고, 바다에 방어선이 없어요. 그리고 우리의 불쌍한 군사들을 바다에서 잃었어요."

꽤 여러 날이 지난 후에 배들을 도로 찾았으며, 14척 중 11척이 포스 만에 닻을 내려 리스 성을 또다시 포위 공격하는 스코틀랜드 귀족을 지원하고 있다는 소식이 전해졌다.

엘리자베스는 자신의 처소 난롯가에서 여왕이라기보다는 골이 난 여자아이처럼 손가락 둘레의 살갗을 뜯으며 참담하게 말했다.

"벌써 배 3척을 잃었어요! 3척을 잃었다고요. 대포 한 발 맞지 않고요."

세실이 굽힘 없이 말했다.

"11척은 안전합니다. 생각해 보십시오. 11척이 안전하고, 그 배들은 포스 만에 정박하여 마리 드 기즈를 향한 포위 공격을 지원하고 있습니다. 성벽 아래에 진을 친 스코틀랜드 귀족들과 항구에 정박한 잉글랜드 함대를 창문을 통해 바라보는 마리 드 기즈의 기분이 어떨지 생각해 보십시오."

엘리자베스가 고집스럽게 말했다.

"그 여자는 겨우 11척을 보았겠지요. 3척은 이미 잃었고요. 하느님, 부디 그들을 돌보셔서 수많은 패배 중 첫 패배가 되지 않게 해 주소서. 아직 11척 남았을 때 함대를 불러들여야 합니다, 세실. 이긴다는 확신이 없이는 위험을 감수하지 않겠어요."

세실이 선언했다.

"이긴다는 확신은 절대로 없습니다. 위험은 늘 있는 것이지만 전하께서는 지금 그 위험을 감수하셔야 합니다."

"스피릿, 제발, 내게 그런 요구를 하지 말아요."

엘리자베스는 화가 나서 가슴이 두근거렸지만 세실은 계속 몰아붙였다.

"전하께서 하신 명령을 무효화할 수 없습니다."

"나는 너무 두려워요."

"전하는 지금 여자처럼 행동하셔서는 안 됩니다. 남자의 심장과 용기를 가지셔야 합니다. 용기를 찾으십시오, 엘리자베스. 전하는 부왕의 따님이시니 왕의 역할을 하십시오. 저는 남자들 가운데서도 전하만큼 용맹한 이를 보지 못했습니다."

세실은 아첨 섞인 거짓말이 엘리자베스를 설득했다고 짧게 생각했다. 엘리자베스는 턱을 치켜들었고 얼굴에 핏기가 돌았다. 그러나 그녀의 눈에서 광채가 일순간 빠져나가고 다시 의기소침한모습을 보였다.

엘리자베스가 말했다.

"난 못해요. 당신은 왕으로서의 내 모습을 본 적이 없을 거예요. 나는 늘 교활하고 한 입으로 두말하는 여자 이상은 아니었어요. 나는 공개적인 전쟁을 벌일 수 없어요. 한 번도 한 적이 없어요. 앞으로도 전쟁은 없을 거예요."

세실이 엘리자베스에게 경고했다.

"전하께서는 왕이 되는 법을 익혀야 합니다. 단지 약한 여자가 아니라 왕의 심장과 용기를 가지셔야만 합니다. 전하께서는 왕이 되지 않으시고는 이 왕국을 다스리지 못하십니다."

엘리자베스가 고개를 저었다. 겁을 먹어서 얼굴이 붉어진 노새처럼 고집을 세우며 고개를 저었다.

"내가 감히 어떻게 해요."

"전하, 함대를 다시 불러들이면 안 됩니다. 전쟁을 선포하셔야 합니다."

"안 돼요."

세실은 숨을 들이쉬고 자신의 결심에 대해 다시 한 번 생각해 보았다. 그리고 상의 안쪽에서 사직서를 꺼냈다.

"그러면 저를 놓아달라고 간청드릴 수밖에 없습니다."

엘리자베스는 어지러웠다.

"뭐라고요? 이게 뭡니까?"

"저를 놓아주십시오. 저는 전하를 모실 수 없습니다. 전하께서 왕국의 안전과 직결된 이 문제에 제 충언을 받아들이지 않으시니 저는 전하를 모실 수 없습니다. 전하를 설득하지 못했으니 전하께 쓸모가 없으며 제가 맡은 일에도 쓸모가 없습니다. 세상에서 전하를 위해 할 수 있는 일이 있다면 무엇이든 하겠습니다. 전하가 제게 얼마나 소중한지, 제 아내와 딸만큼이나 소중한 분인지 알고 전하께서도 알고 계십니다. 그러나 전하께서 스코틀랜드로 군대를 보내도록 설득하지 못한다면 저는 전하의 곁을 떠나야 합니다."

잠시 동안 엘리자베스는 무척 창백해져서 세실은 그녀가 기절할지도 모르겠다고 생각했다.

엘리자베스가 숨을 헐떡거리며 말했다.

"당신은 내게 장난을 하고 있군요. 내가 전쟁에 동의하도록 압박하려고요."

"아닙니다."

"당신은 절대로 나를 떠나지 않아요."

"떠나야 합니다. 전하께 이익이 되는 것이 무엇인지 설득할 수 있는 다른 누군가가 전하를 모셔야 합니다. 저는 나라의 이익을 몰아내는 근원이 되었습니다. 저는 무시당하고 있습니다. 저는 쓸모없는 사람입니다. 저는 위조품 동전 같습니다."

"무시하지 않았어요, 스피릿. 당신도 알다시피……."

세실은 깊이 몸을 굽혀 절했다.

"다른 일이라면 전하께서 명령하시는 일은 뭐든 하겠습니다. 전하의 부엌이나 정원에서 하는 일이라도 다른 일이라면 뭐든 하겠습니다. 저는 저에 대한 평가, 재산, 안위와 상관없이 제 인생 끝까지 전하의 명령대로 할 준비가 되어 있습니다."

"제발, 나를 떠나면 안 돼요."

세실은 문을 향해 뒤로 걸어가기 시작했다. 엘리자베스는 무언가를 빼앗긴 어린아이처럼 서서 그에게 손을 뻗으며 물었다.

"윌리엄! 제발! 내 곁에 아무도 남지 않는 건가요? 스코틀랜드는 내가 사랑하는 유일한 남자를 이미 빼앗아갔는데, 내 가장 훌륭한 조언자이자 친구까지도 빼앗아가려 하는군요. 내가 어렸을 때부터 당신은 변하지 않는 내 친구이자 조언자 아니었나요?"

세실은 문 앞에서 잠시 서서 조용히 말했다.

"스코틀랜드가 패배하자마자, 프랑스는 어떤 군대보다도 빨리 잉글랜드로 들어올 겁니다. 그들은 이곳에 와서 전하를 왕좌에서 몰아낼 겁니다. 제발 전하를 위해서 전하의 피난처와 탈출로를 준비하십시오."

엘리자베스는 작은 소리로 비참하게 울었다.

"세실!"

그러나 세실은 다시 절을 하고 문밖으로 걸어나갔다. 세실은 문밖에서 기다렸다. 그는 엘리자베스가 자신을 뒤따라 달려올 것이라 확신했다. 그러나 침묵뿐이었다. 이윽고 방 안에서 엘리자베스가 희미하게 흐느끼는 소리가 새어나왔다.

스탠필드홀에서 레이디 롭사르트는 의붓딸인 에이미를 비난하듯 말했다.

"너는 지나치게 신앙이 독실해. 그리고 사람들은 네가 가톨릭교도처럼 기도한다고 말하는구나. 그렇게 하면 우리에게 좋을 것이 없다. 네 제부가 얼마 전에 네가 성당에서 아주 이상해 보인다고, 다른 사람들이 모두 나갈 때까지도 무릎 꿇고 있더라고 말하더구나."

에이미는 전혀 당황하지 않고 대답했다.

"저는 하느님의 은총이 너무나 절실해요."

레이디 롭사르트가 말을 계속 이어갔다.

"전혀 너답지 않아. 예전에 너는 정말…… 쾌활했어. 아니, 쾌활하지는 않았더라도 그렇다고 신앙이 독실했던 것도 아니었어. 아무튼 끊임없이 기도하는 아이는 아니었어."

에이미는 단호하게 말했다.

"한때 저는 아버지의 사랑 안에서 보호를 받았어요. 그 후에는 남편의 사랑 안에서 보호를 받았죠. 그런데 지금 제게는 둘 다 사라졌잖아요."

에이미의 목소리는 떨리지 않았고, 눈물도 흘리지 않았다.

레이디 롭사르트는 놀란 나머지 한순간 아무 말도 하지 못했다.

"에이미, 얘야, 네 남편에 관한 소문이 무성하다는 건 안단다. 그렇지만……."

에이미가 말했다.

"모두 사실이에요. 그이가 직접 사실이라고 말해 줬어요. 그렇지만 그이는 여왕과 관계를 끝냈어요. 그래야 여왕이 대공과 결혼을 해 프랑스와의 전쟁에 에스파냐를 끌어들일 수 있기 때문이지요."

레이디 롭사르트가 대경실색했다.

"로버트가 그 이야기를 네게 했다고? 그가 전부 고백을 했다는 거냐?"

잠시 동안 에이미는 슬픔에 빠진 것처럼 보였다.

"네. 제가 그이를 불쌍하게 여길 거라고 그이는 생각했나봐요. 그이는 자기가 너무 불쌍해서 내가 틀림없이 위로할 거라고 생각했어요. 이전까지 저는 늘 그이를 위로했고, 그이는 습관처럼 제게 자신의 슬픔을 털어놓았죠."

"슬픔?"

"그 슬픔은 그에게 굉장히 비싼 값을 치르게 했어요. 그이는 여왕이 자기를 사랑할 것이고 제가 그이를 자유롭게 놓아줄 것이며, 자기 아버지의 꿈을 이루어 더들리 가문의 사람이 잉글랜드 왕위에 오를 수 있을 것이라고 생각했던 게 분명해요. 그이의 형은 왕위 계승자인 제인 그레이와 결혼했고, 누이는 서열상 스코틀랜드 여왕인 메리의 뒤를 잇는 헨리 헤이스팅스와 결혼했어요. 그이는 그것이 자신 가족의 운명이라고 생각하는 게 틀림없어요."

에이미는 잠시 말을 멈추었다가 사실을 말했다.

"그리고 물론 그이는 여왕과 깊은 사랑에 빠졌어요."

레이디 롭사르트는 처음 들어본 단어라는 듯 에이미의 말을 되풀이해 말했다.

"사랑에 빠졌다고? 잉글랜드의 여왕과 사랑에 빠졌다고?"

에이미가 조용히 말했다.

"그이의 모든 말에서 저는 알 수 있어요. 그는 한때 저를 사랑했어요. 그러나 모든 사람들이 그이가 격에 맞지 않는 결혼을 했다고 생각했고, 그이는 언제나 자신을 아주 높은 위치의 사람이라고 생각했어요. 그렇지만 그이는 엘리자베스에게는 달라요. 완전히 다른 사람이에요. 엘리자베스는 연인이지만 여전히 그이의 여왕이에요. 그이는 그 여자를 열망할 뿐 아니라 존경해요. 그이는……."

에이미는 말을 잠시 멈추고 적당한 표현이 무엇일지 생각했다.

"그이는 여왕과의 사랑을 갈구해요. 반면 저는 늘 너무 쉽게 사랑을 주었어요."

롭사르트는 에이미가 낯설고 차분하다고 생각하며 물었다.

"에이미, 마음이 아프지 않니? 로버트는 너에게 전부였잖니?"

에이미가 조용히 말했다.

"제 영혼에 병이 났어요. 사람이 이렇게까지 슬픔을 느낄 수 있다는 걸 예전엔 전혀 몰랐어요. 슬픔은 병과 같아요. 서서히 파괴하는 궤양과 같지요. 제가 독실한 신자처럼 보이는 이유가 그 때문이에요. 제 고통이 사라지도록 할 수 있는 유일한 방법은 하느님께 저를 데려가 달라고 기도하는 것뿐이에요. 그러면 로버트와 엘리자베스는 자신들이 원하는 대로 할 수 있고 저는 마침내 고통에서 자유로워질 거예요."

레이디 롭사르트는 에이미에게 팔을 뻗었다.

"오, 불쌍한 것! 그런 말 하지 마라. 그에겐 그래 줄 가치가 없다. 세상의 어떤 남자에게도 눈물을 흘려줄 가치가 없어. 네게 너무나 많은 희생을 치르게 한 로버트는 특히 그래."

에이미가 조용히 말했다.

"제 심장이 정말로 망가진 것 같아요. 분명해요. 가슴의 통증이 너무 심하게 지속되어서 곧 죽게 될 것 같아요. 정말로 심장이 망가졌나봐요. 병이 나을 것 같지 않아요. 그이가 가치가 있든 없든 상관없는 문제예요. 여왕이 대공과 결혼하고 로버트가 집으로 돌아와 모든 것이 실수였다고 말한다 한들 우리가 다시 행복할 수 있겠어요? 제 심장은 망가졌고 앞으로 쭉 망가진 그대로일 텐데요."

궁녀들은 엘리자베스의 마음을 즐겁게 해줄 수 없었다. 엘리자베스는 화이트홀 궁 자신의 방에서 성난 암사자처럼 서성였다. 엘리자베스는 악사들을 불러들였다가 곧 내보냈다. 책을 읽을 수도, 쉴 수도 없었다. 걱정과 비탄으로 미칠 지경이었다. 세실을 부르러 보내고 싶었다. 그 없이 어떻게 정사를 돌볼지 상상할 수 없었다. 친척인 노퍽 공작을 부르러 보내고 싶었다. 그러나 그가 어디 있는지 아무도 알지 못했다. 그러다가 곧 마음이 바뀌어 그가 보고 싶지 않아졌다. 그녀를 보고 싶어 하는 청원자들이 알현실에서 기다리고 있었지만 그들을 만나러 나가지 않았다. 재봉사가 러시아에서 온 모피를 가지고 왔지만 쳐다보지도 않았다. 스웨덴의 에리크 왕자가 열두 쪽의 편지를 써서 다이아몬드 핀으로 고정시켜 보내왔지만 그 글을 읽기가 성가셨다.

마녀처럼 엘리자베스를 괴롭히는 두려움에서 벗어날 수 있는 방법은 아무것도 없었다. 그녀는 왕위에 올라 겨우 두 번째 해를 보내는 젊은 여자였지만, 무너뜨릴 수 없는 적과 전쟁을 치러야 할지 말아야 할지 결정을 해야 했고, 누구보다 신뢰하는 두 남자는 자신을 떠났다.

엘리자베스는 어떤 때는 자신이 너무 겁을 먹어서 실수를 저지르고 있다고 확신하다가도 또 어떤 때는 자기가 나라에 재앙이 오지 않도록 막아내고 있다고 확신했으며, 자기가 중대하고 무서운 실수를 저지르고 있을지 몰라 항상 두려워했다.

라티샤 놀스는 아침 내내 미친 사람처럼 종잡을 수 없이 행동하고 변덕 부리는 엘리자베스를 보며 자신의 어머니에게 속삭였다.

"로버트 경을 부르러 가야겠어요."

캐서린이 대답했다.

"전하께서 명령하시기 전에는 가만히 있어라."

라티샤가 뜻을 굽히지 않았다.

"그렇지만 그분만이 전하를 위로할 수 있어요. 이대로 가다간 전하는 병이 나실 거고, 우리 모두를 미치게 만드실 거예요."

"라티샤!"

어머니가 날카롭게 부르는 소리를 들었지만 그녀는 이미 방을 빠져나가 로버트의 방으로 갔다.

로버트는 앞에 커다란 돈궤 뚜껑을 열어놓고 청구서에 맞춰 대금을 지불하고, 그의 사무관은 셈을 하며 마구간 운영비로 지급할 엄청난 액수의 동전을 세고 있었다.

라티샤가 문을 두드리고 방 안을 살짝 엿보았다.

로버트가 차분하게 말했다.

"놀스 양, 품위를 지키지 않고 정말 버릇없이 행동하는군."

라티샤가 말했다.

"전하에 관해 말씀드릴 게 있어요."

순간, 로버트는 야릇한 시선을 지우고 벌떡 일어났다.

"전하는 안전하시냐?"

라티샤는 로버트가 순간적으로 엘리자베스가 공격받았다고 생각한 것을 눈치챘다. 그녀는 여왕과 조신들이 늘 무시무시한 위험에 노출되어 있다는 아버지의 말이 맞았다고 생각했다.

"전하는 무사하세요. 하지만 몹시 고통스러워하세요."

"전하께서 너를 보냈느냐?"

"아니에요. 아무 말씀 없으셨지만 제가 온 거예요. 나리가 전하께 가보셔야 할 것 같은데요."

로버트는 천천히 미소 지으며 말했다.

"너는 정말 괴상한 아이구나. 왜 시키지도 않았는데 이런 행동을 한 거냐?"

라티샤가 털어놓았다.

"전하께서 이성을 잃으셨어요. 스코틀랜드의 전쟁 때문에요. 전하는 결정을 못 내리고 계시지만 결정하셔야 하거든요. 그리고 세실이 전하를 떠났어요. 전하는 나리도 떠나보내셨고요. 이제 전하 곁에는 아무도 남아 있지 않아요. 전하는 어떤 때는 '그래' 하고 생각하셨다가 어떤 때는 '안 돼' 하고 생각하세요. 이 두 결정 모두 맘에 들지 않으신 거죠. 그분은 흰 담비에게 꼬리를 물린 토끼처럼 안절부절못하세요."

로버트는 라티샤의 버릇없는 말투에 얼굴을 찡그리며 말했다.

"전하께 가보겠다. 내게 알려줘서 고맙구나."

라티샤는 검은 속눈썹 아래로 경박한 미소를 지으며 말했다.

"제가 여왕이라면 전쟁이 일어나든 말든 나리를 하루 종일 제 옆에서 떠나지 않도록 하고 싶을 거예요."

로버트는 점잖게 물었다.

"네 결혼은 어떻게 계획되고 있느냐? 드레스는 만들었고, 준비는 모두 끝냈느냐? 신랑이 조바심내지는 않느냐?"

라티샤가 아주 차분하게 말했다.

"잘 되어가고 있어요. 감사합니다. 그런데 레이디 더들리는 어떠신가요? 아프지 않으셔야 할 텐데요. 곧 궁으로 오시나요?"

엘리자베스는 처소의 난로 옆에 앉아 있었고, 방 안 여기저기 흩어져 있는 궁녀들은 긴장한 채 여왕의 다음 말을 기다리고 있었다. 다른 조신들은 엘리자베스 여왕이 불러 자기 말을 들어주길 기다리며 서 있었지만 엘리자베스는 청원을 들으려 하기는커녕 그 누구의 방해도 받고 싶지 않은 기색이었다.

로버트가 방 안으로 들어왔다. 엘리자베스는 그의 발걸음 소리가 들리자마자 고개를 돌렸다. 그녀의 얼굴에는 기쁨이 피어났다. 그녀는 자리에서 일어났다.

"오, 로버트!"

가까이 오라는 엘리자베스의 말이 없었음에도 로버트는 다가갔다. 그리고 궁녀들의 호기심 어린 눈초리들을 피하려고 그녀를 퇴창으로 이끌었다.

로버트가 입을 열었다.

"당신이 힘들어한다는 걸 알았어요. 그래서 올 수밖에 없었어요. 잠시도 지체할 수 없었습니다."

엘리자베스는 자신의 몸이 로버트에게 기우는 것을 어쩌지 못했다. 그의 옷과 머리카락에서 나는 향취에 마음이 편안해졌다.

엘리자베스가 물었다.

"어떻게 알았어요? 내게 당신이 몹시도 필요하다는 것을 어떻게 알게 되었어요?"

"당신 가까이에 있지 않으면 나는 편안하지 않으니까요. 나도 당신이 필요하니까요. 당신을 힘들게 하는 것이 있나요?"

엘리자베스는 말을 더듬거렸다.

"세실이 나를 떠났어요……. 그가 없으면 나는 아무것도 할 수 없어요."

로버트는 세실이 떠나던 날 토머스 블런트에게 모든 소식을 전해 들었지만 시침 떼고 물었다.

"그가 떠났다는 것은 알고 있습니다만, 이유가 뭔가요?"

"우리가 프랑스와 전쟁을 벌이지 않는다면 그는 내 곁에 있지 않겠대요. 나는 겁이 나서 전쟁을 못해요, 로버트. 정말 겁이 나요. 그렇지만 내 곁에 세실이 없는데 어떻게 정사를 돌보겠어요?"

"오 하느님. 세실은 절대로 당신을 떠나지 않을 거예요. 당신과 그는 단지 악담을 주고받았을 뿐이에요."

엘리자베스는 이제 제대로 말하기 시작했다.

"나도 세실이 그럴 줄은 몰랐어요. 그를 늘 믿었어요. 그렇지만 내가 그의 말을 듣지 않는다면 내 곁에 있을 수 없대요. 그리고 로버트…… 너무 두려워요."

엘리자베스가 마지막 말을 내뱉을 때, 자신의 두려움은 오직 로버트에게만 털어놓을 수 있는 가장 부끄러운 일이라는 듯 방 안을 둘러보았다.

로버트가 생각했다.

'아, 문제가 전쟁만이 아니었군. 세실은 엘리자베스에게 아버지와 같은 존재였어. 그는 여러 해 동안 엘리자베스가 신뢰해 온 조언자야. 그리고 세실은 이 나라를 다른 이들과 다른 견지로 바라보고 있어. 그는 정말로 이 나라의 이익을 생각해. 그리고…… 내 아버지나 나처럼 싸움꾼 가문의 잡스런 패거리와는 달라. 세실의 잉글랜드를 향한 사랑, 잉글랜드를 향한 믿음은 나나 엘리자베스보다 훌륭해. 그는 엘리자베스가 침착하고 성실할 수 있도록 해주지. 그의 견지가 단지 몽상에 지나지 않을지라도.'

로버트는 자신의 존재만으로도 충분히 엘리자베스를 편안하게 해줄 수 있다는 듯 말했다.

"내가 지금 여기 있어요. 저녁식사를 마친 후 함께 이야기합시다. 우리가 무엇을 해야 하는지 결정하도록 합시다. 당신은 혼자가 아니에요, 내 사랑. 나는 여기서 당신을 도와줄 거예요."

엘리자베스가 그에게 가까이 몸을 기울이며 속삭였다.

"나 혼자서는 할 수 없어요. 내게는 너무 벅차요. 결정할 수 없어요. 너무 두려워요. 무슨 결정을 내려야 할지 모르겠어요. 지금 당신도 볼 수 없잖아요. 스코틀랜드 때문에 당신을 포기했고, 이제는 세실까지 잃었어요."

로버트가 말했다.

"알아요. 그렇지만 이제 다시 당신 곁에 있을 거예요. 나는 당신의 친구예요. 아무도 우리를 비난하지 못해요. 대공은 냉랭해졌고 애런은 패배했으니 아무짝에도 쓸모없어요. 당신이 훌륭한 결혼을 하는 데 내가 방해가 된다고 아무도 말할 수 없어요. 세실이 당신에게 돌아오도록 해줄게요. 그는 당신에게 조언해 줄 거고 우리가 함께 결정을 할 거예요. 당신 혼자서 판단할 필요 없어요. 내 사랑, 내 가장 소중한 사랑. 이제 당신과 함께할 거예요. 당신과 머물 거예요."

엘리자베스가 머뭇거렸다.

"당신이 그렇게 하더라도 우리 사이에 달라지는 건 없어요. 난 다시는 당신의 연인이 될 수 없어요. 나는 다른 사람과 결혼해야 하죠. 올해가 아니라면 다음 해에요."

로버트는 간단하게 말했다.

"그때까지만 당신 곁에 있게 해줘요. 우리가 헤어지면 우리 둘 다 살 수 없어요."

그날 밤 저녁식사 때 엘리자베스는 몇 주 만에 처음으로 광대의 익살에 웃음을 터뜨렸다. 이제 다시 엘리자베스의 옆자리에 앉게 된 로버트는 그녀에게 포도주를 따라주었다.

로버트는 시종들이 식탁에서 고기와 푸딩을 가져가고 사탕절임과 설탕 뿌린 과일을 가져다주는 동안 말했다.

"이렇게 비가 오면 빗물이 지붕의 목재에 스며들어 내 방이 정말 눅눅해져요. 아침에 탬워스가 난로 앞에서 내 리넨 셔츠를 들고 있으면 김이 나는 걸 볼 수 있을 정도랍니다."

엘리자베스가 온화하게 말했다.

"사람들에게 말하고 방을 바꿔요. 궁내관에게 말해서 당신이 예전에 쓰던 내 옆방으로 옮겨요."

로버트는 기다렸다. 엘리자베스와 더불어 앞으로 나아가려면 그녀를 재촉해서는 안 된다는 사실을 그는 알고 있었다.

한밤중에 두 방 사이의 문이 미끄러지듯 열리고 엘리자베스가 조용히 들어왔다. 그녀는 흰 시프트 드레스 위에 암청색 겉옷을 걸쳐 입었고, 빗어 내린 윤이 나는 붉은 머리를 어깨 위로 늘어뜨렸다.

"나의 로버트!"

난로 앞 탁자에는 2인분의 간단한 저녁이 놓여 있었고 난로가 지펴져 있었으며, 침대 이불이 젖혀 있었고 문이 잠겨 있었다. 로버트의 시종인 탬워스는 문밖에서 지키고 서 있었다.

"내 사랑."

로버트는 말하며 두 팔로 엘리자베스를 끌어안았다. 엘리자베스는 포근하게 안겨서 말했다.

"당신 없이는 살 수 없어요. 우리는 이 비밀을, 가장 은밀한 비밀을 지켜야 해요. 그렇지만 당신 없이 나는 여왕이 될 수 없어요, 로버트"

로버트가 말했다.

"알아요. 나도 당신 없이는 살 수 없어요."

엘리자베스가 로버트를 올려다보았다.

"우린 무엇을 할 건가요?"

어깨를 으쓱하며 짓는 로버트의 미소는 슬퍼 보였다.

"선택의 여지가 없어요. 우리는 결혼해야 해요, 엘리자베스."

엘리자베스는 덧문 하나가 열려 있는 창문을 바라보았다.

엘리자베스는 미신에서 비롯된 공포에 갑작스럽게 사로잡혀 말했다.

"달이 우리를 내려다보는 것조차도 싫어요."

스탠필드홀의 옛 침실에서 잠을 깬 에이미는 이불이 침대에서 미끄러져 내려가 자신이 추위로 떨고 있던 것을 알았다. 에이미는 자리에서 일어나 리넨 홑이불과 양모 깔개를 집어올려 오한이 나는 어깨에 덮었다. 열려 있는 한쪽 덧문으로 크고 대담한 우윳빛 달이 에이미의 베개 위에 빛을 드리웠다.

에이미가 작은 목소리로 중얼거렸다.

"나를 비추는 저 달은 그이도 비추고 있겠지. 아마 저 달은 그이도 잠에서 깨워 나를 생각하게 할 거야. 아마도 하느님은 그의 마음에 나에 대한 사랑을 다시 불러일으킬 거야. 바로 지금 그이는 나를 생각하고 있을 거야."

"너는 나를 광대로 이용했구나!"

메리 시드니는 화이트홀 마구간 뜰을 가로질러 로버트에게 성큼성큼 걸어와 고함을 질렀다. 로버트와 대여섯 명의 남자들은 마상 창 경기의 연습을 하고 있었다. 그의 말은 무장을 했고 그의 종자는 윤이 나게 잘 닦아놓은 흉갑과 투구와 창을 들고 서 있었다.

로버트는 당황했다. 그는 손가락을 튕겨 사동에게 창 경기용 긴 장갑을 가져오게 하며 말했다.

"왜 그래요, 누나? 내가 뭘 어쨌다고 그래요?"

"너는 내게 에스파냐 대사에게 여왕이 대공과 결혼하려 한다고 말하도록 광대짓을 시켰어. 내가 너를 믿었고 너에 대해 너무나,

너무나 가슴 아파하니까, 너를 위해 설득해 줄 걸 알고는 나를 보낸 거야. 네게는 내가 궁에서 대사에게 보낼 만한 최적의 인물이었겠지. 네가 여왕을 포기했다고 대사에게 전하면서 내가 눈물을 훔쳤던 걸 아니? 그래서 물론 그는 나를 믿었어. 그렇지만 처음부터 끝까지 그건 궁중 사람들을 속이려는 네 음모에 불과한 것이었어."

로버트는 영문을 알지 못했다.

"뭘 속여요?"

메리가 내뱉듯 말했다.

"너와 여왕이 연인이라는 사실. 애초부터 둘은 그런 사이였어. 네가 여왕을 잃었다고 슬퍼한다고 생각했던 때도 너희 두 사람은 연인이었던 거야. 그리고 너는 나를 창녀의 포주처럼 이용했어."

로버트가 담담하게 말했다.

"여왕의 안전을 위해 그녀와 나는 헤어지기로 했어요. 모두 사실이었어요. 내가 말했던 그대로예요. 그렇지만 그녀는 친구가 필요해요. 누나도 알잖아요. 나는 친구로서 그녀 곁으로 돌아간 거예요. 그리고 내가 말한 대로 우리는 친구예요."

메리는 로버트가 뻗은 손을 뿌리치며 말했다.

"오, 말도 안 돼. 또 다른 거짓말을 늘어놓다니! 로버트, 듣기 싫다. 너는 에이미에게 불성실하고 내게는 부정직하구나. 나는 여왕과 네가 진실한 친구 사이며 여왕은 처녀이고 결혼에 하자 없는 순결한 왕녀라고 대사에게 말했단 말이다. 우정과 몇 번의 입맞춤 말고는 너희 둘 사이에 아무 일 없다고 내 영혼을 놓고 맹세했었다."

"우리 사이엔 아무 일 없어요."

메리가 격노해서 말했다.

"내게 그런 말은 하지 마라! 거짓말하지 마. 더 이상 듣기 싫다."

"나와 마상 창 경기장으로 가요……."

"너를 보지 않겠어. 너와 말하지 않겠어. 꼴도 보기 싫다, 로버트. 네게는 야망밖에 없구나. 하느님, 에이미와 여왕을 돌봐주소서."

로버트가 미소 지으며 말했다.

"아멘, 두 사람을 위해 아멘. 둘 다 좋은 여자이고 아무 잘못도 없는 순수한 사람입니다. 그리고 하느님, 저와 더들리 가문 모두 높은 위치에 오르기를 진정으로 빕니다."

메리가 물었다.

"에이미가 무슨 짓을 했기에 세상에 그렇게 부끄러워해야 하는 거니? 무슨 죄를 저질렀기에 잉글랜드의 모든 사람들이 네가 에이미를 좋아하지 않는다는 사실을 알고 있는 거니?"

로버트가 말했다.

"에이미는 아무 짓 안 했어요. 나 역시 아무 짓 안 했어요, 누나. 그런 식으로 매도하지 말아요."

메리는 분노를 이기지 못하고 다시 독설을 퍼부었다.

"네가 감히 그런 말을 하다니! 너에게 할 말이 없구나. 이제 다시는 네게 아무 말도 하지 않을 거다. 너는 내게 광대짓을 시켰고 에스파냐 역시 광대짓을 시켰으며 네 아내도 광대짓을 시켰다. 그런데 줄곧 너는 여왕과 연인 관계였고 지금도 연인 관계잖니."

로버트는 누이의 곁으로 성큼 다가가 그녀의 손목을 꽉 잡고 말했다.

"이제 그만하면 됐어요. 누나는 말할 만큼 다 말했고 나는 들을 만큼 다 들었어요. 여왕에 대해 사람들이 뭐라고 수군대는지는 더 이상 들을 필요도 없어요. 적당한 구혼자가 나타나자마자 여왕은 곧바로 결혼할 거예요. 우리는 다 알고 있는 사실이에요. 에이미는 내 아내니 그녀를 모욕하는 말은 듣지 않겠어요. 지난가을 그녀에게 갔었고 머지않아 다시 찾아갈 거예요. 세실도 나보다 자주 집에 가지 않아요."

메리가 발끈 화를 내며 말했다.

"세실은 아내를 사랑하고 있고 그가 명예를 더럽히는 짓을 했다고 의심하는 이는 아무도 없어!"

로버트가 날카롭게 말했다.

"내가 명예를 더럽히는 짓을 했다고 의심하는 사람도 없어요. 누나의 독살스러운 세 치 혀로 여왕과 내 관계를 지껄여대지 말아요. 그렇지 않으면 상상 이상으로 힘들어질 거예요. 조심해요."

메리는 아랑곳하지 않고 몰아붙였다.

"너 미쳤니, 로버트? 네 아내와 네 누이를 바보 취급하는 것처럼 유럽 최고의 밀정들을 바보 취급하는 거니? 마드리드, 파리, 빈의 사람들은 너와 여왕이 다시 방을 이웃했다는 사실을 알고 있어. 그 다음에 그들은 어떻게 할 것 같니? 나무판자 하나로만 사이를 가른 방에서 너와 여왕이 문을 잠그고 함께 자는 동안 합스부르크의 대공은 잉글랜드로 오지 않을 거야. 네 불쌍한 아내만 빼고 모든 사람들은 너희가 연인 사이인 걸 알아. 온 나라가 그 사실을 알고 있어. 네 정욕으로 여왕의 장래를 망치고 있고 너를 향한 에이미의 사랑을 망치고 있어. 제발 네가 이 나라까지 망치지 않기를 하느님께 기도해야겠구나."

메리의 경고는 너무 늦었고, 여왕과 로버트 사이의 은밀한 관계가 흉흉한 소문으로 번져가는 것을 막지 못했다. 로버트가 엘리자베스 곁으로 다시 돌아갔고 엘리자베스의 볼은 다시 생기가 돌아왔으며, 손톱은 담황색으로 빛나고 손톱 뿌리 쪽 살갗도 매끄러워졌다. 로버트가 가까이 있으면 궁녀들과 함께 있는 그녀의 얼굴은 빛이 났고 끊임없이 괴롭혔던 불안 증세는 잠잠해졌다. 누가 뭐라고 하든 상관하지 않았고, 분명 그들은 본능처럼 서로를 갈망했으며 그 사실을 숨길 수 없었다. 그들은 매일 낮 함께 말을 탔고 매일 밤 함께 춤을 췄으며 엘리자베스는 다시 용기를 가지고 자신에게 온 편지를 뜯어볼 수 있고 청원을 들을 수 있게 되었다.

세실이 없는 동안 로버트는 엘리자베스가 신뢰할 수 있는 유일한 조언자였다. 엘리자베스는 로버트의 소개가 없으면 아무도 만나지 않았고, 로버트가 가까이에서 신중한 얼굴을 하고 서 있지 않으면 아무와도 말하지 않았다. 로버트는 유일한 친구이자 유일한 동지였다. 엘리자베스는 로버트 없이 아무런 결정도 하지 않았고 둘은 늘 함께 있었다. 핀란드의 얀 공작이 궁정에서 설쳐댔지만 청혼을 밀어붙이기는 어려웠고, 윌리엄 피커링은 조용히 시골로 가서 엄청난 빚을 줄이는 데 애쓰고 있었으며, 카스파르 폰 브로이너는 궁으로 가는 일이 드물었고, 애런 백작은 모든 이들의 뇌리에서 사라졌다.

엘리자베스와 로버트와 조신들에게서 멀리 떨어진 채 꿈쩍도 하지 않았던 세실은 스록모튼에게 이것은 전쟁 일보 직전에 있는 나라를 통치하는 방법이 아니라고 했다. 그리고 엘리자베스가 로버트를 윈저 성의 총독이자 관리장관으로 임명했고 그 직위에 걸맞은 영토를 주었다는 소식을 전해 들었다.

세실이 말했다.

"이대로 간다면 아마 로버트는 잉글랜드 최고의 부자가 되겠습니다."

스록모튼이 입에 담기 어려운 말로 대답했다.

"부자요? 아닙니다. 그는 왕이 되려고 합니다. 그러면 이 나라는 어떻게 될 거라고 생각합니까?"

세실은 아무 말도 하지 않았다.

바로 지난 저녁, 모자를 눈썹까지 푹 눌러쓰고 얼굴을 가린 한 남자가 세실의 방문을 두드리며 걸걸한 목소리로 다른 세 사람과 함께 로버트를 공격하지 않겠느냐고 물었었다.

세실이 물었다.

"나를 찾아온 이유가 뭐요? 내 허락 없이도 당신은 충분히 그를 때려눕혀 죽일 수 있을 것 같소."

그 남자가 말했다.

"여왕의 호위병이 그를 지켜주기 때문이오. 그리고 그 호위병들은 당신의 명령을 따르잖소."

세실은 촛불이 여러 개 켜 있는 촛대를 책상 위로 옮겨놓았다. 그리고 얼굴을 감추려고 눌러쓴 모자 아래로 반쯤 드러난 성난 얼굴을 힐끗 보고는 그가 노퍽 공작, 즉 토머스 하워드임을 알아챘다.

그 남자는 말을 이었다.

"그리고 로버트가 죽으면 여왕은 당신에게 그를 살해한 범인을 찾아내라고 할 거요. 우리는 당신의 정보원이 우리를 찾아내기를 바라지 않소. 그를 죽인 죄로 교수형을 당하고 싶지 않소. 인간 쓰레기를 죽인 죄로 교수형을 당하지 않는 것처럼 말이오."

세실이 조심스럽게 단어를 골라가며 말했다.

"당신이 바람직하다고 생각하는 대로 행동하시오. 그러나 살해를 저지른 당신을 지켜주지는 않을 거요."

"우리가 그 일을 못하도록 막을 거요?"

"나는 여왕 전하의 안전에 대한 책임이 있소. 그러나 슬프게도 나는 당신을 막을 수는 없소."

남자는 웃으며 비아냥거렸다.

"한마디로 말하면, 당신은 그를 죽이는 데는 반대하지 않지만 위험을 감수하지는 않겠다는 말이군."

세실은 침착하게 고개를 끄덕이며 솔직하게 말했다.

"여왕 전하와 그 사람의 아내를 빼고는 잉글랜드의 어느 누구도 그를 죽이는 데 전혀 반대하지 않소. 그러나 나는 그를 처치하려는 계획에 가담할 수 없소."

"뭐가 그리 재밌습니까?"

스톡모튼은 세실이 미소 짓는 이유를 찾아보려고 궁 안의 사람들을 둘러보면서 물었다.

세실이 대답했다.

"노퍽 공작 말입니다. 그는 치밀한 구석이 전혀 없습니다. 그렇지 않습니까?"

스톡모튼이 주변을 둘러보았다. 노퍽 공작이 출입문이 활짝 열려 있는 알현실로 막 들어가려는 순간 로버트가 밖으로 나오고 있었다. 모든 사람들은 로버트에게 길을 양보했다. 아마도 세실은 길을 양보하지 않았겠지만 그는 알현실로 들어갈 계획이 없었다. 그리고 노퍽 공작은 여왕의 총애를 받는 로버트와 정면으로 마주치자 화난 어린 암소처럼 고집스럽게 길을 막았다.

세실은 생각했다.

'곧 바닥을 거칠게 긁으며 소 울음소리를 내듯 고함을 치겠군.'

로버트는 노퍽 공작을 경멸이 섞인 냉랭한 눈초리로 바라보며 지나가려고 했다.

그러자 노퍽 공작은 곧바로 한 걸음 옆으로 옮겨 로버트를 밀어제치며 모든 이들이 들을 수 있도록 큰 소리로 말했다.

"미안하지만 내가 들어가야겠소. 내가! 하워드가! 여왕의 숙부가 말이오!"

로버트는 목소리에 따뜻한 웃음을 담아서 말했다.

"나한테 미안해할 것 없습니다. 사과를 받아야 할 사람은 당신이 끌어들이려 하는 불쌍한 사람들이겠죠."

하워드는 로버트의 말에 기가 차서 말을 내뱉었다.

"무례하오!"

로버트는 아무 말도 하지 않고 유유히 노퍽 공작의 곁을 지나갔다. 노퍽 공작은 로버트의 뒤에 대고 소리를 질렀다.

"근본도 없이 벼락출세한 건방진 놈! 빌어먹을!"

스록모튼은 그들 앞에서 벌어진 소동에 아주 재미있어하며 세실에게 물었다.

"로버트가 이 일을 그냥 지나갈 것 같습니까? 그가 겉으로 보이는 것처럼 태연할까요? 토머스 하워드를 내버려둘까요?"

세실이 말했다.

"그렇지 않을 겁니다. 로버트는 자신이 하워드가 계획한 위험에 처했다는 사실을 알고 있을 겁니다."

"살해 음모 말입니까?"

"네. 수많은 음모 중 하나이지요. 예측건대, 젊은 토머스는 터키 궁의 차기 대사로 임명될 겁니다. 그들 부부는 오스만제국으로 가 오랫동안 머물게 될 거라고 생각합니다."

세실은 노퍽 공작이 가게 될 장소만 잘못 예측했다.

로버트는 그날 밤 여왕과 단둘이 있을 때 따뜻한 눈빛으로 미소를 지어보이며 말했다.

"토머스 하워드에게 북쪽지역 수비력을 증강시키도록 해야 돼요. 그는 몹시 사납고 호전적이에요."

엘리자베스는 로버트의 말에 곧바로 예민해져서 두려워하며 물었다.

"그가 당신을 위협해요?"

로버트가 거만하게 말했다.

"그 애송이가요? 천만에요. 북쪽에 당신이 신뢰할 수 있는 누군가를 보내야 하니까 그래요. 그리고 그는 싸우고 싶어 좀이 쑤셔하니 나보다는 그를 프랑스 군대와 싸우도록 해요."

엘리자베스가 웃었다. 로버트의 말은 농담이었지만, 다음 날 그녀는 노퍽 공작을 새로운 직책에 임명했다. 노퍽 공작은 스코틀랜드 국경의 중장으로 임명되었다.

노퍽 공작은 임명을 받고 절을 하며 젊은 남자 특유의 가시 돋은 위엄을 갖추고 말했다.

"제가 왜 그리로 보내지는지 잘 알고 있습니다, 전하. 그러나 저는 전하를 충실하게 보필하겠습니다. 그리고 런던에서 위험을 피해 전하의 치마폭 뒤에 숨은 누구보다 뉴캐슬에 있는 제가 더 충직한 신하임을 전하께서는 알게 되실 거라고 생각합니다."

엘리자베스는 예의상 당혹해하는 모습을 보였다.

"믿을 수 있는 사람이 필요했어요. 우리는 프랑스군이 베릭 아래쪽으로 내려오지 못하게 붙잡아 두어야 해요. 그들이 잉글랜드의 심장부로 들어와서는 안 돼요."

노퍽 공작은 빈정대며 말했다.

"전하의 신뢰를 얻다니 영광입니다."

그는 자신이 북쪽으로 떠나게 된 사연에 관한 무수한 소문과, 엘리자베스가 연인을 곤경에 처하지 않도록 보호하려고 친척을 최전선으로 보냈다는 뒷공론에 신경 쓰지 않고 떠났다.

캐서린 놀스가 물었다.

"그의 목을 베어서 끝을 내지 그러셨어요?"

엘리자베스는 사촌에게 깔깔거리며 웃었다. 그러나 오래된 가정교사 캐트 애슐리는 엘리자베스와 단둘이 있게 되자 그녀를 꾸짖었다.

캐트 애슐리는 절망적으로 소리쳤다.

"전하! 예전과 달라진 게 없으시군요. 사람들이 뭐라 생각하겠어요? 모두 전하께서 전처럼 로버트와 깊은 사랑에 빠졌다고 믿을 거예요. 대공은 이제 절대로 잉글랜드에 오지 않을 거예요. 아무도 그런 모욕을 감수하려 하지 않을 거라고요."

"대공이 약속한 대로 내게 왔다면 그와 결혼했을 거예요."

엘리자베스는 대공이 이제는 오지 않을 것이란 사실을 알기에 안심하고 가볍게 말을 내뱉었다. 만일 대공이 온다고 해도 로버트는 빠져나갈 길을 생각해 낼 것이다.

캐트 애슐리와 메리 시드니와 궁 안의 모든 사람들의 생각이 옳았다. 대공은 이제 오지 않으려 했다. 몹시 화가 난 대사는 본국에 자신을 소환해 달라고 요청했다. 메리 시드니가 자신을 찾아와 여왕에게 한 번 더 구혼해 달라고 요청했던 것은, 또다시 잉글랜드와 유럽 전체를 떠들썩하게 만든 은밀한 연애 사건을 무마하려는 계략이었다고 대공에게 편지를 썼다. 또한 여왕은 부끄러움을 모르는 젊은 여자가 되었고 타락하여 구제불능이며, 왕자는 물론이고 고귀한 남자라면 여왕과 결혼하지 않을 거라는 조언도 썼다. 여왕은 유부남과 창녀처럼 살고 있으며, 이를 해결할 수 있는 유일한 방법은 반쯤 합법적으로 이혼을 하거나, 당치도 않은 소리지만 로버트의 아내가 죽는 것이라고 했다.

세실은 첩자가 대사의 불쏘시개 종이 바구니에서 꺼내 가져다준 편지의 초안을 읽으면서 생각했다. 자신의 외교정책은 엉망이 되었고, 잉글랜드의 안전은 보장할 수 없으며, 잉글랜드의 여왕은 정욕으로 미쳐 스코틀랜드의 전쟁에서 패배할 것이며, 결국 목이 잘려 검은 눈동자의 로버트를 미소 짓게 했던 모든 것과 함께 사라질 것이라고.

그러나 엘리자베스가 세실을 불렀을 때 그는 단번에 그녀 앞으로 갔다.

엘리자베스가 조용히 말했다.

"경이 맞아요. 이제 알겠어요. 경이 내게 요구했던 용기를 찾았어요. 나는 전쟁을 굳게 결심했어요."

세실의 시선은 엘리자베스를 지나 덧창에 기대어 아래쪽 추운 정원에서 공을 가지고 벌이는 경기에 열중하고 있는 로버트에게 향했다.

'우리가 당신의 조언 덕을 보는 건가? 그리고 내가 몇 개월 동안 여왕에게 그토록 간청했던 정책이 당신의 알량한 지혜 덕택에 채택되는 건가?'

세실은 여왕에게 물었다.

"어떤 결심을 하셨습니까?"

엘리자베스가 차분하게 말했다.

"스코틀랜드로 가서 프랑스인들을 무찔러야 해요."

세실은 깊은 안도감을 감추고 절을 하며 말했다.

"자금을 조달하고 군대를 소집해야 합니다. 전하께서 추밀원 회의를 여시고 전쟁을 선포하시지요."

엘리자베스가 로버트를 흘끔 쳐다보았다. 그는 연신 고개를 끄덕였다.

엘리자베스가 말했다.

"좋아요."

자신의 의견에 동의하는 조언에 이의를 제기하지 않을 만큼은 현명한 세실은 다시 한 번 절을 할 뿐이었다.

"그리고 세실, 다시 국무장관으로 돌아와 줘요. 그럴 거죠? 경의 조언대로 했잖아요."

세실이 물었다.

"대공은 어찌 되었습니까?"

창가에 있던 로버트는 그 질문이 그리 엉뚱하지 않다는 것을 곧바로 알아차렸다. 그 질문은, 여왕과 여왕이 가장 신뢰하는 조언자가 나누는 대화가 들리는 곳에서 자기가 마치 여왕의 남편인 것처럼 여왕의 모든 의사 결정에 고개를 끄덕이며 서 있는 로버트를 정곡으로 공격한 것이었다. 그러나 이번에 여왕은 로버트를 쳐다보지 않았다.

엘리자베스가 말했다.

"나는 대공이 잉글랜드로 오자마자 약혼할 거예요. 에스파냐와 동맹이 무엇보다 중요하다는 걸 알고 있으니까요."

세실이 단호하게 말했다.

"전하께서는 그가 오지 않으리란 걸 정확히 알고 계십니다. 대공의 대사가 런던을 떠날 것도 알고 계십니다."

로버트는 덧문에 기댔던 몸을 일으키며 세실에게 말했다.

"상관없습니다. 에스파냐의 펠리페 왕은 전하께서 결혼하시든 안 하시든 상관없이 동맹 관계를 유지할 겁니다. 그는 잉글랜드에 왕국을 세우려는 프랑스의 위험한 시도를 보고만 있지 않을 겁니다. 프랑스가 우리를 노예로 삼는다면 프랑스의 국경은 퍼스에서 지중해 연안까지 달할 테고, 그들은 에스파냐를 무너뜨리려 할 테니까요."

세실은 마음속으로 물었다.

'당신, 정말 그렇게 생각하는 거야? 그러면 나보고 이 왕국을 구해서 당신의 사생아에게 물려주라는 거야? 나보고?'

로버트가 지시하듯 말했다.

"지금 문제는 군사들을 모으고 무장하는 일입니다. 왕국과 여왕이 살아남을지는 얼마나 빨리 준비하느냐에 달렸습니다. 우리는 당신을 지켜볼 겁니다, 세실."

그날 밤 세실은 휘몰아치듯 일했다. 당장 북으로 진군해야 하는 군대를 꾸릴 신병과 무기와 군용물자가 필요하다는 훈령 수백 장을 보냈다. 세실은 함대 사령관인 클린턴에게 편지를 썼다. 해군은 북해의 프랑스 함대를 차단해야 하고 어떤 희생을 치르더라도 스코틀랜드에 프랑스 증원부대가 착륙하지 못하도록 막아야 한다고 썼다. 그러나 받은 편지를 없애고 자발적으로 행동한 것처럼 보이라고 했다. 스코틀랜드에 있는 그의 정보원과 베릭에 배치된 그의 수하들과 마리 드 기즈의 왕궁에 있는 가장 비밀스런 정보원에게 편지를 썼다. 마침내 잉글랜드 여왕이 전쟁을 허락했고 잉글랜드는 스코틀랜드의 신교도 귀족들과 잉글랜드의 국경을 지킬 것이며 최대한의 정보가 속히 필요하다고 썼다.

세실은 아주 빠르고 효율적으로 일을 했다. 그리고 며칠 뒤인 2월의 마지막 날, 엘리자베스는 추밀원 회의에서 깊이 생각해 본 결과 마음이 바뀌었고 위험이 너무 크기 때문에 스코틀랜드에서 모험을 할 수 없다고 발표했다. 그러자 세실은 엘리자베스에게 사과하면서 생각을 바꾸기엔 너무 늦었다고 말했다.

엘리자베스는 하얀 러프만큼 얼굴이 창백해져서 명령했다.

"함대를 불러들여요."

세실은 난감한 듯 말했다.

"함대는 이미 떠났습니다. 적을 공격하라는 명령을 받고서 말입니다."

"내 군대를 돌아오게 해요!"

세실은 고개를 저었다.

"함대는 신병을 징집하며 북쪽으로 진군하고 있습니다. 우리는 이미 전시체제로 들어갔으며 우리의 결정을 뒤집을 수 없습니다."

엘리자베스는 세실에게 고함을 질렀다.

"우리는 프랑스인과 전쟁할 수 없어요."

추밀원 고문관들은 탁자 위로 고개를 숙였다. 세실만이 홀로 엘리자베스의 얼굴을 바라봤다.

세실이 말했다.

"전하, 우리는 전쟁 중입니다. 잉글랜드는 프랑스와 전쟁 중입니다. 하느님, 우리를 도우소서."

1560년 봄

길이 질척해져 여행하기 힘든 달인 3월, 로버트는 몸이 얼어붙고 기분이 상한 채 스탠필드홀에 도착했다.

로버트는 집으로 간다는 전갈을 보내지 않았기에 그를 기다렸던 사람은 아무도 없었고, 로버트와 여왕이 다시 연인이 되었다는 씁쓸한 소문을 끊임없이 들어온 에이미는 로버트를 다시 보게 될 거라고는 거의 생각지 못했다.

말들이 발굽 소리를 내며 마당으로 들어오자마자 레이디 롭사르트는 에이미를 찾으러 왔다.

레이디 롭사르트는 냉랭하게 말했다.

"그가 왔구나!"

에이미는 벌떡 일어섰다. 스탠필드홀에서 '그'는 오직 한 사람을 의미했다.

"로버트가 왔어요?"

"마당에서 그의 수하들이 말에서 내리고 있다."

에이미는 부들부들 떨며 서 있었다. 지난번 에이미가 언제나 로버트의 아내로 남겠다고 고집스럽게 말하고 헤어진 이후 로버트가 다시 에이미에게 돌아왔다면 그 의미는 단 한 가지였다. 엘리자베스와 관계를 끝냈고 아내와 화해하려는 것이리라. 에이미는 믿을 수 없다는 듯 다시 물었다.

"그가 왔다고요?"

레이디 롭사르트는, 모든 여자들이 남자들에게 공동의 승리를 거두거나 한 듯 의기양양해 하는 의붓딸을 보며 쓴웃음을 지었다.

"네가 이기기라도 한 것처럼 보이는구나. 로버트가 왔는데 굉장히 춥고 풀이 죽은 것 같다."

에이미는 소리를 지르며 계단으로 달려갔다.

"그이를 어서 들어오게 해야죠! 쿡에게 그이가 왔다고 말해 줘요. 마을에 기별을 보내 암탉 두 마리가 필요하고 암소 한 마리를 잡아야겠다고 전해 주시고요."

레이디 롭사르트가 낮은 목소리로 비꼬며 말했다.

"차라리 살찐 송아지를 잡지 그러냐."

그러면서도 레이디 롭사르트는 에이미가 시키는 대로 준비를 시작했다.

에이미는 계단을 내려가 현관문을 열어젖혔다. 여행으로 꾀죄죄하고 지쳐 있는 로버트가 짧은 계단을 걸어 올라올 때 에이미는 그에게 다가가 팔에 안겼다.

언제나 그랬듯 로버트는 에이미를 꼭 끌어안았다. 한 손은 허리에 다른 손은 어깨에 얹어 자신을 감싸 안은 로버트의 팔의 감촉을 느끼며, 에이미는 땀내 나는 따뜻한 그의 목에 머리를 기댔다. 결국 로버트는 집으로 돌아왔고, 에이미는 이제껏 일어났던 모든 일에도 불구하고 그의 입맞춤을 허락하는 만큼이나 쉽게 그를 용서할 것을 알았다.

에이미가 그를 홀 안으로 이끌며 말했다.

"어서 들어와요. 당신, 반쯤 얼어붙은 것 같아요."

에이미는 난로에 장작을 넣고 나무를 조각해 만든 아버지의 육중한 의자에 로버트를 앉혔다. 부엌에서 뜨거운 에일과 케이크를 가지고 들어온 레이디 롭사르트는 로버트에게 살짝 몸을 숙여 인사했다. 그런 다음 담담하게 말했다.

"잘 지냈는가? 자네 수하들은 마을에서 숙소를 구하라고 보냈네. 우리 집에는 그렇게 많은 사람들을 재울 수 없다네."

레이디 롭사르트는 에이미에게도 말을 건넸다.

"휴가 말하더구나. 자기에게 제대로 숙성된 사슴고기가 조금 있으니 우리에게 주겠다고."

로버트는 레이디 롭사르트에게 공손하게 말했다. 마치 이제껏 그녀의 면전에 한 번도 저주를 퍼부은 적이 없었던 듯했다.

"너무 무리하지 않으셨으면 좋겠습니다."

에이미가 말했다.

"무리를 하다니요? 여기는 내 집이고, 당신은 언제나 이곳에서 환영받는걸요. 이곳에는 언제나 당신의 자리가 마련되어 있어요."

로버트는 레이디 롭사르트의 싸늘한 집이 그들 부부의 집이라는 생각에 대해 아무 말도 하지 않았다. 레이디 롭사르트는 잠자리와 푸딩을 살피러 밖으로 나갔다.

에이미는 난로에 장작을 더 집어넣었다.

"여보, 당신을 봐서 정말 좋아요. 내 하녀인 퍼토 부인에게 당신이 지난번에 두고 간 리넨 셔츠를 꺼내 놓으라고 할게요. 셔츠를 모두 수선해 놓았어요. 아주 조심스럽게 바느질을 해서 당신도 짜기운 부분을 찾기 어려울 거예요."

로버트가 멋쩍게 말했다.

"고맙소. 퍼토 부인이 수선했소?"

"당신 셔츠는 내가 직접 수선하는 게 좋아요. 좀 씻을래요?"

"나중에 하겠소."

"물을 덥히려면 쿡에게 미리 말해야 돼서 그래요."

"나도 알아요. 나도 이곳에서 꽤 오래 살았잖소."

"당신이 이곳에서 지낸 시간은 얼마 안 돼요. 여하간 지금은 그때보다 훨씬 나아졌어요."

"글쎄요. 아무튼 미리 말해 놓지 않는다면 주전자에 뜨거운 물이 준비되지 않을 거란 건 기억하고 있소."

"그건 우리 집 아궁이가 작아서 그런 거예요. 그리고……."

로버트는 싫증이 난 듯 에이미의 말을 막았다.

"알아요. 작은 아궁이에 관해 모두 다 기억하고 있소."

에이미는 입을 다물었다. 묻고 싶은 질문 하나가 있었지만 물어볼 용기가 나지 않았다. 얼마나 오랫동안 이 집에 머물겠냐고 묻고 싶었다. 로버트가 생각에 잠겨 아무 말 없이 타오르는 불을 바라보고 있을 때 에이미는 장작을 하나 더 난로에 넣었다. 그리고 둘은 캄캄한 굴뚝을 향해 타오르는 불꽃을 바라보았다.

"이리로 오는 길은 어땠어요?"

"괜찮았소."

"어떤 말을 타고 왔나요?"

로버트는 당황해서 대답했다.

"블라이드. 내 사냥 말이오."

"예비용 말은 데려오지 않았나요?"

로버트는 에이미의 질문을 건성으로 들으며 대답했다.

"안 데려왔소."

에이미는 자리에서 일어섰다.

"가방을 풀까요? 가방을 많이 가져왔나요?"

"한 개만 가져왔소."

에이미는 고개를 떨어뜨렸지만 로버트는 보지 않았다. 로버트가 말을 한 마리만 데리고 왔고 가방이 하나라는 것은 오래 머물지 않겠다는 뜻임을 에이미는 곧바로 알아챘다.

로버트가 덧붙여 말했다.

"그리고 탬워스가 벌써 가방을 풀어놨어요."

"그러면 당신은 오래 머무를 게 아니군요."

로버트는 고개를 들어 에이미를 봤다.

"그래요. 말을 해야 했는데 미안해요. 아주 중대한 문제들이 있어서 궁에 돌아가야 하오. 에이미, 중요한 일이 있어서 당신을 잠깐 보러 온 것이오."

"무슨 일이죠?"

로버트가 말했다.

"내일 이야기합시다. 당신의 도움이 필요해요, 에이미. 그 일에 관해서는 나중에 전부 말하겠소."

에이미는 로버트가 도움을 청하러 왔다는 말에 얼굴을 붉히며 말했다.

"당신도 알다시피 당신을 위해서라면 난 뭐든 할 수 있어요. 기꺼이 도울게요."

로버트가 말했다.

"잘 알지요. 그래서 고맙소."

로버트는 일어나서 두 손을 불에 쬐었다.

에이미가 수줍은 듯 말했다.

"당신이 내게 도움을 청하면 참 좋아요. 난 항상 그랬어요."

로버트가 말했다.

"그래요."

"당신 춥겠군요. 침실에 불을 피울까요?"

로버트가 말했다.

"아니오, 아니오. 셔츠를 갈아입고 곧바로 아래층으로 내려갈 거요."

에이미는 소녀처럼 환한 얼굴로 미소 지었다.

"훌륭한 저녁식사를 준비할 거예요. 여기 가족들은 양고기만 먹고 지내서 정말 넌더리가 나요."

사슴고기 스테이크와 양고기 파이와 닭고기 수프와 몇 가지 푸딩들이 차려진 훌륭한 저녁식사였다. 제철 채소는 거의 없었다. 그렇지만 포도주 애호가였던 에이미의 아버지 덕분에 포도주 저장고는 아직도 훌륭했다. 에이미와 레이디 롭사르트 그리고 레이디 롭사르트의 친딸과 사위와 저녁식사를 하는 내내, 로버트는 그들의 도움이 필요할 거라고 생각하고 지하에서 포도주 네 병을 가지고 올라왔고 그들은 서로 잔을 권했다.

9시가 조금 지나 식구들이 침실로 갔고 여자들이 술에 취해서 깔깔대고 있는 동안 로버트는 아래층에서 기분 좋게 혼자서 마지막 잔을 비웠다. 로버트는 에이미가 잠자리에 들 때까지 오랫동안 남아 있다가 이쯤이면 에이미가 잠들었을 거라는 생각이 들자 자리에서 일어났다.

로버트는 가능한 한 조용히 옷을 벗어 침대 끝의 옷상자 위에 얹었다. 에이미는 로버트를 위해 양초를 켜놓았다. 깜박거리는 황금색 불빛 아래서 로버트는 에이미가 마치 잠든 아이 같다고 생각했다. 로버트는 촛불을 입으로 불어 끄고 에이미를 건드리지 않도록 조심하고 그녀 곁에 몸을 눕히면서 그녀에게 깊은 연민을 느꼈다.

반쯤 잠이 든 에이미는 로버트에게 몸을 돌려 맨다리를 그의 허벅지 사이에 밀어넣었다. 로버트는 곧바로 몸이 달아올랐지만 그녀에게서 몸을 조금 떨어뜨렸다. 그러나 에이미는 잠결에 작은 한숨을 뱉으며 로버트의 가슴에 손을 얹었다. 그러고는 그 손을 가차 없이 로버트의 배 아래쪽으로 미끄러지듯 내려 어루만졌다.

로버트가 속삭였다.

"에이미."

로버트는 어둠 속에서 에이미의 모습이 보이지 않았지만 그녀의 고른 숨소리를 들을 수 있었다. 에이미는 비록 잠들었지만 로버트에게 몸을 움직여 그를 어루만지고 그의 몸에 파고들어 몸을 이리 저리 비틀었다. 로버트는 바보 같은 짓인 줄 알면서도 잠든 채로 몸이 달아오른 에이미의 몸을 거부하지 못했다. 마침내 잠에서 깬 에이미가 자기 몸 안에 그의 몸이 있음을 깨닫고 작은 소리로 내뱉는 환희의 탄식을 들으며, 쾌감을 느끼며, 로버트는 자신이 잘못된 행동을 하고 있다는 것을, 가장 사악한 행동을 하고 있다는 것을 깨달았다. 자신에게, 에이미에게 그리고 엘리자베스에게.

아침에 사랑을 되찾은 에이미는 얼굴에 생기가 살아난 자신만만한 여자였으며, 세상에서 자기 자리를 되찾은 아내였다. 잠에서 깨어난 로버트는 에이미의 수줍은 미소를 보지 않아도 됐다. 일찍 일어난 에이미는 로버트가 옷을 입고 있는 동안 부엌에서 요리사에게 로버트가 좋아하는 빵을 굽도록 채근하고 있었기 때문이다.

에이미는 집에서 키운 꿀벌통에서 꿀을 가져오고, 우유 제조장으로 가 스탠필드홀 문장이 찍힌 버터 덩어리에서 신선한 버터를 떼어왔다. 고기 저장고에서는 마을 사람에게 얻은 햄의 좋은 부분을 가져왔다. 지난밤에 먹었던 차가운 사슴고기 커틀렛도 남아 있었다.

에이미는 아침식사를 훌륭하게 차려낸 다음, 남편에게 에일을 따라주고 곱슬거리는 머리카락을 귀 뒤로 넘겼다.

에이미가 물었다.

"오늘 말을 타고 나갈 건가요? 젭에게 마구간으로 가 당신 말에 안장을 얹으라고 하면 함께 말을 타고 나갈 수 있어요. 당신이 원하면요."

로버트는 에이미가 지난번에 함께 말을 타고 나갔던 일을 잊었다니 믿을 수 없었다. 지난밤 쾌락으로 인해, 그녀는 자기만의 왕국의 확신에 가득한 작은 여왕이었고 존 롭사르트의 가장 아끼는 자식이었던, 로버트가 한때 사랑했었던 에이미로 되돌아가 있었다.

로버트가 대답했다.

"그럽시다."

로버트는 에이미에게 솔직하게 털어놓아야 할 때가 가까워지자 우물쭈물 거리며 말했다.

"내 사냥매를 데려와야 할 걸 그랬소. 이러다가 내가 당신 집의 고기들을 다 먹어치우겠소."

에이미가 말했다.

"아니에요. 카터 씨 집에서 당신에게 존경을 표하려고 젖을 갓 뗀 송아지를 보내왔어요. 그리고 지금 당신이 여기 있는 걸 알고 모두가 선물을 보내서 우리가 파묻힐 지경이에요. 하루쯤 그 사람들을 집으로 초대해야 할 것 같아요. 그들이 모두 좋은 친구들인 걸 당신도 알게 될 거예요."

로버트는 망설이듯 말했다.

"내일이 어떻소? 오늘은 안 돼요."

에이미가 기꺼이 말했다.

"알겠어요. 그렇지만 당신 혼자서 그 송아지를 다 먹기는 어려울 거예요."

로버트는 서둘러 식탁에서 일어나며 말했다.

"한 시간 동안 말을 타겠다고 사람들에게 전해 줘요. 그리고 당신의 친구들을 만나면 반가울 거요."

에이미가 말했다.

"플리챔홀로 말을 타고 갈까요? 그 집이 얼마나 좋은지 다시 한 번 알려주고 싶어서 그래요. 런던에서 너무 멀다고 당신이 말한 건 알지만 집주인이 아직 매입자를 찾지 못했어요."

로버트는 질겁했다. 그는 그 집에 대한 이야기는 피하며 말했다.

"말은 한 시간만 탈 거요. 어디로 가든 상관없이 말이오."

로버트는 한 번에 계단 두 개씩 오르며 스스로를 질책했다.

'그래서 저녁식사 때까지는 에이미에게 말하는 걸 피해야 해. 에이미와 말을 타는 동안 다시는 중요한 말을 하지 않겠어. 그러나 오늘밤에 저녁 식사를 마치고 에이미에게 말해야 해. 다시는 에이미에게 거짓말을 할 수 없어. 그건 나 자신을 속이고 에이미를 웃음거리로 만드는 거야.'

로버트는 죽은 장인의 방문을 발로 걷어차고 들어가 오래된 장인의 의자에 몸을 내던지며 혼잣말을 했다.

'젠장. 이런 젠장. 장인어른은 내가 에이미의 마음을 아프게 할 거라고 말했죠. 빌어먹을. 장인어른이 맞았어요.'

저녁식사를 마친 후, 로버트는 레이디 롭사르트가 둘만 남겨둔 채 자리를 뜨고 에이미가 작은 난로 앞 로버트 맞은편 자리에 앉을 때까지 기다렸다.

에이미가 말했다.

"당신과 함께 지낼 친구들이 없어서 미안해요. 궁을 떠나서 몹시 지루하겠어요. 러슐리 부부를 오게 할 수도 있었는데요. 그 부부 기억해요? 당신이 초대하고 싶다면 그 사람들은 내일이라도 올 거예요."

로버트가 망설이며 말했다.

"에이미, 당신에게 할 말이 있어요."

에이미는 곧바로 고개를 쳐들며 사랑스런 미소를 지었다. 그녀는 로버트가 자신에게 용서를 구하려 한다고 생각했다.

로버트가 조용히 말했다.

"예전에 우리가 이혼에 대해 말한 적이 있었소."

에이미의 얼굴이 어두워졌다.

"그래요. 그날 이후로 나는 행복한 순간이 잠시도 없었어요. 지난밤까지는요."

로버트가 얼굴을 찌푸리고 말했다.

"그 일에 대해서는 미안하오."

에이미가 말을 가로막았다.

"알아요. 당신이 미안해한다는 걸요. 당신을 절대로 용서할 수 없을 거라고 생각했어요. 그러나 용서할 수 있어요. 로버트, 용서했어요. 우리는 용서하고 잊었어요. 두 번 다시 그 일에 대해 말할 필요가 없어요."

로버트는 스스로를 욕했다.

'내가 음탕한 바보짓을 했으니 일이 만 배나 힘들어졌군.'

로버트는 다시 입을 열었다.

"에이미, 당신은 나를 사악하다고 생각하겠지만 내 마음은 바뀌지 않았소."

에이미의 휘둥그레진 순진한 두 눈이 로버트의 눈과 마주쳤다. 에이미가 짧게 물었다.

"무슨 뜻인가요?"

로버트가 말했다.

"당신에게 부탁해야 할 일이 있소. 우리가 지난번에 이야기를 나

넜을 때, 당신은 엘리자베스를 경쟁자로 바라봤고 나는 당신의 심
정을 이해했소. 그러나 엘리자베스는 잉글랜드의 여왕이오. 그리
고 영광스럽게도 나를 사랑하오."

에이미는 얼굴을 찡그렸다. 로버트가 부탁하려는 것이 뭔지 짐
작할 수 없었다.

"알았어요. 그렇지만 당신은 엘리자베스를 포기했다고 말했잖
아요. 그리고 나서 내게 왔다고…… 당신이 내게 왔던 것은 기적과
같았어요. 마치 우리가 다시 소년과 소녀가 된 것처럼요."

로버트가 힘들게 말을 이었다.

"우리는 스코틀랜드와 전쟁 중이오. 우리는 더 이상 위험에 빠져
서는 안 되오. 나는 엘리자베스를 돕고 싶소. 이 나라를 구하고 싶
소, 에이미. 지금은 프랑스인들이 이 나라를 침공하기 직전이오."

에이미가 고개를 끄덕였다.

"물론 그렇죠. 그렇지만……."

로버트가 다시 말했다.

"프랑스가 침공한단 말이오. 우리 모두를 파괴시킨다고요."

에이미는 고개를 끄덕였다. 그러나 그녀 자신의 행복의 향방이
드러나려는 지금, 프랑스인 따위는 중요하지 않았다.

"그래서 이 결혼 생활에서 나를 자유롭게 놓아주기를 부탁하오.
그러면 나는 자유로운 남자로서 여왕에게 내 자신을 바칠 수 있소.
대공은 여왕에게 적합하지 않고, 여왕은 남편이 필요하오. 나는 여
왕과 결혼하고 싶소."

에이미는 방금 들은 말을 믿을 수 없다는 듯 눈을 크게 떴다. 로
버트는 에이미가 손을 주머니 속에 넣고 손가락으로 무언가를 꼭
쥐는 것을 보았다.

에이미가 못 믿겠다는 듯 물었다.

"뭐라고요?"

"이 결혼 생활을 끝내고 나를 놓아주길 바라오. 나는 여왕과 결혼해야 하오."

"지금 나보고 이혼해 달라고 말하고 있는 거예요?"

로버트가 고개를 끄덕였다.

"그렇소."

"그렇지만 지난밤에……."

로버트는 잔인하게 말했다.

"지난밤 일은 실수였소."

로버트는 에이미의 뺨이 얻어맞은 것처럼 금세 붉게 물들고 두 눈에 눈물이 가득 고이는 것을 바라보았다.

에이미는 로버트의 말을 되뇌듯 대꾸했다.

"실수라고요?"

로버트는 에이미가 받은 정신적인 충격을 누그러뜨리려 애쓰며 말했다.

"당신을 거부할 수 없었소. 그럴 수밖에 없었소. 당신을 사랑하오, 에이미. 언제까지나 그럴 거요. 그렇지만 운명의 시간이 내게 다가왔소. 존 디도 말했었지만……."

에이미가 고개를 저었다.

"실수라고요? 아내에게 거짓말을 하는 거예요? 당신이 내게 속삭이지 않았나요? '사랑해'라고 말이죠. 그것도 실수였나요?"

로버트가 곧바로 말했다.

"그런 말은 안 했소."

"당신이 하는 말을 똑똑히 들었어요."

"당신은 내가 그 말을 했다고 착각하는지 몰라도 나는 말하지 않았소."

에이미는 작은 의자에서 일어나 즐겁게 저녁식사를 준비했던 탁자로 갔다. 이제 모든 것이 엉망이 되었다. 고기 부스러기는 하인들의 차지가 될 것이고 음식 찌꺼기는 돼지들에게 줄 것이다.

에이미는 엉뚱한 말을 꺼냈다.

"당신은 전에 토머스 그레셤에 대해 말한 적이 있어요. 그는 나쁜 주화의 가장 나쁜 점이란 모든 것의 가치를, 심지어 좋은 주화들의 가치까지도 떨어뜨리는 것이라고 생각한다고요."

로버트는 에이미의 말을 이해하지 못하고 말했다.

"그렇소."

에이미가 말했다.

"엘리자베스도 그런 일을 저지른 거예요. 나는 1파운드가 1파운드의 가치를 지니지 않는다는 게, 우리가 프랑스와 전쟁을 벌인다는 게, 대공이 엘리자베스와 결혼하지 않을 거란 게 이상할 것 없다고 생각해요. 엘리자베스는 모든 것을 나쁘게 만들었어요. 그 여자가 바로 이 나라의 가짜 주화예요. 그 여자는 심지어 명예로운 사랑, 사랑으로 시작한 건전한 결혼 생활을 포함한 모든 것을 가짜 주화와 같은 가치로 떨어뜨렸어요."

"에이미……."

"그래서 당신은 지난밤에 내게 '사랑해'라고 말하고, 온몸으로 나를 사랑한다고 말해 놓고는, 바로 다음 날 내게 자신을 놓아달라고 말하는군요."

"에이미, 제발!"

에이미는 바로 말을 멈췄다.

"왜요, 여보?"

"당신이 어떻게 생각하든, 엘리자베스는 위험에 빠진 왕국 잉글랜드의 성유를 바른 여왕이오."

에이미는 말했다.

"당신이 그 여자의 군대를 지휘하면 되잖아요. 그렇게 그 여자를 도와요."

로버트가 고개를 끄덕였다.

"그렇소. 그렇지만 프랑스 군사들은 우리보다 훨씬 뛰어나오."

"그 여자가 해야 할 일이 무엇인지 조언하면 되고, 그 여자는 당신을 추밀원의 고문관으로 임명하면 되잖아요."

"이미 조언하고 있소."

에이미는 갑자기 화가 폭발했다.

"그러면 더 이상 뭘 어쩌려고요? 당신이 명예를 지키며 할 수 있는 게 그 이상 뭐가 있냐고요."

로버트는 화를 참으며 말했다.

"나는 밤이고 낮이고 엘리자베스의 곁을 지키고 싶소. 그녀의 남편이 되어 늘 그녀와 함께 지내고 싶소. 잉글랜드 왕좌에서 그녀의 동반자가 되고 싶소."

로버트는 에이미가 눈물을 흘리고 분노를 터뜨릴 거라 예상하고 마음의 준비를 했지만 놀랍게도 에이미는 냉정한 눈으로 로버트를 바라보며 조용히 말했다.

"로버트, 당신도 알잖아요. 내게 결정권이 있다면 그렇게 해줄 거예요. 나는 오랫동안 당신을 무척 사랑했으니까 당신에게 이혼해 줄 거예요. 그러나 내게는 결정권이 없어요. 우리의 결혼은 하느님이 정하신 일이에요. 우리는 성당에 함께 서서 절대 갈라서지 않겠다고 맹세했어요. 단지 여왕이 원하고 당신이 여왕을 원한다는 이유로 우리가 지금 갈라설 수 없어요."

로버트가 소리 질렀다.

"다른 사람들은 이혼을 하잖소!"

"그 사람들은 어떤 대가를 치르려고 그러는지 모르겠군요."

"교황은 이혼을 허락하고 있소. 그들은 대가를 치르지 않을 것이오. 죄가 아니니까."

"오, 당신은 교황의 권위에 매달리는 건가요? 교황은 우리 결혼이, 신교도 방식으로 치렀던 우리 결혼이 무효라고 판결할 수 있게 되었나요? 신교도 여왕인 엘리자베스가 교황 앞에 다시 무릎 꿇기도라도 할 건가요?"

로버트는 의자에서 벌떡 일어나 에이미의 얼굴을 똑바로 바라보며 말했다.

"물론 아니오!"

에이미는 흔들리지 않고 계속 말을 이어갔다.

"그럼 누가 허락했나요? 캔터베리 대주교인가요? 엘리자베스의 앞잡이 말이에요? 그자는 교회의 유일한 변절자죠. 다른 주교들은 엘리자베스가 교회의 우두머리가 되겠다는 잘못된 요구를 하고 있는 걸 알기 때문에 모두 감옥에 갇히거나 추방당했는데도 그자는 대주교에 임명되었어요."

로버트가 기분이 언짢아져서 말했다.

"나도 자세한 건 모르오. 그러나 이유가 합당하다면 이혼은 가능하오."

에이미가 반박했다.

"당신이 말하는 교황이란 엘리자베스가 틀림없어요. 맞죠? 정욕으로 눈이 멀어서 다른 여자의 남편을 탐하고 자신의 욕망은 하느님의 의지라고 생각하는 스물여섯 살 먹은 여자 말이에요. 하느님은 당신과 내가 이혼하기를 바란다고 생각하는 여자."

에이미는 숨을 들이마셨다가 거칠게 내쉬고는 웃음을 터뜨렸다.

"말도 안 돼요, 여보. 당신은 스스로를 웃음거리로 만들 거예요.

이혼은 하느님을 모독하는 죄이고, 사람을 모독하는 죄이고, 나를 모욕하는 짓이에요."

"모욕이 아니오. 당신 아버지가 살아계셨다면……."

로버트는 최악의 말을 하고야 말았다. 에이미 가족의 자존심을 건드린 것이다.

"당신이 감히 내게 아버지를 거론하다니! 당신이 그런 생각을 했다는 것만으로도 아버지는 당신을 가만두지 않았을 거예요. 내게 그런 말을 했다고 당신을 죽였을지도 몰라요."

"장인은 내게 손가락 하나 대지 않았을 거요. 그가 감히 내게 그럴 수 없소."

"아버지는 당신을 허풍만 가득하다고 하셨어요. 그리고 나는 당신보다 열 배는 귀하다고 하셨죠. 아버지가 옳았어요. 당신은 허풍선이고 나는 당신보다 열 배 귀해요. 그리고 지난밤 당신은 나를 사랑한다고 말했어요. 당신은 거짓말쟁이에요."

로버트는 분노로 눈이 흐릿해져서 에이미가 거의 보이지 않았다. 로버트의 건조한 목소리가 마치 목에서 억지로 나오는 듯 짧게 터져나왔다.

"에이미, 당신처럼 나를 완벽하게 모욕한 사람은 이 세상 아무도 없었소."

"여보. 수많은 사람들이 나보다 훨씬 모욕적인 호칭으로 당신을 부를 게 분명해요. 여왕의 애인, 여왕의 노리개, 여왕이 정욕에 겨워 올라타는 천박한 수컷 꼬마 당나귀라고 부를 걸요."

로버트가 소리쳤다.

"사람들은 나를 잉글랜드의 왕이라고 부를 거요."

에이미는 현기증이 나서 자신이 로버트를 위해 조심스럽게 꿰맸던 리넨 셔츠 깃을 붙잡더니 분노에 겨워 흔들었다.

"절대로 그럴 수 없어요! 그 여자가 당신을 차지하려면 먼저 당신이 나를 죽여야 할 거예요."

로버트는 자신의 목에서 에이미의 손을 잡아채고는 의자 위로 에이미의 몸을 내팽개쳤다.

"에이미, 나는 절대로 당신을 용서하지 않을 거요. 당신은 남편이자 연인인 나를 적으로 바꾸어 놓았구려."

에이미는 로버트를 바라보더니 입안에 침을 모아 뱉었다. 일순간 분노로 눈이 먼 로버트는 에이미에게 달려들었고, 에이미는 순식간에 작은 발을 들어 로버트를 차서 뒤로 밀쳤다.

에이미가 소리 질렀다.

"당신은 정말 어리석군요! 나를 미워한다고 해서 뭐가 달라지나요? 당신은 호색한처럼 그 여자에게 거짓말을 하고, 나한테 거짓말을 하고, 나와 그 여자 모두에게 '사랑해'라고 말한 사람이잖아요."

로버트는 자제력을 완전히 잃고 소리 질렀다.

"나는 그런 말 한 적 없소!"

로버트의 뒤에서 레이디 롭사르트가 문을 활짝 열고 두 사람을 바라보며 말없이 서 있었다.

에이미가 소리쳤다.

"가세요!"

로버트가 재빨리 말했다.

"아니오. 들어오세요."

에이미에게서 돌아선 로버트는 셔츠에 묻은 침을 툭툭 치고 에이미가 구겨놓은 옷깃을 잡아당기며 말을 이었다.

"제발 들어오세요. 에이미가 고통스러워하니 장모님께서 에이미가 방으로 가도록 도와주세요. 저는 손님방에서 잠을 자고 내일 동이 트자마자 떠나겠습니다."

에이미가 소리 질렀다.

"안 돼요! 당신은 내게로 돌아올 거예요, 로버트. 당신도 그럴 걸 알잖아요. 당신의 정욕, 불결한 정욕으로 다시 나를 원할 거예요. 그리고 '사랑해, 사랑해' 하고 말하겠지요. 당신은 거짓말쟁이예요. 당신은 사악한 거짓말쟁이예요."

로버트가 레이디 롭사르트에게 말했다.

"제발 에이미를 데리고 가요. 내가 이 여자를 죽이기 전에."

로버트는 에이미가 손으로 붙잡으려는 것을 피하며 에이미를 스쳐지나 방 밖으로 나갔다.

에이미가 소리 질렀다.

"이리 오지 않으면 내가 당신을 죽이겠어."

로버트는 에이미가 더 이상 모욕을 주기 전에, 좁은 나무계단을 뛰어올라서 도망쳤다.

다음 날 아침, 에이미는 너무 아파서 로버트를 볼 수 없었다. 레이디 롭사르트는 로버트에게 얼음처럼 차가운 목소리로 에이미가 신경질적으로 흐느꼈으며, 아침 일찍 일어나서 무릎을 꿇고 인생의 이 고통에서 벗어나게 해달라고 기도했다고 말했다.

로버트의 호위병이 밖에서 기다리고 있었다. 로버트는 짧게 말했다.

"장모님도 자초지종을 아실 겁니다."

레이디 롭사르트가 대답했다.

"그래. 그런 것 같네."

로버트가 말했다.

"장모님은 제대로 판단하시고 행동하시리라 믿습니다. 여왕 전하는 어떤 소문에라도 몹시 감정이 상하십니다."

레이디 롭사르트가 로버트를 노려보며 거침없이 말했다.

"그러려면 여왕이 이렇게 많은 지저분한 이야깃거리를 만들지 말았어야지 않겠나."

로버트가 말했다.

"에이미는 상황을 판단할 줄 알아야 합니다. 이혼에 동의해야 합니다. 에이미에게 강압적인 방법을 쓰고 싶지 않습니다. 에이미를 외국의 수녀원으로 억지로 보내고 싶지 않습니다. 에이미가 깨끗이 합의하고 적절한 위자료를 받기를 바랍니다. 에이미는 이혼에 동의해야 합니다."

로버트는 자신의 솔직함에 레이디 롭사르트가 놀라는 것을 눈치챘다. 그는 부드럽게 말했다.

"장모님께도 가치 있는 일입니다. 장모님께서 에이미에게 가장 이익이 되는 게 무엇인지 조언을 해주신다면 장모님의 편이 되어 드리겠습니다. 동서인 존 애플야드에게도 이 이야기를 했고 그는 내게 동의했습니다."

"존이 동의했다고? 내 사위는 에이미가 이혼해야 한다고 생각한다는 건가?"

"그리고 처남도 동의했습니다."

레이디 롭사르트는 남자들 의견이 모두 같다는 말에 침묵했다가, 크게 화내지 못하고 말했다.

"이런 경우 에이미에게 무엇이 가장 이익인지 나는 모르겠네."

로버트가 퉁명스럽게 말했다.

"제가 말한 그대로입니다. 우리 남자들이 말한 그대로입니다. 에이미가 적절한 위자료를 받고 이혼할 것인지, 아니면 어쨌든 이혼을 당하고 아무런 재산 없이 외국 수녀원으로 보내질지 둘 중 하나입니다. 다른 선택은 없습니다."

"에이미의 아버지였다면 어떤 결정을 내렸을지 모르겠네. 에이미는 울며불며 죽기만을 바라고 있네."

로버트는 잔인하게 말했다.

"그 점에 대해서는 미안합니다. 그렇지만 에이미는 허구한 날 눈물을 흘리지 않습니까?"

그러고는 아무 말 없이 문 밖으로 나갔다.

로버트 더들리가 웨스트민스터의 엘리자베스 거처에 도착했을 때 그곳에서는 음악가가 새로 작곡한 노래로 즉흥 독주회가 열리고 있었다. 그는 억지로 정중하게 미소 지으며, 파-라-라 하는 후렴구가 잔뜩 붙은 마드리갈[2]이 끝날 때까지 기다려야 했다.

한구석에서 로버트를 조용히 바라보던 윌리엄 세실은 이 젊은 남자의 못마땅해하는 얼굴을 보며 재미있어했다. 그러나 엘리자베스에게 절을 할 때조차 전혀 즐거운 표정을 짓지 않는 모습을 보며 놀랐다.

세실은 차츰 불안감에 차올랐다.

'지금 저들이 뭘 하는 거지? 로버트는 언짢은 얼굴인데 여왕은 그에게 온 신경을 쏟고 있군. 둘은 지금 무슨 꿍꿍이지?'

노래가 끝나자마자 고갯짓으로 로버트를 퇴창으로 데려간 엘리자베스는 귀 기울이는 조신들이 들을 수 없도록 한쪽 구석으로 옮겨갔다.

엘리자베스는 반기는 말 한마디 없이 물었다.

"그 여자가 뭐라 말했나요? 합의하던가요?"

로버트가 말했다.

"그 여자는 완전히 미쳤어요. 이혼에 합의하느니 죽겠다고 말하

---

[2] 14세기에 이탈리아에서 생겨난 가요의 일종. 짧은 목가나 연애시에 노래를 붙였으며, 밝고 명랑한 곡이 대부분이다 - 옮긴이

더군요. 한밤중에 울며 죽게 해달라고 기도했죠. 나는 그다음 날 그 여자를 떠나왔어요."

엘리자베스는 로버트의 뺨으로 손을 뻗어 모든 조신들 앞에서 그를 끌어안으려다가 멈칫했다.

"오, 불쌍한 내 로빈."

로버트는 에이미의 기억을 끄집어내며 음울해져서 말했다.

"내 얼굴에 침을 뱉고 발로 차서 밀어내더군요. 우리는 말다툼만 했어요."

상황이 심각함에도 불구하고 엘리자베스는 에이미가 입이 험한 여자처럼 싸웠다고 생각하니 우스워서 어찌할 바를 몰랐다.

"저런! 그 여자, 미친 거 아니에요?"

로버트는 주위를 돌아보고 아무도 자기들의 말을 듣지 못한다는 것을 확인하며 말했다.

"그보다 더 심각해요. 에이미는 반역적이고 이단적인 생각들로 가득해요. 당신에 대한 질투심 때문에 그 여자는 극단적인 생각을 해요. 그 여자가 어떤 말을 하고 어떤 행동을 할지 아무도 몰라요."

엘리자베스가 간단하게 말했다.

"그 여자를 멀리 보내 버려야겠군요."

로버트가 고개를 숙이며 말했다.

"내 사랑, 곧바로 그렇게 할 수도 있지만 그렇게 되면 이상한 소문이 날 거예요. 그런 위험은 감수할 수 없어요. 에이미는 나와 싸워멜 거고 내게 난폭하게 굴 거예요. 그리고 그 여자를 지지하는 적들이 많아요."

엘리자베스는 붉어진 얼굴에 격정을 확연히 드러내며 로버트를 똑바로 쳐다보았다.

"로버트, 당신 없이는 살아갈 수 없어요. 내 곁에 당신이 없으면 잉글랜드를 통치할 수 없어요. 지금도 그레이 경은 내 군대를 이끌고 스코틀랜드로 진군하고 있어요. 그리고 잉글랜드 함대는 우리보다 세 배나 많은 프랑스 함대가 리스 성으로 들어가려는 걸 막아내고 있어요. 사악한 프랑스 여자가 성의 포위망을 다시 뚫어놓았죠. 나는 칼날 위에 서 있어요, 로버트. 에이미는 나를 더욱 곤란하게 만드는 반역자예요. 그러니 반역죄로 에이미를 체포해서 런던 탑에 넣어버리고 그 여자에 관해 잊어버려요."

로버트는 사랑하는 젊은 여왕의 근심을 누그러뜨리려고 부드럽게 말했다.

"지금은 그 여자를 잊어버려요. 나는 당신과 함께 궁에 머물 거예요. 밤이고 낮이고 당신 곁을 떠나지 않을 거예요. 우리는 사실상 남편과 아내가 될 거예요. 스코틀랜드에서 승리를 거두고 나라가 안전하고 평화로워지면, 에이미와의 관계를 끝내고 당신과 결혼할 겁니다."

엘리자베스가 고개를 끄덕이며 말했다.

"당신, 다시 그 여자를 보지 않을 건가요?"

로버트는 자신을 애무하던 에이미의 손, 자신의 몸 아래에서 졸음에 겨워하며 펼치던 에이미의 몸짓, 자신의 등을 쓰다듬던 에이미의 손길, 어둠 속에서 자기도 모르게 에이미를 갈구하며 '오, 사랑해' 하고 속삭였던 말들이 저절로 뇌리에서 되살아났다.

로버트는 엘리자베스를 안심시켰다.

"다시는 안 볼 겁니다. 나는 당신의 것이에요, 엘리자베스. 심장도 영혼도."

엘리자베스가 미소 짓자 로버트도 안심시키는 미소를 지어보이려 했다. 그러나 에이미의 꿈꾸는 듯하며 열망하는 얼굴이 잠깐 떠올랐다.

엘리자베스가 거칠게 말했다.

"그 여자는 바보예요. 그 여자는 내 계모인 클레베스의 안나가 내 아버지에게 이혼을 요구받던 때 어떻게 했는지 봤어야 해요. 계모는 처음에는 아버지에게 억지를 부려야겠다고 생각했지만 곧 적당한 재산을 챙기겠다고 마음먹었어요. 에이미는 바보예요. 우리의 뜻에 맞서려 하다니 사악한 바보예요. 그리고 당신에게 위자료를 요구하지 않으니 두 배로 바보군요."

로버트가 동의했다.

"맞아요."

그러나 로버트는 클레베스의 안나는 사랑 때문에 결혼한 것이 아니었고, 11년 동안 매일 밤 남편을 그리워하지 않았으며, 남편이 자신을 놓아달라고 요구하기 바로 전날 밤 남편 품에서 열정적인 잠자리를 하지 않았다고 생각했다.

궁에서는 사람들이 여왕의 숙부 노퍽 공작에게서 소식이 오기를 기다렸다. 두 연인은 방해받지 않으려고 노퍽 공작을 일촉즉발의 국경에서 보내버린 터였지만, 지금 그는 그곳에서 중요한 역할을 하고 있었다. 노퍽 공작은 뉴캐슬에 위치한 그의 본거지에서 스코틀랜드의 귀족들과 교섭하여 동맹 협약에 서명을 하기로 되어 있었다. 그러나 기다리고 기다려도 그에게서 아무런 소식도 오지 않았다.

엘리자베스가 세실에게 물었다.

"이렇게 오래 걸리는 이유가 뭔가요? 나를 배반하려는 건 아닌가요? 로버트 경 때문은 아니겠지요?"

세실은 엘리자베스를 계속 안심시켰다.

"절대로 아닙니다. 이 일은 시간이 걸립니다."

엘리자베스가 반박했다.

"우리는 시간이 없어요. 경 때문에 우리는 전쟁에 휘말렸지만 준비된 게 없어요."

그레이가 이끄는 잉글랜드 군대는 1월까지 뉴캐슬에 모여 이달 말까지 스코틀랜드에 진군할 예정이었다. 그러나 1월은 벌써 지나갔고 군대는 막사에서 아무런 움직임도 없었다.

엘리자베스는 세실에게 다그쳤다.

"그게 왜 이렇게 오래 걸려요? 경은 그레이 경에게 즉시 에든버러로 진군해야 한다고 말하지 않았나요?"

세실이 말했다.

"말했습니다. 그도 잘 알고 있습니다."

엘리자베스는 화가 나서 소리 질렀다.

"그러면 왜 그는 진군하지 않은 거죠? 왜 아무도 재촉하지 않는 거죠? 강행할 수 없다면 왜 후퇴하지 않는 거죠? 왜 우리는 기다리기만 하는 거고 나는 변명만 듣는 거죠?"

엘리자베스는 손톱을 문질렀고 매일 신경질적으로 손톱 뿌리의 살갗을 밀어내며 손톱을 손질하는 흉내를 냈다. 세실은 엘리자베스의 손을 붙잡으려다 멈추며 말을 이었다.

"소식이 올 겁니다. 인내하고 기다려야 합니다. 철수를 명령해서는 안 됩니다."

엘리자베스가 결심했다.

"프랑스와 우리가 우호 관계라고 선언해야 해요."

세실은 로버트를 흘깃 보며 엘리자베스를 일깨웠다.

"우리는 프랑스와 전쟁 중입니다."

화가 난 엘리자베스는 손가락을 뜯어대며 말했다.

"프랑스 병사들이 고향으로 돌아간다면 우리는 프랑스와 전쟁을 벌이지 않을 거라는 선언문을 써야 해요. 그러면 그들은 최근의 이런 상황에서조차 우리가 평화를 유지할 자세가 되어 있다는 걸 알 거예요."

로버트가 앞으로 나서서 엘리자베스를 진정시켰다.

"훌륭한 생각이군요. 전하께서 직접 선언문을 쓰시는 게 어떨까요? 아무도 전하만큼 논리 정연한 글을 쓰지 못할 겁니다."

세실은 생각했다.

'논리적으로 완전한 모순에 빠진 글이 되겠군.'

세실은 로버트가 당신과 같은 생각을 한다는 듯 자기를 바라보며 살짝 미소 짓는 것을 보았다.

엘리자베스가 다그쳤다.

"내가 글 쓸 시간이나 있을까요? 너무나 염려되어 어떤 글을 써야 할지 생각조차 못하겠어요."

로버트가 엘리자베스를 달랬다.

"오후에 쓰시면 됩니다. 전하만큼 글을 잘 쓸 사람은 없어요."

세실은 감탄하며 생각했다.

'이 자는 바르바리산 암말을 길들이듯 엘리자베스를 다루는구면. 다른 사람은 아무도 할 수 없는 방식으로 엘리자베스를 다루고 있어.'

로버트가 말했다.

"전하께서 어떤 글을 쓸지 생각하고 불러주시면 제가 그대로 받아 적겠습니다. 전하의 서기가 되어 드리죠. 전하께서 쓰신 선언문을 공표하면 우리가 전쟁을 일으키지 않는다는 것을 모두가 알게 될 겁니다. 전쟁이 일어난다 하더라도 사람들은 전하는 늘 평화를 지키려 하셨다는 것을 알게 될 겁니다. 모두 다 프랑스의 잘못인 것을 분명히 보여주시는 겁니다."

엘리자베스가 용기를 내어 말했다.

"맞아요. 그리고 그 글은 전쟁을 막을 수 있을 거예요."

두 남자는 엘리자베스를 안심시켰다.

"아마도 그럴 겁니다."

3월에 전해진 좋은 소식은 단 한 가지였다. 프랑스 왕실 가족에게 대항하는 프랑스 신교도들이 봉기하는 바람에 프랑스의 전쟁 준비가 엉망이 되었다는 소식이었다.

엘리자베스는 비참하게 말했다.

"그 소식은 전혀 우리에게 도움이 되지 않아요. 이제 에스파냐의 펠리페 왕이 모든 신교도들에게 등을 돌렸고 신교도의 세력이 넓어지는 것을 무서워할 것이고 내 친구가 되기를 거부할 거예요."

그러나 펠리페 왕은 유럽에서 프랑스인을 돕는 일이라면 뭐든지 할 만큼 영악하지 않았다. 그는 프랑스와 잉글랜드 사이를 중재하려 했다.

4월에는 에스파냐의 글라혼 영주(領主)가 화려하게 차려입고 엘리자베스와 만나러 왔다.

엘리자베스는 개인 처소에서 알현실로 통하는 문틈을 통해 에스파냐의 세력가인 외교관을 바라보며 세실에게 속삭였다.

"저 사람에게 내가 아프다고 말해 줘요. 얼마간 저 사람을 만나지 않게 해줘요. 나는 저 사람을 볼 수 없어요. 정말 못해요. 내 두 손에서 피가 나고 있다고요."

세실은 마침내 그레이가 잉글랜드의 군대를 이끌고 국경을 넘었다는 소식이 스코틀랜드에서 전해 올 때까지 며칠 동안이나 에스파냐에서 온 신사를 꼼짝 못하게 만들었다. 잉글랜드의 군사들은 스코틀랜드의 흙을 밟으며 진군하고 있었다. 더 이상 거부할 수 없었다. 두 나라는 마침내 전쟁을 시작했다.

엘리자베스는 마침내 에스파냐의 대사를 만났다. 그녀의 손톱은 깔끔하고 매끈했지만 입술을 깨물어대는 바람에 입술이 벗겨진 터였다.

알현이 끝나자 엘리자베스는 세실에게 속삭였다.

"그들은 우리에게 평화를 강요할 거예요. 그는 나를 위협했어요. 우리가 프랑스와 평화를 유지하지 못하면 에스파냐의 펠리페 왕이 군대를 보내서 우리에게 억지로 싸움을 끝내도록 하겠다고 경고했어요."

세실은 깜짝 놀라 말했다.

"그가 어떻게 그런 짓을 할 수 있을까요? 이 전쟁은 펠리페 왕의 전쟁이 아닌데요."

엘리자베스는 화가 나서 말했다.

"그는 권력을 가지고 있어요. 그리고 그에게 지원을 요청한 건 당신의 실수예요. 지금 그는 자기 이익을 생각하고, 자기에게 스코틀랜드로 올 수 있는 권리가 있다고 생각해요. 그리고 프랑스와 에스파냐 모두 스코틀랜드에 군사를 두게 되면 우리에게 어떤 일이 일어나겠어요? 둘 중 누가 이기든 스코틀랜드를 영원히 점령할 것이고, 곧 국경을 넘보고 남쪽으로 오고 싶어 할 거예요. 우리는 지금 프랑스와 에스파냐에게 좌지우지될 상황이에요. 어떻게 당신은 이 지경으로 만들어놨어요?"

세실은 얼굴을 찌푸리고 말했다.

"제 의도가 아닙니다. 펠리페 왕은 잉글랜드뿐 아니라 프랑스에게까지 평화를 강요할 수 있다고 생각하는 걸까요?"

엘리자베스는 약간의 희망을 가지고 말했다.

"만일 펠리페 왕이 프랑스에게 평화 유지에 동의하도록 힘을 행사할 수 있다면 우리에게 탈출구가 될 겁니다. 우리가 휴전에 동의한다면 우리에게 칼레를 되찾게 해주겠다고 약속했어요."

세실이 말했다.

"거짓말을 한 겁니다. 전하께서 칼레를 원하시면 그곳을 되찾기 위해 싸우셔야 합니다. 에스파냐가 이곳으로 오는 것을 막아야 합니다. 우리는 가장 큰 기독교 국가 둘과 맞서서 우리의 주권을 지켜야 합니다. 용감해져야 합니다, 엘리자베스."

세실은 이름을 불렀다. 그러나 고뇌에 휩싸인 엘리자베스는 세실을 꾸짖지 않았다.

엘리자베스는 속삭였다.

"제발. 나는 용감하지 않아요. 너무나 두려워요."

세실이 엘리자베스를 안심시켰다.

"모든 사람이 두려움을 느낍니다. 전하도, 저도, 글라혼조차도 두려움을 느낄 겁니다. 리스 성에 있는 사악한 마리 드 기즈도 역시 두려움을 느끼겠지요. 프랑스인들 역시 프랑스 심장부에서 그들에 반대해 봉기하는 신교도들을 두려워할 겁니다. 스코틀랜드의 여왕 메리도 자기 눈앞에서 수백 명의 프랑스인 모반자들을 교수형에 처한 이들을 두려워하지 않겠습니까."

엘리자베스는 세실의 말에 동의하지 않았다.

"누구도 나처럼 혼자가 아니에요! 나처럼 바로 코앞에서 두 적과 맞서는 사람은 아무도 없어요! 남편도 없고 아버지도 없고 도와주는 이도 없이 펠리페 왕과 맞서야 하고 프랑스인과 맞서야 하는 사람은 아무도 없어요. 나 말고는요!"

세실은 공감했다.

"맞습니다. 전하는 정말로 외로운 분이며 어려운 게임을 하고 계십니다. 그러나 반드시 그 게임을 하셔야 합니다. 두려우시더라도,

가장 외롭다고 느끼실 때조차도 확신이 있는 체하셔야 합니다."

엘리자베스가 말했다.

"당신은 나를 로버트 경의 새로운 연극 단원으로 집어넣으려 하는군요."

세실이 대답했다.

"저는 전하를 잉글랜드의 배우 중 한 명이라고 생각합니다. 전하는 위대한 여왕의 역할을 연기하고 계시다고 생각합니다."

그리고 속으로 생각했다.

'나는 더들리가 짠 대본을 믿느니 죽는 게 낫겠습니다.'

스탠필드홀에 봄이 찾아왔다. 리지는 에이미와 함께 여행을 하기 위해 스탠필드홀에 도착했지만 로버트에게서는 에이미가 어디로 가야 할지 아무런 연통이 없었다.

리지가 에이미에게 물었다.

"내가 로버트 경에게 편지를 쓸까요?"

에이미는 긴 안락의자에 누워 있었다. 피부는 종잇장 같았고 두 눈은 흐릿했으며 쇠약한 아이처럼 말랐다. 에이미는 말하기가 너무나 힘든 듯 고개를 저었다.

"내가 어디에 있든 그이에게는 더 이상 중요하지 않아요."

리지가 말했다.

"지난해 이맘때 우리는 베리 세인트에드문트에 들렀다가 캠버웰로 갔었어요."

에이미는 가녀린 어깨를 으쓱하며 말했다.

"올해는 아닐 거예요."

"1년 내내 이곳에 머물 순 없어요."

"왜 안 돼요? 나는 어린 시절 내내 이곳에서 살았어요."

리지가 말했다.

"당신에게 어울리지 않아요. 당신은 로버트 경의 아내인데 이 집은 화려한 모임을 갖거나 좋은 음식을 하거나 음악을 연주하고 춤을 추고 사교 모임을 열기에는 너무 좁아요. 이 나라에서 가장 큰 권력을 가진 사람 중 한 명의 아내인 당신이 농부의 아내처럼 살 순 없어요. 사람들 입방아에 오를 거예요."

에이미는 팔꿈치로 버티며 몸을 일으켰다.

"이런! 내가 늘 형편없는 음식을 먹는다는 사실보다 훨씬 더 나쁜 이야기들을 사람들이 주고받는다는 걸 당신도 알고 있었군요."

리지가 거짓말을 했다.

"사람들은 스코틀랜드에서 프랑스와 전쟁을 벌일 거라는 이야기밖에 안 해요."

에이미는 고개를 저었다. 그리고 뒤로 몸을 기대어 두 눈을 감으며 말했다.

"나는 귀머거리가 아니에요. 사람들은 내 남편과 여왕이 1년 안에 결혼할 거라고 말해요."

리지가 슬쩍 떠봤다.

"그래서 당신은 어떻게 할 거예요? 로버트 경이 이혼을 강요하면요? 당신을 밀어내면요? 미안해요. 그렇지만 당신에게 무엇이 필요한지 생각해 봐야 해요. 당신은 젊은 여자예요. 그리고……."

에이미가 조용히 말했다.

"그이는 나를 밀어내지 못해요. 나는 그의 아내예요. 죽는 날까지 나는 그의 아내일 거예요. 어쩔 수 없어요. 하느님께서 우리 둘을 묶어주셨고, 오직 하느님만이 우리를 갈라놓으실 수 있어요. 그이는 나를 멀리 보낼 수 있고, 심지어 그 여자와 결혼할 수도 있어요. 그렇지만 그렇게 되면 그이는 중혼자가 되고 그 여자는 모든 사람의 눈에 창녀로 보일 거예요. 죽을 때까지 나는 그이의 아내예요."

리지가 숨을 들이마시며 말했다.

"에이미, 반드시……."

에이미는 가느다란 목소리로 말했다.

"제발, 하느님! 저를 빨리 죽게 하시어 이 고통에서 우리 모두를 벗어나게 해주소서. 그이는 나를 사랑했지만 이제 내게서 돌아섰다는 것, 그이는 나를 멀리 보내어 다시는 보지 않기를 바란다는 것, 내가 깨어나는 매일 아침과 내가 잠드는 매일 밤에 그이는 그 여자와 함께 있으며, 내가 아닌 그 여자와 함께 하기를 선택했다는 것. 이런 모든 것을 알게 된 것은 죽음보다도 힘들어요. 그것은 궤양처럼 내 속을 갉아먹고 있어요, 리지. 나는 내가 이 고통으로 죽어가고 있다는 걸 알아요. 이것은 죽음과 같은 큰 슬픔이에요. 차라리 죽는 게 나아요."

만능 해결책이 있다고 믿지 않는 리지가 말했다.

"당신 스스로 감내해야 해요."

에이미가 말했다.

"난 심장이 무너지는 고통을 감내해 왔어요. 내 인생이 황폐해지는 것을 감내해 왔어요. 아무도 내게 더 이상을 요구할 수 없어요."

자리에서 일어난 리지는 난로에 장작을 넣었다. 굴뚝에서 연기가 났고, 방 안은 늘 눈을 따갑게 하는 엷은 연기로 가득했다. 죽은 존 롭사르트는 생전에 이 집을 짓고 모든 사람들에게 넉넉한 공간일 거라고 확신했었다. 그러나 리지는 이 농가가 불편해서 한숨이 나왔다.

리지는 자신 있게 말했다.

"동생에게 편지를 쓰겠어요. 동생 부부는 언제나 당신을 환영하죠. 텐치워드로 가면 될 거예요."

웨스트민스터 궁
1560년 3월 14일

윌리엄 세실이 여왕 전하의 궁내관 수장에게.

1. 프랑스인들이 전하와 로버트 경의 목숨을 노리는 음모를 꾸미고 있다는 정보가 있어 나는 긴장하고 있습니다. 프랑스인들은 한두 명을 살해하겠다고 마음을 먹었고, 그렇게 되면 스코틀랜드의 전쟁에서 자신들이 유리할 것이라고 굳게 믿고 있습니다.

2. 따라서 이 새로운 위협을 알려드리며, 전하의 호위병 규모를 한층 증대시켜 그들에게 쉬지 말고 경계하라고 명령하십시오.

로버트 경에게 접근하거나 미행하는 자가 있는지 그리고 그의 거처나 마구간을 배회하는 자가 있는지도 경계하십시오.

하느님께서 전하를 돌보시기를.

프랜시스 놀스와 니컬러스 베이컨이 윌리엄 세실을 찾아왔다.

"세상에, 이런 위협들은 한도 끝도 없는 건가요?"

세실이 조용히 말했다.

"분명 그런가 봅니다."

로버트가 대화에 끼어들었다.

"무슨 일입니까?"

프랜시스 놀스가 대답했다.

"여왕 전하에 대한 살해 위협이 커졌습니다. 그리고 당신에 대해서도요."

"저를요?"

"지금 프랑스인들이 당신을 노리고 있습니다."

로버트가 놀라서 물었다.

"왜 프랑스인들이 나를 죽이려고 합니까?"

아무도 대답하지 않자 니컬러스 베이컨이 눈치 빠르게 대답했다.

"그들은 당신이 죽으면 여왕 전하께서 고통스러워할 거라고 생각합니다."

로버트는 화를 내며 몸을 돌렸다.

"여왕 전하께서 사방에서 위협을 받고 있는데도 우리는 아무런 조치도 하지 않은 겁니까? 프랑스인들이 여왕 전하를 위협하고 교황조차도 여왕 전하를 위협하는 이때, 잉글랜드인들이 여왕을 해치려는 음모를 꾸미는 이때, 우리가 이런 음모에 맞서지 못하고 그 계획을 무너뜨리지 못하는 겁니까?"

세실이 말했다.

"어떤 음모인지 모르고, 어떤 식으로 일어날지 모르는 게 테러의 본질입니다. 전하를 보호한다 해도 어느 정도 한계가 있습니다. 전하를 방에 가둬두지 않고는 위험에서 완전히 보호하기가 힘듭니다. 전하께서 드실 모든 음식을 신하에게 미리 맛보게 하고 모든 문 앞과 모든 창문 아래에 보초를 세웠습니다. 신분 조사를 받지 않고서는 아무도 궁 안에 들어올 수 없습니다. 그런데도 이틀에 한 번꼴로 새로운 음모와 전하를 암살하려는 새로운 계획이 들려옵니다."

로버트가 다그쳐 물었다.

"우리가 젊은 메리 여왕을 살해하려 한다면 프랑스인들이 이처럼 속수무책이겠습니까?"

윌리엄 세실은 좀 더 경험 많은 프랜시스 놀스와 눈빛을 주고받더니 시인했다.

"메리 여왕에게는 접근할 수가 없습니다. 스록모튼이 파리에 있을 때 그에게 프랑스 궁전의 동정을 살피도록 한 적이 있습니다. 그렇지만 몰래 메리 여왕에게 접근하는 것은 불가능합니다."

로버트가 성을 냈다.

"그러니까 장관께서는 그 이유만 아니면 메리 여왕을 살해하는 데 찬성하신다는 말씀입니까?"

세실이 부드럽게 말했다.

"그렇습니다. 나는 국가 행위로써 그녀를 암살하자는 데에는 원론적으로 반대하지 않습니다. 그래야 여왕 전하와 당신의 목숨을 구할 수 있고 다른 사람들의 안전을 보장할 수 있습니다."

로버트는 분개해서 말했다.

"나는 그 생각에 절대 찬성할 수 없습니다. 하느님께서 금지하는 일이며 인간의 정의에 어긋납니다."

니컬러스 베이컨은 공감하지 않았다.

에이미와 리지는 더들리 가문의 제복을 입고 말 탄 남자들과 토머스 블런트의 호위를 받으며 하이드의 집으로 들어갔다. 여느 때처럼 그들을 기다리고 있던 아이들이 달려 내려왔다. 그러나 아이들의 고모는 수심 가득한 미소를 지을 뿐이고 아이들이 좋아하는 예쁜 손님, 레이디 더들리가 쳐다보지 않자 아이들은 머뭇거렸다.

시누이와 고귀한 손님을 맞으러 허둥지둥 나온 앨리스 하이드는, 순간 집 안에 그늘이 드리워지고 4월 햇살이 갑자기 차갑게 바뀐 듯 부지불식간에 약간 오한이 나는 것을 느꼈다.

"형님! 레이디 더들리, 어서 오세요."

리지와 에이미는 피로로 창백해진 얼굴을 돌려 앨리스를 봤다. 앨리스는 피로로 가득한 시누이의 얼굴을 보며 놀라서 말했다.

"오, 형님!"

앨리스는 리지가 말에서 내려오도록 도왔고, 윌리엄 하이드도 밖으로 나와 에이미가 말에서 내리도록 도왔다.

에이미가 윌리엄에게 속삭였다.

"제 방으로 가도 되겠죠?"

윌리엄이 친절하게 말했다.

"물론이죠. 제가 직접 모시고 가서 난로를 피워드리겠습니다. 추위를 견딜 수 있게 브랜디 한 잔 가져다 드릴까요? 그러면 고운 두 뺨에 다시 핏기가 돌아올 텐데요."

윌리엄은 에이미가 마치 외국어를 듣는 듯 자신을 바라본다고 생각했다.

에이미는 단호하게 말했다.

"나는 병들지 않았어요. 내가 병들었다고 말하는 사람은 거짓말을 하는 거예요."

윌리엄은 에이미를 홀 안으로 데리고 가며 달래듯 말했다.

"그러시군요. 그렇게 말씀하시니 다행입니다. 여행 때문에 부인이 지쳐 보여서 그렇습니다. 그뿐입니다."

윌리엄과 에이미는 계단을 올라와서 가장 좋은 손님방으로 향했다. 윌리엄이 말했다.

"로버트 경도 올 봄에 이곳으로 오실까요?"

에이미는 자신이 묵을 방 앞에 잠시 멈춰 서서 아주 작은 목소리로 말했다.

"아니에요. 봄에는 남편을 보지 못할 거예요. 남편에 대한 기대는 전혀 없어요."

윌리엄은 당황했다.

"오, 이런."

그러자 에이미가 돌아서 두 손을 윌리엄에게 뻗으며 변명처럼 말했다.

"그렇지만 그이는 내 남편이에요. 그 사실은 절대로 변하지 않아요."

윌리엄은 난처해하며 에이미의 차가운 두 손을 비벼 따뜻하게 해주었다. 그는 에이미가 미친 여자처럼 두서없이 말한다고 생각하며 위로했다.

"물론이지요. 그리고 아주 좋은 남편입니다. 틀림없어요."

윌리엄의 말은 그럭저럭 효과가 나타났다. 버림받은 아내 에이미의 황량한 얼굴에는 사랑받는 소녀처럼 달콤한 미소가 피어나 갑자기 환해졌다. 에이미가 말했다.

"맞아요, 그이는 좋은 남편이에요. 친절한 윌리엄, 그걸 알아주시다니 정말 기뻐요. 그이는 내게 좋은 남편이에요. 그러니 틀림없이 나를 보러 곧 집으로 올 거예요."

윌리엄 부부와 리지는 저녁 식탁에 둘러앉아 그릇을 모두 비운 후, 엿듣기 좋아하는 하인들이 듣지 못하도록 문을 꼭 닫았다. 그러고서 윌리엄이 누이 리지에게 다그쳐 물었다.

"도대체 에이미에게 무슨 일이 일어난 건가요? 거의 죽어가는 모습이더군요."

리지가 말했다.

"네가 예상한 그대로 됐어. 네가 모시는 로버트 경이 여왕과 결혼한다면 일어날 일들로 너는 아주 즐거워했지. 그때 네가 말했던 그대로 일이 벌어졌어. 로버트 경은 네 예상대로 행동했어. 그는 에이미를 팽개치고 여왕과 결혼하려고 해. 에이미의 면전에서 그렇게 말했어."

윌리엄은 작은 소리로 휘파람을 길게 불어 이 소식을 반겼다. 앨리스는 너무 놀라서 말이 나오지 않았다. 윌리엄이 말했다.

"그러면 여왕이 결혼을 제안한 건가요? 여왕은 잉글랜드의 이 계획이 상원과 하원을 통과할 수 있다고 생각하는 건가요?"

리지는 어깨를 으쓱했다.

"로버트 경은 에이미의 동의만 얻어낸다면, 두 사람의 계획에 거칠 게 없다는 듯 말했어. 그와 여왕은 뜻을 모았고, 태어날 첫 아이의 이름까지 지어 놓았다고도 했어."

윌리엄이 깊이 생각했다.

"로버트 경은 여왕의 남편이 될 거예요. 여왕은 그를 왕이라고 부를지도 몰라요. 그리고 로버트 경은 우리가 베풀었던 수고와 친절을 잊지 않을 거예요."

리지는 그들 바로 위의 방을 향해 머릿짓을 하며 사납게 물었다.

"그러면 에이미는 어떡하라고? 로버트 경이 왕관을 쓰고 웨스트민스트 사원에서 우리가 만세를 외칠 때 에이미는 어디에 있을지 생각해 봤니?"

윌리엄이 고개를 저었다.

"시골에서 조용히 살고 있지 않겠어요? 그녀의 아버지가 지은 옛집에서 살거나, 아니면 마음에 그렸던, 이곳의 평범하고 오래된 집에서 살겠지요."

앨리스가 말했다.

"이건 에이미를 죽이는 짓이에요. 에이미는 로버트 경을 잃고서는 절대로 살지 못할 거예요."

리지도 말했다.

"나도 그렇게 생각해. 그리고 에이미의 심장에 심각한 문제가 있는 것 같아. 로버트도 그 사실을 알아. 그리고 악마 같은 여왕도 그 사실을 분명 알고 있어."

윌리엄이 다급하게 말했다.

"쉿! 누가 들으면 어쩌려고 그래요, 누나!"

리지가 코웃음을 쳤다.

"에이미는 평생 동안 로버트 경을 사랑했고, 기다렸고, 잠 못 이루는 긴 밤에 그의 안전을 위해 기도했어. 그런데 로버트 경은 부귀영화를 누리는 지금 이 순간 에이미를 버리겠다고, 다른 여자를 사랑한다고 그리고 그 여자가 본처인 에이미를 굶주린 개 떼에 던져버릴 만큼 강력한 힘을 가졌다고 말하다니. 이런 일을 겪은 에이미에게 어떤 일이 일어날지 생각해 봤어? 에이미를 보지 못했니? 자기 무덤으로 걸어가는 여자처럼 보이지 않아?"

노회한 남자인 윌리엄이 물었다.

"에이미가 병들었어요? 사람들이 말하는 것처럼, 에이미는 가슴에 있는 궤양 때문에 죽어가고 있는 거예요?"

리지가 말했다.

"에이미는 심장통 때문에 죽을 지경이야. 가슴에 통증이 있는 거야. 로버트 경은 이 상황을 이해하지 못하는지도 모르지만, 여왕은 이해하고 있는 게 분명해. 그 여자는 긴 시간 동안 에이미를 몇 번이나 되풀이하여 잡았다가 놓아주며 잔인하게 갖고 놀면 에이미는 쉽게 무너져서 앓아누웠다가 죽을 거라는 걸 알고 있어. 그전에 에이미가 스스로 목숨을 끊지 않는다면."

앨리스가 소리 질렀다.

"말도 안 돼! 그건 대죄예요!"

리지가 음침하게 말했다.

"이미 여기는 죄악의 나라가 되었어. 어느 쪽이 더 큰 죄인이지? 계단 아래로 스스로 몸을 던져 곤두박질치는 여자일까? 아니면 유부남을 침대로 유인하고 그 남자와 함께 본처를 죽음으로 몰아간 여왕일까?"

세실은 앤트워프에 있는 오랜 친구인 토머스 그레셤에게 암호 편지를 썼다.

토머스,

1. 에스파냐의 군대 수송선에 관해 당신이 보내준 글을 받았습니다. 아마 그 군사 수송선들은 스코틀랜드를 침공하려고 무장하고 있을 겁니다. 당신이 본 배의 숫자가 어마어마하다니 그들은 잉글랜드마저도 침공하려는 것이 틀림없습니다.

2. 그들은 힘으로 평화를 유지하겠다는 명목하에 스코틀랜드 침공 계획을 가지고 있습니다. 지금 그 계획을 실행하려는 것이 분명합니다.

3. 이 글을 받자마자 당신의 고객과 친구들에게 에스파냐가 곧 스코틀랜드를 침공할 것이고, 이어 프랑스, 스코틀랜드, 잉글랜드와의 전쟁에 참여하게 될 것이라고 알리십시오. 그렇게 되면 잉글랜드 출신의 모든 상인들은 앤트워프를 떠나 프랑스로 옮겨갈 거라는 점을 무엇보다 강조하여 경고하십시오. 직물 시장은 에스파냐령 네덜란드를 영원히 떠날 것이며 그 손실은 가늠하기조차 힘들 거라고 말입니다.

4. 이 소식을 상업 지대와 무역 지대에 알려서 모두가 공포에 휩싸이도록 해주신다면 무척 감사하겠습니다. 가난한 사람들은 잉글랜드의 상인 수가 줄어서 자신들이 굶게 될 거라는 생각이 들면 에스파냐의 지배자들에게 폭동을 일으킬 겁니다. 그러면 우리에게 상황이 훨씬 유리해질 겁니다. 에스파냐가 국가 내부의 반란에 직면하

고 있다는 생각에 이를 수 있게 된다면 큰 도움이 될 겁니다.

세실은 편지에 서명도 하지 않고 자신의 문장으로 봉인하지도 않았다. 그는 어떤 것에라도 자기 이름을 남긴 적이 거의 없었다.

세실은 열흘 후 긴 다리의 의기양양한 갈까마귀처럼 으스대며 엘리자베스의 방으로 들어가 그녀 앞 책상 위에 편지 한 장을 올려놓았다. 책상 위에는 서류 하나 없었다. 엘리자베스는 스코틀랜드에 대한 불안감이 너무나 커서 다른 일은 하지 않았다. 전쟁이 어찌 될지 몰라 공포에 질려 조바심내는 엘리자베스에게 잠시나마 위로와 휴식처가 되는 건 오직 로버트뿐이었다.

엘리자베스가 물었다.

"이게 뭡니까?"

세실이 몹시 쾌활하게 대답했다.

"앤트워프에 있는 제 친구가 보낸 소식입니다. 그 도시가 공황 상태라는군요. 존경받는 상인들과 무역업자 수백 명이 그 도시를 떠나고, 가난한 사람들은 거리를 막고 빈민굴을 불태우고 있답니다. 에스파냐의 권력자들은 스코틀랜드나 잉글랜드를 향한 군사원정은 없을 것이라는 성명을 내도록 시민과 무역상들로부터 압력을 받고 있답니다. 화폐가 유출되고 사람들이 도시를 떠나고 있습니다. 완전한 공포입니다. 에스파냐의 권력자들은 폭동이 시작되어 내전이 발발할까봐 두려워하고 있습니다. 그들은 항구의 배들이 잉글랜드 해변을 향하지 않을 거라고 발표해야 합니다. 에스파냐는 잉글랜드와 충돌을 무릅쓰고 스코틀랜드에 개입하는 일은 없을 것이고, 스코틀랜드에서 어떤 일이 생기든 에스파냐는 잉글랜드의 친구이자 동지로 남아 있겠다며 에스파냐령 네덜란드의 무역상들을 안심시키라는 압력을 받아오고 있습니다. 그들은 상업적 측면에서 위험이 너무 큽니다. 그래서 그들은 우리와 동맹 관계이며 우리를 침공하지 않을 것이라고 공개적으로 선언했습니다."

엘리자베스의 두 뺨에 생기가 돌았다.

"오, 세상에! 우리로선 안전하게 되었군요!"

세실이 엘리자베스를 일깨웠다.

"우리는 여전히 프랑스와 맞서야 합니다. 그렇지만 에스파냐가 프랑스와 동시에 잉글랜드로 쳐들어올까봐 두려워할 필요는 없습니다."

엘리자베스가 기쁘게 웃으며 말했다.

"그리고 나는 대공과 결혼할 필요가 없어요."

세실은 신경을 곤두세웠다.

엘리자베스는 내뱉은 말을 허둥지둥 고쳐 말했다.

"아직 그와 결혼할 생각이지만요. 이미 약속한 일이니까요."

세실은 엘리자베스가 거짓말하고 있다는 걸 알면서 고개를 끄덕였다. 그는 엘리자베스가 자신만만한 기분에 빠져 있는 지금, 기회를 놓치지 않고 말했다.

"그러면 제가 그레이 경에게 즉시 리스 성을 함락시키라고 편지를 쓸까요?"

엘리자베스가 큰 소리로 말했다.

"좋아요! 마침내 일이 잘 풀리고 있군요. 그레이 경에게 즉시 리스 성을 포위하여 함락시키라고 전하세요."

엘리자베스의 밝고 자신만만한 기분은 오래가지 않았다. 5월의 리스 성 공격은 무참히 실패했다. 성벽을 오르려고 마련한 사다리가 너무 짧아서 2천 명이 넘는 군사들이 성벽을 오르지도 내려오지도 못한 채 죽거나 부상을 입고 피로 물든 늪으로 떨어졌다.

군사들의 부상과 질병과 죽음에 대한 공포는 마리 드 기즈의 창문 바로 앞에서 패배했다는 치욕만큼이나 엘리자베스를 괴롭혔다. 피도 눈물도 없는 그 프랑스 여자는, 사다리 꼭대기에서 잉글랜드 병사들이 창에 찔려 화살에 맞은 비둘기처럼 떨어지는 광경을 창밖으로 바라보며 크게 웃었다고 누군가가 전했다.

엘리자베스가 선언했다.

"우리 병사들을 돌아오게 해요! 그들은 마리 드 기즈의 성문 앞에서 진흙에 빠져 죽어가고 있어요. 그 여자는 마녀가 분명해요. 우리 병사들 몸 위로 비가 내리도록 주문을 외웠을 거예요."

세실이 말했다.

"그들은 돌아올 수 없습니다."

엘리자베스는 손가락을 미친 듯 문질러대서 손톱이 반짝거렸으며 손톱 뿌리의 살갗을 벗겨내 생살이 빨갛게 드러나게 했다.

그녀는 말했다.

"병사들을 돌아오게 해요. 우리는 그들에게 패할 수밖에 없는 운명이에요. 그렇지 않고서야 어떻게 사다리가 그렇게 짧을 수 있습니까? 그레이를 군법회의에 회부시켜야 해요. 노퍽도 소환해야 합니다. 믿지 못할 멍청이 내 아저씨 말입니다! 병사 천 명이 리스 성벽에서 죽다니 그들은 나를 살인자라고 부를 겁니다. 너무나 어리석어서, 선한 사람들을 죽음으로 몰고 간 살인자 말입니다."

세실이 단호하게 말했다.

"전쟁은 늘 죽음을 의미합니다. 전쟁을 시작하기 전부터 각오하고 있던 일입니다."

세실은 성미를 꾹 눌렀다. 성미 급하고 두려움 많은 이 젊은 여자는 전장에 한 번도 가본 적이 없고, 부상을 당해서 물을 달라고 신음하는 병사들을 본 적도 없다. 여자는 남자가 무엇을 참아내는

지 알 도리가 없으며, 남자 왕만큼 나라를 통치할 수 없다. 여자는 결코 하느님의 형상으로 만들어진 남자의 결단력을 배울 수 없다.

세실이 단호하게 말했다.

"전하는 남자 왕처럼 용기를 가지셔야 합니다. 여느 때보다 더 그래야 합니다. 우리 군대가 패배할까 봐 두려워하시는 걸 잘 압니다. 그러나 전쟁에서는 자신감이 큰 쪽이 승리하는 경우가 많습니다. 공포가 극에 달했을 때가 가장 큰 용기를 보여야 할 때입니다. 머리에서 어떤 생각이 떠오르든 개의치 말고, 턱을 높이 쳐들고 남자의 용기를 가졌다고 생각하십시오. 전하의 언니인 메리 여왕도 그렇게 했습니다. 메리 여왕이 런던을 순식간에 바꿔놓았던 것을 저는 보았습니다. 전하도 그렇게 하실 수 있습니다."

엘리자베스가 불끈 성을 냈다.

"언니와 나를 비교하지 말아요! 언니에게는 의지가 되어줄 남편이 있었다고요."

세실이 반박했다.

"그렇지 않았습니다. 반란군들이 거침없이 런던까지 올라와 램버스에 진을 쳤던 와이어트 반란[3]에 맞섰던 때 메리 여왕은 남편이 없었습니다. 그 당시 메리 여왕은 독신이었고 스스로를 처녀 여왕이라 칭했으며 런던 시민군은 여왕을 위해 자기 목숨을 내놓겠다고 맹세했습니다."

엘리자베스는 두 손을 꼭 쥐었다.

"하지만 나는 그렇게 할 수 없어요. 용기가 생기지 않아요. 그런 말은 꺼내지도 못하고 사람들이 나를 믿도록 만들 수도 없어요."

세실이 에이미의 두 손을 꼭 잡으며 말했다.

---

3) 잉글랜드 메리 1세의 가톨릭 복귀 정책이 불만을 사게 되어 1554년에 일어났던 반란이다 – 옮긴이

"반드시 하셔야 합니다. 이제는 후퇴할 수도 없기 때문에 앞으로 나아가야 합니다."

엘리자베스는 간절한 눈빛으로 세실을 바라보았다.

"그렇다면 우리가 할 수 있는 건 뭐지요? 지금 무엇을 할 수 있죠? 틀림없이 이길 수 있는 건가요?"

세실이 말했다.

"더 많은 군대를 모아서 리스 성을 다시 포위하십시오."

"자신 있어요?"

"제 목숨을 걸겠습니다."

엘리자베스는 마지못해 고개를 끄덕였다.

세실이 재촉했다.

"명령서를 발송하도록 허락하시는 겁니까? 군사를 더 모아서 리스 성을 다시 포위하도록 해도 되겠습니까?"

엘리자베스는 억지로 복종하는 소녀처럼 말했다.

"그렇게 하세요."

오직 로버트만이 엘리자베스를 위로할 수 있었다. 둘이서 말을 타고 나가는 일은 차츰 줄어들었고 엘리자베스는 걱정으로 밤잠을 설치는 날이 많아 몹시 지쳤다. 낮이 지나 밤이 되면 엘리자베스는 방 안에서 서성였고 새벽 4시쯤이 되어야 악몽을 꾸며 선잠을 잤다. 춥고 어스름한 오후에 로버트는 소문이 나든 말든 개의치 않고 엘리자베스 처소에서 방문을 닫은 채로 난로 옆의 그녀 곁에 앉았다. 엘리자베스는 무거운 보석으로 장식된 후드를 벗고 머리카락을 늘어뜨리고는 로버트의 무릎에 머리를 베고 누웠다. 그리고 로버트는 엘리자베스의 긴 적갈색 머리카락을 어루만졌다. 어느새 엘리자베스의 얼굴에서 긴장되고 불안한 표정이 사라졌고 그녀는 이따금 눈을 감고 잠들기도 했다.

캐트 애슐리는 의례상 창가에 앉아 있었지만 손에 쥐고 있던 뜨개 바느질에 눈을 고정시키거나 책을 읽었다. 로버트가 어머니처럼 부드럽게 엘리자베스를 돌보고 있는 동안, 애슐리는 연인 사이를 보는 것처럼 심각하게 그들을 쳐다보지 않았다. 엘리자베스가 긴장 때문에 곧 쇠약해질 것을 알고 있었다. 그녀는 엘리자베스가 신경과민 증세를 겪는 모습을 수없이 보아왔다. 엘리자베스의 가느다란 손가락과 손목에 붓기가 있는지 살펴보면, 얼마 안 있어 고질병인 수종(水腫)증으로 침대에서 꼼짝 못할지 쉽게 예상할 수 있었다. 엘리자베스가 앓는 질병의 가장 큰 원인은 두려움이라는, 오직 엘리자베스와 가장 가까운 친구들만 알고 있는 사실도 그녀는 역시 알고 있었다.

캐서린 놀스는 엘리자베스 처소 밖의 알현실에 앉아 아무런 문제도 없는 듯 보이려 애쓰며 남편의 셔츠를 꿰매고 있었다. 빈 왕좌, 기다리는 신하들, 그리고 여왕과 로버트가 하루의 절반 동안 문을 잠근 채 저녁식사 시간까지 방 안에 틀어박혀 있다고 수군대는 소리가 그녀의 신경에 거슬렸다. 캐서린은 머리를 세운 채로 아무런 표정도 짓지 않았으며, 사촌인 엘리자베스가 로버트와 단둘이서 무엇을 하는지 묻는 사람들에게 아무런 대답도 하지 않았고, 이러쿵저러쿵 떠드는 말에 귀 기울이지 않았다.

끝 간 데 없는 남동생의 야망에 놀랐으면서도 변함없이 가족애에 충실한 메리 시드니는 로버트가 무슨 생각을 하는지 묻는 사람들을 피하며 캐서린 놀스와 식사하고 캐트 애슐리와 산책했다.

추밀원, 귀족, 로버트의 수하가 아닌 모든 사람들은, 여왕의 명예를 더럽히고 여왕을 잉글랜드 선술집의 이야깃거리로 전락시킨 로버트가 머지않아 누군가의 칼에 찔릴 거라며 욕을 퍼부었다. 어떤 이는 노퍽 공작이 북쪽 국경 근방의 성들을 요새화하고 백성들에게 입대를 설득하는 와중에도 잉글랜드 왕궁으로 자객을 보내 로버트를 단칼에 해치울 적절한 시기를 노리고 있다고 말하기도 했다. 로버트가 죽으면 세상이 더 좋아질 거라는 데 이의를 제기할 사람은 아무도 없었다. 프랑스보다는 로버트가 더 잉글랜드를 심각한 위험에 빠뜨리는 존재였다. 여왕의 방에서 문을 잠근 채 로버트와 여왕이 함께 있었던 사실은, 그들 곁에 누가 있었든, 문 앞에서 누가 지키고 있었든 상관없이 여왕에게 치명적인 오명을 가져다주었다.

그러나 아무도 로버트를 말릴 수 없었다. 로버트는 프랜시스 놀스 같이 신뢰하는 사람에게 질책을 받을 때면 자기가 여왕을 위로하지 않는다면 여왕의 몸이 불안감으로 쇠약해질 거라고 주장했다. 로버트는 여왕이 세상에서 가장 외로운 젊은 여자라는 사실을 절친한 친구들에게 인식시켰다. 여왕에게는 아버지도 어머니도 후견인도 없으며, 신뢰할 만한 오래된 친구인 자신을 빼면 그녀를 사랑하고 돌봐줄 사람이 어디에도 없다고 말했다.

그 외의 사람들에게는 검은 눈동자로 건방진 미소만 보냈고, 안위를 염려해 주니 고맙다고 비아냥거렸다.

라티샤 놀스는 약혼한 여자마냥 점잔을 빼고 세실의 거처로 어슬렁어슬렁 걸어 들어와서 책상 앞에 앉았다.

세실이 물었다.

"무슨 일이냐?"

라티샤가 말했다.

"전하께서는 그 사람이 프랑스와 평화 협상을 하길 바라세요."

세실은 놀랐지만 이를 감추고 말했다.

"확실한 거냐?"

어린 여자는 가는 어깨를 으쓱했다.

"분명 전하께서 그에게 부탁하셨어요. 그는 자기가 할 수 있는 일을 살펴보겠다고 말했어요. 전하께서 지금도 같은 마음인지는 장담할 수 없어요. 그게 오늘 아침 일이었고 지금은 정오가 지났으니까요. 전하의 마음이 두 시간 이상 이어진 적이 있었던가요?"

세실은 라티샤의 건방진 말투를 무시하며 물었다.

"어떤 조건이었느냐?"

"그들이 칼레로 돌아가 스코틀랜드의 여왕에게서 잉글랜드 문장을 빼앗아온다면 스코틀랜드를 갖도록 해준다는 조건이었어요."

세실은 입술을 굳게 다물고 아무 말 하지 않았다.

라티샤가 미소 지으며 말했다.

"나리가 좋아하실 만한 조건은 아닌 듯하네요. 도시 하나와 나라 전체를 맞바꾸니까요. 전하는 완전히 미쳐가고 있는 것처럼 행동하실 때가 있어요. 그에게 울고 매달리며 자기를 위해 잉글랜드를 구해 달라고 애원하세요."

세실은 생각했다.

'오 세상에. 모든 사람에게 떠벌여댈 너 같은 여자애 앞에서 그런 행동을 했다는 거야?'

세실은 물었다.

"그래서 그는 뭐라 하더냐?"

"늘 말하는 것처럼, 전하께서는 두려워하지 않게 되실 것이고, 자기가 전하를 돌보며 모든 것을 해결하겠다고 했지요."

"구체적인 약속은 하지 않았느냐? 그 자리에서 한 약속은 없었느냐?"

라티샤는 다시 미소 지었다.

"그는 그 점에 대해선 정말 영리하잖아요. 전하의 마음이 금세 바뀔 걸 알고 있어요."

세실이 말했다.

"곧바로 내게 와 말을 전한 건 잘한 일이다."

그는 책상 서랍 안으로 손을 더듬어 묵직한 돈주머니 중 하나를 꺼냈다.

"드레스나 사 입어라."

"고맙습니다. 궁에서 옷 잘 입는 여자가 되려면 돈이 터무니없이 많이 들어요."

그는 순간 호기심이 일어 물었다.

"여왕 전하께서는 입으셨던 드레스들을 네게 주지 않으시냐?"

라티샤는 세실을 쳐다보며 장난스럽게 물었다.

"폐전께서 저와 비교되는 위험을 감수하실 것 같으세요? 로버트 더들리 없이는 살 수 없으신 지금 말이에요? 그가 다른 여자를 흘끗거리는 것조차 견디지 못하시는데도요? 제가 전하라면 전하가 입으시던 드레스를 제게 입히지 않을 거예요. 제가 전하라면 저와 비교되고 싶지 않을 거예요."

세실은 자신의 첩자들에게서 여왕에 관한 소문을 끊임없이 전해 들었다. 백성의 절반은 여왕이 이미 로버트와 결혼했다고 생각하고 있으며 나머지 절반은 여왕이 정조를 잃었다고 생각하고 있다고 했다. 그는 거미가 거미줄을 치고 먹이를 기다리는 것처럼, 여왕과 로버트에게 위협이 되는 소문들을 모으고 있었다. 로버트를 죽이겠다고 협박하고 칼로 찌르겠다고 맹세하는 사람이 수십 명이고, 그 일을 돕겠다는 사람은 수백 명이며, 그 일이 일어나면 로버트를 보호하지 않겠다는 사람이 수천 명이라는 사실을 세실은 알고 있었다.

저녁 만찬에서 절반가량의 신하들이 앞에 있음에도 불구하고 로버트는 식탁 밑으로 엘리자베스 다리 위에 손을 얹고, 엘리자베스는 로버트에게서 눈을 떼지 않은 채 마치 단둘이 있는 것처럼 식사하는 모습을 바라보며 세실은 마음속으로 중얼거렸다.

'제발 하느님. 하루빨리 누군가 자기의 계획대로 실천하도록 해주셔서 이런 꼴을 더 이상 보지 않게 해주소서.'

그러나 로버트가 곁에 없으면 엘리자베스가 정사를 돌보지 못한다는 사실을 세실은 잘 알고 있었다. 지금 엘리자베스는 너무나 젊고 너무나 많은 위험에 둘러싸여 있어 친구가 필요했다. 비록 세실이 밤이고 낮이고 기꺼이 엘리자베스의 곁에 있었지만 그녀는 마음과 영혼을 주고받을 수 있는 절친한 친구가 필요했다. 엘리자베스와 사랑에 빠진 오직 한 남자만 엘리자베스를 안심시킬 수 있었고, 매일 매 순간 공공연히 자기 아내를 배신한 오직 한 남자만 엘리자베스의 탐욕스런 허영심을 만족시킬 수 있었다.

저녁식사를 마치고 상단에서 내려오는 로버트에게 세실은 인사를 건넸다.

"로버트 경."

로버트는 걸음을 멈추지 않고 건성으로 대답했다.

"악사들을 지휘하러 가던 참입니다. 제가 전하께 작곡해 드린 곡을 전하께서 듣고 싶어 하셔서요."

세실이 말했다.

"그러면 오래 붙들지 않겠습니다. 전하께서 프랑스와 평화 유지에 관해 아무런 말씀 안 하시던가요?"

로버트가 미소 지으며 대답했다.

"효력을 지닌 말씀은 아니었습니다. 우리 둘 다 알다시피 효력이 있을 수 없습니다. 전하의 두려움을 진정시키려고 말씀을 막지 않았을 뿐입니다. 그리고 나중에 전하께 그 문제에 대해서는 다시 설명을 드렸습니다."

세실이 예의 바르게 말했다.

"한시름 놓았습니다."

그러면서 세실은 생각했다.

'설명을 드려? 당신이? 당신과 당신네 가문은 표리부동한 짓거리와 반역밖에 아는 게 없잖아!'

세실은 말을 이었다.

"자, 로버트 경, 나는 유럽 각 궁정에 보낼 대사 명단을 작성했습니다. 이 전쟁에서 이기면 대사 몇 명을 새로 뽑아 보내야 한다고 생각합니다. 당신은 프랑스로 가는 게 어떨까요? 그러면 파리에 신뢰할 만한 인물을 둘 수 있게 되는 거죠. 게다가 니컬러스 경이 고향으로 돌아오고 싶어 합니다."

세실이 잠시 말을 멈추었다가 이어갔다.

"우리는 그들 스스로 패배를 자초하도록 만들 사람이 필요합니다. 누군가가 스코틀랜드 여왕의 시선을 끌어 임무를 소홀히 하도록 유혹할 수 있다면 그건 바로 당신일 겁니다."

로버트는 애매한 칭찬을 무시하며 말했다.

"여왕께 말씀을 드렸습니까?"

세실이 생각했다.

'물론 아니지. 어떤 대답이 돌아올 줄 뻔히 알고 있는 걸. 여왕은 당신이 눈 밖으로 사라지는 걸 견디지 못할 거야. 그러나 내가 당신을 설득한다면 당신이 여왕을 설득하겠지. 그러면 나는 잘생긴 사기꾼인 당신을 스코틀랜드의 여왕 메리와 바람을 피우게 할 수 있고 우리의 첩자로 삼을 수 있는 거야.'

이내 세실은 소리 내어 말했다.

"아직은 아닙니다. 우선 당신이 어떻게 생각할지 묻는 겁니다."

로버트는 매혹적인 미소를 지으며 말했다.

"전하와 제 마음에 드는 일은 아닐 것 같습니다, 윌리엄 경. 저는 내년 이맘때쯤 잉글랜드에서 다른 일을 맡게 될 것 같습니다."

"다른 일이라고요?"

세실이 말했다. 그리고 재빨리 생각했다.

'이게 무슨 뜻이지? 내 자리에 앉을 작정은 아니겠지? 여왕이 그에게 아일랜드를 주려고 하는 건가? 오, 하느님, 여왕이 이 풋내기에게 스코틀랜드를 맡기지는 않겠죠?'

로버트는 곤혹스러워 하는 세실의 얼굴을 보며 유쾌하게 웃고는 작은 소리로 말했다.

"제가 아주 높은 자리에 앉게 될 것을 곧 아시게 될 겁니다. 아마도 잉글랜드에서 가장 높은 자리이겠지요. 국무장관, 제 말을 이해하시겠습니까? 장관께서 제 편이 되어주신다면 저도 당신 편이 되어 드리죠. 이제 제 말을 이해하겠습니까?"

일순 세실은 균형을 잃었다. 발밑에 균열이 생겨 바닥이 갈라지는 것 같았다. 마침내 그는 로버트의 말을 이해했다.

세실은 작은 목소리로 말했다.

"전하께서 당신과 결혼할 거라고 생각합니까?"

사랑에 대한 확신으로 가득한 로버트는 미소 지었다.

"확실합니다. 누군가가 그전에 나를 죽이지 않는다면요."

세실은 그의 소매 끝을 잡아 멈춰 세웠다.

"당신이 의도한 일이오? 당신이 전하께 요구하고 전하께서 동의하신 거요?"

동시에 세실은 속으로 생각했다.

'침착하자. 여왕은 결혼에 동의하지 않았고 이 작자가 말한 대로

하지 않아. 여왕은 약속을 하지도 약속을 지키지도 않을 거야.'

로버트의 얼굴에서 잠시 동안 타올랐던 더들리 가문의 야망의 불꽃이 누그러졌다.

"전하께서 제게 요구하셨고 우리는 뜻을 같이 했습니다. 전하께서는 이 왕궁의 무거운 짐을 홀로 견뎌내실 수 없습니다. 그리고 저는 전하를 사랑하고 전하는 저를 사랑하십니다. 윌리엄 경, 제가 전하를 사랑한다는 걸 아시지 않습니까? 윌리엄 경께서 상상하시는 것 이상으로 저는 전하를 사랑합니다. 저는 그분을 행복하게 해드릴 겁니다. 제 생명을 다해 그분이 행복하도록 만들겠습니다."

세실은 비참해져서 생각했다.

'좋아, 그러나 이건 사랑의 문제가 아니야. 여왕은 젖 짜는 소녀가 아니고 당신은 양치는 소년이 아니야. 당신은 사랑을 위해 결혼할 수 있는 자유로운 몸도 아니야. 엘리자베스는 잉글랜드의 여왕이고 당신은 유부남이야. 이대로 간다면 여왕은 국외로 추방될 거고 당신은 목이 베일 거야.'

이내 세실은 물었다.

"두 사람의 약속은 굳건합니까?"

로버트가 미소 지으며 대답했다.

"죽음만이 우리를 막을 수 있습니다."

리지가 에이미에게 제안했다.

"말을 타러 나가겠어요? 강가에 백합이 만발해서 풍경이 아름다워요. 함께 꽃을 꺾으러 나가요."

에이미가 힘없이 말했다.

"피곤해요."

"며칠째 밖에 나가지 않았잖아요."

리지의 말에 에이미가 희미한 미소를 지었다.

"알아요. 나는 아주 지루한 손님이지요."

"그런 말이 아니에요! 내 동생이 당신 건강을 걱정해요. 우리 가족 주치의를 만나보겠어요?"

에이미는 친구에게 머리를 가까이 대며 말했다.

"내게 무슨 문제가 있는지 당신도 알잖아요. 치료할 방법이 없어요. 궁에서는 아무런 소식이 없나요?"

죄책감으로 시선을 피하는 리지의 눈길은 에이미에게 이미 모든 것을 말해 주고 있었다.

에이미가 말했다.

"엘리자베스는 대공과 결혼하지 않을 건가요? 그들은 함께 있나요?"

"에이미, 로버트와 여왕은 결혼할 게 분명하다고들 해요. 궁에 있는 앨리스의 사촌이 확인해 줬어요. 로버트가 당신에게 이혼을 강요하면 어떻게 해야 할지 잘 생각해야 해요."

에이미는 말이 없었고, 리지도 더 이상 아무 말 하지 못했다.

에이미가 결심했다.

"윌슨 신부님께 말해야겠어요."

리지는 에이미를 돌봐야 하는 도의적 부담을 어느 정도 덜어내며 말했다.

"그렇게 해요! 그분에게 사람을 보낼까요?"

에이미는 달리 마음먹었다.

"내가 직접 갈게요. 내일 아침에 걸어가서 그분을 만날 거예요."

하이드의 집 정원은 성당 묘지와 맞닿아 있었다. 수선화 사이로 구불구불하게 있는 묘지와 정원을 가르는 담장의 대문까지 걸어가는 길은 쾌적했다. 에이미는 대문을 열고 길을 따라 성당으로 올라갔다.

제대 앞에서 무릎을 꿇고 있던 윌슨 신부는 문이 열리는 소리에 자리에서 일어나 통로를 따라 걸어왔다. 그리고 에이미를 발견하자 우뚝 섰다.

"레이디 더들리."

"신부님, 제 죄를 고해하고 조언을 구하려 합니다."

윌슨 사제가 말했다.

"저는 자매님의 고해를 들어서는 안 됩니다. 자매님께서 직접 하느님께 기도하셔야 합니다."

막막해진 에이미는 성당을 두리번거렸다. 교구에서 값비싼 비용을 치러 마련했던 아름다웠던 스테인드글라스 창문이 모두 사라졌고 루드스크린이 끌어내려져 있었다.

에이미가 속삭였다.

"도대체 무슨 일이죠?"

"그들이 창문에서 스테인드글라스를 떼어냈습니다. 초와 컵과 루드스크린도 치웠고요."

"왜요?"

윌슨 사제가 어깨를 으쓱했다.

"그들은 이런 성물(聖物)들을 영혼을 꾀어내는 가톨릭의 함정이라 부르더군요."

에이미가 신자석을 가리키며 물었다.

"여기서 그런 이야기를 해도 되는 건가요?"

사제가 에이미를 안심시켰다.

"여기엔 아무도 없습니다. 하느님께서만 들으시겠죠. 무릎을 꿇고 하느님께 도움을 구합시다."

잠시 두 손으로 머리를 감싼 월슨 사제는 이 젊은 여자를 위로해 줄 말을 찾게 해달라고 정성 들여 기도했다. 월슨 사제는 궁에서 흘러나온 소문을 어느 정도 전해 들은 터라 에이미가 처한 상황에 대해 자신도 어찌할 바 몰랐다. 그러나 하느님께서는 자비로우시니 아마도 어떤 답을 주실 것이다.

에이미는 무릎을 꿇고 손에 얼굴을 묻었다. 그러고는 손가락 사이로 조용하고 부드럽게 말했다.

"제 남편, 로버트 경은 여왕과 결혼하겠다고 했어요. 그이는 여왕이 그 결혼을 바란다고 하더군요. 여왕이 강제로 저를 이혼시킬 수 있으며, 이제 그 여자가 잉글랜드의 교황이라고 말했어요."

월슨 사제가 고개를 끄덕였다.

"그래서 자매님은 뭐라고 말씀하셨습니까?"

에이미가 한숨을 쉬고 말했다.

"저는 분노와 질투의 죄를 저질렀어요. 비열하고 고약하게 굴었지요. 그리고 제가 한 말과 행동이 부끄러워요."

월슨 사제가 부드럽게 말했다.

"하느님께서 용서하실 겁니다. 자매님이 큰 고통 속에 있다는 것을 저는 잘 알아요."

에이미는 눈을 뜨고 어두운 표정으로 월슨 사제를 보며 말했다.

"저는 죽을 것 같은 고통 속에 있어요. 하느님께서 저를 이 고통에서 벗어나도록 해주시고 그의 자비로운 품 안으로 데려가 달라고 기도하고 있어요."

월슨 사제가 에이미의 말에 덧붙였다.

"때가 되면 그러실 겁니다."

에이미가 말했다.

"안 돼요. 지금이어야 해요. 신부님, 하루하루가 제게는 큰 고통이에요. 아침에 저는 밤새 내가 죽었기를 바라면서 눈을 감고 있어요. 그러나 매일 아침 햇살을 느끼며 제가 보내야 할 또 다른 하루가 시작되었음을 깨달아요."

윌슨 사제가 단호하게 말했다.

"자매님은 죽음에 대한 생각을 물리쳐야 합니다."

당황한 에이미는 윌슨 사제에게 다정한 미소를 지으며 말했다.

"신부님, 죽음만이 제게 유일한 위로가 되는걸요."

윌슨 사제는 전에도 그랬던 것처럼, 자기 앞에 있는 궁지에 빠진 이 여인에게 해줄 조언이 없다고 느꼈다. 그는 늘 하던 말을 하는 수밖에 없었다.

"하느님께서 자매님에게 위로와 피난처가 되실 겁니다."

에이미는 고개를 끄덕였지만 별로 수긍하지 않았다. 에이미는 윌슨 사제에게 물었다.

"이혼에 동의해 주어야 할까요? 그러면 그이는 여왕과 자유롭게 결혼할 수 있을 거고, 추문은 결국 가라앉을 거고, 이 나라는 평화로워질 거고, 저는 잊혀질 거예요."

윌슨 사제가 단호하게 말했다.

"안 됩니다."

윌슨 사제 자신도 어쩌지 못하는 부분이었다. 이혼은 그가 여전히 몰래 섬기는 가톨릭교회에 대한 심각한 모독이었다.

"하느님은 자매님과 함께 하실 겁니다. 어느 누구도 자매님을 떼어놓지 못합니다. 자매님의 남편이라 할지라도, 여왕이라 할지라도 그렇게는 못합니다. 여왕은 교황 행세를 할 수 없어요."

에이미가 말했다.

"그러면 저는 고통 속에서 영원히 살아야 하나요? 사랑 없는 그이를 내 남편으로 붙잡고 있으면서요?"

윌슨 사제는 잠시 침묵하다가 대답했다.

"그렇습니다."

"그이에게 미움을 받고 여왕에게 적이 되더라도요?"

"그렇습니다."

"신부님, 그 여자는 잉글랜드의 여왕이에요. 그 여자가 제게 어떤 짓을 할지 아세요?"

윌슨 사제는 스스로 생각해도 진심 아닌 확신을 가지고 말했다.

"하느님께서 자매님을 보호하고 지켜주실 겁니다."

엘리자베스는 화이트홀의 처소로 세실을 불렀다. 캐트 애슐리는 퇴창에, 로버트는 엘리자베스의 책상 뒤에 있었으며 궁녀 몇 명은 난로 앞에 앉아 있었다. 세실은 모두에게 정중하게 절을 하고는 엘리자베스에게 다가갔다.

세실이 조심스럽게 말했다.

"전하."

엘리자베스가 빠르게 말했다.

"세실, 마음을 정했어요. 평화를 촉구하는 협상에 경이 나섰으면 좋겠어요."

세실의 시선은 로버트에게 향했다. 로버트는 지친 듯한 미소를 지었지만 아무 말 하지 않았다.

엘리자베스가 말했다.

"프랑스 대사가 내게 말하더군요. 프랑스에서 평화 유지를 논의할 특사 랑당을 보냈다고요. 세실, 랑당을 만나서 해결책을 모색하세요. 우리가 동의할 만한 합의서를 만들어요."

"전하……."

"우리는 스코틀랜드에서 장기전을 할 수 없어요. 스코틀랜드 귀족들은 긴 전쟁을 버틸 수 없고, 리스 성은 거의 난공불락이에요."

"전하……."

"우리의 유일한 희망은 마리 드 기즈가 죽는 거예요. 그 여자의 건강이 나쁘다는 소문이 있지만 아직 죽을 기미가 없어요. 그리고 나 역시 건강이 나쁘다는 소문이 있어요! 이 전쟁 때문에 내 몸이 쇠약해져 간다고들 해요. 그 말은 맞아요!"

세실은 귀에 익은 엘리자베스의 히스테리 섞인 목소리를 듣고 책상에서 한 발 물러났다.

엘리자베스가 간청했다.

"제발, 평화를 유지해야 해요. 우리는 전쟁을 감당할 수 없어요. 그리고 패배도 감당할 수 없어요."

세실이 부드럽게 말했다.

"랑당을 만나겠습니다. 두 나라가 합의에 이를 수 있을지 알아보도록 하지요. 우선, 우리가 원하는 조항을 적어서 전하께 보여 드리겠습니다. 그리고 랑당이 도착하면 그 조항을 가지고 그에게 가겠습니다."

엘리자베스는 불안감 때문에 숨을 제대로 쉴 수 없었다.

"좋아요, 그리고 가능하면 빨리 전투 중지 명령을 해요."

세실이 말했다.

"우리는 어떻게든 승리해야 합니다. 그렇지 않으면 우리가 두려워한다고 생각할 겁니다. 그러면 그들은 진군할 겁니다. 우리가 포위를 유지하고 있어야만 그들과 협상을 할 수 있습니다. 그들과 대화를 하는 동안 포위를 그대로 유지해야 합니다. 우리 해군은 봉쇄를 해제해서는 안 됩니다."

"안 돼요! 우리 군사들을 돌아오게 해요."

세실이 위험을 지적했다.

"그렇게 되면 우리는 아무것도 얻을 수 없습니다. 그리고 프랑스는 우리와 협상할 필요가 없어집니다. 그들이 원하는 대로 되는 거니까요."

엘리자베스는 불안감으로 자리에서 일어나 쉬지 않고 방을 서성이며 손톱을 문질러댔다. 로버트는 엘리자베스의 뒤로 걸어가 그녀의 허리에 자기 팔을 두르고 의자로 데려가며 세실을 바라보았다. 그리고 부드럽게 말했다.

"여왕께서는 잉글랜드 군사들이 위험에 처하는 것을 몹시 고통스러워하십니다."

세실이 단호하게 말했다.

"그 점에 대해서는 우리 모두가 무척 염려합니다. 그렇지만 포위를 계속 유지해야 합니다."

로버트가 말했다.

"국무장관께서 프랑스와 평화 협상 회의를 하신다면 전하는 포위를 유지시키는 데 동의하실 겁니다. 전하도 우리가 우세한 위치에서 협상해야 한다는 점을 틀림없이 아시게 될 겁니다. 프랑스인들도 우리 태도가 진지하다는 것을 알아야 할 필요가 있습니다."

세실은 생각했다.

'좋아. 그런데 당신은 이 일과 어떤 관계지? 당신이 여왕의 마음을 누그러뜨린 건 인정해. 누구라도 그럴 수 있다면 감사한 일이지. 당신이 아닌 다른 사람이었다면 더 좋았겠지만. 그런데 당신은 무슨 게임을 하려는 거지? 이 일에서 무언가 얻어가려는 게 있을 텐데. 내가 알 수만 있다면 좋으련만.'

엘리자베스가 말했다.

"협상은 빠르게 진행되어야 해요. 시간을 끌어서는 안 됩니다. 리스 성 앞에서 기다리는 병사들은 질병으로 죽어가고 있어요."

로버트가 세실에게 제안했다.

"랑당을 데리고 뉴캐슬에 가서서 노퍽의 본거지에서 협상하십시오. 그러면 우리가 주도권을 쥘 수 있습니다."

세실도 같은 의견이었다.

"여전히 우리 일에 간섭하려는 에스파냐 사절과도 멀리 떨어질 수 있겠지요."

덧붙여 세실은 생각했다.

'그리고 여왕에게서 멀리 떨어져 있으면 여왕은 내 생각에 반대하지 못하겠지.'

순간, 세실에게 다른 생각이 떠올랐다.

'야단났군! 로버트는 나까지 뉴캐슬로 보내려는 거야! 맨 처음에는 엘리자베스의 숙부를 그곳으로 보내 스코틀랜드 국경의 지휘관으로 만들고 전투의 최전선에 세우더니 이번엔 내 차례군. 내가 그곳에 가 있는 동안 이 작자는 무엇을 할 생각이지? 내 자리를 차지하려는 건가? 추밀원의 일원으로 들어가 자신의 이혼 안을 통과시키려는 건가? 나를 살해하려는 건가?'

세실은 말했다.

"그렇게 하겠습니다. 그렇지만 전하의 보증이 필요합니다."

엘리자베스는 세실을 바라보았다. 세실은 엘리자베스가 죽음과 맞섰던 어린 시절에도 그렇게까지 긴장하고 지친 모습을 보인 적이 없었다고 생각했다.

엘리자베스가 세실에게 물었다.

"내게 뭘 바라는 거죠?"

세실이 담담하게 대답했다.

"제가 전하를 멀리 떠나 있는 동안 전하께서 우리의 오랜 우정을 걸고 신의를 지키겠다고 약속해 주십시오. 그리고 저 없이 큰 결정을 하거나 동맹을 맺거나 협정을 맺는 일은 없었으면 합니다.”

세실은 로버트는 쳐다보지도 않고 말을 이어갔다.

“제가 돌아올 때까지 협력 관계를 맺어서도 안 됩니다.”

적어도 엘리자베스만은 세실을 해하려는 음모와 전혀 무관했다. 엘리자베스는 사심 없이 곧바로 대답했다.

“물론이에요. 대신 경은 우리에게 평화를 가져다주어야 해요. 제발, 그럴 거지요?”

세실은 절을 하며 말했다.

“전하와 잉글랜드를 위해 최선을 다하겠습니다.”

엘리자베스는 손을 내밀어 세실에게 입을 맞추도록 했다. 엘리자베스가 잡아뜯은 손톱이 모두 갈라져서 세실이 그녀의 손가락에 입을 맞출 때 손톱 뿌리의 거친 피부가 입술에 와 닿았다.

세실이 부드럽게 말했다.

“하느님께서 전하께 마음의 평화를 주시기를. 여기서 전하를 모시듯 뉴캐슬에서도 전하를 모시겠습니다. 그러니 전하도 제게 신의를 지켜주십시오.”

세실과 함께 떠날 말, 군사, 하인, 호위병들로 이루어진 큰 행렬이 궁전 문 앞에 정렬했다. 엘리자베스와 신하들도 세실을 배웅하려고 늘어섰다.

엘리자베스는 세실에게 정식으로 임무를 맡겨 보내는 것이고 그를 제거하려고 북으로 쫓아 보내는 것이 아니며, 그를 보내는 것을 몹시도 안타까워한다는 사실을 세실과 이 일을 예의 주시하는 모든 사람들에게 보여주려 했다.

세실은 엘리자베스 앞 돌계단에 무릎을 꿇고 목소리를 낮추어 말했다.

“떠나기 전에 드릴 말씀이 있습니다. 지난밤 알현실로 찾아뵈려 했지만 전하께서 피곤하시다고 하여 뵐 수 없었습니다."

엘리자베스가 얼버무렸다.

"맞아요, 피곤했어요."

"어제 동전에 관한 말씀을 드리려고 했습니다. 중요한 사안입니다."

엘리자베스가 고개를 끄덕이자 세실은 일어나서 그녀에게 한쪽 팔을 내어주었다. 두 사람은 함께 궁전 계단을 내려와 모인 사람들이 엿들을 수 없는 곳으로 갔다.

세실이 조용히 입을 열었다.

"잉글랜드 동전의 가치를 올려야 합니다. 그러나 비밀이 철저히 유지되어야 합니다. 그렇지 않으면 사람들은 기존 동전이 새 동전의 가치에 못 미치게 될 것을 알고 모두 팔아치울 겁니다."

엘리자베스가 말했다.

"우리에겐 그럴만한 여유가 없어요."

세실이 대답했다.

"우리에겐 여유가 없지요. 그렇지만 꼭 해야만 하는 일입니다. 금을 빌릴 방법을 찾아야 합니다. 새 동전을 주조하고, 하룻밤 내 오래된 동전을 거둬들여서 그 무게를 달아 새 동전으로 교체해야 합니다."

엘리자베스는 처음에는 이해하지 못했다.

"그렇지만 동전을 쌓아놓은 사람들은 기존에 생각했던 만큼보다 재산 가치가 줄어들게 되잖습니까."

세실이 말했다.

"그렇습니다. 현금을 보유한 사람들에게는 타격이 갈 겁니다. 그러나 일반 백성들에게는 아닙니다. 현금을 가진 사람들은 불만의 소리를 내겠지만 일반 사람들은 이 조처를 좋아할 겁니다. 그리고 현금을 가진 사람들은 대개가 장사꾼이나 양치는 농부나 무역 상인들이니, 외국과 거래할 때 새 동전에 걸맞은 좋은 물건을 얻을 수 있을 겁니다. 그러니 생각보다 원성이 높지 않을 겁니다."

엘리자베스는 왕실 재산이 축소될 것에 돌연 민감해져 물었다.

"왕실에서 지니고 있는 현금은 어떻게 됩니까?"

세실이 말했다.

"추밀원 서기인 아마길 와드가 그 문제에 대처하고 있습니다. 전하께서 왕위에 오르신 이래로 왕실 자산은 금으로 태환되고 있습니다. 전하께서는 이 나라의 동전을 다시 견고하게 만들 것이며 사람들은 지금 시대를 황금시대라고 일컬을 겁니다."

이 말에 엘리자베스는 미소 지었다. 세실이 예상한 바였다.

세실이 말했다.

"그러나 철저히 비밀에 부쳐야 합니다. 전하께서 한 사람에게라도 말씀하신다면……."

세실은 속으로 생각했다.

'우리 둘 다 그 한 사람이 누구인지 알고 있지요.'

세실은 말을 이었다.

"그러면 그 사람은 미리 동전을 팔 것이고, 그를 지켜본 모든 사람들에게 비밀이 새어나가게 될 겁니다. 비록 그가 친구들에게 경고하지 않더라도, 그의 친구들 역시 모두 동전을 팔 것이고 그가 한 대로 따라할 겁니다. 그의 정적들도 왜 그가 그런 행동을 하는지 알아내어 역시 동전을 팔 겁니다. 이런 일을 막기 위해 이 일은 철저히 비밀에 부쳐져야 하며 그렇지 않으면 이 일을 추진하지 못합니다."

엘리자베스가 고개를 끄덕였다.

"전하께서 그에게 말씀하시면 파산하실 겁니다."

엘리자베스는 계단 위쪽의 로버트를 돌아보지 않고 세실만을 보았다.

세실이 물었다.

"비밀을 지킬 수 있으십니까?"

엘리자베스는 불린가 특유의 검은 눈동자로 세실을 바라보며 상인이었던 조상들에게 물려받은 차가운 미소를 지었다.

"내가 비밀을 지킬 수 있다는 건 잘 알 텐데요."

세실은 절을 하며 엘리자베스의 손에 입을 맞추고 말에 오르기 위해 몸을 돌렸다. 그때 엘리자베스가 세실에게 물었다.

"언제 그 일을 추진할 건가요?"

세실이 대답했다.

"올해 9월입니다. 그때도 우리가 평화로울 수 있도록 기도해 주십시오."

1560년 여름

초여름의 화창한 날씨 가운데 세실 일행이 런던에서 출발하여 여정 대부분을 차지하는 그레이트노스 가도를 따라 뉴캐슬까지 가는 데에는 일주일이 걸렸다. 세실은 여정 중 하룻밤을 버흘리에 위치한, 절반가량 지은 그의 아름다운 새 저택에서 보냈다. 세실의 아내 밀드리드는 평상시처럼 기분 좋게 그를 맞이했고 두 자녀도 그를 반겼다.

저녁식사 중에 세실이 밀드리드에게 물었다.

"우리 집에 동전이 많이 있소?"

"아니요. 전하께서 왕위에 올랐을 때 당신이 동전을 쌓아두지 말라고 말했잖아요. 그 이후로 저는 동전 문제가 더욱 심각해졌다는 사실을 금방 알아챘죠. 그래서 가능한 동전을 모아두지 않아요. 될 수 있으면 현물이나 물건으로 가지고 있고요. 지금 동전은 너무나 조악해요."

세실이 말했다.

"잘했소."

그는 더 이상 말할 필요가 없음을 알았다. 밀드리드는 외딴 곳에 살고 있지만 시골과 도시에서 일어나는 모든 일을 거의 알고 있었다. 밀드리드의 친척들은 잉글랜드에서 가장 세력이 큰 신교도였다. 그녀는 강력하고 지적인 신교도 가문인 체크가 출신이었으며 친척끼리 새 소식과 의견과 신학 이론이 담긴 편지를 지속적으로 주고받았다.

세실이 물었다.

"이곳 공사는 잘 되어가고 있소? 여왕님께 막대한 돈을 받았으니 이 저택의 건축 비용으로 사용해요."

밀드리드가 눈치 빠르게 물었다.

"당신이 스코틀랜드에 가는 대가로 왕실이 주는 돈인가요?"

"그래요. 나는 지금 위험한 임무를 맡았소, 여보."

밀드리드가 기탄없이 물었다.

"우리가 이길까요?"

세실은 잠시 침묵하다가 대답했다.

"내가 잘 해낼 수 있었으면 좋겠소. 그렇지만 이 게임에 참여한 사람이 너무나 많아서 누가 어떤 패를 들고 있는지 잘 모르겠소. 지금 국경에는 괜찮은 사람들이 가 있소. 그레이 경은 믿을만한 인물이고 토머스 하워드는 여전히 불같은 성미를 지니고 있소. 그러나 그곳의 신교도 귀족들은 성향이 가지각색이고 존 녹스는 도움될 것 없는 사람이오."

밀드리드가 강하게 말했다.

"그는 하느님의 사람이에요."

세실은 장난스럽게 말했다.

"그가 하느님의 계시를 받은 것처럼 행동하는 건 분명하오."

밀드리드가 미소 지으며 물었다.

"당신은 프랑스인들이 오지 못하도록 막아야 하는 거죠?"

세실은 인정했다.

"그렇지 않으면 우리가 져요. 우리는 그들과 동맹을 맺을 거요."

밀드리드는 세실에게 묵묵히 포도주를 따라주었다. 그리고 입을 열었다.

"당신이 이곳으로 오니 참 좋아요. 일이 모두 끝나야 집에 올 수 있는 건가요?"

"아마도. 전하께서 이번에 명하신 일은 쉬운 일이 아니오."

다음 날 동틀 녘, 세실은 아침식사를 하고 떠날 채비를 했다. 밀드리드도 남편을 배웅하려고 일어나 있었다.

밀드리드가 작별 입맞춤을 하며 말했다.

"스코틀랜드에서 몸조심하세요. 그곳에는 가톨릭교도들뿐 아니라 사악한 신교도들도 있어요."

세실 일행은 일정을 서두른 덕택에 6월 첫 주에 뉴캐슬에 도착했다. 세실이 만난 노퍽 공작은 사기가 진작되어 있었고 국경의 성이 튼튼하다고 자신했다. 그리고 그는 괜한 평화 협상을 하여 잉글랜드가 전투를 통해 얻게 될 이익을 내주어서는 안 된다고 주장했다. 그는 세실에게 불평했다.

"우리 군대가 여기 주둔하고 있습니다. 화해하려면 우리가 왜 군대를 끌고 온 것입니까?"

세실이 영민하게 대답했다.

"전하께서는 리스 성을 절대 함락시키지 못할 것으로 생각하십니다. 이 전투에서 프랑스가 승리할 거라고 생각하시는 겁니다."

노퍽 공작이 소리쳤다.

"우리는 그들을 무찌를 수 있습니다. 그들을 무찌른 다음 평화 협상을 시작하십시오. 그들은 패배를 맛본 후에야 우리에게 교섭을 청할 겁니다."

세실은 프랑스에서 평화 유지를 위해 보낸 특사 랑당과 긴 협상 과정에 착수했다. 노퍽 공작은 세실을 한쪽으로 데리고 가서 프랑스 수행인들에 대한 반감을 표시했다.

"세실, 그가 조신이라고 소개한 일행 중 절반은 기술자들입니다. 그들이 우리 군대의 배치를 살피고 이곳과 에든버러의 성벽을 조사하도록 해서는 안 됩니다. 당신이 그들 멋대로 하게 내버려둔다면 그들은 내가 이곳에서 준비한 모든 것을 살펴볼 겁니다. 게다가 나머지 절반은 첩자입니다. 그들은 에든버러와 리스를 오가는 사이 첩자를 만날 것이고 그들이 모은 정보는 곧장 프랑스로 전해질 겁니다. 랑당이 수시로 섭정 왕비에게 가도록 내버려둔다면 우리는 그가 어떤 것을 보고 누구와 이야기하는지 모를 겁니다. 그러니 랑당은 섭정 왕비의 뜻을 듣지 않고 본인의 의견을 바탕으로 협상에 응해야 합니다."

그러나 랑당은 완고했다. 마리 드 기즈의 지시를 받고자 고집했으며, 그녀와 의견을 나누지 않고서는 협상에서 어떤 제안도 하지 않고 잉글랜드의 제안에도 답변하지 않으려 했다. 그는 에든버러에 가려 했으며 포위망을 지나 리스 성 안으로 들어갈 수 있는 안전 통행을 보장받으려 했다.

노퍽 공작이 반발했다.

"차라리 그에게 지도를 그려주지 그러십니까? 오고 가는 길에 빌어먹을 가톨릭 신자의 집에 모두 들르라고 말입니다."

세실이 사리에 맞게 설명했다.

"랑당은 마리 드 기즈를 만나야 합니다. 우리의 제안을 그 여자에게 알려야 하니까요."

토머스 하워드가 큰 소리로 말했다.

"아무렴요. 그 여자는 우리에게 가장 위협이 되는 존재입니다.

랑당은 그 여자의 대변인밖에는 아무것도 아니고요. 그 여자는 대단한 모사꾼입니다. 성 안에서 영원히 견뎌낼 수도 있을 겁니다. 그리고 우리가 프랑스와 대화하는 것을 막을 테지요. 그 여자는 우리와 프랑스 사이에 끼어들 겁니다. 만일 랑당과 그 여자가 말을 주고받도록 놔둔다면 그 여자는 랑당을 시켜 우리에게 하나씩 하나씩 요구하도록 할 것이고, 합의를 봤다가 철회하기를 반복할 겁니다. 가을까지 우리를 여기에 붙잡아놓으려 할 거고요. 그러면 우리 군사들은 날씨 때문에 죽어가겠지요."

세실이 불안해하며 물었다.

"그렇게 생각합니까?"

"물론입니다. 스코틀랜드인들은 진영에서 이미 빠져나가고 있고 우리는 매일 질병으로 병사들을 잃고 있습니다. 뜨거운 여름이 오면 전염병이 돌 것이고 차가운 겨울이 오면 오한으로 죽어갈 겁니다. 세실, 지금 움직여야 합니다. 그들이 거짓으로 평화를 제의해서 우리를 지체시키도록 두어서는 안 됩니다."

"어떻게 움직입니까?"

"포위 공격을 해야지요. 성 안으로 들어가야 합니다. 어떤 대가를 치르더라도 상관없습니다. 그들에게 충격을 주어 협정을 맺도록 해야 합니다."

세실이 고개를 끄덕이며 생각했다.

'그래. 그러나 나는 당신의 포위 공격 계획을 잘 알지. 당신 계획대로 하자면 굉장한 행운과 엄청난 용기와 세심한 용병술이 필요해. 하지만 잉글랜드 군대는 이 중 아무것도 가지고 있지 않아. 그렇지만 당신이 두려워하는 점에 관한 한 당신 판단이 맞아. 당신 말대로 마리 드 기즈가 리스 성 안에서 버티고 있으면 우리는 언젠가 무너지겠지. 그렇게 되면 프랑스인들은 스코틀랜드를 차지할 거고, 잉글랜드 북부도 천천히 차지하겠지. 프랑스를 위협하여 평화 협정을 맺게 해야 한다는 당신의 생각이 옳아.'

엘리자베스는 지친 나머지 옷을 제대로 갖춰 입지 못했다. 로버트가 엘리자베스의 방에 들어왔을 때 그녀는 등 위로 머리카락을 아무렇게나 땋아내리고 잠옷 위에 헐거운 겉옷을 걸치고 궁녀들과 앉아 있었다.

엘리자베스의 명성에 흠이 가지 않도록 늘 노심초사했던 캐트 애슐리지만, 그녀는 아무런 불평도 하지 않고 로버트를 들어오게 했다. 엘리자베스의 오랜 친구이자 조언자인 토머스 페리는 이미 방에 와 있었다. 창가 의자에 앉아 있던 엘리자베스는 로버트에게 손짓하여 자기 옆에 앉게 했다.

로버트가 부드럽게 물었다.

"어디 아픈가요, 내 사랑?"

엘리자베스의 두 눈은 너무나도 어둡게 그늘져 있어서 맹렬한 싸움에서 패배한 싸움꾼처럼 보였다.

"피곤해서 그래요."

대답을 하는 엘리자베스의 입술은 창백했다.

캐트 애슐리는 뜨거운 벌꿀술이 든 잔을 엘리자베스의 손에 쥐어주며 말했다.

"여기요, 이걸 마셔요."

로버트가 물었다.

"세실에게서 아무런 소식 없나요?"

엘리자베스가 대답했다.

"아직 없어요. 그들이 성을 다시 공격할까봐 걱정이에요. 내 숙부는 너무 경솔하고 그레이 경은 너무 단호해요. 나는, 프랑스 특사가 북부 잉글랜드에 있는 동안에는 싸움을 멈추겠다고 세실이 약속해 주기를 바랐지만, 그는 우리가 그들을 계속 위협해야 한다고 말했고……."

엘리자베스는 불안감으로 목이 메어서 말을 잇지 못했다.

토머스 페리가 나지막이 말했다.

"그가 옳습니다."

로버트가 엘리자베스의 손을 지긋이 잡으며 말했다.

"뜨거울 때 드세요. 그리고 말씀을 계속해 보세요."

엘리자베스는 고분고분하게 벌꿀술을 한 모금 마시며 말했다.

"그보다 더 문제는 우리에게 돈이 없다는 거예요. 그들이 한 주 더 전장에 머문다면 군대에 돈을 보낼 수 없어요. 그러면 어떤 일이 일어나겠어요? 군사들이 폭동을 일으키면 우리는 무너져내릴 거예요. 그들이 아무런 돈도 없이 고향으로 돌아가려 한다면 국경에서 런던까지 오는 동안 약탈을 일삼을 거예요. 그리고 프랑스인들은 그들 뒤에서 마음 놓고 진군해 내려오겠지요."

엘리자베스는 다시 말을 멈추었다가 이어갔다.

"오, 로버트, 모든 일이 너무나 끔찍하게 되어버렸어요. 내게 남겨진 모든 것을 망쳐버렸어요. 배다른 언니 메리도 나만큼 이 나라를 망쳐놓지 않았어요."

로버트는 엘리자베스의 손을 잡아 자신의 가슴에 대며 말했다.

"쉿, 당신의 말은 전혀 사실이 아니에요. 돈이 필요하다면 마련해 줄게요. 우리에게 돈을 빌려줄 사람들은 많아요. 약속할게요. 군대에 돈을 지급할 수 있어요. 그리고 하워드와 그레이는 이길 만한 때가 아니라면 공격하지 않을 거예요. 당신이 원한다면 내가 북부로 가서 어떤 일이 일어나고 있는지 살필게요."

말이 떨어지자마자 엘리자베스는 로버트의 손을 꼭 붙잡으며 말했다.

"나를 떠나지 말아요. 당신이 내 곁에 없으면 견딜 수 없어요. 나를 떠나지 말아요, 로버트. 나는 당신 없이 살 수 없어요."

로버트가 부드럽게 말했다.

"내 사랑, 나는 당신 명령대로 움직일 거예요. 당신이 가라면 가고 머물라면 머물게요. 그리고 언제나 당신을 사랑해요."

엘리자베스는 황금잔에 파묻고 있던 고개를 조금 들어 로버트에게 살짝 미소를 지었다.

로버트가 말했다.

"자, 나아졌군요. 어서 예쁜 드레스로 갈아입고 나와 말을 타러 나가는 게 어때요?"

엘리자베스가 고개를 저었다.

"난 못 타요. 손이 너무 쑤셔요."

엘리자베스는 두 손을 내밀어 로버트에게 보여주었다. 손톱 주위의 피부가 빨갛고 피가 흘렀으며 손가락 관절이 부어 있었다. 로버트는 상처가 난 손을 잡고 캐트 애슐리를 찾아 두리번거렸다.

캐트 애슐리가 말했다.

"전하는 쉬셔야 해요. 그렇지만 걱정할 만한 정도는 아니에요. 전하께서 잡아뜯어서 그래요."

로버트가 놀란 마음을 숨기며 말했다.

"그러면 손을 씻고 크림을 발라요. 그런 다음 예쁜 드레스를 입고 와서 나와 함께 난롯가에 앉아 음악을 들읍시다. 그렇게 쉬면서 내 말들에 관한 이야기를 들려줄게요."

엘리자베스가 즐거운 일을 하기로 약속받은 어린아이처럼 미소 지으며 말했다.

"좋아요. 그리고 스코틀랜드에서 소식이 오면……."

로버트가 손사래를 쳤다.

"스코틀랜드에 관해서는 아무 말도 하지 말아요. 소식이 오면 사람들이 재빨리 우리에게 전해 줄 거예요. 우리는 인내심을 갖고 기다리는 법을 익혀야 해요. 자, 엘리자베스, 당신은 기다림에 대해 잘 알잖아요. 나는 당신이 흔들림 없이 잘 기다리는 걸 보아왔죠. 왕위에 오를 날을 기다렸던 것처럼, 소식이 오기를 기다려야 해요. 당신은 누구보다도 가장 멋지게 기다릴 줄 아는 여자예요."

엘리자베스는 깔깔대고 웃었고 얼굴 전체가 환해졌다.

토머스 페리도 맞장구쳤다.

"정말입니다. 전하는 어린 소녀 시절부터 조용히 기다리며 언제 전하의 순간이 왔는지 판단할 수 있으셨습니다."

로버트가 말했다.

"자, 어서 가서 옷을 입어요. 빨리요."

로버트는 남편이 아내에게 명령하는 듯했고, 엘리자베스는 잉글랜드 여왕이라고 보이지 않을 정도로 로버트의 말을 따랐다. 모든 궁녀들은 눈을 내리깔고 로버트를 지나갔지만 라티샤 놀스만은 예외였다. 라티샤는 로버트 옆을 지날 때 절을 했다. 고개를 깊이 숙이는 인사였으며 젊은 궁녀가 황태자에게 하는 인사였다. 로버트에 관한 라티샤의 예측이 빗나간 적은 드물었다.

뉴캐슬

1560년 6월 7일

1. 외교술로써 암살은 유쾌하지 못한 기술입니다. 그러나 그 기술을 고려해야 할 경우가 있습니다.

2. 이를테면 한 사람의 죽음이 많은 사람들에게 이익이 될 경우

입니다.

3. 적 한 명의 죽음이 많은 동지들에게 이익이 될 수 있습니다.

4. 왕이나 여왕이 적인 경우, 이들을 패배시키면 반란을 조장할 가능성이 있으므로 사고처럼 꾸며진 죽음이 낫습니다.

5. 어차피 그 여자는 나이가 많고 건강이 나쁩니다. 죽음은 그 여자를 자유롭게 할 겁니다.

6. 이 편지에 관해 어느 누구와도 의논하지 마십시오. 답장은 필요 없습니다.

세실은 편지에 서명과 봉인을 하지 않았고, 측근을 시켜서 그 편지를 여왕의 손에 직접 전달하도록 했다. 답장을 기다릴 필요는 없었다. 엘리자베스가 자신의 군대를 데려오기 위해서라면 양심에 거리끼지 않고 어떤 범죄라도 허락할 것을 세실은 알고 있었다.

궁 안에서나 궁 밖에서나, 사람들은 모두 스코틀랜드에서 소식이 오기를 기다렸지만 자투리 소식만 비밀리에 전해져 왔다. 적어도 3일 전에 도착한 세실의 편지에서 그는 엘리자베스의 허락이 떨어지면 곧바로 프랑스 특사 랑당과 함께 에든버러에 갈 계획이라고 했다.

세실은 랑당이 마리 드 기즈에게 가서 지시를 받을 수 있도록 엘리자베스에게 허락을 구했다. 그리고 그는 엘리자베스가 병사, 군수물자, 밀린 임금, 병사들의 건강 상태에 관해 염려하는 것을 알고 있으니 에든버러에서 그레이를 만나면 그곳 상황을 엘리자베스에게 모두 보고하겠다고 썼다.

엘리자베스는 다음 소식이 오기를 기다려야 했다.

사람들 모두 소식을 기다려야 했다.

엘리자베스가 로버트에게 속삭였다.

"로버트, 나 혼자서 이 상황을 견뎌낼 수 없어요. 나는 망가지고 있어요. 망가지는 걸 느낄 수 있어요."

로버트와 엘리자베스는 엘리자베스의 아버지와 할아버지와 그 밖의 유럽 열강 군주들의 초상화가 걸린 긴 복도를 함께 걸었다. 마리 드 기즈의 초상화도 그곳에서 두 사람을 내려다보고 있었다. 잉글랜드 왕국에 많은 분쟁을 야기하고 엘리자베스에게 많은 위험을 안겨준 섭정 왕비에 대한 감정 때문에 엘리자베스는 그녀를 몰락시키겠다는 바람으로 그녀의 초상화를 그곳에 걸어놓았다.

로버트가 말했다.

"당신 혼자서 견뎌낼 필요는 없어요. 내가 있잖아요. 나는 당신의 소유예요."

엘리자베스는 걸음을 멈추고 로버트의 손을 잡았다.

"맹세할 수 있어요? 나를 절대로 떠나지 않을 건가요?"

"내가 얼마나 당신을 사랑하는지 당신은 알잖아요."

엘리자베스는 갑작스럽게 웃음을 터뜨렸다.

"사랑이라! 나는 아버지가 모든 것을 걸고 내 사촌을 사랑하는 걸 봤어요. 그렇지만 아버지는 그녀를 사형에 처하도록 명령했지요. 토머스 시모어는 나를 사랑한다고 맹세했지만 나는 그를 죽음으로 내몰았고 그를 구하려 손가락 하나 까딱이지 않았어요. 사람들이 내게 와서 그에 대해 물을 때 나는 그에게 유리한 말을 하지 않았어요. 한마디도 안 했어요. 그를 향한 내 사랑을 완전히 배신했어요. 그러니까 로버트, 사랑의 맹세 이상이 필요해요. 달콤한 약속은 믿을 수 없어요."

로버트는 잠시 말이 없다가 입을 열었다.

"내가 이혼했다면 오늘이라도 당신과 결혼할 거예요."

엘리자베스가 소리쳤다.

"그렇지만 이혼하지 않았잖아요. 우리는 몇 번이고 이런 말을 주고받았어요. 당신은 나를 사랑한다고 했고 나와 결혼한다고 했지만 그럴 수 없잖아요. 나는 혼자이고 나 홀로 버텨야 하지만 더 이상은 혼자 견뎌낼 수 없어요."

로버트가 깊이 생각하며 말했다.

"방법이 있어요. 확실한 방법이 있어요. 내 사랑을 증명할 수 있어요. 우리는 약혼할 수 있어요. '미래의 결혼 서약'[4]을 하면 돼요."

엘리자베스는 한숨을 내쉬었다.

"당신이 이혼을 하고 난 뒤 공식적으로 구속력 있는 결혼 약속을 해요."

로버트는 엘리자베스를 일깨웠다.

"미래의 결혼 서약은 실제 결혼 서약만큼 구속력이 있어요. 결혼식만큼 서로에게 굳게 맹세하는 서약이지요. 그래서 내가 독신이 되면 우리가 이미 비공개로 서약을 맺었다고 공식적으로 선언하기만 하면 돼요."

엘리자베스가 로버트에게 손을 뻗으며 굶주린 듯 속삭였다.

"그러면 당신은 내 남편이 되어 늘 내 곁에 머물며 절대로 나를 떠나지 않겠군요."

로버트는 망설임 없이 엘리자베스의 손을 꼭 움켜쥐었다.

"지금 당장 합시다, 지금 당장. 당신의 예배당에서. 증인들을 데리고 가서."

로버트는 자신이 너무 서두르는 통에 엘리자베스가 두려움으로 움츠릴 거라고 잠시 생각했다. 그러나 엘리자베스는 나른하게 잡담하는 궁 안의 사람들을 둘러보더니 금세 자신의 충실한 친구에

---

4) betrothal de futuro, 교회에서 인정하는 약혼을 말한다 - 옮긴이

게 시선을 고정했다. 엘리자베스는 캐트 애슐리를 불렀다.

"캣, 스코틀랜드에 있는 우리 군사를 위해 기도하러 갈 겁니다. 캐서린과 프랜시스 경 말고는 아무도 나를 따라오게 하지 마요. 조용히 있고 싶어요."

궁녀와 궁내관들은 절을 했다. 팔짱을 낀 캐서린 놀스와 프랜시스 놀스는 엘리자베스와 로버트를 따라 빠른 걸음으로 복도를 지나, 왕실 예배당의 폭넓은 돌계단을 내려갔다.

예배당은 조용해서 기분이 나쁠 정도였고 성단소(聖壇所)⁵⁾를 닦는 복사(服事) 말고는 아무도 없었다.

엘리자베스가 복사에게 짧게 말했다.

"넌 나가 있거라."

캐서린이 이상하게 여겨 물었다.

"엘리자베스, 왜 그래요?"

엘리자베스는 기쁨으로 환해진 얼굴로 사촌 캐서린에게 돌아서서 물었다.

"약혼의 증인이 되어줄래요?"

프랜시스 놀스가 로버트를 바라보며 여왕의 말을 반복했다.

"약혼이요?"

로버트가 말했다.

"미래의 결혼 서약입니다. 나중에 우리 결혼을 공식 발표하겠다는 서약이지요. 전하와 나의 간절한 소원입니다."

프랜시스 놀스는 로버트에게 목소리를 낮추어 물었다.

"그러면 당신의 아내는 어쩌려고요?"

로버트가 대답했다.

"그녀는 꽤 큰 재산을 갖게 될 겁니다. 여하튼 우리는 지금 약혼

---

5) 교회의 성가대와 성직자의 자리이다 - 옮긴이

을 하고 싶습니다. 증인이 되어주실 겁니까, 말 겁니까?"

캐서린과 프랜시스 놀스는 서로를 바라보았다. 캐서린이 모호하게 얼버무렸다.

"이건 구속력 있는 서약인데……."

캐서린은 남편이 결정하기를 바라며 바라보았다. 프랜시스 놀스가 말했다.

"증인이 되어 드리겠습니다."

엘리자베스와 로버트가 제대를 향해 돌아서 있는 동안 프랜시스 놀스와 캐서린은 아무 말 없이 그들과 나란히 섰다.

촛불 열두 개가 비춘 가톨릭 미사용 촛대와 십자고상은 반짝반짝 빛났다. 엘리자베스는 무릎을 꿇고 앉아 십자고상을 바라보았고, 로버트도 그녀 옆에 무릎을 꿇었다.

엘리자베스가 로버트에게 얼굴을 돌렸다.

"이 반지로 나는 당신과 결혼합니다."

엘리자베스는 튜더 가의 장미 문양이 새겨진 자신의 반지를 넷째 손가락에서 빼내어 로버트에게 내밀었다. 로버트는 반지를 받아 자신의 새끼손가락으로 가져갔다. 매우 기쁘게도 반지는 그를 위해 만든 것처럼 쏙 미끄러져 들어갔다. 로버트도 자신의 반지를 뺐다. 그 반지는 아버지가 끼던 것으로, 더들리 가문을 상징하는 곰과 나무기둥 문양이 새겨 있어서 편지를 봉인할 때 사용했다.

로버트가 말했다.

"이 반지로 나는 당신과 결혼합니다. 오늘 이후로 나는 당신과 약혼한 남편입니다."

엘리자베스는 반지를 받아 약지에 꼈다. 반지는 꼭 맞았다.

"오늘 이후로 나는 당신과 약혼한 아내입니다."

엘리자베스가 선언하고 속삭였다.

"그리고 나는 침실에서나 회의에서 사랑스럽고 즐거운 아내가 될게요."

로버트도 맹세했다.

"당신 외에는 아무도 사랑하지 않을 겁니다. 죽음이 우리를 갈라놓을 때까지."

엘리자베스가 반복해 말했다.

"죽음이 우리를 갈라놓을 때까지."

엘리자베스의 검은 두 눈은 눈물로 반짝였다. 엘리자베스가 로버트의 입술에 입을 맞출 때 두 사람은 기쁨으로 충만했다. 로버트는 이날 오후를 생각하면 엘리자베스의 따뜻한 입술과 짭조름한 눈물이 언제나 떠오를 것이다.

그날 밤 로버트와 엘리자베스는 연회를 열고 음악을 연주하게 하고 춤을 추고 오랜만에 처음으로 즐거운 시간을 보냈다. 두 사람이 갑자기 기쁨으로 충만한 이유를 아무도 몰랐다. 캐서린 놀스와 프랜시스 놀스 외에는 그 누구도. 그리고 두 사람은 각자의 방으로 물러났다. 엘리자베스는 기분이 무척 좋지만 빨리 잠자리에 들고 싶다고 말했다. 엘리자베스는 이 말을 하며 깔깔댔다.

신하들은 공손하게 물러났고 궁녀들은 엘리자베스를 침실까지 수행했다. 그리고 잠자리에 들기 전 작은 의식이 시작되었다. 검을 침대에 찔렀고 잠옷을 따뜻하게 데웠으며 엘리자베스가 마실 에일에 향신료를 섞었다.

그때 조용히 문을 두드리는 소리가 났다. 엘리자베스는 라티샤에게 문을 열라고 고갯짓을 했다.

문 밖에는 세실의 하인이 서 있었다. 남자는 아무 말 없이 편지를 내보였다. 라티샤가 편지에 손을 가져가자 남자는 그녀의 손에서 편지를 홱 잡아챘다. 라티샤는 엘리자베스가 성미를 부릴 때와 완전히 똑같은 모양으로 눈썹을 치켜올리고 뒤로 물러났다.

엘리자베스가 직접 편지를 받으러 다가오자 남자는 절을 했다.

"그 편지를 가지고 이곳까지 오는 데 얼마나 걸렸느냐? 얼마나 오래된 소식이냐?"

엘리자베스가 묻자 남자가 다시 절을 하며 대답했다.

"사흘입니다, 전하. 윌리엄 세실 경이 그레이트노스 가도를 따라 말들을 준비시켜 놓아서, 저는 말을 갈아타며 빨리 달려올 수 있었고 여기까지 오는 시간을 사흘로 줄일 수 있었습니다. 전하보다 먼저 이 소식을 전달받는 사람은 없을 겁니다."

"고맙구나."

엘리자베스는 말을 하고 그에게 물러가라는 손짓을 했다. 라티샤는 문을 닫고 엘리자베스의 어깨 쪽으로 가 섰다.

엘리자베스가 말했다.

"너는 뒤로 물러나라."

라티샤가 물러서자 엘리자베스가 봉인을 깨고 책상 위에 편지를 펼쳤다. 엘리자베스는 잠가놓았던 서랍을 열고 암호를 꺼내어 암살 전략에 대한 세실의 분석을 해독했다. 그러고는 의자에 깊숙이 앉아 프랑스인들이 스코틀랜드에서 그들의 뛰어난 정치적 지도자를 곧 잃게 될 거라고 세실이 에둘러 하는 말을 이해하겠다는 듯 미소를 지었다.

라티샤 놀스가 물었다.

"좋은 소식인가요?"

엘리자베스는 짧게 대답했다.

"그래, 내 생각에는."

그리고 생각했다.

'어머니를 잃게 될 스코틀랜드의 어린 여왕에게는 나쁜 소식이겠지. 그러나 우리 가운데에는 인생 내내 어머니 없이 살아야 하는 사람이 있어. 홀로 된다는 게 어떤 건지 그 아이에게도 가르쳐줘야지. 내가 내 왕국을 위해 싸워야 하는 것처럼 그 아이도 자신의 왕국을 위해 싸워야 한다는 걸 가르쳐줘야 해. 스코틀랜드의 여왕에게 줄 동정 따위는 내게 없어.'

궁녀들이 물러나고 말동무가 잠들자마자 엘리자베스는 침대에서 일어나 머리카락을 빗질하고 옆방으로 바로 통하는 비밀문을 열었다.

로버트는 저녁 식탁을 차리고 불을 밝혀놓고는 엘리자베스를 기다리고 있었다. 그는 엘리자베스의 뺨에 생기가 돌아오고 입술에 미소가 피어난 것을 금세 알아챘으며 그 모든 것이 자기 덕분이라고 생각했다.

로버트는 엘리자베스를 품에 안고 입을 맞추며 말했다.

"훨씬 좋아 보입니다. 당신에게는 결혼이 어울리나 봅니다."

엘리자베스가 미소 지었다.

"기분이 나아졌어요. 더 이상 혼자가 아닌 기분이에요."

로버트가 약속했다.

"당신은 혼자가 아니에요. 당신을 위해 짐을 져줄 남편을 가졌잖아요. 당신은 절대로 다시는 혼자가 되지 않을 거예요."

엘리자베스는 안도의 한숨을 작게 내뱉고 로버트에게 이끌려 난로 앞자리로 가서 그가 따른 포도주 잔을 받았다.

엘리자베스가 생각했다.

'이제 나는 혼자가 아니야. 그렇지만 스코틀랜드의 여왕 메리는 고아가 되겠지.'

세실과 랑당은 아무것도, 심지어 뉴캐슬에서 에든버러로 가는 여정에 대해서도 명확한 합의를 이끌어내지 못했다. 노퍽 공작은 국경을 넘어갈 랑당 일행의 수를 줄여야 한다고 주장했다. 그러나 랑당은 이 협상에 조국의 승리가 달려 있다는 것을 아는 듯 아무것도 타협하려 하지 않았다.

마리 드 기즈가 비록 완전히 포위되었다 하더라도, 그녀를 리스 성에 붙잡아놓는 데만도 잉글랜드의 모든 군사력이 동원됐고 잉글랜드의 모든 해군이 포스 만에 정박하여 군대를 지원했다. 그런데도 마리 드 기즈는 잉글랜드와의 전투에 쓰일 대규모의 물품과 자금을 비축하고 있었다. 세실은 모든 잉글랜드 병력이 스코틀랜드에 묶여 있는 동안 잉글랜드 항구가 공격당할지도 모른다는 염려로 숱한 밤을 지새웠다. 그는 뉴캐슬의 흉벽을 배회하며 포위 공격을 반드시 끝낼 것이라고 결심했다.

세실은 프랑스 특사 앞에서 품위를 지키며 차분한 모습을 보이고 있었지만, 자신이 잉글랜드를 살리기 위한 승산 없는 게임을 벌이고 있다는 걸 알고 있었다.

일행이 에든버러로 떠날 준비를 하자마자 랑당은 리스 성에 전령을 보내 한 주 내에 마리 드 기즈에게 지시를 받으러 갈 것이라고 알렸다. 전령은 마리 드 기즈가 수종(水腫)증을 앓고 있지만 랑당을 만나겠으며 협상에 관한 지시를 하겠다는 소식을 가지고 돌아왔다.

랑당이 세실에게 미소 지으며 말했다.

"힘든 협상자를 만났다는 사실을 곧 깨닫게 될 겁니다. 당신도 알다시피, 그분은 타고난 기즈 가문의 사람입니다. 그분에게는 따님의 왕국을 침략자들에게 넘겨줄 마음이 절대로 없습니다."

세실이 침착하게 말했다.

"프랑스 군대가 스코틀랜드를 점령하지 않겠다는 합의야 말로 우리가 바라는 전부입니다. 우리는 침략자로 이곳에 와 있는 게 아닙니다. 오히려 스코틀랜드가 잉글랜드를 침공하려는 것을 방어하고 있습니다."

랑당은 어깨를 으쓱했다.

"뭐라고요! 뭐라 할 말이 없군요. 스코틀랜드의 여왕님께서는 프랑스의 왕비님이십니다. 그분은 두 왕국 어디든 그분의 신하들을 보낼 수 있으십니다. 우리 여왕님께 프랑스와 스코틀랜드는 하나며 동일합니다. 당신 나라의 여왕도 신하에게 원하는 바를 명령합니다. 그렇지 않습니까?"

랑당은 잠시 말을 멈추고 가식이 담긴 웃음을 웃었다.

"아! 여왕의 사마관은 제외해야겠군요. 그 사람은 여왕에게 명령을 하는 것 같다는 말을 들었습니다."

모욕이 담긴 언사에도 세실의 유쾌한 미소는 그대로였다.

"우리는 프랑스 군대가 스코틀랜드를 떠나겠다는 합의를 얻어내야 합니다. 그렇지 않으면 잉글랜드와 프랑스 양국 모두에게 손실이 큰 전쟁이 지속되는 것을 막을 도리가 없습니다."

랑당이 주장했다.

"나는 내일 에든버러에 도착하면 마리 드 기즈 각하를 알현하라는 명령을 받았고, 그분께서 내게 지시를 내리실 겁니다. 그러고 나면 당신이 어떻게 해야 할지 알게 되실 것 같습니다."

세실은 우세한 위치에 있는 적의 공격을 방어하지 못하고 궁지로 몰린 사람처럼 머리를 숙이고 랑당의 말에 동의를 표했다.

그러나 랑당은 섭정 왕비를 만나지도, 지시를 받지도, 평화 협정을 거부하겠다는 소식을 전해 오지도 못했다. 그날 밤 마리 드 기즈는 죽음을 맞이했던 것이다.

6월 중순 무렵, 엘리자베스가 1주간 기다렸던 소식이 스코틀랜드에서 전해졌다. 엘리자베스는 매일 화려한 드레스를 입고, 왕좌 닫집[6]을 꾸미는 아름다운 덮개천 아래에 앉아 여행으로 꾀죄죄한 세실의 전령이 궁에 이제 막 도착했다고 고하는 소리만을 기다렸다. 마침내 기다리던 대로 되었다. 로버트는 웅성거리는 사람들을 뚫고 엘리자베스의 알현실로 전령을 데려왔다.

엘리자베스는 전해 받은 편지를 펼쳐 읽었다. 로버트는 엘리자베스의 뒤편에 무심코 서서 그녀의 어깨 너머로 당연한 듯 편지를 읽었다. 마치 2인자 군주처럼 보였다.

마리 드 기즈가 갑작스레 죽었다는 대목에 이르자 로버트가 말했다.

"오, 하느님. 오, 하느님. 엘리자베스, 당신은 정말 운이 좋아요."

엘리자베스의 얼굴에 생기가 돌았다. 그녀는 고개를 들고 신하들에게 미소를 지으며 소식을 알렸다.

"우리에게 큰 축복이 내렸어요. 마리 드 기즈가 수종증으로 죽어서 프랑스인들이 혼란에 빠졌답니다. 우리 두 나라 사이에 평화를 가져다줄 교섭이 시작됐다고 세실이 편지를 보내왔어요."

오빠가 그레이의 수하로 있는 궁녀 한 명이 작은 환호성을 질렀고 궁정 안에 박수가 물결처럼 퍼져나갔다. 엘리자베스가 자리에서 일어나 큰 소리로 알렸다.

"우리는 프랑스 여자를 물리쳤습니다. 하느님께서 친히 우리의 적 마리 드 기즈를 무너뜨리셨습니다. 다른 이들에게도 경고하십시오. 하느님은 우리 편이십니다."

로버트는 엘리자베스를 기까이 끌어딩겨 손을 잡고, 승리의 순간을 만끽하고 있는 신하들을 바라보며 생각했다.

---

6) 왕좌 위에 만들어 다는 집 모형을 말한다-옮긴이

'잘됐군. 그러나 하느님께서 윌리엄 세실같이 교활한 인간을 도구로 선택하셨다니 뜻밖이야.'

엘리자베스는 두 눈을 반짝이며 로버트를 향해 몸을 돌리고 속삭였다.

"이건 기적이에요."

로버트는 엘리자베스를 유심히 바라보며 말했다.

"사람의 손이 보입니다. 하느님의 손이 아닌, 암살자의 손이 보입니다."

엘리자베스는 흔들림이 없었다. 그 순간 로버트는 엘리자베스가 모든 것을 알고 있다는 사실을 깨달았다. 엘리자베스는 섭정 왕비가 죽었다는 소식을 기다리고 있었다. 아마도 그녀는 다시 행복한 모습을 보였던 결혼식 이후부터 예측하고 기다렸을 것이다. 그리고 세실만이 그 음모를 꾸밀 수 있었다.

엘리자베스는 확고한 태도를 보였다.

"아니에요, 로버트. 세실의 편지에는 그 여자가 병으로 죽었다고 적혀 있어요. 절묘한 시기에 그녀가 죽은 것은 순전히 기적이에요. 하느님께서 그 여자의 영혼을 데려가신 거죠."

로버트가 말했다.

"오, 아멘."

7월의 날씨는 기온이 높아서 에이미에게 알맞았다. 그녀는 매일 덴치워드의 정원에 산책을 나가려고 노력했다. 그녀는 여전히 다음 거처가 어디이며 자신의 괴로운 문제를 어떻게 처리해야 할지에 관해 로버트에게서 아무런 언질을 받지 못했다.

하이드 부부의 한 아이가 유모에게 맡겨졌다 돌아왔다. 아장아장 걷는 그 남자아이는 에이미를 무척 좋아해서 그녀를 볼 때마다 안아달라며 작고 토실토실한 두 팔을 뻗고 "미미!" 하고 소리쳤다. 그러면 에이미는 엷은 미소를 지으며 말했다.

"'에이미'라고 해야지, 에이미라고."

아이는 진지하게 따라서 했다.

"미미."

자식이 없고 외로웠던 에이미는 자기를 좋아해 주는 아이의 말에 대꾸해 주고, 업어주고, 따뜻한 귀에 노래 불러주고, 이야기를 들려주고, 자기 침대에 낮잠을 재웠다.

앨리스는 만족해하며 윌리엄에게 말했다.

"에이미가 우리 애를 데려갔어요. 에이미에게 자식이 있었다면 참 좋은 엄마가 되었을 텐데요. 앞으로 아이를 절대 가질 수 없다니 참 안됐어요."

윌리엄은 뚱하게 말했다.

"그래요."

앨리스가 말을 이어갔다.

"우리 꼬마 토머스는 에이미를 좋아해요. 늘 에이미만 찾아요. 에이미를 가장 좋아하나 봐요."

윌리엄이 고개를 끄덕였다.

"에이미를 가장 좋아하는 사람은 잉글랜드에서 그 애가 유일할 거요."

7월의 시원한 아침, 로버트는 엘리자베스와 함께 강가를 걸으며 유쾌하게 말했다.

"지금 당신에게 말해 줄 소식이 있습니다. 당신이 오랫동안 스코틀랜드에서 전해 들었던 그 어떤 소식보다 좋은 소식입니다."

대번에 엘리자베스는 긴장했다.

"무슨 소식인가요?"

그러면서 엘리자베스는 생각했다.

'세실의 전령은 스코틀랜드에서 온 소식을 나보다 먼저 듣는 사람이 없다고 했는데. 내가 모르는 어떤 소식을 로버트가 알 수 있는 거지?'

로버트가 아무렇지도 않게 말했다.

"뉴캐슬과 애든버러에 내 부하 두 명을 심어 두었습니다. 그중 한 명이 오늘 오후에 찾아와서는 세실이 프랑스와 협상을 마무리할 게 분명하다는 소식을 전해 주었습니다. 세실의 하인이 내 하인에게 말하기를, 세실이 그의 아내에게 이달 중순쯤 집에 갈 거라는 편지를 썼답니다. 세실은 일을 끝마치기 전에는 절대 움직이지 않는 사람이니, 그에게 곧 협상을 마무리 지을 확신이 섰다는 걸 알 수 있습니다."

엘리자베스는 시샘하며 물었다.

"왜 세실은 내게 편지를 쓰지 않는 거죠?"

로버트가 어깨를 으쓱했다.

"협상을 확실히 마무리 짓고 나서 당신에게 소식을 전하려 했던 게 아닐까요? 그렇지만 엘리자베스……."

"세실은 내게 편지를 쓰기 전에 부인에게 편지를 썼잖아요?"

로버트가 미소 지었다.

"엘리자베스, 남자들이 모두 나처럼 헌신적이지 않아요. 그리고 이 소식은 좋은 소식이라 당신이 기뻐할 거라 생각했어요."

"당신은 세실이 협상을 잘했다고 생각하나요?"

"세실은 통찰력을 지닌 사람입니다. 내 부하는 세실이 6일까지는 협정서에 서명을 해서 봉인할 거라고 예상하더군요."

엘리자베스는 숨을 몰아쉬었다.

"3일 만에요? 그렇게 빨리요?"

"안 될 이유가 있겠습니까? 마리 드 기즈가 이미 죽었으니 세실은 그 신하들만 상대하면 되는데요."

"어느 선까지 협상이 되었죠? 프랑스군을 철수시킨다는 합의 아래로는 절대 양보해서는 안 돼요."

"세실은 분명 프랑스군 철수 합의를 얻어냈을 것이고, 칼레를 반환하겠다는 동의도 얻어냈어야 합니다."

엘리자베스는 고개를 저었다.

"프랑스는 칼레 문제를 논의하겠다고 약속하겠지만 우리가 요구한다고 해서 절대로 돌려주지는 않을 거예요."

"그 사안은 당신의 요구 사안 중 하나였잖아요?"

"오, 내가 요구했었지요. 그렇지만 받아낼 수 있다고 기대한 건 아니었어요."

로버트가 완강하게 말했다.

"칼레를 돌려받아야 합니다. 나는 세인트쿠엔틴에서 동생을 잃었고 칼레의 성벽 앞에서 목숨을 잃을 뻔했어요. 착한 잉글랜드 사람들의 핏물은 우리가 직접 땅을 팠던 운하로 흘러갔습니다. 칼레는 잉글랜드 본토와 마찬가지로 잉글랜드의 땅입니다. 우리는 그 땅을 되찾아야 합니다."

"오, 로버트……."

로버트는 주장을 이어갔다.

"반드시 되찾아야 합니다. 만일 세실이 협상에서 되찾지 못하면 그는 우리에게 큰 피해를 주는 겁니다. 내가 세실에게 그렇게 말할 겁니다. 그리고 더욱이, 세실이 칼레를 되찾지 못하면 평화는 지속되지 못합니다. 스코틀랜드에서 우리 군사가 돌아오자마자 다시 칼레를 되찾고자 전쟁터로 가야 하기 때문입니다."

엘리자베스가 의기소침하게 말했다.

"칼레가 우리에게 중요한 문제란 걸 세실도 알고 있어요. 그러나 우리는 그 문제로 전쟁을 벌이지 않을……."

로버트는 강가에 쌓아놓은 담을 주먹으로 쳤다.

"중요한 문제입니다! 칼레는 리스 성만큼이나, 아니 더 중요한 문제입니다. 그리고 당신의 문장(紋章)을 생각해 봐요, 엘리자베스! 프랑스의 왕비가 자신의 방패에 종횡으로 4분된 잉글랜드 문장을 새기지 못하도록 해야 합니다. 그리고 프랑스로부터 대가를 받아내야 해요."

엘리자베스가 집중하며 물었다.

"대가를 받아요?"

"물론입니다. 프랑스는 줄곧 침략자였습니다. 그들 때문에 어쩔 수 없이 우리는 스코틀랜드를 지켜야 했습니다. 프랑스는 그에 대한 비용을 지불해야 합니다. 프랑스에 대항하여 스코틀랜드를 지키느라 잉글랜드의 국고는 텅텅 비었습니다. 그에 대한 보상을 받아야지요."

"그들은 절대로 보상하지 않으려 할 텐데요."

로버트가 다그쳤다.

"받아낼 수 있습니다. 그들은 자기들이 잘못한 것을 압니다. 세실은 그들을 협상 테이블로 불러들여 몰아가고 있습니다. 그들이 불리한 입장에 놓인 지금이 그들을 강하게 공격해야 할 시기입니다. 세실은 우리가 스코틀랜드를 지키고, 칼레와 잉글랜드 문장을 되찾고, 벌금을 받아낼 수 있도록 최선을 다해야 합니다."

엘리자베스는 로버트가 확신에 찬 것을 알 수 있었다.

로버트의 의지는 군건했다.

"우리는 할 수 있어요! 해야 해요. 이기지 못한다면 왜 전쟁을 합니까? 전리품을 얻지 못하면서 왜 전쟁을 끝내려 해요? 방어만 하러 전쟁터로 가는 사람은 아무도 없어요. 더 나은 것을 얻기 위해 전쟁터로 가는 겁니다. 당신의 아버지는 그 사실을 알았고, 소득 없이 전쟁을 끝내고 빈손으로 돌아온 적이 절대 없었습니다. 당신도 그렇게 해야 합니다."

엘리자베스가 결심했다.

"내일 세실에게 편지를 쓸게요."

"지금 써요. 그가 당신의 권리를 생각하지 않고 협정서에 서명하기 전에 당신의 편지를 받아야 해요."

엘리자베스는 잠시 망설였지만 로버트가 재촉했다.

"지금 써요. 편지가 최대한 빨리 도착하더라도 사흘이 걸려요. 세실이 협상을 마치기 전에 편지가 전해져야 해요. 생각이 뚜렷한 지금 써요. 당신이 편지를 쓰고 오늘의 국정을 마무리하면, 우리는 본래대로 돌아가야지요."

엘리자베스가 엷은 미소를 지으며 물었다.

"우리 본래대로?"

로버트가 부드럽게 일깨웠다.

"우리는 신혼부부잖아요. 내 여왕님, 어서 공식 입장을 편지에 써요. 그리고 당신의 남편에게 와요."

로버트의 말은 엘리자베스를 달아오르게 했다. 두 사람은 화이트홀로 돌아갔다. 로버트는 엘리자베스를 이끌고 신하들 무리를 가로질러 그녀의 처소로 갔다. 그리고 엘리자베스가 책상에 앉아 펜을 집어들 때 그녀 뒤에 서 있었다.

엘리자베스가 물었다.

"뭘 써야 하는 거죠?"

로버트는 마음속으로 쾌재를 불렀다.

'엘리자베스는 내 결정을 기다리고 있구나. 잉글랜드의 여왕이 내가 부르는 대로 받아쓰려 하고 있군. 그녀의 남동생이 내 아버지의 말을 받아썼던 것처럼. 이런 날이 오다니, 그리고 내 사랑을 이루다니. 하느님, 감사합니다.'

로버트가 조언했다.

"평소 당신의 말투대로 써요."

그러면서 로버트는 생각했다.

'그러나 결국 내가 원하는 것은 세실이 엘리자베스의 편지에서 내 목소리를 듣는 거야.'

로버트는 계속 말을 이었다.

"프랑스에 스코틀랜드를 떠나달라고 요구하라고 써요. 그리고 그들에게 칼레를 되돌려줄 것과 잉글랜드 문장을 넘겨줄 것과 벌금을 낼 것을 요구하라고 써요."

엘리자베스는 불그스름한 머리를 숙이고 글을 썼다.

"벌금은 얼마여야 하죠?"

로버트는 마구잡이로 아무 액수나 댔다.

"50만 크라운."

엘리자베스는 깜짝 놀라 고개를 들었다.

"그들은 그렇게 큰돈은 내지 않을 거예요."

"물론 내지 않겠죠. 아마도 처음 납부금만 지불하고 나머지는 교묘하게 내지 않을 거예요. 그러나 그 금액은 우리 왕국에 그들이 끼친 손해를 우리가 책정한 가격을 말해 주는 겁니다. 우리 자신의 가치를 그만큼 높게 평가한다는 점을 보여주는 겁니다."

엘리자베스는 고개를 끄덕였다.

"그렇지만 그들이 거부하면 어쩌죠?"

로버트가 딱 잘라 말했다.

"그러면 협상을 결렬시키고 전쟁을 하라고 세실에게 말하세요. 그러나 그들은 거부하지 않을 거예요. 당신의 결심이 확고하다는 걸 안다면 세실은 이 협상을 성공시킬 겁니다. 벌금을 요구하는 것은 세실에게 큰 전리품을 가지고 고향으로 오라고 신호를 보내는 것이며, 프랑스인들에게는 감히 다시는 우리 일에 참견하지 말라고 경고하는 겁니다."

엘리자베스는 고개를 끄덕이고 펜을 휘둘러 서명하며 말했다.

"이 편지를 오늘 오후에 보내도록 하죠."

로버트가 명령했다.

"지금 보내요. 일각을 다투는 일이에요. 세실이 우리의 요구 조건을 하나라도 양보하기 전에 편지가 도착해야 해요."

엘리자베스는 잠시 머뭇거렸다.

"당신이 원한다면."

엘리자베스는 라티샤에게 몸을 돌려 말했다.

"국무장관의 전령에게 궁녀 한 명을 보내거라."

엘리자베스는 로버트를 향해 되돌아서며 덧붙였다.

"편지를 보내자마자 말을 타러 나가야겠어요."

"당신에게 너무 더운 날씨 아닌가요?"

"직선 코스로 간다면 괜찮아요. 평생 이 화이트홀에 갇혀 있는 것 같은 기분이에요."

"사람을 시켜 새 암말에 안장을 얹으라고 할까요?"

엘리자베스가 기뻐하며 대답했다.

"오, 좋아요! 편지를 보내고 곧바로 마구간으로 갈게요."

로버트는 엘리자베스가 편지에 서명하고 내용을 수정할 수 없도록 봉인할 때까지 지켜본 다음, 비로소 절을 하고 손에 입을 맞추고는 문으로 유유히 걸어갔다. 엘리자베스는 마치 왕이라도 되는 양 방을 걸어나가는 로버트의 모습을 바라보았다.

그때 복도를 따라 궁녀 하나가 전령을 데리고 엘리자베스에게 다가왔다. 로버트가 빠져나가는 모습을 보며 서 있던 엘리자베스는 전령이 오자 봉인된 편지를 손에 쥐고 퇴창으로 몸을 돌렸다. 그리고 다른 사람은 들을 수 없게 조용히 그에게 말했다.

"에든버러에 있는 네 주인에게 이 편지를 가지고 가거라. 그러나 오늘 떠나서는 안 된다."

"오늘은 안 된다고요, 전하?"

"내일도 안 된다. 며칠 뒤에 출발하거라. 적어도 사흘은 지체시켰으면 좋겠다. 내 말을 이해하겠느냐?"

전령이 고개를 숙였다.

"말씀하시는 대로 하겠습니다, 전하."

"그러나 너는 모든 사람들에게 똑똑히 듣도록 이렇게 말해야 한다. 곧바로 편지를 가지고 윌리엄 세실 경에게 갈 것이며 사흘 내에 에든버러에 도착할 수 있으니 모레면 편지를 전할 거라고 말이다."

전령은 고개를 끄덕였다. 그는 오랫동안 세실의 수하로 지내왔기 때문에 이중으로 행동을 하는 것은 익숙한 일이었다.

"편지를 전달하러 당장 떠난 것처럼 보이도록 런던을 벗어나 길에 숨어 있을까요?"

"그래."

"윌리엄 세실 경이 언제 편지를 받아보도록 할까요?"

엘리자베스는 잠시 동안 생각했다.

"오늘이 며칠이냐? 3일이냐? 그러면 7월 9일에 그의 손에 편지를 건네주어라."

전령은 편지를 웃옷 안에 쑤셔 넣고 절을 했다.

"편지가 지체되었다고 제 주인에게 말해도 될까요?"

"그렇게 해라. 그때쯤이면 별 문제 없을 거다. 이 편지로 세실의 마음이 흐트러지지 않았으면 좋겠다. 편지가 도착할 때쯤이면 세실의 임무가 마무리되어야 할 텐데."

에든버러
1560년 7월 4일

전하,

그들의 섭정 왕비는 죽었고 그들의 기백은 이미 빠져나갔지만, 우리는 아직도 포위 공격을 중지하지 않고 있습니다.

그들이 받아들일 만한 협정서를 작성했습니다. 전하께서 자매로서 중재를 하신 덕분에 프랑스 왕과 왕비는 스코틀랜드의 자유를 인정하고 군대를 철수시킬 겁니다. 그래서 결국 하느님의 자비로운 힘으로 우리는 원하는 모든 것을 얻게 될 것입니다.

이는 전하의 통치기간 동안 가장 위대한 승리며, 평화의 밑바탕이며, 이 섬을 통일된 한 나라로 만들 수 있는 힘이 될 것입니다. 프랑스와 스코틀랜드 간의 오래된 동맹 관계는 완전히 끝났습니다. 이로써 신교 옹호자라는 전하의 정체성을 확고히 했습니다. 이보다 더 안도감이 들고 행복했던 적은 평생 없었습니다.

하느님의 축복이 없으면 전쟁도 평화도 우리에게 오랜 이득이 되지 않을 테니, 전하와 전하의 자손에게 하느님의 축복이 함께 하시기를.

1560년 7월 4일, 에든버러 성에서
윌리엄 세실 드림.

세실은 전쟁을 막았고, 스코틀랜드와 프랑스 간의 동맹 관계를 무너뜨렸고, 엘리자베스가 유럽에서 가장 대담한 신예 권력자임을 증명했다.

세실은 저녁의 차가운 공기 속에서 에든버러 성의 작은 정원을 걸으며 멋지게 심어놓은 작은 월계수와 색을 입힌 돌로 복잡하게 꾸민 바닥의 무늬에 감탄하고 있었다.

그때 계단 꼭대기에서 세실의 전령은 어둠 속에 있는 자신의 주인을 찾으려 애쓰며 두리번거리고 있었다. 세실이 한쪽 손을 들자 전령이 그에게 다가갔다.

"전하께서 보내신 편지입니다."

세실은 고개를 끄덕이며 편지를 건네받았지만 곧바로 펴보지 않았다. 협상이 성공리에 마무리되어 간다는 사실을 여왕도 알고 있을 테니 이 편지는 세실에게 노고를 치하하고 여왕의 총애와 보상을 약속하는 내용이리라. 스코틀랜드에서 벌어진 이 전쟁에서 잉글랜드는 재앙을 당할 위험한 처지에 있었다는 걸 누구보다도 엘리자베스는 잘 알았다. 세실 말고는 그곳에서 평화를 이끌어낼 이가 없다는 걸 누구보다도 엘리자베스는 잘 알았다.

정원 벤치에 앉은 세실은 성채의 거대한 회색벽과 공중에서 내리덮치는 박쥐와 이르게 뜬 별을 올려다보며, 이 정도면 스스로에게 만족할 만하다고 생각했다. 그리고 엘리자베스에게서 온 편지를 펼쳤다.

세실은 잠시 동안 꼼짝없이 앉아서 편지를 읽고 다시 읽고 또 읽었다.

'여왕이 미쳤군.'

세실이 맨 처음 떠올린 생각이었다.

'여왕은 전쟁에 대한 걱정과 고민으로 미쳐가더니 이제는 전쟁을 두려워했던 만큼이나 전쟁에 굶주려 있군. 오 하느님, 하루는커녕 한순간조차도 가만히 못 있고 이랬다저랬다 변덕을 부리는 여자 밑에서 일해야 하는 사람은 도대체 편안히 살 도리가 없군요.

이미 협정서에 서명한 신하에게 군주가 다른 협의 사안을 갑자기 던지면 어떻게 명예롭게 평화를 유지할 수 있겠는가? 칼레를 돌려받으라니? 잉글랜드의 문장(紋章)은 뭐고? 벌금은 또 뭐지? 하늘로 올라가는 계단을 만들라지 그래? 달을 따오라는 건 어때?

그리고 편지 마지막은 이게 뭐야? 이 사안을 관철시키지 못하면 협상을 결렬시키라고? 파산한 군사를 이끌고 뜨거운 여름 열기 속에서 전쟁을 하라고? 프랑스인들이 자기네 군대를 전장으로 다시 불러들이면, 짐을 꾸려 떠나야 할 이들이 누구인지 모르는 거야?'

여왕의 편지를 구겨버린 세실은 바닥에 던지고 있는 힘껏 발로 찼다. 구겨진 편지는 울타리를 넘어 정원 가운데에 떨어졌다. 세실은 입 밖에 내지 않았지만 마음속으로 욕을 했다.

'미친 여자야! 무책임하고 쓸모없고 터무니없고 고집 센 여자야. 당신이 나라의 구원자라고 그렇게 믿었건만. 허영으로 가득한 정신 나간 궁에서 당신의 비위를 맞추느니, 버흘리의 내 정원이나 가꾸는 게 현명했을 텐데. 난 언제나 당신을 위해 내 재능을 내어놓았지. 쓸데없이.'

분노에 사로잡힌 세실은 정원에 구겨진 채 떨어져 있는 편지 앞에서 이리저리 걸어 다녔다. 그러나 잠시 뒤 그는 문서란 중요하면서도 위험한 것이라는 생각에 작은 울타리를 넘어가 편지를 집어 들고 구겨진 주름을 펴서 다시 읽었다.

그는 처음 편지를 읽었을 때 놓친 두 부분을 발견했다. 첫째, 날짜였다. 엘리자베스가 기입한 날짜는 7월 3일이었지만 그 후 5일이나 지나, 자신이 조약문에 서명하고 평화를 선포한 다음에야 도착했다. 편지가 오기까지 너무 오래 걸렸다. 평소보다 두 배의 시간이 걸린 것이다. 편지 내용이 협상에 반영되기에는 너무 늦었다. 세실은 전령에게 몸을 돌렸다.

"이봐! 러드!"

"네, 윌리엄 경."

"왜 이 편지가 내게 전달되는 데 엿새나 걸린 건가? 여기에는 날짜가 3일이라고 적혀 있어. 그렇다면 사흘 전에 도착했어야 할 거 아닌가."

"여왕께서 그렇게 하기를 원하셨습니다, 나리. 여왕께서는 나리의 임무가 끝날 때까지는 이 편지를 전하지 말라고 하셨습니다. 그러나 그분은 궁전의 신하들에게 제가 곧장 출발한 것처럼 보이도록, 제게 런던을 떠나 3일 동안 은둔해 있으라고 하셨습니다. 그분이 명령하신 일이었습니다, 나리. 저는 명령대로 했을 뿐입니다."

세실은 으르렁거리듯 말했다.

"물론 너는 여왕의 명령대로 했겠지."

전령이 말했다.

"전하께서는 편지 때문에 나리에게 방해가 돼서는 안 된다고 말씀하셨습니다. 협상이 끝난 후 편지를 전달하기를 바라셨습니다."

생각에 잠긴 세실은 고개를 끄덕여 하인을 보냈다. 그는 밤하늘을 바라보며 물었다.

'왜지? 왜, 빌어먹을, 왜?'

밤하늘은 대답하지 않았다. 회색 장막 같은 작은 구름 한 점이 흘러갔다.

세실은 생각했다.

'어떻게 된 일인지 생각해 보자. 여왕은 불끈 화내며 온종일 내게 아주 많은 요구를 하곤 하지. 늘 그랬어. 여왕은 모든 걸 갖고 싶어 하지. 칼레, 문장의 반환, 평화, 50만 크라운. 얼간이 더들리 같은 사람들에게 조언을 들은 여왕은 이 모든 것을 얻을 수 있고 그것은 정당하다고 생각했겠지. 그러나 여왕은 바보가 아니거든. 다시 생각해 보니 자기 생각이 잘못된 걸 깨달은 거야. 그러나 자기를 지켜보는 사람들 앞에서는 자기가 원하는 바를 내게 모두 요구하겠다고 맹세했을 거야. 그래서 엘리자베스는 그들이 보는 앞에서 약속한 대로 편지를 쓰고 서명을 하고 봉인했겠지. 그러나 비밀리에 엘리자베스는 편지를 전하는 시간을 지체시키도록 전령에게 명령했어. 그래서 내게 불가능한 요구가 전달되기 전에, 내가 임무를 충실히 해서 평화 협정을 맺도록 한 거군.

어쨌든 여왕은 말도 안 되는 요구를 했고, 나는 엄청난 일을 해냈으며 우리 둘은 여왕과 신하, 여자와 남자로서 본분을 다한 거야. 그리고 지금 여왕의 이 제스처는 그냥 제스처일 뿐 그 이상은 아닌 거야. 다른 말썽거리는 없어. 여왕은 자신의 편지가 늦게 도착해야, (반드시 편지를 늦게 전달하라고 했지.) 내가 여왕의 지시대로 할 수 없게 될 거라고 내 전령에게 말했거든.'

세실은 한숨을 내뱉었다.

'좋아, 어쩔 수 없지. 나는 본연의 임무를 마쳤고 여왕은 원하는 대로 했어. 평화 협정을 맺는 데 아무런 문제가 없었어. 기쁨이 좀 가라앉긴 했지만. 그러나 여왕이 내게 몹시 만족하고 감사할 거라는 내 예상은 완전히 빗나갔어.'

세실은 편지를 웃옷 안주머니에 쑤셔 넣으며 작은 목소리로 혼잣말했다.

'마음 좋은 여왕은 아니야. 적어도 나한테는 아니야. 여왕이 누군가를 기쁘게 하려고 편지를 쓰고 그 편지를 지체시키고 그에 대해 거짓말을 했지만, 나를 위한 건 아니야. 기독교 국가에서든 이교도 국가에서든, 어떤 왕도 나만큼 충성스런 신하를 두지 못했어. 그런데 여왕이 내게 하는 보상이란 게 고작 이런…… 이런 올가미라니.'

세실은 성의 출입구로 오르는 계단을 향해 걸어가며 작은 소리로 투덜거렸다.

'정말 여왕답지 않아. 인색하게도, 승리의 순간에 이렇게 나를 괴롭히다니. 평소에는 이렇게까지 인색하지 않았는데.'

세실은 잠시 멈추었다가 이어갔다.

'말도 안 되는 조언 때문일 거야.'

다시 생각을 멈춘 세실은 반짝반짝 윤이 나는 신발을 계단의 첫 포석에 디디며 생각을 이어갔다.

'로버트 더들리. 로버트 더들리가 분명해. 장담하겠어. 내 성공을 시샘한 나머지 여왕의 눈에 내 성공이 보잘것없이 느껴지기를 바랐던 거군. 그는 정당한 것 이상을 늘 욕심내고 있어. 그는 여왕에게 불가능한 명령으로 편지를 가득 채우라고 요구했고 여왕은 로버트를 기쁘게 해주려고 편지를 썼지만 평화 협정을 성사시키기 위해 편지를 늦게 전달시켰어.'

세실은 또다시 생각을 멈추었다가 결론을 냈다.

'바보 같은 여자가 한 남자를 기쁘게 해주려고 위험을 무릅쓴 것이군.'

세실은 최악의 생각이 떠오르자 걸음을 멈추었다.

'그런데 여왕은 왜 가장 중요한 정치적 문제에 로버트를 그렇게까지 깊숙이 개입시키고, 내게 보낼 편지 내용을 로버트가 부르는 대로 받아썼을까? 로버트는 추밀원의 일원도 아니잖아? 일개 사마관일 뿐인데 말이야. 내가 멀리 떠나 있는 동안 그는 어떤 기회를 잡은 거지? 어디까지 올라간 거지? 오 하느님, 그는 지금 어떤 힘으

로 여왕을 제압하는 겁니까?'

스코틀랜드의 평화를 알리는 세실의 편지를 두고 로버트를 중심으로 잉글랜드 조신들은 씁쓸한 평가를 내렸다. 로버트는 바람직한 결과이기는 하지만 그렇게 환영할 만한 일은 아니라고 넌지시 입장을 밝혔고, 여왕과 여왕의 연인에게 총애를 구하는 궁정 사람들은 그의 말에 동의했다.

한편 겉으로는 내색하지 못했지만, 추밀원 고문관들 사이에서는 세실이 놀라운 일을 해낸 데 대한 치사의 말들이 오갔다.

니컬러스 스록모튼이 씁쓸한 표정으로 말했다.

"한 달 전을 생각해 보십시오. 윌리엄 세실 경이 전쟁 석 달 만에 평화를 얻어냈다면 여왕이 그의 목에 키스라도 해줬을 겁니다. 만약 6주 만에 평화를 얻어냈다면 그에게 최고의 작위를 내렸을 테지요. 그런데 이젠 그가 하루 만에 평화를 얻어냈다고 하더라도 그에게 손톱만큼도 고마워하지 않을 겁니다. 그런 게 여자들이지요."

니컬러스 베이컨이 거침없이 말을 받았다.

"감사할 줄 모르는 건 여왕이 아니라 여왕의 연인일 테지요. 하지만 누가 나서서 여왕에게 바른 말을 하겠습니까? 로버트에게 도전할 자가 누가 있겠습니까?"

아무도 말을 하지 못한 채 침묵이 흘렀다. 이내 니컬러스 베이컨이 다시 입을 열었다.

"어찌 되었든 나는 여왕에게 바른 말을 하고 로버트에게 도전할 사람은 못 됩니다. 윌리엄 세실 경은 귀국하자마자 이 문제를 해결할 방법을 찾아야 할 겁니다. 이거야말로 아주 끔찍한 스캔들 아닙니까. 이러다 여왕이 어떻게 될지 모르겠습니다. 결혼한 것도 아니고 독신인 것도 아니고. 로버트 더들리에게 목을 매다가 아들을 어떻게 얻으려는지 여왕의 생각을 도통 모르겠습니다."

그때 방 어디선가 누군가의 나지막한 목소리가 들렸다.

"여왕이 로버트 더들리의 아들을 얻게 될지도 모르죠."

그의 말에 어떤 의원은 욕지거리를 했고 어떤 의원은 자리에서 벌떡 일어나 방을 나가버렸다.

누군가가 단호하게 말했다.

"여왕은 왕위를 잃게 될 겁니다. 잉글랜드가 그를 인정하지 않고 주님이 그를 인정하지 않으실 겁니다. 백성들도 마찬가지일 테고요. 그리고 무엇보다도 내가 그를 인정하지 않을 겁니다."

방 여기저기서 의원들이 그의 말에 동의하며 웅성거리기 시작했다. 그때 누군가 조심스럽게 입을 열었다.

"머지않아 반역을 꾀하는 음모들이 생겨나겠군요."

그 말에 프랜시스 베이컨이 자신만만한 어투로 반박했다.

"그렇지 않습니다. 사람들은 모두들 로버트 더들리를 여왕의 남편으로 받아들이지 못하겠다고 하지 않습니까. 그러면 된 겁니다. 로버트가 여왕의 부군이 될 리가 없는데 어떻게 반역이 일어나겠습니까? 내 생각에 그가 여왕의 남편이 될 가능성은 전혀 없습니다. 윌리엄 세실 경도 귀국하면 내 의견이 맞는다는 것을 보여줄 겁니다."

자신이 잉글랜드의 실질적인 국왕이나 마찬가지라고 생각하는 로버트는 마구간 뜰에서 여왕의 사냥 말을 주의 깊게 살피고 있었다. 여왕이 말을 타는 경우가 드물었기 때문에 말은 거의 늘 마부의 손에 훈련되었다. 로버트는 자기가 그러하듯 마부도 말의 고귀한 입을 섬세하게 다뤄주길 바랐다. 로버트가 부드러운 손동작으로 말의 귀를 잡아당겨 보고 벨벳처럼 부드러운 말의 입언저리를 만져보는 사이, 어느새 토머스 블런트가 그의 등 뒤에 다가와 나지막한 목소리로 인사를 건넸다.

"안녕하십니까, 나리."

로버트가 조용한 목소리로 인사를 받았다.

"좋은 아침이네, 블런트."

"이상한 일이 있어 알려드리려고 왔습니다."

"그래?"

로버트는 여전히 고개를 돌리지 않은 채였다. 누가 보더라도 두 사람은 말에 관한 대화를 주고받고 있을 뿐이라고 생각했을 것이다.

토머스 블런트가 설명을 시작했다.

"어젯밤 제가 우연히 금을 실은 배가 도착한 것을 목격했습니다. 에스파냐에서 밀수한 금이지요. 그리고 금을 배에 실은 사람은 앤트워프의 토머스 그레셤 경입니다."

깜짝 놀란 로버트가 되물었다.

"그레셤이라고?"

"그레셤 경의 하인이 승선해 있더군요. 칼을 무장한 채 초조한 기색을 하고서 말이죠."

"어디에 쓸 금인가?"

"국고에 쓰일 금이죠. 작은 동전과 금괴 등 온갖 모양과 크기의 금제품이 있었습니다. 배에서 금을 내리는 것을 도와준 제 친구가 듣기로는, 새 동전을 찍어 군인들 봉급을 줄 거라고 합니다. 이 일을 나리께서도 아셔야 할 것 같아서요. 이번에 배에 싣고 온 금은 3천 파운드 정도입니다. 전에는 더 많은 양이었고요. 그리고 다음 주에도 또 금을 싣고 올 모양입니다."

"알고 싶었던 내용이네. 아는 게 곧 돈 아닌가."

토머스 블런트가 빈정대듯 말했다.

"그렇다면 그 돈이 그레셤의 금화이길 바랍니다. 지금 제 주머니에 있는 불순물 섞인 동전 말고요."

순간 로버트의 머릿속에 오만가지 생각들이 스쳐갔다. 하지만 그는 생각을 입 밖에 내지 않은 채 말했다.

"고맙네. 그리고 세실이 귀국길에 오르거든 내게 알려주게."

로버트는 마부에게 말을 넘겨주고 곧장 엘리자베스를 찾아나섰다. 엘리자베스는 아직 치장을 하지 않은 상태였다. 그녀는 어깨에 숄을 두른 채 처소 창가에 앉아 있었다. 로버트가 방에 들어오자 블랑쉬 페리가 안도하는 표정으로 그를 바라보며 말했다.

"에스파냐 사절이 뵙기를 청하는 데도 전하께서 아직 준비를 하지 않으십니다. 너무 피곤하시다면서요."

"다들 그만 나가보게."

로버트는 짧게 말하고는 궁녀들이 방을 나가기를 기다렸다.

엘리자베스가 그에게 몸을 돌리고 미소를 지으며 그의 손을 잡아 그녀의 뺨에 가져다댔다.

"사랑하는 나의 로버트."

로버트가 차분한 목소리로 말했다.

"말해 줘요, 사랑하는 엘리자베스. 어째서 앤트워프에서 에스파냐 금을 실어온 거지요? 그 값을 어떻게 지불할 생각인가요?"

엘리자베스는 순간 멈칫했다. 얼굴색이 변하면서 눈가의 웃음이 사라졌다.

"아, 그거."

로버트가 단조로운 어투로 말했다.

"그래요. 그거요. 상황이 어떻게 돌아가는지 내게 말해 줬어야 하지 않나요?"

"그 일을 어떻게 알았지요? 철저히 비밀에 부쳐야 하는 일인데."

"그건 걱정하지 않아도 돼요. 하지만 아직도 우리 사이에 비밀이 있다는 사실이 서운하군요. 우린 서약을 했고 이미 부부가 아닌가요?"

그의 말이 떨어지기 무섭게 엘리자베스가 대답했다.

"당신에게 말하려고 했어요. 하지만 스코틀랜드 문제로 정신이 없었을 뿐이에요."

로버트가 차가운 목소리로 말했다.

"그랬겠지요. 하지만 옛 동전을 회수하고 새 동전을 찍어내는 날까지도 깜빡 잊고 내게 말하지 않았다면 어떻게 됐을까요? 난 쓰레기나 마찬가지인 옛 동전만 가득 찬 금고를 끌어안고 있을 테죠. 내가 얼마나 큰 손실을 입었겠습니까. 내가 험한 꼴을 당하게 하는 게 당신 생각이었나요?"

엘리자베스의 얼굴이 붉게 상기되었다.

"당신이 동전을 비축해 둔 줄은 몰랐군요."

"난 땅을 갖고 있고, 내 소작인들은 금괴로 소작료를 내지 않아요. 그리고 무역에서는 동전으로 빚을 회수하고 있다고요. 내 금고엔 페니와 파딩[7]으로 가득하단 말입니다. 그 동전들을 어떻게 하라는 겁니까?"

엘리자베스는 기어들어가는 목소리로 말했다.

"새 동전은 무게가 조금 더 나갈 뿐이에요."

"액면가는 그대로고요?"

엘리자베스는 말없이 고개를 젓다가 겨우 입을 열었다.

"우린 옛 동전을 거둬들이고 새 동전을 찍고 있어요. 짐작하다시피 그레셤의 생각이었어요. 우린 동전을 새로 찍어낼 필요가 있었

---

7) 영국의 옛 동전이다-옮긴이

지요."

로버트는 엘리자베스의 손을 뿌리치고 방 한가운데로 걸어갔다. 엘리자베스는 가만히 앉아 로버트의 모습을 지켜보며 그가 앞으로 어떻게 나올지 짐작하려고 애썼다. 그녀는 불안으로 가슴이 내려앉는 것 같았다. 평생 처음으로 그녀는 한 남자가 자기를 정치적인 목적이 아니라 사랑하는 여자로서 어떻게 생각할지 불안해하고 있었던 것이다.

"로버트, 화내지 말아요. 당신에게 손해를 끼칠 마음은 없었어요."

엘리자베스 스스로도 자기의 목소리가 연약하게 들린다는 것을 알았다. 그녀는 말을 이었다.

"당신에게 불이익이 돌아가도록 할 의도가 없었다는 걸 당신이 분명히 알았으면 해요. 다른 사람도 아닌 당신에게 내가 어떻게 그럴 수 있나요! 지금까지 내가 당신에게 준 수많은 관직과 지위와 땅을 보면 알잖아요."

"나도 압니다. 그래서 더욱 놀랍다는 겁니다. 한 손으론 나에게 많은 것을 주고, 다른 손으론 나를 농락하고 있지 않습니까. 그런 건 막돼먹은 여자들이나 하는 짓이죠. 당신이 벌인 일 때문에 내가 손해를 볼 수 있을 거란 생각은 조금도 안 했나요?"

엘리자베스는 숨이 막혔다. 그녀는 재빨리 변명했다.

"그 일이 철저히 비밀스럽게 진행되어야 한다고만 생각했을 뿐이에요. 아주 철저하게요. 만약 말이 새나갈 경우, 사람들이 동전을 교환하려 들 테고 동전 가치는 더욱 형편없이 떨어지겠죠. 얼마나 끔찍한 사태가 벌어지겠어요. 당신이 가지고 있는 바로 그 동전이 곧 가치가 하락하리란 걸 모두가 알게 된다면 말이죠. 그렇게 되면 우린 일을 바로잡는 데 많은 노력을 쏟아야 할 테고, 사람들은 나를 비난할 테죠."

"여하튼 당신은 내게 비밀로 했어요. 당신 남편에게 말입니다."

엘리자베스는 구차하게 변명을 계속했다.

"그 계획은 우리가 서약하기 전에 이미 실행되었던 걸요. 당신에게 미리 말했어야 했다는 걸 이제야 깨달았어요. 난 그저 스코틀랜드 문제에 정신이 팔려서……."

로버트는 단호한 어투로 말했다.

"스코틀랜드는 이제 평화로워요. 당신은 늘 명심해야 합니다. 우리는 결혼했고, 따라서 당신은 내가 모르는 비밀을 만들어서는 안 된다는 것을요. 자, 이제 가서 옷을 입어요, 엘리자베스. 다녀와서 세실과 당신이 지금까지 함께 협의하고 계획했던 일들을 하나도 빼놓지 않고 내게 말해 줄 거라고 믿어요. 그렇게 되면 난 더 이상 바보가 되지 않을 거고, 당신은 나 몰래 다른 남자와 비밀을 만드는 여자가 되지 않을 거예요. 다른 남자와의 비밀거리라니, 그건 나를 모욕하는 거라고요. 난 내 아내가 다른 사내와 부정한 짓을 저지르는 여자이길 원하지 않아요."

순간 로버트는 너무 심한 말을 한 건 아닐까 염려되었다. 하지만 엘리자베스는 자리에서 일어나 침실로 향했을 뿐이었다.

엘리자베스가 순순히 자기의 말을 따르고 있다는 걸 알고 로버트는 그 여세를 놓치지 않고 말했다.

"궁녀를 부를게요. 이 얘기는 나중에 더 하도록 하죠."

엘리자베스는 침실 문 앞에서 발걸음을 멈추고 뒤를 돌아보며 말했다.

"제발, 내게 화내지 말아요. 당신에게 손해를 끼칠 의도는 없었어요. 내가 어떻게 당신에게 그런 짓을 하겠어요. 그것도 일부러요. 올여름 상황이 어땠는지 당신도 잘 알잖아요. 앞으로는 당신에게 모든 걸 말하겠어요."

이쯤에서 그녀의 사과를 받아들여도 좋으리라. 로버트는 성큼성큼 다가가 그녀의 손과 입술에 키스를 했다.

"당신은 나의 연인이에요. 당신과 나는 진짜 황금과 같은 사람입니다. 어떤 불순물도 섞이지 않아 본질을 잃지 않은 진짜 황금 말이죠. 우린 언제나 서로에게 솔직하고 진실해야 해요. 그래야만 내가 당신에게 조언을 하고 당신을 도울 수 있어요. 그러니 당신은 나 아닌 다른 사람에게 기댈 필요가 없는 거예요"

로버트는 말하면서 다시 그녀에게 키스를 했다. 엘리자베스는 입 꼬리가 올라가면서 절로 미소를 지었다.

"오, 로버트. 그렇게 할게요."

런던으로 떠나기 전, 세실은 스스로에게 짧은 휴식을 허락하며 버흘리에서 아내와 하룻밤을 보냈다. 밀드리드는 평소처럼 차분한 표정으로 세실을 맞이했다. 하지만 그녀의 회색 눈동자는 남편의 주름진 얼굴과 굽은 어깨에 고정된 채 떨어질 줄 몰랐다.

그녀는 짧게 한마디만 했다.

"피곤해 보여요."

평화를 이루고 그 평화를 확고히 하기 위해 에든버러와 뉴캐슬 사이를 오가야 했던 지난 며칠에 대해서는 말을 아낀 채 세실은 간단히 대답했다.

"더위와 먼지 때문이라오."

밀드리드는 고개를 끄덕이고 손짓으로 세실에게 침실로 들어가라고 했다. 호화로운 방 안에 마련된 침실에는 뜨거운 목욕물과 갈아입을 옷, 그리고 차가운 에일 한 잔과 갓 구운 빵 한 덩어리가 준비돼 있었다. 밀드리드가 남편이 좋아하는 음식들로 저녁식사를 차려놓고 기다리는 사이 그는 다시 아래층으로 내려왔다. 어두운 색의 깨끗한 옷으로 갈아입은 그는 훨씬 생기 있어 보였다.

세실은 아내의 이마에 입을 맞추며 다정한 목소리로 말했다.

"고맙소. 모든 게 다 고마워요."

밀드리드는 미소를 지으며 그의 손을 이끌고 식탁으로 갔다. 식탁에서는 가족과 하인들이 세실이 식전 기도를 하길 기다리고 있었다. 밀드리드가 독실한 신교도인 탓에 그의 가정은 기독교의 가르침을 엄격하게 따랐다.

세실은 간단히 기도를 하고 자리에 앉아 식사를 시작했다. 식사를 끝낸 그는 네 살배기 딸 애너와 갓난쟁이 아들 윌리엄의 축복을 빌며 기도를 마무리했다. 그의 기도가 끝나자 식탁 위의 식기들이 치워졌고, 세실과 밀드리드는 방으로 들어갔다. 난롯불이 지펴진 방에는 에일 한 잔이 준비돼 있었다.

일이 마무리되어 세실이 다시는 스코틀랜드에 갈 필요가 없다는 것을 확인이라도 하듯 밀드리드가 입을 열었다.

"이제는 평화가 찾아왔군요."

세실은 짧게 대답했다.

"그래요."

"그런데 당신은 기뻐하는 사람처럼 보이지 않는군요. 평화 협정의 중재인으로서 당연히 기뻐할 줄 알았는데요."

밀드리드는 자기를 바라보는 세실의 표정이 낯설었다. 전에는 그런 표정을 한 번도 본 적이 없었다. 그는 상처 입은 사람처럼 보였다. 긍지와 야망이 꺾였다기보다는, 친구에게 배신당해 상처받은 사람의 표정이었다.

"난 기쁘지 않구려. 물론 우리가 그토록 바라마지 않던 평화를 얻었소. 프랑스 군대가 철수했고, 스코틀랜드에서 잉글랜드의 이

권이 인정되었소. 그것도 총 한 발 쏘지 않고 말이오. 내 인생에서
가장 빛나는 업적이자 성공이오. 프랑스를 때려눕힌 이번 사건은
놀라운 승리로 영원히 남을 것이오. 여인 하나가 이끄는 분열된 국
가가 재정이 파산해 군대에 봉급도 지불하지 못하는 형편인데도
프랑스를 꺾다니, 기적이나 다름없는 일이지요."

밀드리드는 이해할 수 없다는 듯 물었다.

"그런데도 기쁘지 않다고요?"

세실은 담담하게 말했다.

"누군가 나와 여왕 사이를 이간질하고 있어요. 난 기가 막힌 내
용의 편지 한 통을 받았소. 내가 여왕을 위해 할 수 있는 걸 이미 다
하지 못했더라면 난 그 편지 때문에 쩔쩔 맸을 거요."

"여왕이 보낸 편지인가요?"

"편지에서 여왕은 스코틀랜드의 평화만 바라는 게 아니라 하늘
의 달과 별까지 따달라고 말하더군요. 내가 여왕에게 줄 수 있는
것은 스코틀랜드의 평화밖에 없다고 말한다면, 여왕은 기분 나쁜
내색을 할 거요."

"여왕이 바보가 아닌 이상, 당신이 진실을 말한다면 귀담아들을
거예요. 당신이 최선의 노력을 기울였다는 걸 여왕도 알아줄 거라
고요. 누가 했더라도 당신보다 뛰어난 결과를 이룰 수 없었다는 걸
말이에요."

"여왕은 지금 사랑에 빠졌소. 심장이 울려대는 소리 말고는 들리
는 게 없을 겁니다."

"로버트 더들리와 말인가요?"

"또 누가 있겠소."

"한창 떠도는 소문이죠. 여기서조차 믿기 힘든 스캔들이 떠돈답
니다."

"난 소문을 믿어요. 소문의 대부분이 사실이지."

"두 사람이 결혼했다는 말이 파다해요. 두 사람 사이에 숨겨놓은 자식이 있다는 소리도 들리고요."

"그 이야기야말로 헛소문일 뿐이오. 하지만 로버트가 이혼한다면 여왕은 틀림없이 그와 결혼하려 할 테지."

"그럼 당신과 소원해지도록 여왕의 마음을 흔드는 자가 로버트란 말인가요?"

세실은 고개를 끄덕이며 말했다.

"내 생각엔 그렇소. 지금 궁정에선 여왕의 총애를 받는 사람이 딱 한 사람뿐인 것 같소. 예전에 여왕은 로버트와는 오붓한 시간을 즐겼고 내게서는 조언을 얻었지. 하지만 내가 자리를 비운 사이 여왕은 그와 오붓한 시간을 보내고 그에게 조언도 얻고 있소. 그는 조언자의 역할을 하기엔 너무나 무모한 사람인데 말이오."

밀드리드는 의자에서 일어나 그의 곁으로 다가갔다. 그러고는 그의 어깨에 손을 올려놓고 말했다.

"그럼 앞으로 어떻게 할 생각인가요, 여보."

"궁정에 가봐야겠소. 그동안의 일에 대해 보고를 할 생각이오. 나는 잉글랜드에 큰 금전적 손해를 끼친 꼴이 되었으니 보상을 받는다거나 고맙다는 말을 듣기는 어려울 거요. 전에도 한 번 여왕에게 못박아뒀던 것처럼, 만일 여왕이 내 조언을 뿌리친다면 내가 여왕을 떠날 생각이오. 예전이었다면 나 없이 여왕 혼자 일을 처리한다는 게 불가능했겠지만, 이젠 내가 없어도 여왕은 혼자서 잘 해낼 것이오."

밀드리드는 깜짝 놀랐다.

"여보, 겉만 번지르르한 애송이 반역자 손에 여왕이 놀아나게 둘 수는 없어요. 잉글랜드를 그 두 사람이 함께 다스리게 두어선 안 돼요. 그건 이 나라를 철없는 어린아이 손에 맡기는 거나 마찬가지라고요. 교회에서 인정받지 못하는 두 사람에게 우리 교회를 넘겨줘서도 안 되고요. 두 사람은 불륜을 저지르고 있어요. 당신이 여왕에게 바른 말을 해줘야 해요. 여왕을 구렁텅이에서 구할 사람은 바로 당신이라고요."

밖에서는 여왕이 가장 존중하는 조언자인 세실이었지만, 안에서 그는 언제나 아내의 조언을 잘 따르는 남편이었다.

"여보, 로버트 더들리 같은 자를 상대로 싸우려면 나 또한 온갖 음흉한 방법과 수단을 동원해야 할 거요. 이제부터 난 그가 국가의 적이고, 충성스런 신하가 아닌 국가의 반역자라고 여기고 그를 상대할 것이오. 난 그를……."

세실은 잠시 말을 멈추고 적당한 표현을 생각했다.

"음, 그를 마리 드 기즈라고 여길 테요."

밀드리드는 목소리에 흥분이 묻어나지 않도록 애쓰며 말했다.

"갑자기 죽어버린 프랑스인 왕비요?"

"맞소, 갑자기 죽은 왕비 말이오."

세실이 어떤 각오를 하고 있는지 밀드리드는 충분히 짐작할 수 있었다. 하지만 두려움 없는 눈빛으로 그의 눈을 똑바로 쳐다보며 말했다.

"여보, 잉글랜드를 위해, 교회를 위해, 그리고 여왕을 위해 당신의 책무를 다 하세요. 어떤 방법을 써야 하건, 그건 하느님께서 당신에게 맡긴 일이에요."

밀드리드의 흔들리지 않는 회색 눈동자를 들여다보며 세실이 물었다.

"내가 큰 죄를 저지르게 되더라도 말이오?"

"그럼요."

세실이 돌아온 7월 하순 무렵, 엘리자베스는 궁정 사람들과 함께 남쪽 템스 강가를 따라 짧은 순행 중이었다. 세실은 조신들의 훌륭한 저택에 묵으며 화창한 여름날의 사냥을 즐기고 있는 엘리자베스 일행을 찾아갔다. 세실은 영웅 대접 받을 생각은 하지도 말라는 주의를 미리 들었고, 역시나 아무런 환대도 받지 못했다.

그를 맞이하는 자리에서 엘리자베스는 말했다.

"어떻게 그럴 수가 있어요! 우리의 승리를 그렇게 내던지다니, 어떻게 그럴 수 있습니까? 프랑스가 뇌물로 유혹하던가요? 그래서 프랑스 편으로 넘어간 겁니까? 어디가 아팠던가요? 너무 지쳐서 일을 제대로 수행할 수 없었던가요? 아니면 너무 늙어서요? 어떻게 나와 국가에 대한 책무를 망각할 수가 있습니까? 우리가 스코틀랜드를 지키기 위해 얼마나 돈을 쏟아 부었습니까? 그런데 우리 마음대로 해보지도 못하고 프랑스인들을 집으로 그냥 돌려보내요?"

"전하."

세실은 입을 열었지만, 분노가 치밀어 얼굴이 붉게 상기되었다. 그는 주위를 둘러보며 두 사람의 대화를 듣는 사람이 있는지 살폈다. 아나나 다를까, 궁정 안의 사람들 대부분이 두 사람의 대결을 지켜보려고 목을 쑥 내밀고 귀를 쫑긋 세우고 있었다. 엘리자베스는 묵고 있는 저택의 그레이트홀에서 세실을 맞이했다. 때문에 계단에 서 있는 사람들 귀에 그들의 대화가 뻔히 들렸고 2층 난간에 기댄 사람들은 그들의 모습을 훤히 지켜볼 수 있었다. 엘리자베스는 마치 런던 시장의 한복판 같은 곳에서 공개적으로 그를 호되게 질책하고 있었던 것이다.

엘리자베스가 고함을 질렀다.

"칼레를 되찾지 못한 채 자비롭게도 프랑스를 놓아주다니요! 처음 칼레를 잃었던 때보다 더 못한 상황 아닙니까. 그때는 전쟁이었고 우린 최선을 다해 싸웠지만 어쩔 수 없던 겁니다. 하지만 지금은 어처구니없이 돈만 날린 꼴 아닙니까. 지금 당신은 칼레를 되찾을 생각은 조금도 해보지 않고 포기한 겁니다."

"전하……."

"게다가 내 문장은 어떻게 된 겁니까? 메리가 다시는 내 문장을 사용하지 않는다고 약속하던가요? 아직도 그 여자가 내 문장을 사용하고 있는 상황에서 어떻게 감히 돌아올 생각을 할 수 있었지요?"

엘리자베스의 맹렬한 비난 앞에서 세실은 속수무책이었다. 그는 침묵을 지켰고 그것이 엘리자베스의 화를 더욱 돋우었다.

그때 누군가의 차분하고 자신감에 찬 목소리가 들렸다.

"엘리자베스."

세실은 얼른 고개를 들어 계단을 바라보았다. 누가 감히 여왕의 이름을 부르는 것인가. 로버트 더들리! 바로 그였다.

로버트는 안쓰럽다는 눈빛으로 세실을 재빠르게 훑어보고는 엘리자베스에게 말했다.

"국무장관은 당신을 위해 노력을 아끼지 않았습니다. 그로서는 최선을 다해 평화를 가져오지 않았습니까. 물론 그 결과가 실망스러울 수도 있습니다. 하지만 그가 변함없이 우리에게 충성하고 우리를 헌신적으로 섬긴다는 사실을 어떻게 부정하겠습니까."

엘리자베스의 분노를 잠재우는 로버트의 차분한 목소리와 말을 듣고 세실은 의아했다.

'우리라고? 내가 자기를 섬기고 있다는 뜻인가?'

로버트가 제의했다.

"국무장관에게 숨 돌릴 틈을 주도록 하죠. 왜 그런 결정을 내렸는지, 스코틀랜드의 상황이 어떻게 돌아가고 있는지 그가 다 설명을 할 겁니다. 그는 지금 고된 업무를 마치고 긴 여행 끝에 방금 도착한 게 아닙니까."

엘리자베스는 새치름한 표정을 지었고, 세실은 로버트의 모욕적인 발언에 마음을 추슬러야 했다.

로버트가 손을 내밀며 말했다.

"이리와요, 엘리자베스."

세실은 기가 막혀 할 말은 잊은 채 생각했다.

'궁정 사람들이 뻔히 지켜보는 가운데 여왕의 이름을 함부로 입에 올려?'

세실의 생각에는 아랑곳없이 엘리자베스는 로버트에게 다가갔다. 주인의 말에 복종하도록 잘 훈련받은 개처럼 보였다. 엘리자베스가 손을 로버트의 손에 올려놓자 로버트는 그녀를 이끌고 그레이트홀을 걸어나갔다. 그는 잠시 등 뒤로 세실을 힐끗 쳐다보며 엷은 미소를 지었다. 그 미소가 꼭 이렇게 말하는 것 같았다.

'앞으로 일이 어떻게 돌아가는지 똑똑히 봐두라고!'

윌리엄 하이드는 부동산 업무를 처리하는 자기 집무실로 누이 리지를 불렀다. 지금 상황이 심각하게 돌아가고 있으니 감정에 흔들리지 말고 가족 간의 결속에 신경 쓰라고 넌지시 이르려는 것이었다.

윌리엄은 소작과 관련된 서류를 정리하는 커다란 원형 테이블 뒤에 앉아 있었다. 테이블은 칸칸이 서랍이 달렸고 각 서랍마다 알파벳이 적혀 있었다. 그리고 소작인 이름의 머리글자에 해당하는 알파벳이 적힌 각각의 서랍 안에 소작 계약서와 소작료를 기록한 장부가 차곡차곡 정리되어 있었다.

멍하니 있던 리지는 'Z'가 적힌 서랍이 여태껏 한 번도 사용된 적이 없다는 사실을 알아차리고 의아해졌다.

'어째서 사람들은 'X'와 'Z'가 빠진 테이블을 만들 생각을 하지 못할까. 'X'와 'Z'를 머리 글자로 하는 영어 이름은 흔치 않은데 말이야. 아차, 그렇지. 제버디(Zebidee)와 적시스(Xerxes)라는 이름이 있었군.'

윌리엄은 바로 본론을 꺼냈다.

"누나, 내가 누나를 부른 건 레이디 더들리 때문이에요."

하이드가 자기와 에이미를 '누나'와 '레이디 더들리'라고 강조하는 것에 리지는 대뜸 알아차렸다. 앞으로의 대화가 지극히 공적으로 진행될 거라는 뜻이었다.

리지는 최대한 예의를 갖추고 말했다.

"말하렴, 동생."

"꺼내기 어려운 문제지만 솔직히 말할게요. 누나가 레이디 더들리를 데리고 떠날 때가 온 것 같아요."

리지가 되물었다.

"떠나라고?"

"그래요."

"어디로 떠나란 말이냐?"

"다른 친구들 집으로요."

리지가 난색을 표시하며 말했다.

"로버트 경과 아무런 의논도 하지 못했는걸."

"그럼 로버트가 간간이라도 소식을 전해 온다는 뜻이에요?"

"아니…… 에이미가 노픽에 있었을 때 그가 들렀었지. 그 후로는 소식이 없었어."

윌리엄은 눈썹을 한 번 치켜올리며 이어지는 말을 기다렸다.

리지가 마지못해 말했다.

"그때가 3월이었어."

"3월이라면, 그의 이혼 요구를 레이디 더들리가 거절하는 바람에 두 사람 다 화난 상태로 헤어졌던 때를 말하는 거예요?"

리지가 순순히 시인했다.

"맞아."

"그럼 그 이후로는 단 한 통의 편지도 없었다고요? 레이디 더들리도 편지를 보내지 않았고요?"

"내가 알기로는……."

리지는 비난하는 듯한 윌리엄의 표정을 보고 차마 말을 잇지 못하다가 겨우 덧붙였다.

"그래, 에이미도 편지를 보내지 않았어."

"그럼 로버트가 레이디 더들리 앞으로 꼬박꼬박 돈을 보내기는 하는 거예요?"

순간 리지는 당황하여 어쩔 줄 몰라 하다가 얼버무렸다.

"그럼, 보내오다마다."

"누나 봉급은요?"

리지가 점잖은 투로 말했다.

"난 봉급을 받지 않아. 난 에이미의 친구이지 하인이 아니니까."

"그렇지요. 하지만 그가 누나에게 돈을 지급하고 있잖아요."

"그의 집사가 보내는 거지."

윌리엄은 생각에 잠긴 듯 말했다.

"그가 이렇게 오랫동안 레이디 더들리와 연락을 끊은 적은 없었는데."

리지는 단호한 어투로 말했다.

"전에도 편지를 그렇게 자주 보냈던 건 아니야. 자주 방문했던 것도 아니고. 예전엔 몇 달 정도……."

"레이디 더들리가 거처를 옮길 때만은, 적어도 호위할 하인만큼은 꼬박꼬박 보내주었어요. 옮겨갈 거처를 정해 주는 것도 잊은 적이 없었고요. 그런데 지금 누나가 하는 말을 들어보면, 그가 한동안 아무도 보낸 적이 없다는 뜻이잖아요. 3월 이후로는 그에게서 아무런 소식도 듣지 못했다면서요?"

리지가 고개를 끄덕이자 윌리엄이 단호하게 말했다.

"누나, 레이디 더들리를 다른 곳으로 옮기게 해요."

"왜?"

"레이디 더들리가 계속 우리 집에 있게 되면 우리 입장이 난처해져요."

리지는 어쩔 줄 몰라 하며 말했다.

"어째서? 에이미가 뭘 어떻게 했기에."

"레이디 더들리의 판단력을 의심하게 만드는 지나친 신앙심도 문제지만……."

"부탁이다, 윌리엄. 에이미는 지금 하느님께 매달려 겨우 삶을 이어가는 거야. 그애는 부끄러운 짓을 한 적이 없단 말이다. 그저 살고자 하는 의지를 찾으려고 애쓰는 것뿐이라고!"

윌리엄이 손을 들어 올리며 말했다.

"누나, 침착하게 생각해 봐요."

"불행에 빠진 여자를 집안을 곤란하게 만들 사람 취급하는데 내가 어떻게 침착할 수가 있겠니?"

윌리엄은 자리에서 벌떡 일어났다.

"침착하게 생각해 보겠다고 약속하지 않으면 오늘 대화는 더 이상 이어갈 수 없어요."

리지는 크게 심호흡을 하고 말했다.

"네가 지금 에이미에게 어떻게 굴고 있는지 나는 알아."

"뭘 알아요?"

"에이미에게 동정심을 보이지 않으려 하잖니. 지금 에이미는 너무나도 불행해. 그런데 네 행동이 에이미의 상황을 더욱 심각하게 만들고 있단 말이다."

윌리엄은 문 쪽으로 걸어가 문을 열고는 손잡이를 붙잡은 채 리지에게 나가라는 몸짓을 했다.

리지는 서둘러 말했다.

"알았다, 윌리엄. 내게 매섭게 행동할 필요는 없어. 그건 너에게나 나에게나 좋지 않아. 우리 사이를 심각하게 만들 수도 있다고."

윌리엄은 자리로 돌아왔다.

"아까도 말했듯이 레이디 더들리의 신앙심은 차치하고라도, 그녀 때문에 로버트가 날 의심스러운 눈으로 보게 된다는 게 더 문제에요."

리지는 말없이 윌리엄이 말을 잇기를 기다렸다. 윌리엄은 다시 담담한 어투로 말했다.

"레이디 더들리를 내보내야 해요. 한때는 그녀를 우리 집에 묵게 하는 것이 로버트 경에게 잘 보이는 일이라 생각했어요. 사람들의 욕설과 조롱으로부터 그녀를 보호하면서 그의 지시를 기다리면서 말이에요. 그녀는 우리에게 유용한 자산이나 마찬가지였어요. 그녀에게 안전한 피난처를 제공해 준다면 로버트 경은 크게 기뻐하고 내게 고마워할 줄 알았지요. 그런데 이제는 생각이 바뀌었어요."

리지는 고개를 들어 윌리엄을 보았다. 그녀는 지금 남동생 윌리엄의 양면을 보고 있었다. 한 면은 그녀보다 세상 경험이 부족한 인생 후배의 모습이었다. 또 다른 한 면은 그녀보다 우월한 그의 모습이었다. 그는 집안의 가장이고 재산을 소유했으며, 자신과의 관계에서 그녀보다 한 단계 위였던 것이다.

"그래서 어쩔 셈이니?"

윌리엄은 담담했다.

"로버트 경이 레이디 더들리를 버린 것 같아요. 그녀가 로버트 경의 이혼 요청을 거절해서 노여움을 샀겠지요. 그녀는 앞으로 다시는 그를 보지 못할 거예요. 그보다 중요한 건, 그녀를 집에 들이는 사람은 누구라도 다시는 그를 보지 못할 거라는 거지요. 우린 지금 로버트 경이 꼬여 있는 문제를 해결하도록 도와주지 못하고 있어요. 대신 레이디 더들리가 로버트 경에게 도전하는 걸 도와주고 부추기는 꼴이지요. 남들 눈에 우리가 그런 식으로 보여서는 안 돼요."

리지는 단호한 목소리로 말했다.

"에이미는 그의 아내야. 잘못을 저지르지 않았다고. 그에게 도전하지도 않아. 그저 버려지는 꼴을 당하지 않으려고 애쓰는 것뿐이라고."

"나도 어쩔 수 없어요. 로버트 경은 이제 잉글랜드 여왕의 남편이나 마찬가지예요. 레이디 더들리는 그들의 행복을 가로막는 장애물일 뿐이고요. 난 식솔을 거느리는 한 집안의 가장이라고요. 그런데 잉글랜드 여왕의 행복을 가로막는 장애물이 되는 이에게 어떻게 우리 집을 피난처로 내줄 수 있겠어요."

리지는 윌리엄의 말에서 허점을 찾을 수 없었다. 게다가 윌리엄은 리지가 그에게 감정에 호소하여 애원하는 걸 용납하지 않았다. 할 수 없이 리지는 물었다.

"에이미는 어떻게 해야 하는 거니?"

"다른 집으로 떠나야지요."

"그다음엔?"

"또 다른 집을 알아봐야겠지요. 그곳에서도 안 되면 또 다른 집으로 옮겨야 하고요. 그녀가 로버트와 원만하게 합의한다면 그제야 정착을 하고 옮겨다니지 않아도 되는 집을 얻게 될 테지요."

"결국 에이미가 강제로 이혼을 당하고 멀리 외국으로 쫓겨 가거나, 화병으로 죽어야 끝이 난다는 말이구나."

윌리엄은 한숨을 내뱉었다.

"누나, 이 상황을 비극으로 몰고 가지 말아요."

리지는 윌리엄의 얼굴을 똑바로 바라보며 말했다.

"내가 비극으로 몰고 가는 게 아냐. 이 상황 자체가 비극이지."

윌리엄은 참을 수 없다는 듯 갑자기 고함을 질렀다.

"내 잘못이 아니잖아요! 누가 날 비난하겠어요. 난 지금 곤란한 처지에 놓여 있다고요. 내가 만든 상황도 아닌데 말입니다."

"그럼 누구 잘못이니?"

윌리엄은 무정하게 말을 내뱉었다.

"그녀 잘못이지요. 그래서 그녀가 떠나야 해요."

세실과 엘리자베스는 회의를 세 번 했다. 하지만 세 번째 회의가 되어서야 엘리자베스는 세실의 말을 가로막거나 성질을 돋우지 않고 그의 말에 진지하게 귀를 기울였다.

처음 두 번의 회의에서 세실은 로버트와 그의 수행원 두 명이 동석한 자리에서 고개를 숙인 채 엘리자베스가 퍼붓는 맹렬한 비난을 고스란히 듣고 있어야 했다. 엘리자베스는 세실이 그녀가 시킨 임무나 나라의 일에 무관심하고 국가의 자긍심과 국익, 재정난을 제대로 관리하지 못한다는 이유로 불만을 터뜨렸다. 첫 번째 회의가 끝나고 세실은 사실상 변명하기를 포기한 상태였지만 신랄한 여왕의 질책 배후에 도대체 누가 있을지 궁금했다.

세실은 여왕의 말이 사실은 로버트에서 비롯된 것이라 생각했다. 로버트 더들리, 그가 틀림없었다. 로버트는 창가 곁 덧문에 몸을 기댄 채 한여름의 정원을 내려다보며 하얗고 가느다란 손으로 향료알을 집어 향기를 들이키고 있었다. 그는 이따금 자세를 바꾸고 가볍게 한숨을 내쉬거나 헛기침을 했는데, 그럴 때면 엘리자베스는 그에게 말할 기회라도 주겠다는 듯 잠시 뜸을 들였다. 그녀는 그가 하는 생각이라면 잠시 스치는 것 하나라도 모두 귀담아들어야 한다고 여겼다.

'로버트를 사랑하고 있군. 여왕은 지금 처음으로 사랑이라는 흥분된 감정에 빠져 있어. 그런데 그 상대가 바로 로버트란 말이군. 그녀는 로버트의 눈이 태양처럼 빛난다고 느끼겠지? 그녀 귀에 들리는 건 오로지 로버트의 의견뿐이고 그의 이야기가 곧 지혜며 그의 미소만이 유일한 기쁨일 테지. 여왕의 어리석음에 화를 내고 불평해 봐야 무슨 소용이 있겠는가. 여왕은 이제 막 첫사랑에 빠져버린 젊은 여자일 뿐인데. 그런 여왕한테 현명한 판단력을 기대하기란 무리야.'

세 번째 회의에서 세실은 니컬러스 베이컨과 궁녀 둘 외에는 여왕이 혼자라는 것을 알았다.

엘리자베스가 말했다.

"로버트 경이 조금 늦는군요."

그러자 니컬러스가 조심스럽게 제안을 했다.

"그럼 우리부터 회의를 진행하는 게 어떻겠습니까? 윌리엄 경은 지금 협정문을 매듭짓고 있는 중이지요? 프랑스의 철수에 관한 세부 사항도 같이 말입니다."

세실은 고개를 끄덕이며 니컬러스 베이컨 앞에 서류를 내밀었다. 이전 회의와 달리 여왕은 벌떡 일어나 테이블을 박차고 나오거나 그에게 맹비난을 퍼붓지도 않았다. 묵묵히 자리에 앉아 프랑스의 철수에 관한 사항을 꼼꼼하게 살필 뿐이었다.

용기를 얻은 세실은 협정 문서를 처음부터 쭉 읽은 다음 자리에 앉았다.

엘리자베스가 물었다.

"이 협정이 평화를 보장하는 구속력이 있는 건가요?"

짧은 순간 두 사람은 예전의 관계로 돌아간 듯했다. 지금 젊은 여왕은 조언을 구하며 나이 든 신하를 바라보고 있었던 것이다. 그가 절대적인 충성으로 자신을 보좌해 주리라는 신뢰의 눈길로 말이다. 그리고 나이 든 신하는 자신이 한때 가르쳤던 젊은 여왕의 조그마한 얼굴에서 지혜와 능력을 보았다. 곧 세상의 축이 제자리를 찾고 별들이 본래의 궤도를 따라 돌아 천체가 조화를 이루게 될 것이며 모든 것이 제자리로 돌아올 것임을 세실은 직감했다.

세실이 말했다.

"물론입니다. 프랑스는 지금 파리에서 들고 일어난 신교도를 보고 경악한 터라 당분간은 위험을 무릅쓰면서 모험을 감행하려고 하지 않을 것입니다. 저들은 지금 신교도의 봉기를 두려워하고 있습니다. 다시 말해 전하의 영향력이 두려운 게지요. 프랑스는 신교도들이 어디에서 들고 일어나건 스코틀랜드에서 그러셨던 것처럼 전하께서 저들을 옹호할 것이라고 믿고 있습니다. 또 신교도들도 전하를 의지할 것이라 생각하고요. 장담하건대, 프랑스는 평화를 지키고 싶어 할 것입니다. 게다가 스코틀랜드의 메리 여왕이 파리에 계속 머무는 이상 여왕으로서의 임무를 인계받지 못하겠죠. 평화 협정에 따라 그녀는 앞으로 섭정을 새로 임명하고 섭정을 통해 스코틀랜드의 귀족들을 지배하게 될 겁니다. 따라서 프랑스는 명목상으로만 스코틀랜드를 소유하게 되는 것이지요."

엘리자베스가 조심스럽게 물었다.

"그렇다면 칼레는 어떻게 됩니까?"

세실은 침착하게 대답했다.

"지금까지 그래 왔듯, 이번에도 칼레는 별개의 문제입니다. 하지만 프랑스의 임차 기간이 만료되는 대로 샤토 캉브레 조약을 통해 칼레를 반환하도록 요구하는 게 옳습니다. 지금 상황에선 프랑스가 협의 내용을 이행할 가능성이 전보다 더 높으니까요. 프랑스는 우리가 두려워해야 할 대상이라는 것을 깨달았을 겁니다. 우리가 그들을 깜짝 놀라게 한 거지요. 우리가 결단을 내리리라고 그들이 생각이나 했겠습니까? 하지만 이제는 두 번 다시 우리를 비웃지 못할 겁니다. 다시는 전하를 상대로 쉽게 전쟁을 일으킬 생각을 못 한다는 뜻이지요."

엘리자베스는 고개를 끄덕이고 협정서를 그에게 밀었다.

"좋습니다. 이 협정서가 최선의 결과물이라고 맹세합니까?"

"우리에게 매우 유리한 쪽으로 만들어진 것은 분명합니다."

여왕은 다시 고개를 끄덕이며 말했다.

"우리가 프랑스의 위협에서 벗어났다니 다행입니다. 나는 다시는 과거와 같은 경험을 하고 싶지 않습니다."

니컬러스 베이컨이 맞장구를 쳤다.

"저도 마찬가지입니다. 나라를 전쟁에 휘말리게 만드는 건 대단히 위험한 도박입니다. 전하께서 훌륭한 결정을 내리신 겁니다."

엘리자베스는 눈동자를 초롱초롱하게 빛내며 세실에게 우아한 미소를 짓고 말했다.

"나는 매우 용감하고 결단력 있는 사람입니다. 그렇지 않습니까, 스피릿?"

"잉글랜드가 또 한 번 그런 적과 맞서야 할 때가 온다면 전하께서는 이번 일을 기억하실 겁니다. 다음엔 어떻게 대처해야 할지 잘 아시리라 믿습니다. 이번 일을 통해 왕의 역할을 배우셨으니까 말입니다."

엘리자베스가 말했다.

"메리 여왕에게는 그럴 기회가 많지 않았지요. 외세의 침략에 맞설 필요가 한 번도 없었으니까."

"아무렴요. 메리 여왕은 전하처럼 용기를 시험받을 기회가 없었지요. 하지만 전하께서는 용기를 시험받았고 결코 용기가 부족하지 않다는 사실을 입증해 보이셨습니다. 전하께서는 누구의 따님이신데요. 당연히 평화를 이루시고말고요."

갑자기 엘리자베스가 회의 테이블에서 일어나 불만을 토로했다.

"로버트 경이 어째서 늦는지 모르겠군요. 한 시간 전에는 이곳에 오기로 약속을 했었는데 말입니다. 사실 오늘 바르바리 말 한 마리가 도착하기로 한 터라 로버트 경은 마구간에 갔답니다. 혹시라도 말을 돌려보내야 할 일이 생길까봐 말이죠. 하지만 곧장 이곳으로 오기로 약속했는데."

세실이 제의했다.

"우리가 마구간으로 가서 로버트 경을 보는 게 어떻습니까."

"그렇게 하죠."

엘리자베스는 흔쾌히 동의하고는 예전에 종종 그랬던 것처럼 세실과 팔짱을 끼고 나란히 걸었다.

세실이 말했다.

"첫 번째 정원에서 돌도록 하지요. 올해는 장미가 무척 아름답게 피었답니다. 그런데 전하, 스코틀랜드는 이곳보다 한 달 늦게 장미가 핀다는 사실을 아십니까?"

"스코틀랜드는 무척 추운 곳이 아닌가요. 꼭 한번 보고 싶군요."

"아무 때고 여름에 뉴캐슬에 가보실 수 있습니다. 전하께서 방문하시면 사람들이 기뻐할 겁니다. 정책상으로도 국경 근처의 성들을 방문하시는 것이 괜찮고요."

"그렇게 하고 싶군요. 윌리엄 경도 얼마 전에 지쳐 쓰러질 지경이 되도록 말을 몰고 에든버러와 뉴캐슬 사이를 오고 갔다는 이야기를 들었어요. 아닌가요?"

세실이 고개를 끄덕였다.

"노퍽 공작과 협의할 일이 있었기 때문입니다. 랑당을 예의 주시해야 했지요. 길이 험해 말을 달리기가 여간 고되지 않았답니다. 특히 스코틀랜드에선 더욱 심했지요."

여왕이 고개를 끄덕였다.

궁녀들은 세실과 엘리자베스의 대화가 들리지 않을 만큼의 거리에서 그들을 뒤따르고 있었고 니컬러스 베이컨은 캐서린 놀스와 나란히 걷고 있었다.

세실이 목소리를 낮춰 물었다.

"그런데 어떻게 된 겁니까? 최근 두 달 동안 전하께 무슨 일이 있었던 겁니까?"

세실은 엘리자베스가 웃음으로 그의 질문을 피해갈 거라고 생각했지만, 그녀는 스스로 털어놓았다.

"이래저래 걱정이 많았어요. 캣은 내가 과로 때문에 탈이 날 거라고 생각했지요."

"그건 제가 염려했던 부분이기도 합니다. 하지만 전하는 훌륭하게 견뎌내셨지요."

"로버트가 없었다면 불가능했을 겁니다. 로버트는 나를 늘 차분하게 만들어주지요, 스피릿. 그는 멋진 목소리를 가졌거든요. 그의 손은…… 마치 마법…… 의 손 같답니다. 그가 말을 잘 다루는 것도 그런 능력 때문일 거예요. 그가 내 이마에 손을 올려놓는 순간 나는 평온해진답니다."

세실이 다정하게 말했다.

"그를 사랑하시는군요."

엘리자베스는 재빨리 세실을 바라보며 그가 자기를 비난하는 것이 아닌가 먼저 살폈다. 하지만 세실은 연민이 깃든 눈빛으로 차분하게 그녀를 바라볼 뿐이었다.

엘리자베스는 솔직하게 말했다.

"그래요."

마침내 조언자에게 솔직하게 진심을 털어놓을 수 있어서 다행이라고 그녀는 생각했다.

"맞아요. 그를 사랑합니다."

"그럼 로버트도 전하를 사랑합니까?"

엘리자베스는 미소를 머금은 얼굴로 말했다.

"그럼요, 물론이지요. 그가 나와 같은 마음이 아니라면 얼마나 비참한 일입니까!"

세실은 뜸을 들이다가 물었다.

"전하, 그 사랑의 결과가 무엇일까요? 그는 이미 결혼을 한 사람입니다."

"그의 아내는 병들었어요. 죽을 수도 있다고요. 어쨌거나 두 사람은 수년간 불화를 겪어왔습니다. 그들의 결혼 생활은 더 이상 지속될 수 없다고 로버트가 분명히 말했어요. 결국엔 그의 아내가 그를 놓아줄 겁니다. 나는 두 사람의 이혼을 승인할 생각이고요. 그 다음엔 로버트가 나와 결혼을 하겠지요."

세실은 생각했다.

'이 상황을 어떻게 대처해야 옳단 말인가. 엘리자베스는 현명한 조언을 듣길 원하는 게 분명 아닐 텐데. 그녀가 원하는 것은 그녀의 어리석은 생각에 동조해 주는 것이리라. 하지만 나마저 입을 다물다면 누가 나서서 그녀에게 조언을 해주겠는가.'

세실은 심호흡을 한 다음 입을 열었다.

"전하, 에이미 더들리, 그러니까 에이미 롭사르트는 아직 젊디젊습니다. 그녀가 곧 죽으리라고 누가 확신합니까? 젊은 여자가 죽기를 기다리면서까지 전하께서 결혼을 늦춘다는 것은 말이 되지 않습니다. 게다가 전하께서는 두 사람의 이혼을 승인할 수도 없습니다. 합당한 이혼 사유가 없으니까요. 두 사람이 양가 부모의 축복속에 결혼식을 올렸던 날 피로연에서 전하께서는 친히 춤을 추지 않으셨습니까. 또한 전하께서 어떻게 평민과 결혼을 할 수 있습니까. 그는 아직 반역죄의 그늘에서 벗어나지 못한 가문의 사람입니다. 그것도 아내까지 버젓이 살아 있는 남자입니다."

엘리자베스가 그에게 몸을 돌리며 말했다.

"윌리엄 경, 난 할 수 있어요. 꼭 결혼할 겁니다. 그와 약속했습니다."

'세상에 야단났군! 대체 무슨 뜻이란 말인가. 약속이라니, 대체 무얼 약속했단 말인가!'

세실은 흥분을 감춘 채 침착한 표정으로 물었다.

"은밀한 약속입니까? 두 사람이 은밀하게 속삭인 사랑 얘기 같은 것 말입니까?"

"결혼을 약속하는 서약이요. 증인들 앞에서 서약했습니다."

세실은 기가 막혀 되물었다.

"누가 증인을 섰다는 겁니까? 어떤 증인들을 말하는 겁니까?"

'어쩌면 엘리자베스가 뇌물을 써서 증인들의 입을 막았으리라. 아님 죽여버렸거나. 혹 모르지. 불명예를 안겨 추방했을지도.'

"캐서린과 프랜시스 놀스가 증인입니다."

세실은 놀라움에 입을 열지 못했다.

두 사람은 아무 말 없이 걷기만 했다. 세실은 엘리자베스의 말을 듣고 충격에 휩싸여 자신의 다리까지 후들거리는 것을 느꼈다. 그는 엘리자베스를 보호해 주지 못했던 것이다. 그녀는 덫에 걸려들었다. 조국도 함께!

엘리자베스가 조그마한 목소리로 말했다.

"내게 화가 나 있군요. 윌리엄 경이 여기에 남아 나를 막지 못하는 사이 내가 끔찍한 실수를 저질렀다고 생각하지요?"

"그저 당황스러울 뿐입니다."

"스피릿, 나도 어쩔 수 없었어요. 당신이 여기 없었잖아요. 그때 난 언제라도 프랑스가 쳐들어올 것만 같았어요. 이미 내 왕위를 잃었다고 생각했지요. 난 더 이상 잃을 게 없었다고요. 적어도 로버트만은 잃고 싶지 않았을 뿐이에요."

"전하, 이 일은 프랑스가 쳐들어오는 것보다 더 끔찍한 재앙입니다. 만일 프랑스가 쳐들어왔다고 해도 온 나라 백성이 전하를 위해 목숨을 바쳐 싸웠을 겁니다. 그러나 전하가 로버트와 약혼한 사실을 백성들이 안다면 전하 대신 캐서린 그레이를 왕위에 앉힐 겁니다."

어느덧 두 사람은 마구간에 다다랐다.

엘리자베스가 재빨리 말했다.

"이대로 가는 게 좋겠어요. 지금은 로버트를 만날 수가 없군요. 내가 세실에게 털어놨다는 걸 그가 알아챌 거예요."

"절 믿지 말라고 그가 말하던가요?"

"로버트가 왜 그런 말을 하겠어요! 경이 그에 대해 반감을 갖고 내게 조언을 해준다는 건 누구나 알고 있으니까 하는 말이지요."

세실은 정원으로 들어가는 다른 길로 엘리자베스를 안내했다.

그는 엘리자베스가 떨고 있다는 것을 알아챘다.

"내가 사랑에 빠졌다는 이유만으로 잉글랜드 백성들이 나를 저버리는 일은 결코 없을 거예요."

"전하, 백성들은 로버트를 전하의 부군으로 인정하지 않을 겁니다. 유감스런 말이지만, 지금 전하께서 하실 수 있는 최선의 일은 전하의 후계자를 정하시는 것입니다. 곧 퇴위하셔야 할 테니까요. 왕위를 포기하셔야 한다는 말씀입니다."

풀썩 주저앉을 것처럼 엘리자베스의 무릎이 휘청거리는 것을 본 세실이 말했다.

"좀 앉으시겠습니까?"

엘리자베스가 초조한 목소리로 대답했다.

"아니요. 계속 걸어요. 걷자고요. 농담은 그만둬요, 스피릿. 날 겁주려는 말인지 다 알아요."

그가 고개를 저었다.

"저는 사실이 아닌 말은 하지 않습니다."

"백성들이 로버트를 그렇게 싫어하는 건 아니잖아요? 궁정에서도 그가 잘못되길 바라는 사람은 별로 없다고요. 물론 노퍽 공작과 아룬델 백작은 그의 외모를 시기하고 질투하지만요. 그들은 내가 로버트에게 보이는 관심을 똑같이 받길 원하죠. 로버트의 재산과 지위를 욕심내면서 말이에요……"

세실이 진력이 난 듯 말했다.

"그런 게 아닙니다. 엘리자베스, 제 말 잘 들으세요. 전 전하께 오로지 진실만을 말합니다. 궁정에서의 사소한 시기는 별 게 아닙니다. 널리 퍼져 있는 백성 여론이 문제란 말입니다. 그의 가문과 그의 지위, 그의 과거 때문에 말이지요. 그의 아버지는 전하의 언니이신 메리 여왕을 반역한 죄로 사형당했습니다. 그의 조부는 어떻습니까. 전하의 부친을 반역한 죄로 사형당했지요. 그는 혈통이 좋지 않아요. 전하, 그의 가문은 늘 전하의 가문에 반역을 꾀했습니다. 더들리 가문이 그들의 위상이 높아질 때마다 권력을 남용해 왔다는 사실을 온 백성이 기억합니다. 따라서 최고의 지위에 오른 로버트 더들리를 아무도 신뢰하지 않을 겁니다. 게다가 그가 유부남이라는 사실은 모두 알고 있지요. 하지만 그의 아내에 대해 나쁜 소문은 들었다는 사람이 있습니까? 그가 아내를 버리기는 그리 간단하지 않을 겁니다. 분명 끔찍한 스캔들이 되고 말 거예요. 이미 유럽의 궁정들에선 전하를 비웃고 있어요. 전하께서 수치스럽게도 사마관과 불륜을 저지르고 있다고 수군거리고 있단 말입니다."

사람들의 수군거림이 들리기라도 하는 듯 엘리자베스가 얼굴을 붉혔다.

"전하는 한 나라의 국왕과 결혼해야 합니다. 최소한 대공 정도는 되어야겠지요. 동맹국의 도움을 받을 수 있는 혈통 좋은 가문의 사람이어야 합니다. 잘난 외모와 말 다루는 솜씨가 빼어난 것 말고는 내세울 것 없는 평민과 결혼한다니, 말도 안 됩니다. 백성들이 로버트를 전하의 부군으로 받아들이지 않을 거라는 건 불 보듯 뻔한 일이지요."

엘리자베스는 격앙된 목소리로 말했다.

"경도 그를 지독히 싫어하는군요. 로버트에게 너무 인색해요. 다른 사람들하고 똑같아요."

'그것도 뼛속 깊이 싫어하지.'

세실 스스로도 인정하는 바였다. 하지만 그는 온화한 미소를 띤 채 부드러운 목소리로 말했다.

"제가 그를 어떻게 생각하는지는 중요하지 않지요. 그가 전하와 어울리는 사람일지라도요. 다만 제 올바른 조언으로 전하께서 최선의 길을 선택하시길 바랄 뿐입니다. 제 생각과 다르더라도 말입니다. 그리고 공교롭게도 전 로버트를 싫어하지 않습니다. 오히려 호감을 갖고 있다는 게 맞지요. 하지만 전하께서 그를 유독 아끼신다는 점에 대해선 오래전부터 염려해 왔습니다. 로버트에 대한 전하의 편애가 문제가 될 수 있다는 점을 늘 걱정해 왔지만, 로버트가 이런 식으로 전하를 이용할 줄은 상상도 못했습니다."

엘리자베스는 고개를 돌려버렸다. 세실이 보니 그녀는 손톱을 만지작거리고 있었다.

그녀가 기어들어가는 목소리로 말했다.

"내가 의도했던 것보다 훨씬 심각한 상황이 되어버렸군요. 내가 생각이 짧았어요. 상황이 커져버렸어……."

"당장 약혼 서약을 무효화하지 않는다면 지금 전하의 명성에 생긴 오점은 영영 지워지지 않을 겁니다. 물론 명성이야 곧 회복될 수 있을 테지요. 그를 버리고 다른 사람과 결혼을 한다면 말입니다. 하지만 전하께서 여기서 멈추지 않는다면 백성들은 그에게 무릎 꿇고 경의를 표하느니 차라리 전하를 왕위에서 끌어내리려 할 겁니다."

엘리자베스가 발끈하며 말했다.

"메리 여왕이 펠리페를 남편으로 맞았을 때도 사람들은 펠리페를 못마땅하게 여겼다고요!"

세실도 고함을 지르며 맞섰다.

"그는 누구나 인정하는 유수한 귀족 가문 출신입니다. 사람들이 그를 마땅찮게 여겼을지 몰라도 그의 혈통에 대해선 반대할 수 없었습니다. 게다가 펠리페에게는 그를 지지하는 군대가 있지 않았습니까. 에스파냐 제국의 황위 계승자였으니까요. 그런데 로버트 더들리는 대체 무얼 가지고 있습니까? 가신과 사냥개 관리인 대여섯뿐 아닙니까! 만약 폭동이라도 일어난다면 그런 자들이 무슨 수로 로버트를 보필할 수 있단 말입니까?"

엘리자베스가 나지막한 목소리로 말했다.

"내가 서약을 했어요. 하느님과 증인들 앞에서요."

세실은 단호하게 말했다.

"서약을 파기하셔야 합니다. 아니면 영국의 평화를 위해 캐서린 그레이 여왕에게 자리를 넘겨주시든지요."

엘리자베스는 깜짝 놀라 되물었다.

"캐서린이 여왕이라고요? 절대 그럴 일은 없어요!"

"전하, 전하의 자리에 캐서린을 앉힐 각본이 적어도 두 개는 짜여 있단 말입니다. 캐서린은 언니 제인처럼 신교도인데다 백성들의 호감을 사고 있고 튜더 왕조 혈통이니 얼마나 제격입니까."

"캐서린은 이런 사실을 알고 있나요? 그녀도 반역 음모에 가담하고 있냐고요."

세실은 고개를 가로 저었다.

"제가 캐서린의 충성심에 조금이라도 의심이 들었다면 진작 그녀를 체포했을 겁니다. 지금 제가 말씀드릴 수 있는 것은 전하를 왕위에서 끌어내리려 하는 사람들이 있다는 사실 뿐입니다. 만일 사람들 귀에 전하께서 약혼 서약을 했다는 소문이 흘러 들어간다면 음모에 가담하는 사람들이 더욱 늘어날 거라는 사실도요."

"서약 얘기는 절대 비밀에 부치겠어요."

"비밀에 부치는 것만으로는 되지 않습니다. 서약을 깨트리고 서약했다는 사실 자체를 숨겨야 합니다. 전하께서 서약을 파기하셔야 합니다. 전하께서는 절대로 그와 결혼하실 수 없고 그건 로버트도 잘 알고 있는 사실입니다. 이제야 제정신이 들어서 결혼할 수 없다는 사실을 깨달았다고 로버트에게 말씀하십시오. 그는 전하를 놓아줘야 합니다."

리지 오딩셀은 감정이 드러나지 않도록 애써 태연한 목소리로 에이미에게 물었다.

"포스터에게 편지를 쓸까요? 우리가 컴너 저택을 방문해 몇 주간 머물겠다고요."

"컴너라고요?"

에이미는 놀란 얼굴로 리지를 쳐다보았다. 에이미는 창가 의자에 앉아 마지막 남은 촛불에 의지하여 윌리엄의 아들 토머스의 작은 셔츠를 꿰매는 중이었다.

리지가 차분한 목소리로 말했다.

"그래요. 지난해 이맘때쯤 그곳에 방문해서 여름이 끝날 때까지 머물렀잖아요. 그러고 나서 치슬허스트로 갔지요."

에이미가 매우 천천히 고개를 쳐들며 물었다.

"내 남편에게선 소식이 없었죠? 남편에게서 편지가 왔다고 하이드 씨가 말한 건 아니죠?"

물론 긍정적인 대답을 기대한 것은 아니었다.

리지가 말하기 껄끄러워하며 대답했다.

"전혀요. 미안해요, 에이미."

에이미는 도로 고개를 숙이고 바느질을 시작하며 물었다.

"당신 동생이 무슨 말을 했나요? 우리가 떠나줬으면 하나요?"

리지가 황급히 손을 내저으며 말했다.

"아뇨, 천만에요. 나는 단지 에이미 친구들이 에이미를 보지 못해 섭섭할까봐 그런 생각을 했던 거예요. 컴너가 싫다면 캠버웰의 스콧 부부를 방문하는 건 어떨까요? 런던에서 물건을 사고 싶지 않아요?"

"당신 동생이 내게 조금 쌀쌀맞게 대하던 것 같던데요. 나에게 떠나라고 할까봐 걱정돼요."

리지는 악센트가 도드라질 만큼 완강한 목소리로 외쳤다.

"무슨 ! 이건 순전히 내 생각이라고요. 에이미가 이곳을 따분하게 여겨서 혹시 여행을 하고 싶어 할까봐 그런 생각을 했던 거라고요. 다른 이유는 없어요."

에이미는 웃는 듯 마는 듯 옅은 미소를 띠며 말했다.

"그럴 리가요. 전혀 따분하지 않아요. 이곳이 좋은걸요, 리지. 이곳에 좀 더 머물러요."

엘리자베스의 방에서 식사를 하며 로버트가 엘리자베스에게 친근하게 물었다.

"오후 내내 무얼 했나요? 난 새 말을 살펴자마자 바로 회의실로 갔습니다. 하지만 당신은 날 기다리지 않고 가버렸더군요. 당신이 세실과 함께 정원을 산책하러 나갔다고 사람들이 말해 줬지요. 하지만 정원에서도 당신을 찾을 수 없었어요. 그래서 다시 궁으로 돌아와 시녀에게 물었더니 당신이 혼자 있고 싶어 한다고 하더군요."

엘리자베스는 짧게 대답했다.

"피곤해서 쉬었어요."

엘리자베스의 핏기 없는 얼굴을 뚫어지게 쳐다보던 로버트는 분홍색으로 화장을 한 그녀의 눈 밑에 그늘이 드리워졌다는 사실을 알아챘다.

"세실이 당신의 화를 돋우던가요?"

엘리자베스는 고개를 저었다.

"아니요."

"당신은 스코틀랜드에서 그가 실패한 것 때문에 화가 나 있었잖아요."

"아니에요. 그건 이미 끝난 일인걸요. 누가 했더라도 세실보다 잘할 수는 없었을 거예요."

로버트는 엘리자베스에게 집요하게 옛일을 상기시켰다.

"그가 엄청난 이득을 저버렸잖아요."

엘리자베스는 짧게 대꾸했다.

"네, 그랬을지도 모르죠."

로버트는 수수께끼 같은 미소를 지었다. 로버트는 언제나 엘리자베스를 구슬려 그의 말을 잘 받아들이도록 만들지 않았던가. 그런데 지금은 그의 말이 도통 먹히지가 않았던 것이다.

로버트는 큰 소리로 말했다.

"분명 뭔가 문제가 있군요, 엘리자베스. 뭐가 문제죠?"

엘리자베스는 검은 눈동자를 로버트에게 고정한 채 말했다.

"지금은 얘기할 수 없어요."

예전 같으면 같이 식사를 하면서 두 사람의 말과 행동을 예의 주시하고 있는 신하들에게 나가라는 신호를 보냈을 엘리자베스였지만, 이번에는 그러지 않았다.

"나중에 이야기하도록 하죠. 우리만 있을 때요."

로버트는 온화한 미소를 지으며 말했다.

"그렇게 해요. 그럼 이제 기분 좋아질 만한 일을 하죠. 카드놀이 어때요? 게임을 하겠어요? 아니면 춤을 출까요?"

엘리자베스가 말했다.

"카드놀이."

그러면서 그녀는 생각했다.

'적어도 카드 게임을 하는 동안만은 대화할 필요가 없겠지.'

시종인 탬워스가 밖을 지키고 있는 사이, 로버트는 자기 방에서 포도주를 가득 따라놓고 달콤한 향이 밴 사과나무 장작더미에 불을 지피고서 엘리자베스를 기다렸다. 곧 방문이 열리는 소리가 들리더니 엘리자베스가 방으로 들어왔다. 하지만 평소처럼 활기찬 걸음걸이가 아니었다. 잔뜩 기대에 차 생기 넘치는 표정도 아니었다. 오늘 밤 그녀는 그 방에 있기 싫어하는 사람처럼 조금은 주저하는 기색이었다.

로버트가 생각했다.

'그렇군! 엘리자베스가 세실과 화해한 모양이지? 세실은 늘 엘리자베스에게 나를 조심하라고 경고하지 않았던가. 세실과 엘리자베스의 사이가 좋았을 때 그가 그런 경고를 했던 것을 내가 똑똑히 알고 있다고. 하지만 이제 우린 결혼한 사이나 다름없지 않은가. 아무렴, 엘리자베스는 내 여자라고.'

로버트가 큰 소리로 말했다.

"사랑하는 엘리자베스, 오늘 밤이 영영 사라지고 있군요."

로버트는 엘리자베스를 껴안았다. 그는 어렴풋이 엘리자베스에게서 거부의 몸짓을 느꼈지만, 그녀는 곧 그에게 몸을 기댔다. 그는 엘리자베스의 등을 톡톡 두드리며 머리카락에 키스했다.

"사랑하는 사람, 나의 단 하나뿐인 연인."

로버트가 놓아주자마자 엘리자베스는 한 걸음 물러났다. 그는 그녀를 난롯가 의자에 앉히며 말했다.

"드디어 우리 두 사람뿐이군요. 포도주 한 잔 하겠어요, 엘리자베스?"

"좋아요."

로버트가 포도주를 따르며 손가락을 어루만지자 엘리자베스는 얼른 그에게서 포도주 잔을 뺏어 들었다. 그녀의 시선은 그가 아닌 난롯불을 향하고 있었고 로버트도 그것을 알아차렸다.

로버트가 말했다.

"분명히 뭔가 문제가 있군요. 우리 문제인가요? 혹시 내가 당신 기분을 상하게 한 게 있나요?"

엘리자베스는 황급히 그를 쳐다보며 말했다.

"아뇨! 그럴 리가요! 당신은 언제나……."

"그렇다면 뭐죠, 엘리자베스? 말해 봐요. 어떤 어려움이 있더라도 우린 함께해요."

그녀는 고개를 저었다.

"아무것도 아니에요. 문제라면 내가 당신을 너무 사랑한다는 거지요. 당신을 잃는다면 얼마나 견디기 힘들지 늘 생각하는 걸요."

로버트는 잔을 내려놓고 엘리자베스의 발아래 무릎을 꿇었다. 그리고 담담하게 말했다.

"당신이 날 잃게 되는 일은 없어요. 난 완전히 당신의 것입니다. 약속해요."

"우리의 결혼이 한동안 미뤄지더라도 당신은 여전히 날 사랑할 테지요? 날 기다려줄 테지요?"

로버트가 물었다.

"어째서 우리가 결혼 약속을 했다는 사실을 당장 발표하지 않지요?"

핵심을 찌르는 질문이었다.

엘리자베스가 손사래를 치며 말했다.

"이유야 수천 가지죠. 어쩌면 중요하지 않은 이유일지도 모르지만. 어쨌든 우리가 발표를 할 수 없더라도 당신은 날 기다려줄 건가요? 나를 믿나요? 지금처럼 우리 사이가 변함없을까요?"

"기다리고말고요. 당신을 믿어요. 하지만 지금과 같은 사이를 계속 유지할 수는 없을 거예요. 누군가 사실을 알아내고 떠벌릴 테니까. 그렇게 되면 계속 당신을 사랑할 수 없을지도 몰라요. 당신 곁에 남아 지금처럼 당신이 두렵거나 외로울 때 당신을 도와줄 수 없을 거예요. 나는 궁정 사람들이 모두 지켜보는 가운데 당신과 손을 잡고서 말할 수 있을 자격이 되어야 해요. 당신이 내 것이고, 내가 당신 것이며, 당신의 적이 곧 내 적이어서 내가 당신의 적과 맞서리라는 것을 사람들 앞에 당당히 말할 수 있어야 한다고요."

엘리자베스는 그에게 대답을 졸랐다.

"하지만 기다려야 하는 상황이라면 우린 기다릴 수 있어요. 그렇죠?"

"우리가 왜 기다려야 하죠? 지금껏 우리의 행복을 위해 노력하지 않았나요? 런던탑에 갇혀 있을 때도 앞으로 장애물이 있으리란 건 예상했었잖아요. 우리는 지금 작은 기쁨을 누릴 만하지 않나요?"

엘리자베스는 얼른 로버트의 말에 동의했다.

"당신 말이 맞아요. 하지만 세실이 말하더군요. 지금은 당신에 대해 반감을 갖는 사람이 많다고요. 나에게 반역을 꾀하려는 음모도 있다고 해요. 우린 백성이 당신을 인정하도록 만들어야 해요. 그러려면 시간이 걸리는 거고요. 그것뿐이에요."

로버트가 대수롭지 않은 문제라는 듯 받아쳤다.

"세실이 뭘 알겠어요. 에든버러에서 돌아온 지 얼마나 되었다고요. 내 측근들의 말에 따르면 백성은 당신을 사랑해요. 백성은 결국엔 나를 인정하게 될 거고요."

"맞아요. 언젠가는 인정하겠죠. 그러니까 우린 좀 더 시간이 필요해요."

로버트는 더 이상의 말다툼이 위험하다고 생각하며 미소 띤 얼굴로 말했다.

"당신이 원한다면 평생이라도 기다리겠어요. 그게 몇 백 년이 걸리더라도 말이죠. 약혼 사실을 발표하고 싶을 때 내게 말해 줘요. 그때까진 나도 비밀에 부칠게요."

엘리자베스가 황급히 말을 받았다.

"난 약혼을 취소하고 싶은 게 아니에요. 깨트리고 싶지 않다고요."

"당신이나 나나 약혼을 깰 수는 없어요. 서약을 했으니까요. 법적으로 유효할 뿐 아니라 하느님과 증인들 앞에서 약속했기 때문에 어길 수 없는 서약이지요. 하느님의 이름으로 당신과 나는 부부예요. 따라서 아무도 우리를 갈라놓을 수 없어요."

로버트의 친구이자 사업상 고객인 포스터가 에이미에게 9월 한 달간 컴너에 와서 지내라는 초대 편지를 보내왔다. 에이미가 그 편지를 읽으려고도 하지 않자 리지가 큰 소리로 읽어주었다.

에이미가 무심한 목소리로 말했다.

"초대에 반갑게 응하겠다는 답장을 보내도록 하세요. 나하고 같이 갈래요? 아니면 여기 남겠어요?"

리지는 당황해서 말했다.

"내가 같이 가지 않을 리가 있어요?"

에이미는 리지에게서 고개를 돌리며 말했다.

"나를 보살피는 일을 그만두고 싶다면 나와 같이 가지 않아도 돼요. 리지의 동생은 내가 우울한 사람이라고 생각하잖아요. 그래서 리지가 나와 어울리는 걸 탐탁지 않게 생각하는 걸 알아요. 리지도 동생과 같은 생각이라면 날 떠나도 돼요."

리지는 거짓말을 했다.

"윌리엄이 그런 말을 할 리가 있나요. 그리고 난 에이미를 떠나지 않아요."

"나는 예전과 달라졌어요."

재빠르게 말하는 에이미의 가느다란 목소리는 소리만 있을 뿐 무미건조하고 차가웠다. 에이미가 말을 이었다.

"더 이상 남편의 호의가 편하지 않아요. 리지의 동생은 내가 더 머물도록 허락하지 않을 거예요. 내가 컴너에 간다면 포스터도 난처한 입장에 처할 테죠. 남편의 눈 밖에 나는 걸 감수하고 나를 받아줄 사람들을 찾아봐야 해요. 나는 이제 이용 가치 없는 사람이 돼버렸어요."

리지는 아무 말도 할 수 없었다. 사실 앤서니 포스터는 이 편지에서 에이미가 가을 내내 컴너에서 지냈으면 한다는 리지의 요청에 부정적인 답변을 했던 터였다. 에이미의 친척인 캠버웰의 스콧 부부도 11월에는 마침 집을 비울 터라 에이미의 방문을 받아줄 수 없다는 답변을 해왔다. 에이미의 친지조차 에이미를 집에 들이기를 꺼렸던 것이다.

리지가 입을 열었다.

"포스터는 언제나 에이미에게 호의적이잖아요. 그리고 동생 부부도 말했어요. 에이미가 다시 와서 토머스와 놀아주면 기쁘겠다고요. 에이미는 이곳에서 우리 가족이나 마찬가지인걸요."

의심스러웠지만 에이미는 리지의 말을 고스란히 믿고 싶었다.

"하이드 씨 부부가 정말 그렇게 말했어요?"

"그럼요. 에이미에게 정이 많이 들었다고 하던걸요."

"그럼 계속 여기 머물 수 있을까요? 다른 곳에 가느니 이곳에 머무는 편이 좋을 것 같아요. 성탄절에도 스탠필드홀에 가지 않고 여기 있겠어요. 리지의 동생이 계속 머물 수 있게만 해준다면 돈은 지불할게요."

리지는 할 말을 찾지 못해 머뭇거리다 힘없는 목소리로 입을 열었다.

"하지만 지금은 친절하게도 포스터가 우릴 초대했잖아요. 우린 컴너에 가야 해요. 포스터를 기분 상하게 해선 안 되죠."

"그럼 일주일 정도만 머무는 건 어떨까요? 그리고 곧 다시 돌아와요."

리지는 마땅한 구실을 찾아 대답했다.

"절대로 안 돼요. 그건 무례한 행동이라고요. 컴너에서 한 달을 채우고 돌아오도록 하죠."

리지는 들키지 않고 거짓말을 잘했다고 생각했다. 하지만 에이미의 귀에는 모든 대화가 외국어로 진행되는 듯 이상하게 들렸다. 마침내 에이미는 진실을 알아차리고 느릿하게 입을 열었다.

"아, 리지의 동생은 내가 떠나길 바라는군요. 맞지요? 내가 10월에 다시 이곳으로 돌아오지 않길 바라는 거예요. 한동안 내가 이곳에 없길 바라는 거죠? 어쩌면 영원히 돌아오지 않았으면 하는 거겠죠. 처음 내 생각이 맞았군요. 모두 거짓말이었어요. 당신 동생은 내가 이곳에 머무르는 걸 바라지 않아요. 아무도 나와 지내기를 바라지 않을 거예요."

리지가 소리쳐 말했다.

"누가 뭐라고 하건 포스터는 당신이 방문해 주길 원하잖아요."

"당신이 포스터에게 편지를 써서 방문해도 좋겠냐고 물었어요?"

리지는 바닥에서 시선을 떼지 않은 채 시인했다.

"맞아요. 컴너가 아니면 스탠필드홀로 가요."

에이미가 차분하게 말했다.

"그렇다면 컴너에 가기로 해요. 그거 알아요? 1년 전만 해도 포스터는 내가 묵어가는 걸 영광으로 여기고 며칠만 더 있다 가라고 졸랐는데 이제는 한 달도 겨우겨우 허락해 주었군요."

한때 로버트와 단둘이 있을 기회만 엿보던 엘리자베스는 이제 그를 슬슬 피했다. 대신 윌리엄 세실과 함께 있을 방법을 찾았다. 지난 달 사냥이 있던 날, 그녀는 두통이 너무 심해 말을 탈 수 없다는 핑계로 일정을 취소하고는, 로버트가 선두에 서서 사람들과 함께 말을 타고 궁정에서 빠져나가는 모습을 지켜보았다. 라티샤 놀스가 로버트의 옆에 있었지만 엘리자베스는 그대로 떠나도록 했다. 엘리자베스가 방으로 돌아오자 세실이 기다리고 있었다.

그녀는 윈저 성의 창가에 서서 멀리 사라지는 로버트의 모습을 물끄러미 바라보았다. 사냥꾼 무리는 사냥터를 향해 먼지바람을 일으키며 가파른 언덕을 내달려 강가의 늪을 지나고 있었다.

엘리자베스가 입을 열었다.

"로버트는 기다리겠다고 말하더군요. 약혼 사실을 발표하지 않더라도 달라지는 건 없다고 말했어요. 우린 적당한 시기가 올 때까지 기다릴 겁니다."

"취소하셔야 합니다."

엘리자베스가 세실에게 몸을 돌리며 말했다.

"난 취소할 수가 없어요, 스피릿. 내가 어떻게 그를 버릴 수 있겠어요. 그를 잃느니 차라리 죽는 게 나아요."

"로버트 때문에 왕위를 버리시겠다고요?"

엘리자베스가 격앙된 목소리로 소리쳤다.

"천만에요! 무슨 일이 있어도 그런 일은 없어요. 절대로요!"

"그렇다면 그를 포기하십시오."

"그에게 한 약속을 깰 수는 없어요. 그가 날 신뢰할 수 없는 사람이라고 여기는 건 싫다고요."

"그럼, 그가 전하를 놓아주어야 합니다. 그런 서약을 해서는 결코 안 되었다는 사실을 자기 스스로도 알고 있을 겁니다. 이미 결혼한 몸으로 어떻게 약혼 서약을 하겠습니까. 결혼을 두 번 하겠다는 말입니까."

"로버트는 날 놓아주지 않을 거예요."

"전하의 마음을 얻을 기회가 조금이라도 있다는 걸 아는 한 그러겠지요. 만일 전혀 가망이 없다는 걸 안다면 그가 어떻게 나오겠습니까? 궁정에서의 거처를 잃게 될지도 모른다는 위기를 깨닫게 된다면 어떻게 될까요? 전하를 다시는 보지 못한다는 것과 망신스럽게 국외로 추방당하는 것 중 하나를 선택해야 한다면 그가 어떻게 나오겠습니까? 전하를 포기하든지, 그깟 서약 때문에 예전의 비루한 생활로 돌아가든지 그에게 하나를 선택하라고 한다면 그가 어떤 선택을 하겠느냔 말입니다."

엘리자베스가 마지못해 인정했다.

"그땐 아마 날 포기하겠지요. 하지만 그에게 선택하라고 협박하고 싶지 않아요, 스피릿. 날 놓아달라고 그에게 부탁할 용기도 없어요. 어떻게 그의 마음에 상처를 줄 수 있겠어요? 경은 사랑이 뭔지 알아요? 난 그를 버릴 수 없어요. 차라리 내 오른손을 잘라내면 잘라냈지 그의 마음을 아프게 하고 싶지 않아요."

세실은 동요하지 않고 말했다.

"이해합니다. 이 문제는 그가 해결해야 합니다. 선택은 그가 하는 것이고요."

엘리자베스가 소리를 질렀다.

"그의 감정도 나와 다를 바 없다고요! 그는 결코 나를 떠나지 않을 거예요."

세실은 모든 걸 꿰뚫고 있는 듯한 투로 말했다.

"그는 전하를 위해 오른손을 잘라낼 위인이 아닙니다."

잠시 생각에 잠긴 엘리자베스가 입을 열었다.

"무슨 묘안이라도 있나요? 내가 그에게서 벗어날 계획을 세워 놓았느냐고요."

세실이 명쾌하게 말했다.

"물론이죠. 이 따위 미친 서약 얘기가 밖으로 새어나가지만 않는다면 전하께서는 왕위를 잃을 염려가 없습니다. 전하를 지킬 방법을 제가 강구하겠습니다. 그런 다음엔 전하와 제가 함께 실행에 옮겨야 합니다. 어떤 희생을 무릅쓰고라도 말입니다."

"내가 직접 우리의 사랑을 배반하는 일은 하지 않을 거예요. 내입에서 그런 얘기가 나와선 안 돼요. 그것만 아니면 무슨 일이든 하겠어요. 로버트가 날 못 믿을 사람이라고 여기게 만드느니 차라리 죽음을 택하겠다고요."

세실은 걱정 섞인 목소리로 말했다.

"이해합니다. 이해해요. 어떻게 하든 그가 결정하고 그가 선택하게 만들겠습니다."

에이미와 리지는 말을 타고 덴치워드와 컴너 사이에 광활하게 펼쳐진 옥스퍼드 주의 시골을 지나고 있었다. 높고 넓은 초원에는 화창한 여름 햇볕이 내리쬐고 있었고, 드문드문 양치기들이 모여 있었다. 양치기들 근처에서 정신없이 놀던 아이들은 말을 타고 지나가는 에이미와 리지를 보고는 소리를 질러대며 염소처럼 폴짝폴짝 달려왔다.

에이미는 아이들에게 웃어주거나 손을 흔들어주지 않았으며 가방에서 은화를 꺼내 뿌려주지도 않았다. 아마도 아이들을 보지 못한 모양이었다. 하인의 호위 없이 말을 타는 것이 그녀에겐 평생 처음 있는 일이었으며, 또 더들리 가문의 상징인 곰 문양의 깃발 없이 여행하는 것도 몇 년 만에 처음이었다. 남루한 차림의 짐꾼

한 명만 함께할 뿐이었다.

그녀는 고삐를 늦추고 주위를 둘러보았지만 아무것도 눈에 들어오지 않았다. 그녀의 말은 고개를 땅에 박은 채 터벅터벅 걷고 있었다. 가녀린 에이미의 몸무게조차 지탱하기 힘들다는 듯이.

리지가 유쾌하게 말을 걸었다.

"들판이 싱그러워 보이네요."

에이미가 멍한 표정으로 대꾸했다.

"그렇군요."

리지는 로버트에게 편지를 써서 에이미가 애빙던에서 컴너로 옮겨가겠다고 알렸지만 답장을 받지 못했다. 로버트의 집사에게서도 빚을 해결할 돈을 받지 못했다. 애빙던의 일꾼들에게 챙겨줄 팁도 받지 못했음은 물론이다. 게다가 에이미를 호위할 하인들에 대한 언급도 일절 없었다. 결국 리지는 동생 윌리엄에게 일꾼들과 짐을 운반할 작은 수레를 빌려야 했다.

햇살이 화창한 아침, 승마용 장갑을 끼며 현관을 나선 에이미는 초라한 수레 행렬을 발견하고서 이제부터 일개 평민의 신분으로 여행해야 한다는 사실을 깨달았다. 지체 높은 귀부인이라는 사실을 보여줄 더들리 가문의 문장도 달 수 없었고, 사람들로 하여금 길을 비켜 모자를 벗고 무릎 꿇게 할 더들리 가문의 복장도 입지 못했다. 그녀는 미스 에이미 롭사르트에 지나지 않았다. 아니, 그보다도 못했다. 이제 그녀는 더 이상 누군가와 결혼을 할 수 있거나 장래가 기대되는 처녀가 아니었다. 이제 그녀는 나쁜 남자와 결혼한, 세상에서 가장 비참한 여인일 뿐이었다.

꼬마 토머스가 에이미의 치맛자락에 매달려 안아달라고 졸랐다.

"미미!"

에이미가 토머스를 내려다보며 말했다.

"이제 작별할 때가 되었구나. 널 다시 볼 수가 없을 것 같아."

토머스는 에이미의 말을 이해할 수 없었지만 그녀의 표정에서 슬픔을 느낄 수 있었다.

"미미!"

에이미는 얼른 허리를 굽혀 토머스의 따뜻하고 보드라운 머리에 입을 맞추며 어린아이의 달콤한 냄새를 맡았다. 그러고는 얼른 일어나 토머스가 울음을 터뜨리기 전에 재빨리 말이 있는 곳으로 향했다.

말을 타고 잉글랜드 중심부를 달리기에는 더 없이 화창하고 아름다운 여름날이었다. 하지만 에이미의 눈에는 아무것도 들어오지 않았다. 보리밭에 나타난 종달새 한 마리가 힘차게 날갯짓하며 오른쪽 하늘을 비상했지만 에이미 귀엔 아무 소리도 들리지 않았다. 가파르게 뻗은 푸른 언덕을 힘겹게 터벅터벅 오르고, 나무가 빽빽이 채워진 울창한 계곡을 내달리고, 계곡 사이에 펼쳐진 비옥한 들판을 지났지만 에이미는 여전히 아무것도 보지 못하고 아무 말도 하지 않았다.

드디어 그들은 시냇가에서 말을 멈췄다. 물을 마시기 위해 에이미가 모자 베일을 들어올리자 리지는 그녀의 창백한 얼굴을 힐끗 쳐다보며 물었다.

"몸이 불편해요?"

에이미는 짧게 대답했다.

"네."

리지가 깜짝 놀라 재차 물었다.

"아픈 거예요? 말을 탈 수 있겠어요?"

"그럼요. 평소에도 이렇게 아픈걸요. 이제 이런 아픔쯤은 익숙해졌어요."

그들의 작은 행렬은 천천히 컴너 근교의 들판을 지나 드디어 마을에 들어섰다. 마을 입구에는 암탉들이 여기저기 돌아다니고 개들이 앉은 채 짖어대고 있었다. 그들은 성당 옆을 지났다. 성당의 작은 언덕에는 네모반듯하고 멋들어진 돌탑이 우뚝 서 있었고 허리가 두터운 검은 주목이 돌탑 주변을 에워싸고 있었다. 에이미는 돌탑 꼭대기에 엘리자베스 여왕의 깃발이 펄럭이는 것을 알아채지 못한 채 지붕이 낮은 작은 집들이 이어진 진흙길을 통과했다.

컴너 저택은 성당 마당 바로 옆에 있었지만 그들 일행은 석회석으로 쌓은 높은 담벼락을 돌아 컴너 저택으로 통하는 아치 길을 통과해야 했다. 그 길을 통과하자 양옆으로 주목이 늘어선 길이 나타났다. 햇빛이 사라져 그늘진 길을 걸으면서 에이미는 추위로 몸을 떨었다.

에이미가 지쳤을 거라고 생각한 리지가 밝은 목소리로 말했다.

"거의 다 왔어요."

"네, 나도 알아요."

곧 두터운 돌담으로 만들어진 높은 또 하나의 아치 길이 나타났다. 컴너 저택의 중심부라 할 수 있는 안뜰로 연결된 길이었다. 뜰 오른편의 그레이트홀에서 포스터 부인이 말굽 소리를 듣고 그들을 마중 나왔다.

포스터 부인이 외쳤다.

"이쪽이에요! 날씨가 참 좋죠? 오시기 수월했을 거예요."

리지가 맞장구치며 말했다.

"편하게 왔고말고요. 하지만 레이디 더들리가 많이 지쳤을까봐 걱정이랍니다."

에이미는 그저 말 위에 앉아 침묵을 지킬 뿐이었다.

포스터 부인이 걱정 섞인 목소리로 에이미에게 물었다.

"피곤하신가요, 레이디 더들리?"

에이미가 모자의 베일을 걷어올리자 포스터 부인이 말했다.

"이런! 안색이 창백하군요. 어서 쉬어야겠어요."

마부가 다가오자 에이미는 말 옆으로 힘겹게 몸을 미끄러트려 간신히 말에서 내려왔다. 포스터 부인은 에이미의 손을 잡고 커다란 석재 난로에 불이 지펴놓은 그레이트홀로 그녀를 안내했다. 그리고 걱정이 어린 목소리로 물었다.

"에일 한 잔 하시겠어요?"

"고맙습니다."

포스터 부인은 에이미를 난로 옆 커다란 나무의자에 앉힌 다음 하인에게 에일과 잔을 가져오라고 시켰다. 거실로 따라 들어온 리지가 에이미 옆에 앉았다.

포스터 부인이 말했다.

"어쨌거나 드디어 도착하셨군요!"

포스터 부인은 일단 입은 열었으나 어떻게 처신해야 할지 몰라 갈팡질팡하고 있었다. 에이미에게 궁정의 소식을 물을 수도 없었다. 소식이라면 핏기 없이 창백한 에이미의 남편과 여왕이 갈수록 뻔뻔한 애정 행각을 벌인다는 이야기뿐인데 어떻게 물어볼 수 있을까. 로버트는 왕이라도 된 것처럼 굴고 있으며 여왕이 사마관에게 눈이 멀어 아무에게도 눈길을 주지 않는다는 사실을 이제 온 나라의 백성이 알고 있었던 것이다.

포스터 부인은 마땅히 할 말을 찾지 못하다가 어렵사리 입을 열었다.

"날씨가 참 화창하지요?"

리지가 맞장구를 쳤다.

"그럼요. 화창하다 못해 더울 정도인걸요. 그래도 들판의 밀은 잘 자라고 있더군요."

말이 떨어지기 무섭게 포스터 부인은 자기가 아름다운 저택을 소유한 부잣집 마님의 신분임을 강조하며 말했다.

"아, 그런가요? 몰랐군요. 저는 농사일에 대해선 아무것도 모른답니다."

에이미가 끼어들며 말했다.

"농사가 잘되겠더군요. 모두들 맛좋은 빵을 마음껏 먹을 수 있을 거예요."

"맞아요, 아무렴요."

그때 마침 에일을 가지러 갔던 하인이 돌아와 그들의 어색한 분위기를 깨주었다.

포스터 부인이 에이미와 리지에게 알렸다.

"오웬 부인도 우리와 함께 머물기로 했답니다. 우리의 지주인 윌리엄 오웬의 모친이시죠. 제 생각에 레이디 더들리의 부군도……."

포스터 부인은 자기 말에 당황하여 말을 멈췄다가 어색하게 말을 이었다.

"궁정에서 윌리엄 오웬을 모르는 사람이 거의 없지요. 어쩌면 레이디 더들리도 그를 아시겠군요?"

에이미는 당황하는 기색 없이 차분하게 말했다.

"남편도 그를 알고 있어요. 그를 높게 평가하는 것으로 알고 있습니다."

포스터 부인은 다시 화제로 돌아와 말을 이어나갔다.

"고맙게도 오웬 부인이 우리와 오랫동안 머물기로 했답니다. 저녁식사 때에 오웬 부인을 만나시게 될 거예요. 제 남편도 저녁에는 집에 돌아와 식사를 같이 할 거고요. 지금 남편은 말을 타고 나가 이웃들을 만나고 있답니다. 제게 두 분을 특별히 모시라고 신신당

부를 하고 나갔지요."

에이미는 애매하게 감사를 표하면서 말했다.

"친절하기도 하시지. 이제 좀 쉬어야겠군요."

포스터 부인이 일어나면서 말했다.

"그러셔야죠. 부인의 방은 홀 바로 위에요. 길이 훤히 내다보이는 방이랍니다."

에이미는 순간 멈칫했다. 전에는 저택 끝에 있는 최고의 방을 안내받지 않았던가.

포스터 부인이 말했다.

"제가 안내해 드릴게요."

앞장선 포스터 부인을 따라 홀을 나선 그들은 통로의 아치를 두 번 통과한 다음, 바닥에 돌이 깔린 식료품 저장실을 지나 원형 돌계단을 올라갔다.

포스터 부인이 나무문 두 개를 손짓으로 가리키며 말했다.

"이 방이에요. 오딩셀 부인은 옆방에 묵으실 거고요."

"50년 전만 해도 이곳이 수도원이었다니 기분이 묘하군요."

에이미는 그렇게 말하고는 벽의 무게를 지탱하기 위해 박아놓은 나무 받침대 옆에 멈춰섰다. 아기천사를 조각한 그 나무 받침대는 얼마나 많은 사람의 손때가 묻었는지 원래는 검은색이었을 나무가 지금은 거의 금빛으로 반질반질하게 변해 있었다.

에이미가 말했다.

"이 아기천사가 기도하는 사람을 도와주었다는 거겠죠?"

포스터 부인이 호들갑스럽게 대꾸했다.

"이제 그놈의 가톨릭 미신에서 벗어났으니 얼마나 감사한지요, 하느님."

리지가 재치 있게 맞장구를 쳤다.

"아멘!"

에이미는 말이 없었다. 그저 아기천사의 뺨을 만져보고는 묵중한 나무문을 열어 방 안으로 들어가버렸다.

에이미의 방문이 닫히기를 기다렸다가 포스터 부인이 먼저 입을 열었다.

"레이디 더들리의 안색이 창백하더군요. 어디 아픈가요?"

두 사람은 리지의 방으로 들어가 대화를 이어갔다.

리지가 말했다.

"에이미는 매우 지쳐 있답니다. 도통 먹지를 못해요. 가슴에 통증을 호소하는데 자기 말로는 마음이 아프기 때문이라고 하죠. 그일을 때문에 매우 속상해하고 있거든요."

"가슴에 궤양을 앓고 있다는 얘기가 있던데……."

"통증은 늘 있는 일인걸요. 하지만 더 심해지지는 않아요. 궤양은 런던에서 떠도는 그렇고 그런 소문일 뿐이에요."

포스터 부인은 입술을 오므리면서 매일같이 부풀려지고 퍼져가는 런던 소문에 혀를 내두르며 말했다.

"어쨌거나 하느님이 레이디 더들리를 보살펴주고 계시니까요. 그녀가 이곳에 머물 수 있도록 남편을 설득하느라 내가 얼마나 애를 먹었는지 몰라요. 세상 남자들이 죄다 그녀를 안쓰럽게 여기듯 남편도 마찬가지일 거예요. 하지만 남편이 말하더군요. 지금 같은 때에 로버트의 심기를 건드리는 건 위험한 일이라고요. 로버트에게 가장 중요한 일은 여왕의 눈에 들어 사람들이 말하는 것처럼 지금과 같은 상승세를 이어나가는 거잖아요."

말이 떨어지기 무섭게 리지가 물었다.

"사람들이 뭐라고 말하던가요? 로버트가 어디까지 올라갈 수 있는 거죠?"

포스터 부인은 담담하게 대답했다.

"그가 여왕의 부군이 될 거라고 하더군요. 사람들은 로버트가 비밀리에 여왕과 이미 결혼을 했으며 성탄절에 정식으로 왕관을 쓰게 될 거라고 수군거리고 있어요. 그렇게 되면 가엾은 부인은 잊히겠죠."

"그렇게 되겠죠. 하지만 어디서요? 내 오빠는 에이미를 다시 받아들이지 않을 거예요. 그렇다고 그녀가 어떻게 일 년 내내 스탠필드홀에서 살 수 있겠어요. 농장이나 다를 바 없는 곳에서 말이에요. 설령 살 수 있다고 해도 그곳에서 그녀를 받아줄지도 모르는 일이고요. 그녀의 가족마저 그녀를 버린다면 그녀는 어디로 가야 할까요? 그녀가 무엇을 해야 할까요?"

포스터 부인이 단호한 목소리로 말했다.

"에이미는 살아남기 힘들 것 같군요. 그렇게 되면 로버트가 승승장구하는 데 걸림돌이 사라지겠죠. 우리가 그녀를 진찰할 의사를 구해 주는 게 어떨까요?"

"그렇게 해요. 그녀는 지금 마음의 상처를 크게 입었거든요. 하지만 아무리 의사라고 해도 그녀에게 뭘 해줄 수 있을까요? 최소한 제대로 음식을 먹고 잠을 잘 수 있게 해줄 수 있을까요? 매일같이 흐르는 눈물을 멈추게 해줄까요?"

"레이디 더들리가 운다고요?"

리지는 떨리는 목소리로 말했다.

"낮에는 눈물을 삼키죠. 하지만 밤에 에이미의 방문에 귀를 대보면 그녀의 울음소리를 들을 수 있을 거예요. 자면서 우는 거죠. 매일 밤늦도록 눈물을 주룩주룩 흘리며 애타게 남편을 찾는답니다. 잠결에 그의 이름을 몇 번이고 속삭여 부르지요. '마이 로드'라고 하면서요."

세실과 엘리자베스가 궁녀들을 대동하고 윈저 성의 장미정원을 둘러보고 있을 때, 로버트가 에스파냐 대사 데 카드라를 이끌고 그들을 찾아왔다.

에스파냐 대사가 엘리자베스의 손등에 키스를 하는 동안 엘리자베스는 미소를 지으며 물었다.

"개인적인 방문인가요? 아니면 업무상의 방문인가요?"

대사는 에스파냐의 강한 억양으로 대답했다.

"이제 막 로버트 경과 업무를 끝낸 터라 지금부터는 여왕님과 자유로이 시간을 보낼 수 있을 것 같군요."

엘리자베스가 짙게 칠한 눈썹을 치켜 올리며 로버트에게 물었다.

"업무요?"

로버트가 고개를 끄덕이며 말했다.

"업무는 마쳤습니다. 지금 막 에스파냐 대사에게 오늘 저녁 테니스 경기가 있을 테니 구경하면 좋을 거라고 하려던 참이었습니다."

엘리자베스가 대꾸했다.

"작은 시합일 뿐인걸요."

그녀는 감히 세실을 쳐다보지 못한 채 말을 이었다.

"궁정의 젊은 남자들이 '여왕의 남자들'과 '집시 소년들'이라는 이름으로 팀을 짰답니다."

팀 이름을 들은 궁녀들이 고개를 돌려 키득키득 웃었다.

에스파냐 대사는 얼굴에 미소를 띤 채 사람들을 번갈아 쳐다보며 물었다.

"누가 '집시 소년'입니까?"

엘리자베스가 말했다.

"사람들이 로버트 경을 재미삼아 일컫는 말이랍니다. 무례하긴 하지만요."

로버트가 맞장구쳤다.

"그래도 제 면전에서는 절대 그렇게 부르지 않지요."

예의를 중요하게 생각하는 에스파냐 사람답게 대사가 의아해하며 물었다.

"모욕적인 별명을 부른다고요?"

로버트가 대답했다.

"그저 농담일 뿐입니다. 모두가 제 얼굴색을 좋아하지는 않으니까요. 제가 생각하기에도 제 얼굴색이 영국인 치고는 너무 어둡지요."

엘리자베스는 순간 욕정이 일어 짧은 숨소리를 냈다. 모두가 느낄 수 있을 정도의 소리였다.

로버트가 엘리자베스에게 몸을 돌리고 따뜻한 미소를 지으며 말을 이었다.

"다행히도 피부색이 검고 눈동자가 까맣다는 이유로 경멸받고 있는 건 아닙니다."

엘리자베스는 로버트의 입에서 눈을 떼지 못한 채 말했다.

"지금쯤 선수들이 연습을 하고 있겠군요."

세실이 끼어들었다.

"함께 가서 구경하시겠습니까?"

세실이 대사를 이끌고 앞장서자 나머지 사람들도 그 뒤를 따랐다. 로버트가 슬며시 엘리자베스에게 팔을 내밀자 그녀가 그의 팔에 살짝 손을 끼워 넣었다.

로버트가 엘리자베스에게 나지막한 목소리로 속삭였다.

"당신, 내게 매료됐나 봐요."

"그럼요. 알잖아요."

"알다마다요."

대화 없이 몇 발자국을 걷다가 엘리자베스가 입을 열었다.

"에스파냐 대사가 무슨 말을 하던가요?"

"그는 우리 상인들이 배를 이용해 네덜란드에서 에스파냐의 금을 실어 내가는 것을 못마땅하게 여기고 있어요. 금괴를 국외로 반출하는 것은 불법이니까요."

"그 점은 알고 있어요. 도대체 누가 그런 짓을 저지르는 건지 알수가 없군요."

로버트는 엘리자베스의 거짓말을 모른 체하며 침착하게 말했다.

"어느 검사관이 우리 배를 철저히 수색해서 화물 목록이 위조되었다는 사실을 발견했어요. 그러고는 금괴를 압수해 배를 돌려보냈고요. 에스파냐 대사는 그 일에 대해 공식적으로 항의하러 온 겁니다."

엘리자베스가 깜짝 놀라 물었다.

"대사가 추밀원에 보고할 건가요? 우리가 금괴를 운반하려 했다는 사실을 추밀원에서 안다면 새 화폐를 찍어내기 위해서라는 것도 금방 눈치 챌 텐데요. 옛 동전을 새 동전으로 대체하리라는 사실을 말이에요. 세실과 얘기해 봐야겠군요. 그리고 이 사항은 비밀에 부쳐져야 해요."

엘리자베스는 말을 마치고 발걸음을 떼려 했지만 로버트가 그녀의 손을 붙잡는 바람에 앞으로 나가지 못했다.

로버트가 그녀의 등 뒤에서 단호하게 말했다.

"물론이죠. 에스파냐 대사가 추밀원에 보고하는 일은 없어요. 비밀에 부쳐질 겁니다."

"당신은 벌써 나와 세실 앞에 대사를 데려왔잖아요."

로버트는 담담하게 대답했다.

"내가 이미 처리해 두었답니다."

엘리자베스는 걸음을 멈추었다. 햇살이 그녀의 뒷목을 따갑게 내리쬐고 있었다.

"처리하다니요? 뭘 말이죠?"

"내가 처리해 두었다니까요. 뭔가 착오가 있을 거라고 대사에게 말했어요. 나는 평소에 밀수 행위를 대단히 나쁜 짓이라고 생각하며 한 나라에서 다른 나라로 금괴를 밀반출하는 것은 대단히 위험한 일이라는 데 동의한다고 덧붙였지요. 두 번 다시 그런 일이 일어나지 않도록 내가 철저히 감시하겠다고 대사에게 못을 박아뒀어요. 대사가 내 말을 전적으로 신뢰한 건 아니었지만 어찌 되었건 에스파냐 본국에 급보를 보낼 겁니다. 그렇게 되면 우리 모두 만족할 만한 결과를 얻게 될 테지요."

엘리자베스는 순간 멈칫했다. 한낮의 뜨거운 햇살에도 불구하고 갑자기 한기가 느껴졌다.

"로버트, 대사가 무슨 근거로 당신에게 그런 얘기를 한 거죠?"

로버트는 알아듣지 못했다는 듯 말했다.

"내가 말한 그대로예요."

"그가 왜 당신에게 그런 얘기를 꺼냈느냐고요. 그런 항의를 왜 세실에게 하지 않았죠? 내게 직접 와서 항의해도 됐을 테고요. 아니면 추밀원 고문관들과 만나게 해달라고 요구해도 됐을 텐데요."

로버트는 엘리자베스의 허리를 부드럽게 감싸 안았다. 누구라도 뒤를 돌아보면 그가 그녀를 안고 있는 모습을 볼 수 있었지만 그는 개의치 않았다.

"사랑하는 엘리자베스, 내가 당신 짐을 덜어주고 싶었으니까요. 나도 당신이나 세실만큼 여왕의 업무에 대해 잘 알고 있어요. 어쩌면 더 잘 알지도 모르죠. 어쩌면 당신이나 세실보다 내가 이 일에 더 적합한 사람인지 모르고요. 또 한 가지 이유를 대자면 대사가 당신의 대리인인 토머스 그레셤에 대해 불만을 갖고 있기 때문이에요. 토머스는 이제 나한테 직접 보고하고 있지만요. 따라서 이 일은 당신의 일이기도 하고 내 일이기도 해요. 당신의 일이 곧 내 일이고, 당신이 만드는 화폐가 곧 내가 만드는 화폐예요. 우린 모든 걸 함께 하고 있잖아요."

로버트의 손길에서 엘리자베스는 빠져나올 수 없었다. 평소라면 그에게 애간장이 녹았을 테지만 지금은 그러지 않았다.

그녀가 단호하게 말했다.

"에스파냐 대사는 내게 직접 왔어야 해요."

로버트가 되물었다.

"어째서죠? 올해 안에 내가 공식적으로 당신의 남편이 된다는 사실을 대사가 모를 거라고 생각하나요? 우리가 약혼을 했고 곧 결혼 발표가 있을 거라는 건 세상이 다 알아요. 대사가 나를 당신 남편이라 여기고 그 문제를 나와 직접 처리한 거라고 생각하지 않나요?"

그녀는 매끄럽게 다듬어진 손톱 밑의 연한 살갗을 만지작거리며 주장을 굽히지 않고 말했다.

"대사는 세실이나 나에게 그 문제를 얘기했어야 옳아요."

로버트가 그녀의 손을 잡았다.

"물론 그래야죠. 당신 대신 내가 직접 처리할 수 없는 문제라면 당연히 그럴 겁니다."

그녀가 날카롭게 되받아쳤다.

"그게 어떤 문제죠?"

그가 자신만만한 웃음을 지어 보이며 인정했다.

"내가 당신이나 세실보다 못할 일이 하나라도 있을지 모르겠군요."

테니스 경기장에서 세실은 엘리자베스 옆에 자리를 잡고 앉았다. 하지만 두 사람 모두 경기는 관심 밖이었다.

엘리자베스가 건조한 어조로 재빠르게 속삭였다.

"로버트가 에스파냐 대사를 만난 건 내 짐을 덜어주기 위해서였을 뿐이에요."

세실이 침착하게 응수했다.

"로버트에게 그럴 권한이 없습니다. 전하께서 권한을 주었다면 모를까요."

"세실, 우리가 약혼했다는 사실을 모두가 알고 있다고 로버트가 말하더군요. 에스파냐 대사도 그를 내 남편으로 여기고 내 대리인으로 간주한다고요."

"여기서 멈춰야 합니다. 전하께서 이런…… 왕위 찬탈 행위를 멈춰야 한다고요."

그녀가 격앙된 목소리로 말했다.

"로버트는 불충한 신하가 아니에요. 모두가 나를 사랑해서 하는 일이라고요."

세실은 씁쓸하게 뇌까렸다.

'그는 불충한 신하지. 사랑이라는 이름으로 여왕을 들었다났다 하다니, 그게 궁정에서 가장 불충한 신하가 아니고 뭐란 말인가.'

세실이 큰 목소리로 말했다.

"전하, 전하께는 아름다운 일일 수 있습니다. 하지만 그가 전하를 능가하는 권력을 쥐고 있다는 사실이 에스파냐 황실에 보고될 거라는 걸 모르십니까? 전하께서 이혼할 남자와 결혼할 계획이라는 걸 국교회에서도 알게 되지 않겠습니까? 전하는 불륜을 저질러 이혼당하고 처형당한 왕비의 딸이란 말입니다."

지금껏 엘리자베스의 어머니에 대해 입을 여는 사람은 아무도 없었다. 모두가 아첨하며 존경을 표할 뿐이었다. 엘리자베스는 충격으로 얼굴이 하얗게 질려버렸다.

얼음처럼 차가운 목소리로 그녀가 말했다.

"지금 뭐라고 말했죠?"

세실은 겁내지 않았다. 그는 잠시 침묵하다가 단호한 어투로 말했다.

"전하의 명성은 누구보다 깨끗해야 합니다. 전하의 어머니 때문입니다. 그분은 명예에 가장 더러운 먹칠을 당하고 돌아가셨습니다. 전하의 아버지께서는 착한 여자와 이혼을 하고 전하의 어머니와 결혼을 하셨지요. 때문에 사람들로부터 욕망에 눈이 멀었다는 비난을 들어야 했습니다. 그런 모욕적인 일이 대물림되어서는 안 됩니다. 전하께서 그런 치욕을 당해서는 안 된다는 말씀입니다."

"조심해요, 세실. 당신이야말로 또다시 내 명예를 훼손하는 반역을 저지르고 있어요."

세실이 싸늘한 목소리로 맞받았다.

"전하께서 조심하셔야 합니다."

세실은 자리에서 일어나며 말을 이었다.

"에스파냐 대사에게 내일 아침 우리를 만나 공식적으로 항의를 하라고 하십시오. 로버트가 왕의 일을 처리할 수는 없는 겁니다."

엘리자베스는 그를 올려다보고는 힘없이 고개를 저었다.

"난 할 수 없어요."

"뭐를 말입니까?"

"로버트의 체면을 깎을 수 없어요. 일은 이미 처리되었다고요. 우리가 대사에게 해야 할 말을 이미 그가 했을 뿐인걸요. 이제 우리는 관여할 수 없어요."

"직위만 없다뿐이지 그가 여왕의 남편과 다를 바가 뭡니까? 그에게 전하의 권력을 넘겨줘서 퍽이나 기쁘시겠습니다."

엘리자베스가 아무 말이 없자 세실이 허리를 굽혀 인사하며 차분하게 말했다.

"그만 가보겠습니다. 도무지 홍이 나지 않아 경기를 관람할 수 없겠습니다. '집시 소년들'이 이길 것 같군요."

새로운 연가 악보 두루마리를 팔에 끼고 집에 돌아온 앤서니 포스터는 유쾌한 기분이었다. 하지만 거실에 들어서기도 전에 아내로부터 그간 집에서 일어난 불편한 얘깃거리를 반갑게 응수할 만큼은 아니었다.

포스터 부인이 호들갑스럽게 말을 쏟아냈다.

"레이디 더들리가 집에 와 있는데 몸 상태가 별로 좋지 않아요. 두 사람은 오늘 아침에 도착했어요. 레이디 더들리는 그 일이 있은 후로 쭉 아팠다고 해요. 음식을 삼킬 수가 없대요. 가엾게도 물 한 모금조차 넘기지 못하고요. 게다가 가슴에 통증이 있대요. 자기 말로는 마음이 아파서라고 하지만 내 생각엔 궤양이 아닌가 싶어요. 하지만 레이디 더들리는 누구에게도 진찰을 받으려 하지 않아요."

"여보, 이제 좀 들어갑시다."

포스터는 아내 옆을 지나쳐 거실로 들어가면서 퉁명스런 어투로 덧붙였다.

"나는 에일 한 잔 해야겠소. 오늘 같은 찜통더위에 말을 타는 게 여간 고된 일이어야 말이지."

"미안해요."

포스터 부인은 짧게 말하고는 그에게 에일을 따라주었다. 포스터가 의자에 앉아 에일 몇 모금을 꿀꺽꿀꺽 넘길 때까지 포스터 부인은 하고 싶은 말을 꾹 참고 기다려야 했다.

"좀 낫군. 저녁식사는 준비됐소?"

포스터 부인이 공손하게 대답했다.

"물론이죠. 우리 모두 당신이 돌아오기를 기다리고 있었어요."

포스터 부인이 말없이 서 있는 동안 포스터는 에일 한 모금을 더 들이키고는 고개를 돌려 아내를 쳐다보았다.

"자, 이제 말해 봐요. 뭐가 어떻게 됐다고요?"

"레이디 더들리 말이에요. 많이 아프다고요. 가슴에 통증이 있대요."

"의사에게 보내는 게 좋겠군. 베일리 박사 말이오."

포스터 부인이 고개를 끄덕였다.

"당장 사람을 시켜 박사를 모셔와야겠어요."

포스터가 의자에서 일어섰다.

"손을 씻고 식사를 해야겠소."

그리고는 잠시 뜸을 들이다 입을 열었다.

"레이디 더들리는 날 볼 수 있을 정도는 되는 거요? 저녁식사를 하러 내려올 수 있겠소?"

"아닐 거예요."

포스터가 고개를 끄덕이며 말했다.

"매우 난처한 상황이구려, 여보. 어려움에 처한 레이디 더들리를 우리 집에 묵게 한다면 우리도 똑같이 어려움에 처하게 되는 거잖소. 아무래도 그녀가 우리 집에서 오랫동안 요양하며 즐기게 내버려둘 순 없겠소."

포스터 부인은 빈정대듯 말했다.

"그녀가 뭘 즐기겠어요."

"물론 그렇겠지. 여하튼 약속한 날짜를 넘어서까지 우리 집에 묵게 할 순 없소. 아프든 말든 상관없소."

"로버트가 레이디 더들리에게 친절을 베풀지 못하게 막던가요?"

포스터는 고개를 저었다.

"그가 그럴 이유는 없지. 그렇지만 일부러 비를 맞아봐야 비가 온다는 걸 알게 되는 건 아니잖소. 어느 방향에서 바람이 불어오는지 뻔히 알고 있는데 괜히 바람을 맞고 감기에 걸리고 싶지는 않구려."

"박사를 부르러 사람을 보내야겠어요. 이렇게 더운 날 그녀를 직접 말에 태워 보냈다가 병을 악화시켰다고 박사한테 핀잔을 들을 수도 있으니까."

컴너의 젊은 하인이 시간을 재촉해 옥스퍼드에 도착했을 때, 옥스퍼드 대학에서 의대 교수로 재직 중인 베일리 박사는 저녁식사를 하던 중이었다.

베일리 박사가 식탁에서 벌떡 일어나 모자와 망토를 집어 들며 말했다.

"난 지금 당장 출발할 수 있네. 그런데 컴너의 누가 아프다는 건가? 설마 포스터는 아니겠지?"

하인은 편지를 내밀며 말했다.

"아닙니다. 아프신 분은 방문객입니다. 애빙던에서 방금 도착한 레이디 더들리 말입니다."

순간 베일리 박사는 머리에 모자를 쓰다 말고 그 자리에서 얼어붙어 버렸다. 그 바람에 어깨에 둘렀던 망토가 한쪽으로 흘러내려 마치 어깨가 부러진 사람처럼 보였다.

"레이디 더들리라고? 로버트 경의 부인 말인가?"

"맞습니다."

"여왕의 사마관 로버트 경이라고?"

하인은 눈을 찡긋하며 대답했다.

"사람들은 그를 여왕의 사마관이라고 부르지요."

하인도 소문을 들어 익히 알고 있던 터였다.

베일리 박사는 모자를 다시 나무의자에 천천히 내려놓으며 말했다.

"가지 않는 게 좋겠군."

그는 어깨에서 망토를 풀러 등받이가 높은 의자에 걸쳐놓으며 다시 한 번 말했다.

"가지 않는 편이 좋겠어."

"전염병은 아니라고 들었습니다. 오한도 아니고요, 선생님. 집 안에 아프신 분은 레이디 더들리 한 명입니다. 전 애빙던에서 전염병이 돈다는 소리를 듣지 못했는걸요."

"그런 게 아니네. 전염병보다 훨씬 위험한 거라네. 난 끼어들지 않는 편이 좋겠어."

하인은 고집을 꺾지 않고 말했다.

"레이디 더들리는 통증을 호소합니다. 더들리 부인이 울고 있다고 한 하녀가 말하던데요. 방문을 통해 울음소리가 새어나왔다고 해요. 하느님께 자기를 놓아달라고 애원하는 소리를 똑똑히 들었답니다."

베일리 박사는 노골적으로 거절을 표시했다.

"난 가지 않겠네. 그녀를 진찰하지 않겠단 말일세. 설령 그녀가 무슨 병에 걸렸는지 알아도 약을 처방해 줄 수 없네."

"아픈 사람한테 왜 못 가시겠다는 겁니까?"

베일리 박사가 단호한 어투로 말했다.

"만약 그녀가 독살당해 죽었다는 말이 사람들 사이에 퍼지면 내가 그런 짓을 했다고 죄를 덮어쓰게 될 걸세. 만일 그녀가 자포자기의 심정으로 이미 독약을 먹었다면 벌써 그 약효가 온몸에 퍼졌을 거네. 그렇게 되면 내가 그녀에게 독약을 줬다고 사람들이 날 비난하겠지. 그녀가 죽는다면 내가 비난을 피하기 어렵게 되네. 까딱 잘못했다간 살인 혐의로 재판을 받아야 한단 말일세. 그게 아니더라도 만일 누군가 그녀에게 이미 독약을 먹였다고 해보세. 그렇다면 그 사람은 지금쯤 그녀가 아프다는 소식을 듣고 얼마나 기뻐하겠는가. 그런데 내가 그녀를 살려놓는다면 그자가 날 고맙게 여기겠는가?"

하인은 입을 다물지 못한 채 멍하니 그를 바라보며 말했다.

"포스터 부인께서 박사님을 모셔오라고 절 보내셨단 말입니다. 그럼 제가 부인께 뭐라고 말씀드려야 합니까?"

박사가 하인의 어깨에 손을 올려놓으며 말했다.

"부인께 전하게. 이런 일에 끼어드는 건 내 능력 밖의 일이라고. 이미 누군가 그녀에게 약을 처방했을지도 모른단 말일세. 나보다 더 대단한 사람이 말이야."

하인은 얼굴을 찌푸리며 박사의 말을 이해해보려고 애썼다.

"전 도무지 이해가 되지 않습니다."

박사가 솔직하게 말했다.

"지금 그녀의 남편이 독약을 먹여 그녀를 죽이려고 하는 상황이라면, 내가 끼어들 수 없다는 말일세. 이미 죽어가는 그녀를 내가 살려놓으면 그녀의 남편이 나를 퍽도 고맙게 여기겠군."

엘리자베스는 로버트의 팔에 안겨 있었다. 그녀는 깔깔 웃으며 로버트를 밀어내는가 하면 다시 끌어당겼다. 로버트는 그런 엘리자베스를 붙들고 그녀의 얼굴과 어깨에 온통 키스를 퍼부으며 그녀의 목을 핥았다.

엘리자베스가 말했다.

"쉬, 쉬, 누가 들어요."

"소리 지르며 시끄럽게 하는 사람은 바로 당신이에요."

"난 쥐죽은 듯 조용히 있었다고요. 소리도 지르지 않았는걸요."

"아직은 아니지만 이제 지르게 될 거요."

로버트가 장담했다. 엘리자베스는 한 손으로 입을 가리고 다시 깔깔 웃으며 말했다.

"당신, 미쳤나봐요!"

"사랑에 미쳤소. 그리고 난 이기는 걸 좋아해요. 테니스 경기에서 내가 데 카드라에게 얼마를 벌었는지 알아요?"

"당신, 에스파냐 대사와 내기를 했던 거예요?"

"이길 게 확실하니까요."

"얼마를 걸었어요?"

그는 들떠서 말했다.

"500크라운. 내가 또 뭐라고 했는지 알아요?"

"뭐라고 했어요?"

"에스파냐 금화로 지불해도 좋다고 했죠."

엘리자베스는 웃으려고 했지만 불안한 눈빛을 감출 수 없었다.

"오, 엘리자베스. 분위기를 망치지 마요. 에스파냐 대사는 다루기 쉬운 상대예요. 나도 그를 잘 알고 그도 나를 잘 알아요. 그냥 우스갯소리였을 뿐이에요. 그도 웃고 나도 웃었어요. 나도 국정 운영에 일가견이 있다고요. 태어나서부터 늘 정치 교육을 받았어요."

엘리자베스가 재빨리 덧붙였다.

"나는 여왕으로 태어났어요."

"그걸 부인할 사람은 아무도 없어요. 적어도 나만큼은 그래요. 왜냐하면 바로 이 몸은 당신의 연인, 당신의 남편, 당신의 왕이 되기 위해 태어났으니까요."

엘리자베스가 망설이다 말을 꺼냈다.

"로버트, 우리가 결혼 서약을 발표한다 해도 당신은 왕이 될 수
없어요."

"발표한다 해도?"

"그러니까 우리가 결혼을 발표했을 때 말이에요."

로버트가 순진하게 말했다.

"우리가 결혼 서약을 발표하면 난 당신의 남편이 되고 영국의 왕
이 되는 거예요. 아니면 나를 뭐라고 부를 건가요?"

엘리자베스는 놀라서 할 말을 잃었지만 다시 그를 설득하려 했
다. 그녀는 부드럽게 말했다.

"로버트, 당신은 왕이 되기 힘들어요. 에스파냐의 펠리페도 여왕
의 부군으로 불렸을 뿐이었어요."

"펠리페는 다른 호칭이 있었으니까요. 그는 에스파냐 황제잖아
요. 그러니 그가 영국에서 뭐라 불리든 상관이 없던 거였지요. 아
니, 그러면 당신은 나를 낮은 지위에 앉히고, 당신이 온갖 것들을
다 누리면서 나에겐 그보다 못한 대우를 하겠다는 건가요? 펠리페
가 메리에게 그랬던 것처럼요? 다른 사람들 앞에서 나를 비굴하게
만들 건가요? 내 인생의 모든 나날을요?"

엘리자베스가 재빨리 대답했다.

"그럴 리가요. 절대 아니에요."

"내가 왕이 될 자격이 없다고 생각하나 보죠? 잠자리 상대로는
그럴 듯하지만 왕이 되기에는 모자란다는 얘긴가요?"

"아니에요. 결코 아니에요. 로버트, 내 사랑. 내 말을 그렇게 오
해하지 말아요. 내가 당신을 얼마나 사랑하는지 잘 알잖아요. 오직
당신만 사랑한다는 것도 알잖아요. 내겐 당신이 필요해요."

"그러면 우리가 시작한 일의 끝을 봐야지요. 나와 에이미의 이혼을 승인하고 우리의 서약을 발표해요. 그러면 나는 당신의 완벽한 협력자이자 반려자가 될 거예요. 그러니까 왕이 되는 거지요."

엘리자베스는 그의 말을 반박하려 했지만 로버트가 그녀를 다시 끌어당기더니 목에 키스를 하기 시작했다. 엘리자베스는 그의 포옹에 정신이 몽롱해졌다.

"로버트……."

"내 사랑, 당신은 너무 달콤해 먹고 싶을 지경이에요."

엘리자베스는 가쁜 숨을 쉬며 말했다.

"로버트, 내 사랑, 단 하나뿐인 내 사랑."

로버트는 그녀를 부드럽게 안아 올려 침대에 눕혔다. 엘리자베스는 로버트가 옷을 벗는 동안 침대에 반듯이 누워 있었다. 그녀는 미소 지으며 로버트가 평소처럼 피임기구를 착용하기를 기다렸다. 그러나 리본 달린 피임기구는 로버트의 손에도 침대 옆 테이블 위에도 없었다. 그녀는 깜짝 놀라 물었다.

"로버트, 그것 어디 있어요?"

로버트는 음흉하고 도발적인 웃음을 흘리며 침대에 오르더니 그녀를 향해 기어오며 자신의 맨몸을 그녀에게 지긋이 갖다 댔다. 그에게서 느껴지는 희미한 체취와 그의 피부가 내뿜는 온기, 부드러우면서도 따끔거리는 가슴 털의 감촉과 꼿꼿이 솟은 그의 성기가 그녀를 꼼짝 못하게 했다.

로버트가 말했다.

"오늘은 필요 없어요. 우리가 왕위 계승자를 빨리 낳을수록 더 좋잖아요."

엘리자베스는 깜짝 놀라 몸을 빼며 소리 질렀다.

"안 돼요! 우리가 결혼을 서약했다는 사실을 알리기 전까지는 안 돼요!"

로버트는 그녀의 귀에 대고 속삭였다.

"괜찮아요. 느껴봐요, 엘리자베스. 이제껏 한 번도 제대로 느껴
본 적이 없잖아요. 내 아내가 느끼는 것처럼 제대로 느껴본 적이
없어요. 에이미는 내 그곳이 맨살인 걸 좋아하지요. 당신은 그게
어떤지조차 모르잖아요. 내가 에이미에게 준 기쁨의 반도 당신은
못 느껴봤어요."

엘리자베스는 질투로 신음 소리를 내며 손을 뻗어 그를 붙잡고
그녀의 젖은 그곳으로 들어오게 했다. 그들의 몸이 한데 엉키면서
엘리자베스는 그의 맨살을 온몸으로 느꼈다. 엘리자베스의 눈꺼풀
이 환희로 떨렸다. 로버트 더들리는 미소를 지었다.

아침나절에 엘리자베스는 몸이 좋지 않아 아무도 만날 수 없노
라고 했다. 세실이 방 앞에 당도하자 엘리자베스는 긴급 사안이라
면 잠시만 만나겠다고 말을 전했다.

세실은 손에 들고 있는 문서를 가리키며 무게 있는 목소리로 답
했다.

"긴급한 사안입니다."

문 앞을 지키고 있던 보초들이 옆으로 비켜서며 세실을 위해 길
을 터주었다.

방으로 들어선 세실은 몸을 숙여 인사한 후 말했다.

"프랑스 포로 송환 문제 때문에 전하의 서명이 필요하다고 이유
를 댔습니다. 전하를 뵐 만한 핑계를 대고 들어오라고 쪽지를 보내
셨더군요."

"네, 그랬어요."

"로버트 경 때문이십니까?"

"네."

세실이 노골적으로 내뱉었다.

"어이가 없군요."

"알고 있어요."

기운 없는 여왕의 목소리에 세실이 깜짝 놀라 물었다.

"그자가 무슨 짓을 저질렀습니까?"

"로버트가 바라는 게 있더군요."

세실은 엘리자베스가 말을 잇기를 기다렸다.

엘리자베스는 충직한 캐트 애슐리에게 눈짓을 하며 말했다.

"캣, 문 밖에 나가서 누구 듣는 사람이 없는지 확인해 봐요."

캐트 애슐리가 방을 나갔다.

"로버트가 뭘 바란다는 말씀입니까?"

"내가 들어줄 수 없는 걸 바라는군요."

세실은 엘리자베스의 다음 말을 기다렸다.

"로버트는 우리 혼인 서약을 발표하고 그들 부부의 이혼을 승인해 주길 바라요. 그리고 왕 칭호를 듣고 싶어 해요."

"왕이라고요?"

엘리자베스는 머리를 숙인 채 세실의 눈을 피하며 고개를 끄덕였다.

세실이 말했다.

"에스파냐 황제 정도여야 여왕의 부군이 되면 왕 칭호를 얻을 수 있습니다만."

"알아요. 저도 그렇게 말했죠. 하지만 그는 왕 칭호를 얻고 싶어 해요."

"거절하셔야 합니다."

"스피릿, 거절을 못하겠어요. 내가 그를 배신했다고 생각할 거예요. 나는 절대 그 사람 말을 거절 못하겠어요."

"엘리자베스, 이 어처구니없는 사랑 때문에 왕위를 잃게 될 수도 있습니다. 그동안 무릅썼던 모든 위험도, 그 긴 기다림의 시간도, 에든버러의 평화도 모두 헛수고가 될 겁니다. 전하께서는 왕위에서 쫓겨나고 사촌 메리가 왕좌에 앉게 될 겁니다. 그 정도면 다행이게요. 더 심할 수도 있습니다. 그렇게 되면 저도 전하를 구해 드릴 수 없습니다. 로버트를 왕좌에 앉히는 순간 전하의 운명은 끝날 겁니다."

엘리자베스가 물었다.

"무슨 수가 없을까요? 경은 어떻게 해야 할지 항상 잘 알잖아요. 스피릿, 나를 도와줘야 해요. 로버트와의 관계를 끝내야 하는데. 아, 나는 못하겠어요."

세실이 미심쩍은 눈빛으로 엘리자베스를 쳐다보며 물었다.

"그게 전부인가요? 이혼해서 전하의 부군이 되고 싶다는 것, 그게 전부인가요? 전하께 폭력을 휘두르거나 협박하진 않았습니까? 아시겠지만 아무리 사랑하는 사이라 해도 그건 반역죄에 해당합니다. 결혼을 언약한 사이라 해도요."

엘리자베스는 고개를 저으며 답했다.

"아뇨. 그는 항상……."

그녀는 어젯밤 일이 떠올라 말을 중단했다.

"그는 항상…… 만약 제가 아이를 가진다면 어떻게 되죠?"

세실의 표정이 갑자기 어두워졌다. 그는 엘리자베스만큼이나 근심스러운 표정으로 물었다.

"혹시 임신하신 건 아니겠죠?"

엘리자베스는 고개를 저었다.

"아뇨. 실은 잘 모르겠어요……."

"그자가 조심했을 것 같은데……."

"어젯밤부터 좀 달라졌어요."

"거부하셨어야죠."

엘리자베스가 갑자기 소리를 높였다.

"그럴 수 없다니까요. 세실, 이제까지 내가 한 말 안 들었어요? 나는 그 사람 말을 거절할 수 없다니까요. 그를 사랑할 수밖에 없어요. 그에게 '안 돼'라고 말할 수 없어요. 내가 그와 결혼할 방법을 찾아봐요. 아니면 그의 청혼을 피할 방법을 생각해 봐요. 나는 그 사람한테 '안 돼'라고 말할 수 없어요. 그러니 바로 당신이 나를 보호해 주어야 해요. 그를 갈구하는 내 자신에게서, 그리고 내게 청혼하는 그 사람에게서. 그게 당신의 임무라고요. 나도 나를 어쩔 수 없으니까 당신이 나를 그에게서 구해 줘야 해요."

"그를 추방해 버리세요!"

"안 돼요. 내가 그를 배반했다는 걸 그가 알아채지 못하도록 하면서 나를 구해 줘요."

세실은 잠시 침묵했다. 그리곤 불현듯 여왕의 처소에 오래 있어서는 안 된다는 사실을 떠올렸다. 여왕과 국무장관이 비밀리에 잠시 만날 수밖에 없다니! 여왕의 어리석음 때문에.

세실은 느릿느릿 말을 내뱉었다.

"방법이 하나 있긴 있습니다. 하지만 꽤 사악한 방법입니다."

엘리자베스가 물었다.

"로버트에게 자기 분수를 알려줄 수 있는 방법인가요? 왕이 될 수 없다는 걸요?"

"그자가 생명의 위협을 느끼고 자신이 얼마나 하찮은 존재인지 깨닫게 해줄 만한 방법입니다."

엘리자베스가 발끈했다.

"그 사람은 두려움 같은 걸 몰라요. 그의 가문 전체가 수모를 당했던 때도 전혀 기죽지 않았던 사람이에요.”

세실이 냉정하게 대답했다.

“쉽게 꺾이지 않는 작자라는 건 저도 잘 압니다. 하지만 이번에는 그 수모가 너무 엄청나서 왕좌에 대한 꿈 따위는 포기하게 될 겁니다.”

엘리자베스가 소리를 죽여 속삭이듯 말했다.

“그리고 내가 지시했다는 사실은 절대 알 수 없겠죠?”

“그렇습니다.”

엘리자베스는 잠시 망설이더니 다시 물었다.

“실패하진 않겠죠?”

“그러진 않을 겁니다.”

세실은 잠시 망설이더니 한마디 덧붙였다.

“하지만 무고한 사람 한 명이 죽어야 합니다.”

“딱 한 사람?”

세실은 고개를 끄덕이며 답했다.

“딱 한 사람입니다.”

“내가 사랑하는 사람은 아니죠?”

“아닙니다.”

엘리자베스가 한 치의 망설임도 없이 말했다.

“그럼 생각대로 해요.”

세실은 미소 짓지 않을 수 없었다. 엘리자베스는 가장 약한 여자라고 여겨지는 순간에 가장 강력한 여왕의 모습을 드러내곤 한다.

세실이 말했다.

“로버트임을 알리는 징표가 필요합니다. 혹시 그의 이름이 새겨진 물건이 있나요?”

엘리자베스는 ‘없어요’라고 대답하려 했다. 하지만 세실은 엘리자베스가 거짓말하려는 걸 눈치 챘다.

"갖고 계시죠?"

엘리자베스는 드레스 깃으로 덮인 목에서 로버트의 이름을 새긴 반지를 매단 금 목걸이를 천천히 끄집어냈다. 결혼 서약을 할 때 그에게 받은 반지였다.

그녀는 작은 목소리로 말했다.

"그의 반지에요. 결혼 서약을 할 때 내 손가락에 끼워줬어요."

세실은 잠시 망설였다.

"그를 파멸시키기 위해 그 반지를 제게 주실 건가요? 사랑의 징표를요? 그의 이름이 새겨진 그 반지를요?"

엘리자베스는 딱 잘라 말했다.

"그래요. 그가 파멸하든 내가 파멸하든 둘 중 하나잖아요."

엘리자베스는 천천히 목걸이를 풀어 들어올리더니 손바닥에 반지를 떨어뜨렸다. 그녀는 반지가 신성한 유품이라도 되는 양 키스를 한 후 내키지 않는 듯 세실에게 내밀며 말했다.

"꼭 돌려주셔야 해요."

세실은 고개를 끄덕였다.

엘리자베스가 덧붙였다.

"그 반지가 당신 손에 있는 것을 그 사람이 보면 안 돼요. 내가 줬다는 걸 단박에 알아차릴 거예요."

세실은 다시 고개를 끄덕였다.

엘리자베스가 물었다.

"언제 할 건가요?"

"이제 곧 시행하겠습니다."

엘리자베스가 어린아이처럼 말했다.

"내 생일에는 안 돼요. 생일만큼은 그와 행복하게 보내고 싶어요. 그 사람이 나를 위해 멋진 계획을 세웠어요. 그 계획을 망치고 싶지 않아요."

세실이 말했다.

"그럼, 그 이튿날 하겠습니다."

"일요일에요?"

세실이 고개를 끄덕이며 말했다.

"하지만 절대 아이를 가질 만한 일을 하셔서는 안 됩니다."

"변명거리를 만들어보겠어요."

세실이 경고하듯 말했다.

"전하께서도 하셔야 할 역할이 하나 있습니다."

"로버트는 나를 너무 잘 알아요. 나를 흘끗 보기만 해도 내 생각을 눈치 챌 거예요."

"그에게 뭘 하라는 게 아닙니다. 다른 사람들에게 몇 가지 말씀을 하시면 됩니다. 소문거리를 만드시란 말씀입니다. 제가 뭐라고 말씀하실지 일러드리겠습니다."

엘리자베스는 두 손을 꼭 쥐며 걱정스럽게 물었다.

"그 사람에게 상처를 주진 않겠죠?"

세실이 대답했다.

"그자는 정신을 좀 차려야 합니다. 이 일을 진행시키고 싶지 않으신가요?"

"아니요. 꼭 진행해야 해요."

세실은 인사를 하고 여왕의 침실을 나서며 생각했다.

'그자를 죽일 수 있다면 좋으련만'

캐트 애슐리가 방 밖에 서 있었다. 두 사람은 즉위한 지 고작 2년 밖에 안 되는 여왕이 일으킨 한심한 문제를 보라는 듯 서로 눈빛을 주고받았다.

세실은 생각했다.

'그를 죽이진 못하지만 그가 다시는 왕이 될 꿈도 못 꿀만큼 철저히 파멸시키겠어. 더들리 가문에 또 다른 치욕을 안겨주겠어. 더들리 가문은 대체 언제 분수를 알게 될까?'

그는 회랑을 성큼성큼 걸어갔다. 벽에는 튜더 왕가의 초상화들이 걸려 있었다. 여왕의 잘생긴 부왕과 홀쭉한 조부의 초상화를 지나며 그는 생각했다.

'여자는 왕이 될 수 없어. 엘리자베스처럼 영리한 여자도 왕의 재목은 아니지. 그래서 그녀는 주인을 찾는 거야. 그런데 고작 더들리를 고르다니. 세상에! 잡초를 뽑듯 더들리를 제거하고 나면 여왕은 영국에 어울리는 주인을 찾겠지.'

포스터 부인은 진찰하러 오지 않겠다는 의사의 전갈을 전한 하인을 불렀다.

"레이디 더들리가 아프다고 말했느냐? 의사의 도움이 필요하다고 말했느냐 말이다."

무서워서 눈이 동그래진 하인은 고개를 끄덕이며 답했다.

"네. 레이디 더들리가 아프다는 걸 알고 계십니다. 레이디 더들리이기 때문에 오지 않겠다고 하셨습니다."

포스터 부인은 믿기지 않는 듯 고개를 저으며 리지에게 가서 나쁘지 않게 상황을 설명하려 애썼다.

"우리 주치의가 레이디 더들리를 진찰하지 않겠다는군요. 치료하지 못할까 봐 두렵답니다."

리지는 이 나쁜 소식에 잠시 멈칫하더니 물었다.

"환자가 누군지 알고서 그런 말을 했답니까?"

"네."

"그러면 에이미를 피하려고 오지 않는 거네요."

포스터 부인은 머뭇거리며 대답했다.

"그래요."

리지는 믿기지 않는다는 듯 물었다.

"그럼 이제 에이미는 갈 곳도 없고 치료해 줄 의사도 없는 거네요. 그럼 이제 에이미는 어쩌죠? 저는 어떻게 해야 할까요?"

포스터 부인이 말했다.

"남편과 화해를 하는 수밖에 없어요. 남편과 싸우지 말았어야죠. 그가 어떤 사람인데 기분을 거슬려요?"

"포스터 부인, 잘 알고 있잖아요. 에이미는 싸운 게 아니에요. 로버트 경이 간통을 저지르고 이혼을 원하는데 아무리 훌륭한 아내라도 그런 요구를 들어줄 순 없잖아요?"

포스터 부인은 무뚝뚝하게 대답했다.

"로버트 더들리 같은 사람은 그냥 내버려뒀어야 해요. 그녀가 지금 얼마나 곤란한 지경에 빠졌나 보라고요."

에이미는 이틀간 푹 쉬고 난 뒤 몸이 조금 회복되었다. 그녀는 모자를 손에 들고 방에서 나와 둥글게 구부러진 좁은 계단을 내려와 아래층 식당을 거쳐 현관을 지나 뜰로 나섰다. 그러고는 돌이 깔린 안뜰을 지나며 머리에 모자를 쓰고 턱에 리본을 묶었다.

9월이었지만 아직도 태양은 뜨거웠다. 그녀는 아치형 입구를 지나 왼쪽으로 몸을 돌려 나무가 무성한 집 앞 테라스를 걸었다. 그곳은 예전에 수도사들이 조용히 거닐며 기도를 올리거나 책을 읽곤 했던 장소였다. 거칠게 잘린 잔디 사이에서 그들이 거닐던 조약돌 길을 아직도 찾을 수 있었다.

수도자들은 자신보다 훨씬 어려운 문제를 고민했을 거라고 에이미는 생각했다. 자신들의 영혼과 씨름했을 수도자들은 남편이 집에 다시 돌아올 것인지, 만약 그가 영영 돌아오지 않는다면 어떻게 살아갈지 같은 하찮은 문제로 고심하지 않았을 것이다.

에이미는 혼자 중얼거렸다.

'하지만 그들은 성스러운 사람들이니까, 게다가 현명하고. 나는 성스럽지도 현명하지도 않아. 사실 어리석은 죄인일 뿐이지. 로버트뿐 아니라 하느님마저 나를 잊고 계신 게 분명해. 그러니 이렇게 나를 홀로 절망에 빠진 채 남겨두시는 것일 게야.'

그녀는 터져나오려는 울음을 삼키며 장갑 낀 손으로 뺨에 흘러내린 눈물을 닦았다.

'울어봐야 소용없어.'

에이미는 참담한 심정으로 혼자 중얼거렸다.

그녀는 테라스에서 몇 계단을 내려가 과수원을 거닌 후 정원을 둘러싼 담장과 문이 있는 곳으로 걸어갔다. 문 너머에는 성당이 있었다. 그녀는 문을 잡아당겼지만 받침대로 막혀 있어 문이 꼼짝도 하지 않았다. 그때 한 남자가 맞은편에서 걸어오더니 그녀에게 문을 열어주었다.

에이미는 깜짝 놀라며 말했다.

"고맙습니다."

남자가 물었다.

"레이디 에이미 더들리신가요?"

"네, 그런데요?"

"로버트 경으로부터 전갈을 가져왔습니다."

에이미는 흠칫 놀라며 얼굴이 빨개진 채 물었다.

"그이가 이곳에 왔나요?"

"아니오. 편지를 보내셨습니다."

남자는 편지를 건네고 그녀가 뜯어보기를 기다렸다. 에이미는 편지의 봉인을 찬찬히 살펴보더니 이상한 질문을 했다.

"혹시 칼이 있나요?"

"무엇에 쓰시게요, 부인?"

"봉인을 떼어내려고요. 저는 봉인을 깨지 않는답니다."

남자는 부츠의 칼집에서 면도칼처럼 날카로운 작은 단검을 하나 꺼내 건네주며 말했다.

"조심하세요."

에이미는 말라서 반짝이는 봉인과 두꺼운 종이 사이에 칼날을 집어넣더니 봉인을 떼어냈다. 그녀는 로버트의 봉인을 주머니에 넣고는 칼을 남자에게 돌려주고 편지를 펼쳤다.

편지를 읽는 에이미의 손이 떨렸다. 그녀는 단어 하나하나를 입으로 소리 내며 천천히 편지를 읽어 내렸다. 그러고는 남자를 쳐다보며 물었다.

"당신은 그이의 부하가 맞나요?"

"저는 로버트 경의 종복이자 충직한 부하입니다."

에이미는 편지를 그에게 건네며 말했다.

"내가 편지를 제대로 읽었는지 모르겠어요. 그러니까 내일 정오에 그가 나를 만나러 온다는 게 맞나요? 이 집에서 혼자 만나고 싶으니 다른 사람들을 모두 내보내고 혼자 그를 기다리라고 쓰여 있나요?"

남자는 어색하게 편지를 집더니 재빨리 훑어보고는 대답했다.

"네, 내일 정오에. 하인들을 모두 내보내고 방에 혼자 계시라고 써 있군요."

에이미가 불쑥 물었다.

"당신과 내가 안면이 있나요? 아니면 새로 고용된 사람인가요?"

"저는 로버트 경의 개인사를 돌보는 심복입니다. 마침 제가 옥스퍼드에 볼 일이 있어서 나리께서 이 편지를 전해 주라 하셨습니다. 답장은 하실 필요 없다고 하셨습니다."

에이미가 물었다.

"그이의 사람이란 걸 증명하는 어떤 징표 같은 걸 보냈나요? 제가 당신을 잘 몰라서요."

남자는 희미한 미소를 지으며 말했다.

"저는 요한 워스입니다, 부인. 부인께 이걸 전하라 하시더군요."

그는 주머니에서 반지를 꺼내 에이미에게 주었다. 더들리의 이름이 새겨진 손때 묻은 반지였다.

에이미는 반지를 조심스럽게 받더니 약지에 끼웠다. 반지는 그녀의 결혼반지 위에 꼭 맞았다. 그녀는 반지에 새겨진 더들리 가문의 문장을 손가락으로 더듬으며 미소를 지었다.

"물론 그가 말한 대로 해야죠."

에스파냐 대사인 데 카드라는 엘리자베스의 생일 때문에 주말 내내 윈저 성에 머무르고 있었다. 금요일 저녁에 그는 마침 잔디밭에서 벌어지는 활쏘기 시합을 구경하러 갔다가 맞은편에 있는 세실을 보았다. 그는 세실이 스코틀랜드에서 돌아온 이후 가장 어두운 표정을 짓고 있다는 것을 금세 눈치챘다. 세실은 늘 입고 다니던 검은 옷을 입고 있었다. 아무 문양도 보석 장식도 없는 옷이었다. 마치 오늘이 여왕의 생일 전야가 아니라 그냥 평범한 날인 것 같은 복장이었다.

시합이 끝나고 사람들이 흩어질 때 데 카드라는 세실 옆으로 다가가 말을 붙였다.

"내일 여왕의 생일 축하연을 위해 모든 준비가 끝난 것 같네요.

로버트 경이 즐거운 하루를 여왕에게 선사하겠다고 호언장담하더군요."

세실은 포도주에 취해 혀가 풀린 목소리로 아무렇지도 않게 대답했다.

"여왕 전하는 즐겁겠지만 저는 하나도 즐거울 게 없습니다."

"네?"

세실은 화를 누르는 듯한 목소리로 계속 투덜댔다.

"이제 더는 참을 수가 없어요. 뭘 하려고 해도, 무슨 말을 하려고 해도 그 풋내기 승인을 받아야 한다니."

"로버트 더들리 경 말씀인가요?"

세실이 대답했다.

"이젠 지쳤습니다. 저는 전에도 한 번 여왕 전하의 곁을 떠난 적이 있어요. 여왕님이 스코틀랜드 문제에 대한 제 조언을 들으려 하지 않았을 때였습니다. 그때처럼 언제든지 다시 떠날 수 있어요. 제겐 아름다운 저택도 있고 귀여운 자식들도 있습니다. 가족을 만날 시간도 없이 일했는데 그렇게 애쓴 대가가 이렇게 치욕적이라니."

데 카드라가 말했다.

"그냥 해보시는 말씀이겠죠? 정말 떠나시진 않으시겠죠?"

"현명한 뱃사람은 폭풍이 불면 항구를 찾는 법입니다. 로버트 경이 왕좌에 오르는 날은 제가 버흘리 저택으로 돌아가는 날이 될 거요. 그러고는 다시 런던을 볼 일이 없을 겁니다. 물론 그것도 제가 사임하는 순간 체포당해 런던탑에 갇히게 되지 않았을 때 일이지만."

분노에 찬 세실의 말에 데 카드라는 흠칫 놀라며 말했다.

"윌리엄 경! 이렇게까지 언짢으신 건 처음 보는군요."

세실은 내뱉듯이 대답했다.

"이렇게까지 암담해 본 적이 없으니까요. 내 장담하겠습니다. 여왕 전하는 그 작자 때문에 파멸할 겁니다. 물론 이 나라도 함께 망하겠지요."

데 카드라는 이해가 가지 않는 표정으로 물었다.

"하지만 여왕이 그와 결혼할 수는 없지 않습니까?"

"여왕님은 지금 온통 그와 결혼할 생각뿐입니다. 도대체 말이 통하지 않아요. 여왕님은 모든 국사를 그에게 넘기고 그와 결혼할 겁니다. 장담합니다."

"하지만 로버트 경의 아내는 어쩌고요? 레이디 더들리는 어쩐단 말입니까?"

세실은 단호하게 내뱉었다.

"더들리의 계획에 방해가 되는데 오래 살아남을 것 같습니까? 왕좌가 바로 코앞에 있는데 단념할 작자가 아닙니다. 그 아비에 그 아들이지요."

데 카드라는 목소리를 낮추며 탄성을 질렀다.

"정말 충격적이군요."

"아마 아내를 독살할 계획을 꾸미고 있을 겁니다. 그렇지 않다면 그녀가 아프다는 소문을 왜 퍼트리고 다닌답니까? 제가 듣기로, 레이디 더들리는 건강하다고 합니다. 그리고 최근에 그녀는 자기가 음식을 먹기 전에 먼저 맛을 보는 사람을 고용했답니다. 아마 남편이 자기를 살해할 거란 사실을 알고 있는 듯해요."

"사람들이 그를 왕으로 받아들이겠습니까? 그것도 아내가 갑자기 의심쩍게 죽고 난 뒤라면 말입니다."

"내 말이 그 말입니다. 대사께서 여왕님께 그 말을 좀 해주십시오. 이제는 제가 로버트 경에 관해 무슨 말을 해도 여왕은 제 말을 들으려 하질 않아요. 저뿐 아니라 캐트 애슐리도 말했어요. 이렇게 가다가 어떤 일이 일어날지 제발 여왕님께 말해 주십시오. 우리 말은 들으려 하지 않지만 대사 말은 들을지도 모르겠습니다."

데 카드라는 더듬거리며 답했다.

"제가 어찌 감히. 여왕의 신임도 별로 얻고 있지 못한데."

세실은 계속 고집을 부렸다.

"대사께는 에스파냐 왕의 권위가 있지 않습니까. 제발 여왕 전하께 말씀드려 주세요. 이러다가 여왕님은 더들리와 결혼하고 왕좌를 잃을 겁니다."

데 카드라는 경험 많은 외교관이었다. 하지만 그에게조차 스물일곱 번째 생일을 맞은 여왕에게, 그것도 생일날 아침에, 그녀의 수석 조언자가 절망에 빠졌으며 그녀가 연애를 그만두지 않으면 왕좌를 잃게 되리라고 말하는 것은 이제껏 그 어느 외교관에게도 주어지지 않았던 힘든 임무였다.

여왕의 생일은 수사슴 사냥으로 시작되었다. 로버트는 모든 사냥꾼들에게 튜더 왕조를 상징하는 초록과 하얀색의 옷을 입혔고, 모든 조신들에게 은빛과 흰빛, 금빛으로 차려입게 했다. 크고 하얀 엘리자베스의 말은 빨간 에스파냐산 가죽으로 만든 안장과 새 고삐로 단장했다. 로버트의 선물이었다.

데 카드라는 여왕과 그녀의 연인이 평소처럼 무서운 속도로 달려갈 때 뒤로 물러서 있었다. 그러나 그들이 사냥을 끝내고 사냥한 수사슴 머리 위에서 포도주 축배를 들고 궁전으로 돌아올 때 여왕의 말 옆에 자신의 말을 가까이 대며 생일 축하 인사를 건넸다.

엘리자베스가 환하게 웃으며 대답했다.

"고맙습니다."

"우리 황제께서 보내신 선물은 궁에 돌아가서 드리겠지만 축하

인사를 미리 드리고 싶어서요. 오늘 그 어느 때보다 건강하고 행복해 보이십니다."

엘리자베스는 데 카드라를 보며 미소 지었다.

데 카드라는 조심스럽게 말을 꺼냈다.

"로버트 경도 무척 좋아 보이십니다. 전하의 총애를 받다니, 정말 행복한 남자입니다."

"세상의 모든 남자 중에 유독 그 사람만 내 사랑을 얻었죠. 전쟁 때든 평화로울 때든 그는 내가 가장 신뢰하는 조언자예요. 그리고 즐거운 날에는 가장 훌륭한 친구가 되어주지요."

"게다가 전하를 무척 사랑하지요."

엘리자베스는 데 카드라 쪽으로 말을 가까이 대며 말했다.

"비밀을 하나 알려드릴까요?"

그가 곧장 대답했다.

"뭔가요?"

"로버트 경은 곧 아내를 잃고 저와 결혼할 거예요."

"저런!"

엘리자베스는 의기양양하게 고개를 끄덕이며 말했다.

"그의 아내는 병으로 죽을 거예요. 거의 죽었다고 해도 과언이 아니에요. 하지만 우리가 결혼을 선포할 때까지 아무한테도 말해선 안 돼요."

데 카드라는 더듬거리며 말했다.

"네, 비밀을 지키겠습니다. 그런데, 참 안됐군요. 더들리 부인은 병을 오래 앓았나요?"

엘리자베스는 아무렇지도 않은 듯 말했다.

"그럼요. 로버트 경이 그렇게 말했어요. 불쌍한 여자죠. 참, 오늘밤 만찬에 오실 거죠?"

"물론입니다."

데 카드라는 고삐를 당기며 여왕의 곁에서 물러났다. 구불구불한 길을 따라 궁전으로 돌아가는 중에 데 카드라는 일행을 맞이하기 위해 성문 위 흉벽에 나와 있는 세실을 보았다. 데 카드라는 세실을 향해 어이가 없다는 표정으로 고개를 절레절레 흔들었다. 마치 악몽을 꾼 듯한 표정이었다. 나쁜 일이 곧 일어날 것이지만 그게 무엇인지 누구도 알 수 없다고 말하는 듯했다.

엘리자베스의 생일 축하연은 우렁찬 축포 발사와 함께 시작되어 화려한 불꽃놀이로 끝을 맺었다. 엘리자베스는 템스 강 유람선에서 늦여름 장미꽃에 둘러싸인 채 가까운 친구들과 그녀의 연인과 함께 불꽃놀이를 감상했다. 불꽃놀이가 끝날 무렵 유람선들은 천천히 줄을 지어 템스 강 위를 떠다녔다. 불꽃놀이를 구경하기 위해 강둑에 늘어섰던 런던 사람들은 스물일곱 번째 생일을 맞은 여왕에게 축하 인사를 외쳤다.

라티샤는 그녀의 어머니에게 조그만 소리로 말했다.

"여왕은 곧 결혼할 거예요. 아니면 결혼이 너무 늦어질 테니까요."

캐서린은 여왕의 어슴푸레한 형상과 그 뒤로 로버트의 더 어슴푸레한 형상을 보며 말했다.

"전하께서는 다른 남자와 결혼하려면 마음이 아플 거야. 하지만 저 남자와 결혼을 하면 왕좌를 잃게 되겠지. 얼마나 가혹한 딜레마인지. 라티샤, 절대 사랑에 눈이 멀지 않게 해달라고 하느님께 기도하렴."

라티샤는 약삭빠르게 대답했다.

"글쎄, 두고봐야 알죠. 사랑 없이 결혼 서약을 하는 건 별로 내키지 않는걸요."

캐서린은 개의치 않고 말했다.

"여자들에겐 대체로 사랑을 위해 결혼하는 것보다는 좋은 조건
으로 결혼하는 게 좋단다. 사랑은 따라오기 마련이지."

라티샤가 대답했다.

"하지만 에이미 더들리에겐 사랑이 따라오지 않았잖아요."

"로버트 더들리 같은 남자는 연애 상대로든 결혼 상대로든 골치
아픈 남자야."

그들이 지켜보는 동안 유람선이 흔들리면서 엘리자베스가 약간
비틀거렸다. 곧 로버트가 그녀의 허리를 끌어안았고 지켜보는 인
파들의 눈도 아랑곳하지 않은 채 엘리자베스는 그의 품에 안겨 그
에게 등을 기댔다. 그의 몸이 내뿜는 온기가 그녀의 등에 고스란히
느껴졌다.

로버트가 엘리자베스의 귀에다 속삭였다.

"오늘 밤 내 방에 와요."

엘리자베스는 고개를 돌려 로버트에게 미소 지으며 속삭였다.

"오, 나를 고통스럽게 하는군요. 오늘은 안 돼요. 월경 중이거든
요. 다음 주에 갈게요."

로버트는 실망한 어투로 투덜댔다.

"빨리 와야 할 거예요. 안 그러면 궁정 인사들이 전부 지켜보는
앞에서 당신 침실로 박차고 들어갈 테니까."

"감히 그럴 수 있을까요?"

"시험해 보세요. 내가 얼마나 뻔뻔한지 보여주겠습니다."

에이미는 토요일 저녁에 포스터 부부와 함께 훌륭한 만찬을 즐
기고 있었다. 그날은 여왕의 생일이었고, 영국의 모든 충직한 가정
이 그렇듯 그들도 여왕의 건강을 기원하는 축배를 들었다. 에이미

는 주저하지 않고 잔을 들고 입술에 갖다대었다.

포스터가 친절하게 말했다.

"오늘은 좋아 보이는 군요, 레이디 더들리. 다시 건강해져서 기쁩니다."

에이미는 미소를 지었다. 포스터는 그 아름다운 미소에 새삼 놀랐다. 그동안 그녀를 짐스럽게 생각하느라 그녀가 얼마나 예쁜 여자인지 잊고 지내고 있었다.

에이미가 말했다.

"정말 친절하게 대해 주셨어요. 이 집에 오자마자 몸져누워 죄송할 뿐이에요."

포스터가 말했다.

"무더운 날에 먼 길을 와서 그랬을 겁니다. 저도 그날 밖에 나갔다 왔는데 더위를 먹어 힘들었죠."

포스터 부인이 말했다.

"이제 곧 날씨가 추워질 거예요. 시간이 얼마나 빠른지. 내일이 벌써 애빙턴 박람회가 열리는 날이라네요."

포스터가 말했다.

"나는 디드콧에 좀 다녀와야겠어요. 그곳 교회에서 십일조 때문에 문제가 좀 생겼다는군요. 교구 목사의 설교를 들은 후에 목사와 교구 위원들을 만나고 와야겠소."

포스터 부인이 말했다.

"그러면 하인들을 박람회에 보내야겠네요. 박람회가 열리는 일요일에는 보통 휴가를 줬으니까요."

에이미가 갑자기 관심을 보이며 물었다.

"부인도 가시나요?"

포스터 부인이 대답했다.

"일요일에는 안 가요. 일요일에는 온갖 사람이 다 모이거든요. 가고 싶으시면 월요일에 말을 타고 저와 함께 가요."

에이미가 갑자기 활기찬 목소리로 말했다.

"내일 가요. 제발 내일 간다고 해주세요. 저는 사람들로 북적이고 활기찬 박람회가 좋아요. 하인들이 모두 멋지게 차려입고 리본을 사러 다니는 모습도 보고 싶어요. 박람회는 첫날이 제일 재미있을걸요."

포스터 부인이 탐탁지 않은 표정으로 대답했다.

"오, 아닐 걸요. 너무 혼잡할 거예요."

포스터가 권했다.

"한번 가봐요. 사람이 좀 북적댄다고 다치기야 하겠소. 레이디 더들리의 기분도 북돋워줄 겸 다녀와요. 리본이든 뭐든 사려면 첫날 가는 게 좋지."

리지가 물었다.

"몇 시에 갈까요?"

포스터 부인이 제안했다.

"정오쯤 나가는 게 어떨까요? 저녁은 애빙던에서 먹는 게 어때요. 거기 좋은 주막이 하나 있는데 밖에서 먹고 싶다면 그곳도 좋을 거예요."

에이미가 답했다.

"네, 너무 좋아요."

포스터 씨가 친절하게 말했다.

"레이디 더들리가 나들이 갈 만큼 건강이 좋아져서 다행이오."

박람회에 가기로 한 일요일 오전이었다. 아침을 먹으러 내려온 에이미는 얼굴이 창백하고 몸이 안 좋아 보였다.

"어제 밤에 잠을 잘 못 잤어요. 몸이 아파 가지 못할 것 같아요."

포스터 부인이 말했다.

"오, 저런! 뭐 필요한 건 없어요?"

에이미가 말했다.

"그냥 쉬면 될 것 같아요. 잠을 좀 자면 괜찮아질 거예요."

포스터 부인이 안심시켰다.

"하인들은 벌써 박람회에 갔으니 조용할 거예요. 티잔[8]을 달여 줄게요. 침실에서 밥 먹는 게 편하면 저녁은 침실에서 먹어요."

에이미가 대답했다.

"아니에요. 부인도 계획대로 박람회에 가세요. 저 때문에 집에 남아계시지 마시고요."

포스터 부인이 대답했다.

"내가 어떻게 가요. 에이미 혼자 두고 가진 않을 거예요."

에이미가 말했다.

"제발 가세요. 무척 가고 싶어 했잖아요. 포스터 씨 말씀대로 리본이든 뭐든 사려면 첫날이 제일 좋아요."

리지가 끼어들었다.

"에이미, 내일 괜찮아지면 우리는 그때 가도 돼요."

에이미가 소리 질렀다.

"안 돼요. 내가 뭐라고 했어요. 어제 계획한 대로 모두 가라고 했잖아요. 나는 집에 있을 테니 모두 가세요. 제발! 부탁이에요. 머리가 너무 아파 더 이상 얘기하기도 싫으니 그냥 가요!"

포스터 부인이 물었다.

"하지만 혼자 저녁 먹을 수 있겠어요? 우리가 다 가버리면?"

에이미가 대답했다.

"오웬 부인과 먹을게요. 여러분이 집에 돌아올 때쯤 몸이 괜찮아

---

8) 약초 향기가 나는 달인 차이다 - 옮긴이

지면 그때 다시 봐요. 하지만 지금은 모두 나가세요!"

리지가 포스터 부인에게 눈짓을 하며 말했다.

"좋아요. 그렇게 언짢아 말아요, 에이미. 우리 모두 나갈게요. 갔다 와서 무슨 일이 있었는지 오늘밤에 다 얘기해 줄게요. 그때쯤이면 잠을 푹 자고 나서 몸이 좋아져 있겠지요."

에이미는 곧 화를 누그러뜨리고 미소를 지으며 말했다.

"고마워요, 리지. 여러분이 박람회에서 재밌게 시간을 보낼 거라 생각하면 저도 마음놓고 푹 쉴 수 있을 거예요. 저녁때까지 돌아오지 마세요."

리지가 말했다.

"물론이죠. 당신의 새 승마 모자에 어울릴 만한 파란 리본을 보면 사다줄게요."

일요일 아침, 엘리자베스는 윈저 성에 있는 왕실 예배당에 들렀다가 정원을 산책했다. 라티샤 놀스가 엘리자베스의 숄과 기도서를 들고 우아한 자태로 뒤를 따랐다. 혹시 여왕이 정원에 앉아 책을 읽고 싶어 하지 않을까 해서였다.

엘리자베스가 짐을 잔뜩 싣고 템스 강을 오가는 나룻배를 쳐다보며 서 있을 때 로버트가 그녀에게 걸어왔다.

그는 몸을 숙여 인사를 했다.

"잘 잤어요? 지난밤 축하연 때문에 피곤하지는 않았는지 모르겠소."

엘리자베스가 대답했다.

"아뇨, 나는 아무리 춤을 춰도 피곤하지 않아요."

"당신이 오지 않겠다고 했지만 올 줄 알았어요. 이제 당신 없이는 잠이 오지 않아요."

그녀는 로버트에게 손을 내밀며 말했다.

"말했잖아요. 월경 중이라고요. 앞으로 하루 이틀은 더 있어야 해요."

그는 양손으로 그녀의 손을 잡으며 말했다.

"알고 있어요. 내가 당신에게 강요하지 않는다는 건 잘 알잖소. 우리가 결혼을 선언하고 매일 밤 한 침대에서 자게 돼도 거리낌 없이 당신 마음대로 호령해도 좋아요."

누군가의 허락 없이도 아무 때나 마음대로 모든 일을 호령하는 걸 당연하게 생각하는 엘리자베스는 표정이 잠시 굳었지만 상냥하게 대답했다.

"고마워요, 내 사랑."

로버트가 물었다.

"우리 함께 산책할까요?"

엘리자베스는 고개를 저었다.

"아뇨, 그냥 앉아서 책을 좀 읽으려고요."

"그럼 나는 가보겠습니다. 할 일이 좀 있어서. 하지만 저녁식사 시간쯤에는 돌아올 거예요."

"어디에 가나요?"

로버트는 애매하게 얼버무렸다.

"옥스퍼드셔에 가서 말을 좀 보려 해요. 살만 한 말인지는 모르겠지만 가서 보겠다고 했으니 가야지요."

엘리자베스가 약간 비난하는 어조로 물었다.

"일요일에 말을 보러 간다고요?"

"그냥 보기만 할 거예요. 일요일에 말을 보는 게 죄악은 아니잖아요. 갑자기 엄격한 교황이 되기로 마음먹기라도 하셨습니까?"

엘리자베스는 미소를 지으며 말했다.

"나는 유일하고 엄격한 교회의 최고 통치자가 될 거예요."

로버트는 키스를 하는 듯 몸을 숙이며 그녀의 귀에 속삭였다.

"그러면 내가 이혼할 수 있게 해줘요."

에이미는 조용한 집에 앉아 로버트가 편지에 쓴 대로 그가 도착하기를 기다렸다. 나이 든 오웬 부인 말고는 집에 아무도 없었다. 오웬 부인마저 이른 저녁을 먹고 방에서 낮잠을 자고 있었다. 에이미는 정원에서 산책을 하고 있었지만 편지의 지시대로 텅 빈 집에 들어가 방에서 혼자 기다리기로 했다.

그녀는 저택 진입로가 내려다보이는 창가에 앉아 더들리 가문의 깃발과 기마행렬이 나타나기를 기다렸다.

에이미는 혼자 중얼거렸다.

"싸웠을지 몰라. 어쩌면 여왕이 그에게 싫증난 건지 몰라. 아니면 여왕이 대공과 결혼하기로 결정했을 수도 있어. 그래서 어쩔 수 없이 헤어져야만 하는 건지도 몰라."

그녀는 잠시 생각에 잠겼다.

'이유가 뭐든, 나는 아무런 책망도 하지 않고 그를 다시 받아들일 거야. 그게 아내의 의무니까.'

그렇게 생각하니 에이미는 하늘로 날아오를 듯한 기분을 주체할 수 없었다.

'어떤 경우든, 이유가 뭐든, 책망하지 않고 그를 받아들일 거야. 그는 내 남편이니까. 내 사랑이니까. 내 유일한 사랑이니까. 만약 그이가 다시 돌아온다면⋯⋯.'

그녀는 여기서 잠시 생각을 멈췄다.

'상상도 못할 만큼 행복할 거야. 그가 내게 다시 돌아온다니.'

그때 말 한 마리가 달려오는 소리가 들렸다. 에이미는 창 밖을 내다보았다. 로버트가 타고 다니는 혈통 좋은 말이 아니었다. 말에 탄 사람도 로버트가 아니었다. 꼿꼿하고 오만한 자세로 말에 앉아 한 손으로 고삐를 팽팽히 당기며 다른 한 손으로 허리를 짚고 있는 사람은 다른 남자였다. 그는 말을 탄 채 고개를 숙이고 있었고 모자가 얼굴을 가렸다.

에이미는 벨 소리를 기다렸지만 아무 소리도 들리지 않았다. 아마 마구간으로 갔으리라 생각했다. 하인들이 다들 박람회에 가서 마구간은 텅 비어 있을 텐데. 집에 하인이 아무도 없으니 내려가 이 낯선 사람을 손수 맞이해야겠다고 생각하며 에이미는 일어섰다. 그러나 그 순간 침실문이 조용히 열리고 키가 큰 낯선 남자가 살그머니 들어오더니 문을 닫았다.

에이미가 깜짝 놀라 물었다.

"누구세요?"

사내의 얼굴은 보이지 않았다. 내려쓴 모자가 그의 눈을 가렸다. 암청색 양모 망토를 입고 있었지만 계급을 나타내는 배지는 어디에도 없었다.

키나 몸집을 보아서도 누구인지 알 수 없었다.

"누구세요?"

두려움으로 갈라지고 떨리는 음성으로 에이미가 다시 물었다.

"누구시냐고요? 누군데 감히 내 방에 들어와요?"

남자는 낮고 차분한 목소리로 물었다.

"레이디 에이미 더들리인가요?"

"네, 그런데요."

"로버트 더들리 경이 부인의 남편이시죠?"

"네, 당신은 누구시죠?"

"로버트 경께서 보내서 왔습니다. 그분께서 부인을 부르십니다. 부인을 다시 사랑하신답니다. 창밖을 내다보세요. 부인을 기다리고 계십니다."

작게 탄성을 지른 에이미는 창문으로 몸을 돌렸다. 그러자 남자가 바로 그녀의 등 뒤로 성큼 다가서더니 눈 깜짝할 사이에 그녀의 턱을 두 손으로 움켜쥐고 상하좌우로 비틀었다. 우두둑 소리를 내며 에이미의 목이 부러졌고 에이미는 비명 한 번 못 질러본 채 푹 쓰러졌다.

남자는 에이미의 몸을 아래로 낮추고 숨소리가 나는지 주의 깊게 들었다. 집 안에서는 아무 소리도 나지 않았다. 에이미가 편지에 적힌 대로 사람들을 모두 내보냈기 때문이다. 남자는 에이미를 들어 올렸다. 그녀는 어린아이처럼 가벼웠고 로버트가 그녀를 사랑하는 마음으로 창 밖에서 기다리고 있다는 소리에 상기된 얼굴은 아직도 발그레한 채 남아 있었다. 에이미를 안은 남자는 방에서 조심스럽게 나가 나선형 돌계단을 내려갔다. 그러고는 여섯 계단밖에 안 되는 낮은 돌계단 밑에 마치 계단에서 굴러떨어진 것처럼 에이미를 눕혔다.

마지막으로 그는 무슨 소리가 들리지 않는지 귀를 기울였지만 집은 여전히 조용했다. 에이미의 후드는 머리에서 흘러내려 있었고 입고 있던 옷은 구겨졌으며 옷 사이로 다리가 드러나 보였다. 남자는 그 모습이 마음에 들지 않는지 부드럽게 옷을 내려 다리를 덮고 후드를 잘 씌워주었다. 그녀의 이마는 아직도 따스했고 손끝에 스치는 피부는 보드라웠다. 마치 곤히 잠든 어린아이를 두고 떠나는 것 같았다.

그는 조용히 바깥문으로 빠져나왔다. 그의 말은 문밖에 매여 있었다. 말은 주인을 보자 고개를 번쩍 들었지만 울음소리를 내지는 않았다. 그는 등 뒤에서 문을 살며시 닫고 말에 올라타 윈저 성으로 돌아갔다.

에이미의 시체를 발견한 사람은 박람회에서 다른 이들보다 먼저 돌아온 하인 둘이었다. 연애 중이던 두 사람은 몰래 시간을 함께 보내려고 먼저 돌아왔던 것이다. 그들이 집 안에 들어서자 에이미 가 계단 밑에 누워 있는 모습이 보였다. 치마는 얌전히 내려져 있었고 후드도 머리에 단정히 묶여 있었다. 에이미의 모습을 보고 여자는 비명을 질렀지만 남자는 조심스럽게 에이미를 들어올려 그녀의 침대에 눕혔다. 그리고 두 사람은 정문에서 포스터 부인을 기다렸다. 부인이 돌아오자 그들은 레이디 더들리가 계단에서 떨어져 죽었다고 알렸다.

리지는 에이미의 이름을 숨가쁘게 부르며 말에서 뛰어내려 에이미의 방으로 달려갔다.

"에이미!"

에이미는 침대에 뉘어 있었다. 몸은 정면을 향해 꼿꼿이 누워 있었지만 목이 끔찍하게 부러진 탓에 얼굴은 문을 향해 돌려져 있었다. 그녀의 표정은 죽은 사람답게 무표정했고 피부는 돌덩이처럼 싸늘했다.

리지가 울먹이며 말했다.

"오, 에이미. 어떻게 된 거예요? 대체 이게 무슨 일이에요? 그동안 어려운 일을 잘 헤쳐왔잖아요. 갈 만한 곳도 찾았잖아요. 그는 아직 에이미를 사랑해요. 절대 에이미를 버리지 않을 거예요. 꼭 돌아올 거예요. 오, 에이미. 사랑하는 에이미, 대체 이게 무슨 일이냐고요?"

포스터 부인이 리지에게 물었다.

"로버트 경에게 전갈을 보내야겠어요. 그런데 뭐라고 보내야 하죠? 뭐라고 써야 할까요? 그에게 뭐라고 말해야 할까요?”

리지는 화가 나서 외쳤다.

“에이미가 죽었다고만 쓰세요. 왜 죽었는지 어떻게 죽었는지 알고 싶으면 직접 와서 보겠죠.”

포스터 부인은 짤막한 편지를 써서 하인 존 보즈를 윈저 성으로 보내며 당부했다.

“반드시 다른 사람이 아닌 로버트 경에게 직접 주어야 한다. 누구에게도 이 일에 대해 말하지 말거라. 로버트 경을 제외한 그 누구에게도 말하지 말고 편지를 전하는 즉시 돌아오너라.”

포스터 부인은 이 일로 인해 엄청난 스캔들이 일어날 수 있다는 불편한 사실을 잘 알고 있었다.

월요일 아침 9시, 로버트는 여왕의 거처로 성큼성큼 걸어가더니 주변에서 담소를 나누는 친구들과 지인들에게 눈길 한 번 주지 않고 안으로 들어갔다.

그는 여왕에게 뚜벅뚜벅 걸어가 고개 숙여 인사를 하고 거리낌 없이 말했다.

“단둘이 얘기 좀 해야겠어요.”

모자를 얼마나 꼭 그러쥐고 있는지 손가락 관절이 하얗게 된 게 라티샤의 눈에 띄었다.

여왕이 대답했다.

“좋아요. 산책하러 나갈까요?”

그는 긴장한 목소리로 말했다.

“방에서 얘기합시다.”

날카로운 그의 음성에 여왕은 눈이 동그래졌지만 곧 그의 팔을 잡고 그녀의 개인 처소로 들어갔다.

두 사람이 사라지자 한 궁녀가 나지막한 목소리로 말했다.

"하루가 다르게 점점 남편처럼 구는군. 이러다 머지않아 우리에게까지 명령하겠어. 여왕님께 명령하듯 말이야."

라티샤가 말했다.

"무슨 일이 일어난 것 같아요."

메리 시드니가 말했다.

"그럴 리가. 말을 새로 샀거나, 뭐 그런 일이겠지. 옥스퍼드셔에 말을 보러 간 게 어제였잖아."

문이 닫히자마자 로버트는 그의 더블릿에 손을 넣어 편지를 하나 끄집어내며 말했다.

"방금 이 편지를 받았어요. 에이미가 내 친구들과 기거하고 있는 컴너 저택에서 보낸 것이에요. 내 아내, 에이미가 죽었다는군요."

"죽었다고요?"

엘리자베스는 깜짝 놀라 큰 소리로 묻고는 두 손으로 입을 가린 채 로버트를 바라보며 다시 물었다.

"어떻게?"

로버트는 고개를 저으며 대답했다.

"편지에는 적혀 있지 않아요. 포스터 부인이 보냈는데, 이 바보 같은 여자는 그냥 에이미가 오늘 죽었다는 사실을 전하게 되어 유감이라고만 썼어요. 편지에 적힌 날짜는 일요일입니다. 하인 하나가 지금 무슨 일이 일어났는지 알아보러 갔어요."

엘리자베스는 다시 물었다.

"죽었다고요?"

"그래요. 나는 이제 자유예요."

그녀는 깜짝 놀라 숨을 들이쉬며 몸을 비틀거렸다.

"자유, 물론 그렇지요."

"하느님께 맹세코 내가 그녀를 죽게 하진 않았어요. 하지만 그녀가 죽었으니 이제 우리는 자유예요. 엘리자베스, 우리는 이제 결혼 서약을 발표할 수 있어요. 나는 이제 왕이 되는 겁니다."

엘리자베스는 숨도 제대로 쉴 수 없었다.

"뭐라고 해야 할지 모르겠어요."

"나도 그래요. 너무 갑작스런 일이요. 생각도 못해 본 일입니다."

엘리자베스는 고개를 저으며 말했다.

"믿을 수 없어요. 건강이 안 좋다는 건 알고 있었지만……."

"그래도 괜찮은 줄 알았어요. 통증이 조금 있다고밖에는 말하지 않았으니까. 무슨 일인지 모르겠어요. 혹시 말에서 떨어졌나?"

엘리자베스가 말했다.

"우리, 밖으로 나가는 게 좋겠어요. 누군가가 곧 이 소식을 궁정에 알릴 거예요. 그때 한 자리에 같이 있는 건 좋지 않아요. 모두 우리를 쳐다보며 속내를 궁금해할 테니까."

"그래요. 하지만 나는 즉시 당신에게 알리고 싶었어요."

"이해해요. 하지만 지금은 밖으로 나가는 게 좋겠어요."

별안간 로버트는 엘리자베스를 끌어안더니 뜨겁게 키스를 했다. 그리고 약속하듯 단언했다.

"이제 곧 사람들은 당신이 내 아내라는 걸 알게 될 거예요. 이제 우리는 영국을 함께 통치하는 거죠. 나는 이제 자유예요. 우리는 이제 함께 삶을 시작하는 거예요!"

엘리자베스는 그를 밀쳐내며 말했다.

"그래요. 하지만 지금은 나가는 게 좋겠어요."

문 앞에서 로버트는 엘리자베스를 다시 붙잡더니 믿을 수 없다는 듯 말했다.

"마치 하느님의 뜻인 것 같아요. 에이미가 죽어서 이 순간에 나를 자유롭게 해주다니. 우리가 결혼할 마음의 준비가 되어 있는 바로 이 순간에, 나라도 평화로운 이 순간에, 우리가 함께 이룰 일이 많은 이 순간에 말입니다. '이 일은 여호와께서 하시는 일인데 우리가 어찌 좋다 싫다 하겠습니까?'"

엘리자베스는 자신의 즉위식에서 읽혔던 그 성경 구절을 듣고는 물었다.

"그녀가 죽었으니까 당신이 왕이 될 수 있다고 생각하는 거예요? 메리가 죽어서 내가 왕이 됐던 것처럼요?"

로버트는 고개를 끄덕였다. 그의 얼굴은 기쁨으로 환해졌다.

"우리는 함께 영국의 왕과 여왕이 되는 거요. 우리는 영국을 캐멀럿처럼 멋진 곳으로 만들 겁니다."

엘리자베스는 싸늘한 음성으로 대답했다.

"그래요. 하지만 우리는 지금 나가야 해요."

엘리자베스는 알현실을 둘러보며 세실을 찾았다. 마침내 세실이 들어서자 엘리자베스는 그에게 가까이 오라는 신호를 보냈다. 로버트는 창가에서 프랜시스 놀스와 함께 에스파냐령 네덜란드와의 교역에 대해 담소를 나누고 있었다.

엘리자베스는 손으로 입을 반쯤 가리고 세실에게 말했다.

"로버트 경이 방금 자기 아내가 죽었다고 내게 말했어요."

그들을 주시하는 조신들에게 감정을 드러내지 않으며 세실은 차분하게 대답했다.

"그렇군요."

"죽은 원인은 모른다는군요."

세실은 고개를 끄덕이기만 했다.

"세실, 대체 무슨 일이 일어나고 있는 거예요? 당신이 시킨 대로 나는 에스파냐 대사에게 로버트 경의 아내가 아프다고 말했단 말예요. 하지만 이건 너무 갑작스런 일이잖아요? 혹시 로버트가 그녀를 죽였나요? 이제 로버트는 저와 결혼하겠다고 말할 거예요. 그러면 저는 거절할 수 없다고요."

"제가 전하라면 가만히 두고 보기만 하겠습니다."

엘리자베스는 다급하게 되물었다.

"난 어쩌죠? 로버트는 자기가 영국의 왕이 될 거라고 말한단 말예요."

"당분간 아무 행동도 하지 마세요. 그저 지켜보십시오."

엘리자베스는 갑자기 창가 쪽으로 몸을 돌리더니 세실을 옆으로 바짝 끌어당기며 화난 어조로 말했다.

"내게 좀 자세히 말해 봐요."

세실은 그녀의 귀에 대고 조용히 귀엣말을 했다. 엘리자베스는 창밖을 보는 척하고 얼굴을 돌리며 다른 궁정 인사들의 시선을 피했다.

엘리자베스는 세실의 이야기를 듣자 말했다.

"좋아요."

이내 그녀는 다른 조신들에게 몸을 돌려 큰 소리로 말했다.

"자, 이제 넬슨 경과 이야기를 좀 하겠어요. 어서 와요, 넬슨 경. 서머싯에서 사업은 어떤가요?"

다른 조신들이 저녁식사 시간을 기다리는 동안 라티샤 놀스는 세실의 책상 앞에 서 있었다.

"그래서?"

"사람들은 로버트 더들리가 아내를 살해한 거고 여왕이 모두 알고 있다고 수군거려요."

"그래? 왜 그렇게 터무니없는 거짓말을 떠들어대지?"

"나리께서 소문을 만드셨으니까요."

세실은 라티샤에게 미소 지으며 그녀가 머리부터 발끝까지 철저한 불린가의 여자라고 새삼 깨달았다. 그녀는 불린가의 재치와 매혹적인 하워드가의 경솔함을 빼닮았다.[9]

"내가 만들었다고?"

라티샤는 가느다란 손가락을 꼽으며 첫 번째 증거를 말했다.

"나리께서 에스파냐 대사에게 하셨던 말씀을 들은 사람이 있어요. 여왕님이 더들리와 결혼하면 파멸할 게 분명하지만 여왕님이 너무 고집을 부리니 나리조차도 막을 수 없다고 하셨다죠."

"두 번째 증거는?"

"여왕님께서 에스파냐 대사에게 에이미 더들리가 죽을 거라고 말했어요. 이건 제 귀로 직접 들은 이야기예요."

세실은 놀란 표정으로 물었다.

"여왕님께서?"

라티샤는 여왕의 표현을 고스란히 옮겼다.

"'죽거나 거의 죽은 상태'라고 말씀하셨어요. 그래서 우리는 레이디 더들리가 원인 모를 병으로 죽었다는 소식이 곧 날아들 거라고 예상하고 있어요. 그러면 홀아비가 된 더들리와 여왕은 결혼을 선포할 것이고 로버트 더들리는 다음 왕이 되는 거죠."

세실이 정중한 음성으로 물었다.

"사람들은 그다음에 어떻게 될 거라 생각하느냐?"

"감히 입 밖으로 내뱉지는 못하지만, 아마 여왕의 숙부가 뉴캐슬에서 군사를 끌고와 더들리를 죽일 거라고 생각하는 사람도 몇 있을 걸요."

"그래?"

---

9) 라티샤의 어머니인 캐서린 놀스의 친가는 불린가이고 외가는 하워드가이다 − 옮긴이

"프랑스의 지원으로 반란이 일어나 스코틀랜드의 메리 여왕을 왕좌에 앉히려 할 거라고 생각하는 사람도 있어요."

"그렇군."

"또 메리가 왕좌에 앉는 걸 막기 위해 에스파냐가 지원하는 반란이 일어나 캐서린 그레이를 왕좌에 앉힐 거라고 생각하는 사람들도 있어요."

세실은 투덜댔다.

"모두 터무니없는 이야기들이군. 하지만 모두 그럴 듯해 보여. 네 생각은 어떠냐?"

라티샤는 짓궂은 미소를 살짝 지어 보이며 대답했다.

"제 생각엔 이런 모든 위험에 대비해 나리께서 몰래 준비해 둔 계획이 있을 것 같은데요."

"나도 그런 계획이 있었으면 좋겠구나. 어마어마한 위험을 피할 수 있게……."

라티샤가 별안간 물었다.

"그가 그만한 가치가 있다고 생각하세요? 여왕님은 그와 결혼하려고 왕좌를 잃을 각오까지 하잖아요. 그렇게 냉정한 여자가 말이에요. 그렇게 위험을 무릅쓸 만큼 그를 특별한 연인이라고 생각하세요?"

세실은 무덤덤하게 대답했다.

"나는 잘 모르겠다. 나뿐 아니라 영국의 모든 남자들은 그가 그렇게 매력적이라고 생각지 않을 거야. 오히려 그 반대지."

라티샤가 미소를 지으며 답했다.

"그렇다면 우리처럼 어리석은 여자들만 매력적이라고 생각하나 보네요."

오후에 엘리자베스는 아프다는 핑계를 댔다. 그녀는 로버트와 가까이 있는 게 더는 참기 힘들었다. 로버트는 온종일 흥분을 감추지 못하고 있었고, 엘리자베스는 컴너에서 에이미의 죽음을 알리는 전갈이 오기를 기다렸다. 그녀는 방에서 혼자 저녁식사를 하겠다고 알리고 일찍 침실로 들어갔다.

"캣, 내 방에서 자요. 내 옆에 있어주면 좋겠어요."

캐트 애슐리는 엘리자베스의 창백한 얼굴과 빨갛게 된 손톱 끝을 보며 물었다.

"무슨 일이세요?"

엘리자베스는 갑자기 소리를 질렀다.

"아무 일도 아니에요. 별일 아니라고요. 그냥 피곤해서 쉬고 싶을 뿐이에요."

그러나 엘리자베스는 쉴 수 없었다. 그녀는 새벽까지 잠들지 못하고 책상에 앉아 라틴 문법책을 펴놓고 명예의 덧없음에 대한 글을 해석했다.

애슐리가 침대에서 몸을 일으키며 졸린 목소리로 물었다.

"안 주무시고 왜 그러고 계세요?"

엘리자베스가 시무룩한 표정으로 답했다

"잡념이 생기는 걸 막으려고 그래요."

"무슨 일이에요? 무슨 일이 생겼어요?"

"말할 수 없어요. 너무 나쁜 일이라 캣에게조차 말할 수 없어요."

아침이 되어 엘리자베스는 예배당으로 갔다가 다시 방으로 돌아오고 있었다. 로버트는 엘리자베스와 나란히 걸으며 말했다.

"하인이 자세한 편지로 무슨 일이 일어났는지 알려주었어요. 에이미가 계단에서 굴러떨어져, 목이 부러져 죽은 것 같다는군요."

순간 엘리자베스는 얼굴이 창백해졌지만 곧 안색을 회복하고 말했다.

"적어도 고통이 길진 않았겠군요."

한 남자가 여왕 앞으로 다가와 고개 숙여 인사를 하자 엘리자베스는 잠깐 멈추어 그에게 손을 내밀었다. 로버트는 뒤로 물러섰고 엘리자베스는 혼자 걸어갔다.

옷방에서 엘리자베스는 정말 사냥을 갈 수 있을지 의심스러워하며 승마복으로 갈아입고 있었다.

엘리자베스가 궁녀들의 시중을 받는 동안 캐트 애슐리가 방으로 들어오더니 말했다.

"로버트 더들리 경이 알현실에 와 있습니다. 전하께 드릴 말씀이 있다고 합니다."

엘리자베스는 일어서며 말했다.

"모두 나가서 그를 만납시다."

조신들은 모두 사냥에 나갈 차림이었다. 그러나 로버트가 승마복 차림이 아니라 새까만 상복을 입고 나타나자 모두 놀라 수군거렸다. 여왕은 궁녀들과 함께 나타났고 로버트는 그녀에게 인사하고는 몸을 일으키며 아주 침착한 어조로 말했다.

"전하, 제 아내가 세상을 떠났습니다. 일요일에 컴너 저택에서 숨을 거두었습니다. 아내의 영혼이 편히 잠들기를."

에스파냐 대사가 소리를 질렀다.

"이런, 세상에!"

엘리자베스는 반짝이는 흑옥처럼 무표정한 눈동자로 그를 쳐다보더니 손을 들었다. 곧 모두 수군거림을 멈추고 여왕이 무슨 말을 할지 들으러 가까이 다가왔다.

여왕은 자신과는 아무 관계없는 일이라도 되는 양 침착하게 말했다.

"레이디 에이미 더들리가 옥스퍼드셔의 컴너 저택에서 일요일에 세상을 떠난 사실을 알리게 되어 심히 유감입니다."

엘리자베스는 잠시 말을 멈추었다. 조신들은 모두 아무 말도 하지 않고 그녀가 무슨 말을 더 하려는지 기다렸다. 엘리자베스가 갑자기 말했다.

"우리 모두 레이디 더들리를 애도합시다."

그러고는 캐트 애슐리에게 몸을 돌려 무언가를 얘기했다.

데 카드라 에스파냐 대사는 마치 자석에 끌려가듯 엘리자베스에게 다가가 그녀의 손을 잡고 고개를 숙이며 말했다.

"정말 비극적인 소식입니다. 너무 갑작스런 죽음이군요."

엘리자베스는 침착함을 유지하려고 애쓰며 대답했다.

"사고였어요. 비극적인 일이죠. 몹시 안타까운 일이에요. 계단에서 굴러떨어진 모양이에요. 목이 부러졌답니다."

데 카드라가 말했다.

"그렇군요. 정말 이상한 일도 다 있네요."

로버트가 엘리자베스를 다시 찾은 것은 그날 오후였다. 엘리자베스는 저녁식사 전에 궁녀들과 함께 정원을 산책 중이었다.

로버트가 엄숙한 표정으로 말했다.

"상중이라 궁정에서 잠시 물러나 있어야겠어요. 큐의 데어리 저택에 있어야 할 것 같아요. 그곳이라면 당신이 쉽게 나를 찾아올 수 있고 나도 당신을 만나러 올 수 있으니까."

엘리자베스는 그의 팔에 손을 살짝 얹으며 말했다.

"그렇게 해요. 그런데 왜 그렇게 이상한 표정이에요, 로버트? 혹시 슬픈 건 아니죠? 속상한 건 아니겠죠?"

그는 엘리자베스를 생전 처음 본 사람인 것처럼 엘리자베스의 예쁜 얼굴을 내려다보며 말했다.

"엘리자베스, 그녀는 11년간 내 아내였던 사람이에요. 내가 슬퍼하는 건 당연한 일이잖아요."

엘리자베스는 뾰로통한 표정으로 말했다.

"하지만 그 여자를 떠나려고 안간힘을 썼잖아요. 나와 결혼하기위해 그 여자와 이혼하려고 했잖아요."

"그래, 맞아요. 그랬을 겁니다. 불명예스러운 이혼보다는 이게우리에겐 나은 일이에요. 하지만 나는 그녀가 죽기를 바란 적은 없어요."

"지난 2년간 사람들은 모두 그 여자가 죽은 거나 다름없다고 생각했어요. 모두 그 여자가 몹시 아프다고 말했잖아요."

로버트는 어깨를 으쓱하며 말했다.

"사람들은 수군거리기 마련이에요. 왜 모두들 그녀가 아프다고여겼는지 모르겠어요. 여행도 하고 말도 타곤 했는데. 아픈 게 아니라 지난 2년간 몹시 불행했을 뿐입니다. 내 잘못이에요."

엘리자베스는 짜증을 감추지 않으며 말했다.

"세상에, 로버트! 그 여자가 죽고 난 지금에 와서 다시 그 여자를사랑하게 된 건 아니겠죠. 이제 와서 지금껏 알지 못했던 그 여자의 가치를 발견한 건 아니겠죠."

로버트는 상기되어 말했다.

"그녀가 어린 소녀이고 내가 소년이었을 적에 나는 그녀를 사랑했었어요. 그녀는 내 첫사랑입니다. 그리고 내가 어려움에 처했던힘든 세월 동안 내 곁에 있었어요. 그러면서도 나 때문에 겪는 위험과 곤란에 대해서 불평 한마디 없었어요. 당신이 즉위한 후 내가다시 신임을 얻었을 때에도 당신에 대해 불평 한 마디를 한 적 없던 여자예요."

엘리자베스는 언성을 높였다.

"그 여자가 내게 불평할 일이 뭐가 있어요? 어떻게 감히 내게 불평을 해요?"

로버트는 거리낌 없이 말했다.

"그녀는 당신을 질투했어요. 그럴만 했죠. 우리 소문을 알고 있었으니까요. 게다가 나는 아내에게 다정하고 너그럽게 굴지 못했어요. 나와 이혼해 주기를 바라는 마음에 아내에게 냉정히 굴었으니까요."

엘리자베스는 비웃는 표정으로 말했다.

"그래서 그 여자가 죽고나니까 이제야 미안한 마음이 들어요? 살아 있는 동안 그렇게 냉정하게 굴고서요."

로버트는 솔직히 인정했다.

"그래요. 세상의 모든 못난 남편들은 다 나처럼 말하겠지요. 아내에게 더 잘해 줘야 한다는 걸 알고 있으면서요. 오늘 하루만은 그녀를 위해 슬퍼하겠습니다. 물론 홀아비가 돼서 기쁘지만 그녀가 죽기를 바란 적은 결코 없어요. 가여운 여자! 그 누구도 그녀가 죽기를 바라지 않았을 거요."

엘리자베스는 다시 사랑하는 연인처럼 짓궂게 말했다.

"당신은 변명하지 않는군요. 당신이 그다지 좋은 남편감이 아닌 것처럼 말하네요."

로버트는 그녀에게 바로 대답하지 않고 템스 강 상류 컴너 쪽을 물끄러미 바라보았다. 그의 눈길은 침울했다.

"그래요. 나는 에이미에게 좋은 남편이 아니었어요. 그녀는 분명 세상 어떤 여자보다 다정하고 훌륭한 아내였어요."

더들리 가문의 하인 복장을 한 전령 하나가 정원에 들어와 조신들 주변에 멈춰섰고, 기다리던 조신들은 조금 술렁였다. 로버트는 몸을 돌려 그를 보고는 다가가서 그가 내민 편지를 향해 손을 뻗었다.

조신들이 지켜보는 앞에서 로버트는 편지를 건네받고 봉인을 부수어 열어보더니 얼굴이 창백해졌다.

엘리자베스가 재빨리 그에게 다가갔다. 주위 사람들은 그녀가 지나가도록 길을 비켜주었다.

그녀가 다급하게 물었다.

"무슨 일이에요? 조심해요! 모두 당신을 쳐다보고 있잖아요!"

로버트는 입술을 간신히 달싹거리며 기어들어가는 목소리로 말했다.

"조사가 있을 거라는군요. 모두 이게 사고가 아니라고들 해요. 누군가 에이미를 살해했다고 생각한다는 겁니다."

로버트 더들리의 부하인 토머스 블런트는 에이미가 죽은 바로 이튿날 컴너 저택에 도착해 모든 하인들을 한 사람 한 사람 조사했다. 그리고 조사한 내용을 로버트 더들리에게 꼼꼼하게 보고했다. 하인들은 에이미가 괴팍한 성격이라, 일요일 아침에 에이미가 리지와 포스터 부인까지 억지로 박람회에 가라고 내몰았다고 여긴다는 사실까지도.

로버트는 답장을 보냈다.

"그 일에 대해 더는 언급할 필요가 없네."

그는 에이미가 정신이상이 아니었는지 의심받는 게 싫었다. 자신이 그녀를 절망으로 내몰았다는 사실을 알고 있었기 때문이었다.

충직한 토머스 블런트는 에이미의 이상한 행동에 대해 다시는 언급하지 않았다. 그러나 에이미의 하녀인 피토 부인이 에이미가 몹시 슬퍼하며 죽게 해달라고 기도한 적이 몇 번 있다고 말했다는 사실을 알렸다.

로버트 더들리는 답장을 썼다.

"그 일에 대해서도 더는 언급하지 말게."

그리고 이렇게 덧붙였다.

"조사가 있을 예정인가? 애빙던 사람들에게 이렇게 민감한 사안을 믿고 맡길 만한가?"

토머스 블런트는 주인이 보낸 걱정스러운 편지를 꼼꼼히 읽고는 그 지역 사람들은 더들리 가문에 대해 나쁜 편견이 없으며 포스터의 명성도 좋은 편이라고 알렸다. 살인이라고 무작정 단정 짓지는 않을 것이라고 덧붙였다. 하지만 모든 사람들이 에이미의 죽음을 살인으로 생각하는 것 같다고 썼다. 여섯 계단을 굴렀다고 여자가 죽을 리는 없었다. 계단에서 떨어졌다 해도 후드도 흐트러지지 않고 치마도 젖혀지지 않은 상태인데 어떻게 죽을 수 있단 말인가. 사람들은 누군가 그녀의 목을 부러뜨린 후 그녀를 계단 밑에 눕혀뒀다고 생각했다. 여러 가지 정황으로 보건대 살인이었다.

"나는 결백합니다."

로버트는 윈저 성의 추밀원 회의실에서 여왕에게 당당하게 말했다. 감히 그런 말을 할 만한 장소는 아니었다.

"세상에, 내가 정숙한 아내를 살해할 만한 악한이란 말입니까? 그리고 만약 그랬다면 그렇게 엉성하게 했겠습니까? 여자를 죽이고 사고처럼 보이게 할 만한 방법은 상당히 많습니다. 목을 부러뜨린 후에 여섯 개짜리 계단 밑에 눕혀놓다니. 저는 그런 계단이라면 잘 알고도 남아요. 그런 계단에서 다칠 일이 뭐가 있겠습니까. 거기서 굴렀다고 목이 부러질 사람은 없습니다. 목이 아니라 발목도 부러지지 않을 겁니다. 멍도 들지 않을 거고요. 게다가 여자를 살해하고 치마를 단정히 정돈해 놓다니. 그리고 후드를 머리에 다시 잘 묶어주다니. 그럼 내가 파렴치한 악한에다 멍청이란 말입니까?"

세실은 여왕 옆에 서 있었다. 여왕과 세실 두 사람은 까다로운 재판관처럼 아무 말 없이 로버트를 지켜보았다.

엘리자베스가 말했다.

"조사 결과 진실이 무엇인지 밝혀지겠죠. 그러면 오명을 씻게 될 거예요. 하지만 그동안 궁정에서 물러나 있어요."

로버트는 멍한 표정으로 말했다.

"그러면 저는 끝장입니다. 저를 궁에서 내보내시면 세상 사람들은 전하께서 저를 의심한다고 생각할 겁니다."

"그럴 리가!"

엘리자베스가 대답하며 세실에게 눈길을 보냈다. 세실도 동감한다는 듯 고개를 끄덕이며 말했다.

"우리는 로버트 경을 의심하지 않습니다. 하지만 범죄로 기소당한 사람은 누구든 궁정에서 물러나 있는 게 관례입니다. 그 점에 대해서는 로버트 경도 잘 알고 계시잖습니까."

로버트는 버럭 화를 내며 말했다.

"나는 기소된 게 아니오! 그들은 조사를 한다고 했지, 살인 판결을 내린 게 아니란 말입니다. 아무도 내가 그녀를 살해했다고 생각하지 않아요."

세실이 정곡을 찔렀다.

"사실, 모두가 당신이 죽였다고 생각합니다."

로버트는 엘리자베스에게 직접 말했다.

"하지만 저를 궁정에서 내보내면 전하 역시 저를 죄인으로 여긴다고 모두들 생각할 거요. 저는 궁정에 있어야 해요. 바로 전하 곁에. 그래야 다들 제가 무죄라고 그리고 전하께서 저를 무고하다고 여긴다고 생각할 겁니다."

세실이 반걸음 앞으로 나서며 부드럽게 말했다.

"안 되오. 그러면 끔찍한 스캔들이 될 겁니다. 조사 결과가 나와서 어떤 판결이 내려지든 상관없이 온 영국을 뒤흔들 만큼 엄청난 스캔들이 될 겁니다. 아니. 온 유럽을 뒤흔들 스캔들이 될 겁니다. 전하를 파멸시킬 만큼 무서운 스캔들일 겁니다. 그러니 로버트 경은 전하 곁에 있을 수 없습니다. 전하께서는 로버트 경이 무죄라고 막무가내로 주장할 입장이 아닙니다. 최선의 방법은 모든 것을 관례대로 행동하는 것이지요. 궁정에서 물러나 데어리 저택에서 애도를 하며 판결을 기다리시오. 우리는 이곳에서 소문을 잠재우기 위해 애쓰겠으니."

로버트는 엘리자베스에게 간절하게 말했다.

"소문은 늘 있었지만 우리는 항상 무시하고 지내왔잖습니까?"

세실이 입바른 소리를 했다.

"이런 소문은 아직까지 없었소. 사람들은 당신이 무자비하게 아내를 죽였다고 말하고 있어요. 당신과 전하가 몰래 결혼 서약을 했고 아내의 장례식에서 당신이 그 서약을 발표할 거라고 수군대고 있단 말이오. 조사 결과 당신이 유죄라고 밝혀지면 전하께서 이 일을 공모했다고 여길 사람이 많을 거요. 당신이 유죄 판결을 받지 않도록 하느님께 기도하십시오, 로버트 경. 당신과 함께 전하까지 파멸하게 될지도 모르오."

로버트는 목에 두른 리넨 주름 깃만큼 창백해진 얼굴로 말했다.

"내가 하지도 않은 일 때문에 파멸하거나 하지는 않을 거요. 그 어떤 유혹이 있었더라도 나는 절대 에이미를 살해하지는 않았을 겁니다."

세실이 부드러운 어조로 말했다.

"그렇다면 두려워할 게 없겠죠. 살인자를 찾아내고 그가 자백을 한다면 당신은 누명을 벗게 될 겁니다."

로버트는 연인 엘리자베스에게 말했다.

"나와 함께 걸어요. 단둘이 얘기를 좀 해야겠습니다."

세실이 단호하게 말했다.

"전하께서는 그러실 수 없습니다. 사람들은 이미 전하도 이 일에 연루됐다고 생각하고 있습니다. 전하께서는 무고한 아내를 살해한 혐의자와 함께 소곤대는 모습을 사람들에게 보여서는 안 됩니다."

별안간 로버트는 엘리자베스에게 고개 숙여 인사하더니 방을 나갔다.

엘리자베스가 물었다.

"세상에, 세실. 사람들이 나를 욕하지는 않겠죠?"

"전하께서 그를 멀리 하는 한 그러지는 않을 겁니다."

"만약 그녀가 살해되었다고 밝혀지고 로버트가 범인이라고 사람들이 생각하면 어떡하죠?"

"그러면 재판을 받게 될 겁니다. 유죄 판결을 받으면 처형을 당해야죠."

엘리자베스는 소리를 질렀다.

"그 사람이 죽어서는 안 돼요! 나는 그이 없이는 살 수 없어요. 알잖아요! 내가 그 사람 없이 살 수 없다는 걸! 그 사람이 죽는다면 이 모든 일이 엄청난 재앙일 뿐이에요."

세실이 침착하게 대답했다.

"전하께서는 언제든지 그에게 사면을 내릴 수 있습니다. 일이 그렇게까지 된다면 말입니다. 하지만 유죄 판결을 받는 지경까지는 이르지 않을 겁니다. 장담합니다. 사람들은 그의 혐의를 증명할 수 없을 테니까요. 그만한 증거를 찾지 못할 겁니다. 단지 그가 아내에게 불성실했으며 아내가 죽기를 바랐다고 모든 사람들이 믿고 있다는 것 말고는요."

엘리자베스는 로버트가 가여운 듯 말했다.

"그는 정말 마음이 상한 것 같아요."

"그렇겠죠. 자존심이 무척 센 사람이니 이 일을 받아들이기 힘들 겁니다."

"그가 저렇게나 상심하니, 견딜 수가 없어요."

세실이 쾌활하게 대답했다.

"어쩔 수가 없습니다. 무슨 일이 일어나든, 조사 결과 어떤 판결이 내려지든, 그의 자존심은 무참히 짓밟히겠죠. 그는 평생 왕이 되려는 헛된 욕심에 아내의 목을 부러뜨려 살해한 남자로 기억될 겁니다."

애빙던에서는 배심원들이 선서를 하고 에이미의 죽음에 대한 증언을 듣기 시작했다. 에이미가 모두 박람회에 가라고 우기며 집에 혼자 남으려 했다는 증언이 있었다. 낮은 계단 밑에 죽은 채 발견되었다는 증언도 있었다. 하인들은 그녀를 침대로 옮기기 전에 후드가 머리에 단정히 매여 있었고 치마가 얌전히 내려져 있었다고 증언했다.

로버트는 큐의 아름다운 데어리 저택에서 상복을 주문했지만 재단사가 상복을 맞추는 동안 가만히 서 있지 못하고 참을성 없는 음성으로 물었다.

"존스는 어디 있는 거야? 그가 하면 훨씬 빠를 텐데."

재단사는 발목에 엉덩이를 대고 쪼그려 앉은 자세로 입에 핀을 가득 문 채 대답했다.

"존스 씨는 못 옵니다. 죄송하다는 말씀을 전해 달라고 하셨습니다. 저는 그분의 조수입니다."

로버트는 믿을 수 없다는 듯 말했다.

"내가 불렀는데 내 재단사가 오지 않는다?"

아내 로버트는 속으로 중얼거렸다.

'이런, 사람들은 이제 내가 다시 런던탑으로 끌려갈 거라고 생각하는 모양이군. 재단사조차 내 상복을 맞추러 나타나지 않는 걸 보니 내가 살인죄로 교수형이라도 당하게 될 거라고 생각하는 모양이지.'

재단사의 조수라는 남자가 말했다.

"제가 핀으로 고정하는 동안 잠깐만 가만히 계시겠습니까?"

로버트는 버럭 짜증을 내며 말했다.

"그만두게! 다른 옷을 가져 와! 내가 입던 옷을 가져와서 똑같이 만들게. 도대체 여기 서서 까마귀처럼 칙칙한 천을 둘러쓰고 있으려니 견딜 수가 없군. 그리고 존스에게 전하게. 내 나중에 새 옷 열 벌이 필요하게 되면 오늘 그가 나타나지 않은 사실을 잊지 않겠다고 말이야."

로버트는 반쯤 재다 만 옷을 성급하게 집어던지고 큰 보폭으로 걸어 두 걸음 만에 방을 떠났다. 그리고 생각했다.

'이틀이 지났어. 그런데 그녀에게 소식 하나 없군. 그녀도 내가 아내를 살해했다고 믿고 있는 게 틀림없어. 내가 그런 일을 저지를 만큼 못된 놈이라고 생각하는 게 확실해. 무고한 아내를 살해할 만한 불한당이라 여기는 거야. 그런 남자와 왜 결혼하고 싶겠어. 그리고 늘 그렇듯이 그녀의 옆에는 내가 그런 못된 놈이라고 소곤댈 사람들이 그득할 거야.'

그는 생각을 잠시 멈추었다.

'만약 그녀가 기소됐더라면 나는 그녀 곁에 있었을 거야. 그녀가 유죄든 아니든 상관치 않을 거야. 그녀가 홀로 남아 두려움에 떨며 세상에 자기 편이 아무도 없다고 슬퍼할 생각을 하면 견딜 수 없었을 거야. 그녀는 내가 어떤 사람인지 잘 알잖아. 내가 전에도 기소된 적이 있다는 걸 알잖아. 세상이 모두 내게 등을 돌린 적도 있고, 사형 선고까지 받았었다는 걸 잘 알고 있어. 우리는 다시는 서로의 곁을 떠나지 않겠다고 약속했는데.'

그는 창가에 잠시 멈춰섰다. 손가락에 느껴지는 유리의 차가운 감촉에 왠지 모르게 온몸이 전율했다.

그는 큰 소리로 외쳤다.

"세상에! 조금만 더 이러다간, 내 형제들과 런던탑에 갇혔을 때 그랬던 것처럼 감방 벽난로 맨틀피스에 내 이름을 또다시 새기겠군. 나는 다시 완전히 추락했어. 완전히, 다시."

그는 유리창에 이마를 기댔다. 바로 그때 강에서 무언가 움직이는 것이 눈에 들어왔다. 두 손을 둥그렇게 말아 눈가에 대고 쳐다보니 거룻배였다. 북소리에 맞춰 사공들이 노를 젓고 있었다. 그는 눈을 가늘게 뜨고 깃발을 쳐다보았다. 왕실 깃발이었다. 왕실 거룻배였다.

"마침내, 그녀가 왔어!"

로버트는 심장이 두근대기 시작했다.

'그녀가 올 줄 알았어. 나를 이렇게 홀로 두지 않을 줄 알았어. 어떤 대가를 치르든, 어떤 위험이 도사리고 있든 우리는 함께 헤쳐 갈 거야. 그녀는 내 곁에 있을 거야. 언제까지나. 날 버리지 않을 거야. 날 사랑할 거야. 난 알고 있었어. 난 한순간도 그녀를 의심해 본 적이 없어.'

로버트는 문을 열어젖히고 달려나갔다. 강으로 통하는 입구를 통과해 불과 6개월 전 그가 엘리자베스를 위해 5월제 아침을 준비

했던 아름다운 과수원을 한걸음에 내달아 상륙용 부잔교(浮棧橋)[10]
가 있는 곳으로 달려가며 소리쳤다.

"엘리자베스!"

왕실 거룻배였다. 그러나 부잔교로 걸어나온 사람은 엘리자베스
가 아니었다. 로버트는 실망감에 멈칫했다.

"오! 세실!"

윌리엄 세실은 나무계단을 내려와 손을 내밀며 친절하게 말했다.

"안녕하십니까. 실망하지 마십시오. 전하께서 안부를 전하셨습
니다."

"나를 체포하러 온 게 아닙니까?"

"그럴 리가요. 그저 안부인사하러 온 겁니다. 전하께서 안부를
전해 달라시더군요."

"안부를 전해 달라?"

로버트는 잠시 말을 끊은 후 다시 물었다.

"그게 전부요?"

세실이 고개를 끄덕이며 대답했다.

"전하께서 더 이상 말씀하실 수 없다는 건 로버트 경도 잘 아시
잖습니까."

두 남자는 함께 집으로 걸어갔다.

로버트가 말했다.

"궁정에서 나를 찾아온 사람은 당신밖에 없습니다."

두 사람의 부츠가 나무바닥을 밟는 소리만 조용한 집 안에 울렸
다. 로버트는 계속 말을 이었다.

"생각해 보십시오! 내가 궁정의 요직에 있을 때는 수많은 친구와

---

10) 부두에 방주를 연결하고 띄워놓아 수면의 높이에 따라 위아래로 자유롭게 움직이도록 한
   잔교이다 – 옮긴이

추종자들이 내 옆에 모여 내 친구라는 걸 뽐냈었죠. 내가 거의 알지 못하는 사람들조차 나와 친분이 있다고 떠벌리고 다니더니……이제껏 나를 찾아온 사람이 당신밖에 없다니!"

세실이 맞장구를 쳤다.

"변덕스러운 세상이지요. 진정한 친구가 드문 세상입니다."

로버트는 짓궂게 웃으며 말했다.

"드물다? 나에겐 아예 없습니다. 그러고 보니 장관께서 내 유일한 친구군요. 불과 한 달 전까지만 해도 나는 장관을 좋게 보지 않았는데 말입니다."

세실이 미소 지으며 솔직히 말했다.

"당신이 이렇게까지 추락하다니 유감이오. 지금 입고 있는 상복만큼이나 마음이 무거워 보여 안타깝습니다. 애빙던에서는 소식이 있었습니까?"

세실의 방대한 정보망을 잘 알고 있는 로버트가 대답했다.

"장관께서 나보다 더 많이 알고 계실 텐데요. 에이미의 이복동생에게 편지를 써 배심원들이 최선을 다해 진실을 알아낼 수 있도록 가서 살펴보라고 부탁하기는 했습니다. 배심원장에게도 편지를 써서 누가 그런 짓을 저질렀건 어떤 사심도 개입시키지 말고 꼭 밝혀달라고 했고요. 나는 이 사건의 진실을 싫습니다."

"알고 싶다고요?"

"세실, 범인은 내가 아닙니다. 그럼 누굴까요? 모든 사람들이 쉽게 이 일을 살인이라고 단정 짓고 내가 범인이라고 생각하고 있지만, 나는 누구보다도 내가 범인이 아니라는 걸 알고 있습니다. 그러면 누가 그런 짓을 저지를까요? 그녀가 죽어서 이득을 볼 사람이 누가 있겠습니까?"

세실이 물었다.

"사고라고는 생각하지 않으시오?"

로버트는 어이없다는 듯 웃더니 말했다.

"허, 참. 나도 그렇게 믿고 싶습니다. 하지만 어떻게 사고일 수 있겠습니까? 계단도 몇 개 안 되는 데다 에이미가 그날 사람들을 집에서 다 내보냈다지 않습니까. 내가 제일 두려워하는 점은 그녀가 자해를 하지 않았나 하는 겁니다. 독약이나 수면제를 먹고서 계단에서 뛰어내려 사고처럼 보이게 하지 않았을까 하고 말입니다."

"부인이 자살할 만큼 불행했다는 얘기요? 나는 부인이 아주 신앙심이 깊은 줄 알고 있는데. 아무리 상심했다 해도 영혼을 더럽힐 만한 일은 하지 않을 사람일 텐데요."

로버트는 고개를 푹 숙이며 말했다.

"하느님께서 저를 용서해 주시길. 아내를 그토록 상심케 한 사람은 바로 나입니다. 설령 자살을 했더라도 아내는 천국에 갈 만한 사람이에요. 그만큼 지상에서도 행복했어야 했던 사람인데. 내가 아내에게 모질게 굴었어요, 세실. 하지만 하느님께 맹세코 나는 일이 이렇게 될 줄 몰랐습니다."

"정말 당신 때문에 부인이 자살했다고 생각하는 거요?"

"그 외에 다른 설명을 찾을 수가 없습니다."

세실은 자기보다 어린 로버트의 어깨를 다독이며 말했다.

"정말 무거운 마음의 짐이겠군요. 이보다 유감스런 일은 없을 것 같습니다."

로버트는 고개를 끄덕이며 작은 소리로 대답했다.

"이 일로 나는 완전히 밑바닥으로 추락했습니다. 바닥 중의 바닥이라서 어떻게 다시 일어설지도 모르겠어요. 에이미가 생각나는군요. 그녀를 처음 만났을 때, 그녀와 처음 사랑에 빠졌을 때가. 나는 장난삼아 꽃을 꺾어 단추 구멍에 꽂았다가 떨어뜨려 시들게 내버려둔 바보입니다. 내 어머니는 아내를 활짝 핀 꽃 같다고 하셨죠. 나는 활짝 핀 꽃 같던 그녀를 꺾어서 싫증을 내고는 버렸습니다. 이기적인 어린애같이. 이제 아내가 죽었으니 용서해 달라는 말도 못하게 됐습니다."

두 사람 사이에 침묵이 흘렀다.

로버트가 침울한 목소리로 말을 이었다.

"가장 참을 수 없는 일은 그렇게 마음 아프게 해서 미안하다는 소리도 이제 할 수 없다는 겁니다. 나는 항상 내 자신만을 생각했습니다. 그리고 여왕만을 생각했습니다. 내 잘난 야망만 좇으면서 내가 아내에게 무슨 일을 저지르는지 생각해 보지도 못했습니다. 오! 하느님, 저를 용서해 주세요. 아내를 떼어낼 생각만 하고 있었는데, 이제 아내는 내 말대로 나를 멀리 떠나갔군요. 이제 아내를 만날 수도, 만질 수도, 아내의 미소를 볼 수도 없습니다. 내겐 더 이상 그녀가 필요하지 않다고 말했는데, 이제 그녀를 영영 잃고 말았습니다."

세실이 조용히 말했다.

"이제 가봐야겠군요. 애도 중인 당신을 방해하려고 온 게 아닌데. 그저 이 세상에 당신을 믿는 친구가 하나는 있다고 알려주려고 왔을 뿐이요."

로버트는 고개를 들고 세실에게 손을 내밀었다. 세실은 그의 손을 단단히 움켜쥐며 말했다.

"용기를 내시오."

"이렇게 와주어 얼마나 고마운지 모르겠습니다. 전하께서 날 잊지 않도록 도와주십시오. 판결이 내려지는 대로 나를 빨리 궁정으로 불러달라고 해주십시오. 물론 당분간 신이 나서 돌아다니거나 하지는 않을 겁니다. 하지만 이곳에서는 너무 외롭습니다. 세실,

이건 추방이나 다름없어요."

세실은 로버트를 안심시켰다.

"말씀드려 보겠습니다. 당신을 위해 기도드리지요. 그리고 부인의 영혼을 위해서도. 당신들의 결혼식이 기억나는군요. 부인이 얼마나 행복으로 들떠 있었는지. 부인은 당신을 정말 사랑했습니다. 당신이 세상에서 가장 멋진 남자라 여겼지요."

로버트는 고개를 끄덕이며 말했다.

"그녀의 기대를 저버린 나를 하느님께서 용서해 주시길 바랄 뿐입니다."

원저 성
여왕 전하께 드리는 글
1560년 9월 14일 금요일

1. 배심원들은 결국 에이미 더들리의 죽음을 사고사로 판결했습니다. 이제 로버트 더들리 경은 전하께서 바라시는 대로 다시 궁으로 복귀할 것입니다.

2. 아내의 죽음으로 인한 오명은 항상 그를 따라다닐 것입니다. 우리뿐만 아니라 그 자신도 이를 잘 알고 있습니다. 이런 오명을 씻을 수 있다는 그 어떤 언질이나 행동도 그에게 하셔서는 안 됩니다.

3. 그는 앞으로 전하께 절대 청혼할 수 없을 것입니다. 그와 계속 연애를 하고 싶더라도 아주 신중하셔야 합니다. 그는 이제 그럴 수밖에 없다는 걸 이해할 것입니다.

4. 전하의 결혼이 시급합니다. 아드님이나 왕위 계승자가 없다면 우리가 애쓴 모든 것이 물거품이 될 것입니다.

5. 합스부르크 대공에게 새롭게 청혼이 들어왔습니다. 내일 말

쏨드리겠습니다. 제가 보기에는 우리에게 아주 유리한 조건입니다. 로버트 더들리 경은 이제 이 결혼에 반대할 수 없습니다.

로버트의 부하 토머스 블런트는 옥스퍼드의 성 마리아 성당에서 초라한 깃대에 꽂힌 더들리 가문의 깃발이 그의 앞을 지나쳐 천천히 행진하는 모습을 지켜보았다. 깃발 앞으로 우아하게 검은 휘장이 쳐진 관이 앞장섰다. 에이미 롭사르트의 시신이었다.

장례는 일반적인 절차대로 이루어졌다. 여왕은 조문인사를 보냈으며, 관례에 따라 로버트는 장례에 참석하지 않았다. 에이미의 이복동생들과 포스터 가문 사람들이 장례에 참석해 에이미의 죽음에 조의를 표했다. 그녀가 인생 말년에 받아보지 못했던 따뜻한 관심이었다. 리지 오딩셀은 장례에 참석하지 않았다. 그녀는 분노와 슬픔에 가득 차 남동생의 집으로 돌아가 버렸다. 그녀는 친구들에게 "에이미는 그와 어울리지 않았어."라고 한 마디만 했을 뿐 아무 말도 하지 않으려 했다. 앨리스 하이드는 이 말을 듣고 에이미가 살해됐다고 생각했으며, 윌리엄은 처음부터 끝까지 불운했던 에이미의 결혼을 제대로 설명하는 말이라고 생각했다.

토머스 블런트는 에이미의 관이 내려가고 흙으로 덮일 때까지 장례식을 지켜보았다. 그는 철저한 사람이었고 그를 고용한 로버트 또한 꼼꼼한 사람이었다. 식이 끝나자 그는 컴너 저택으로 돌아갔다.

에이미의 하녀인 퍼토 부인은 블런트의 명령대로 모든 준비를 해두었다. 에이미의 보석 상자들을 정리해 열쇠로 잠가두었고, 에이미의 옷 중에서 가장 좋은 옷들을 골라 깨끗하게 접은 뒤 라벤더 봉오리를 넣은 향주머니와 함께 포장해 두었다. 에이미의 침대 시트와 그녀가 어디를 가든 가지고 다녔던 가구들도 꺼내두었다. 에이미의 소지품들도 상자에 넣어두었다. 상자 속에는 그녀의 반짇고리와 묵주, 지갑, 장갑, 11년간의 결혼 생활 동안 로버트가 그녀에게 보냈던 편지와 편지에서 떼어낸 봉인들이 모두 있었다. 편지들은 날짜 순서대로 정리되어 리본으로 묶여 있었고 모두 손때가 묻어 헤져 있었다.

물건들을 들여다보던 블런트가 말했다.

"보석 상자와 소지품 상자만 가져가겠소. 나머지는 스탠필드홀로 가져가 그곳에 두시오. 이제 가도 좋소."

퍼토 부인은 고개 숙여 인사하면서 작은 소리로 보수에 대해 무어라 중얼거렸다.

토머스 블런트는 말했다.

"물건을 가져가고 스탠필드홀에서 받으시오."

블런트는 빨갛게 충혈된 퍼토 부인의 눈을 못 본 척했다. 여자들은 모두 잘 우는 족속이라고 그는 생각했다. 여자의 눈물은 별 의미가 없었다. 그에게는 남자로서 처리해야 할 중요한 일이 있었다.

퍼토 부인은 유품에 대해서 또 뭐라고 중얼거렸다.

블런트는 큰 소리로 말했다.

"간직할 만한 게 없군."

그는 에이미가 살아서나 죽어서나 자신의 주인인 로버트에게 얼마나 골칫거리였는지를 생각하고 있었다. 그는 퍼토 부인에게 말했다.

"자, 이제 가보시오. 나도 가봐야겠소."

그는 상자 두 개를 팔에 끼고 말을 타러 갔다. 보석 상자는 안장 뒤쪽에 달린 자루에 들어갔지만, 소지품함은 마부에게 주어 그의 등에 묶도록 했다. 그리고 블런트는 말 위에 올라타 윈저 성으로 떠났다.

검은 상복을 입고 궁으로 돌아온 로버트는 머리를 꼿꼿이 쳐들고 다니며, 어디 한 번 말을 시켜보라는 눈빛으로 주위 사람들을 경멸하듯 쳐다보았다. 아룬델 백작은 그를 보고 손으로 입을 가리고 몰래 웃음을 지었고, 프랜시스 놀스는 멀리서 고개를 숙여 인사를 했을 뿐이었다. 니컬러스 베이컨은 대놓고 그를 무시했다. 의심과 혐오가 뒤섞인 냉랭한 분위기가 온몸을 휘감는 검은 망토처럼 그의 주변을 감싸고 있는 듯했다.

그의 누이가 다가와 싸늘한 표정으로 인사 키스를 받기 위해 뺨을 내밀었다. 그는 누이에게 물었다.

"이게 대체 어찌 된 일이에요?"

"사람들은 네가 에이미를 살해했다고 생각해."

"조사 결과 나는 혐의를 벗었어요. 사고사로 판결이 났다고요."

"사람들은 네가 배심원들을 매수했다고 생각해."

"누나도 그렇게 생각해요?"

로버트는 큰 소리로 말을 꺼내다 조신들이 자신과 누이를 흘끔거리는 것을 보고서는 목소리를 낮추었다.

"나는 네가 우리 가문을 다시 추락시켰다고 생각하지. 이제 이런 치욕이 지긋지긋해. 손가락질당하는 것도 더는 못 참겠어. 반역자의 딸이었다가, 반역자의 누이였다가, 이제는 결국 아내를 살해한 파렴치한의 누이가 돼버렸어."

"세상에! 나를 안쓰럽게 여기는 마음이 조금도 없군요."

로버트는 누이의 얼굴에 나타난 냉랭한 적대감에 놀라 뒤로 물러섰다.

"전혀 없어! 너는 이번 스캔들로 여왕까지 파멸시킬 뻔했어. 정신 차려! 튜더 왕조를 파멸시킬 뻔했단 말이야. 개혁된 교회까지 무너뜨릴 뻔했어. 너 자신과 우리 가문을 욕되게 한 것은 두말할

나위도 없지. 나는 이제 궁정에서 물러날 거야. 단 하루도 이곳에 있을 수 없어."

로버트가 다급히 말했다.

"누나, 가지 말아요. 누나는 항상 내 편이었잖아요. 내 누이이자 친구였잖아요. 우리 사이가 소원해진 것처럼 보여서는 안 돼요. 누나까지 날 버리면 어떻게요."

그는 메리를 붙잡으려 했다. 그러나 메리는 로버트가 손도 못 대게 등 뒤로 손사래를 치며 걸음을 옮겼다. 아직 사교계에 나오기도 전 어린 시절을 떠올리게 하는 누이의 아이 같은 몸짓에 로버트는 고함을 치듯 말했다.

"누나, 내가 수모를 당할 때도, 내가 누명을 썼을 때도 누나는 날 버리지 않았잖아요."

메리는 나지막한 음성으로 말했다.

"나는 네가 누명을 썼다고 생각지 않아. 나는 네가 에이미를 죽였다고 생각해. 너는 여왕이 네 편이기 때문에 모든 이가 눈감아줄 거라는 오만한 생각으로 에이미를 죽였어. 사람들이 이 일을 그저 사고로 여길 거고 그러면 너는 홀아비가 되어 장례식을 치른 다음 곧 여왕의 약혼자가 될 거라고 생각한 거야."

메리의 목소리는 얼음처럼 차가웠다.

로버트는 작은 소리로 말했다.

"나는 아직도 여왕의 약혼자가 될 수 있어요. 그리고 난 에이미를 죽이지 않았어요. 정말이에요. 난 여전히 여왕과 결혼할 수 있다고요."

"절대 그럴 순 없어. 넌 이제 끝났어. 기껏해야 너는 여왕이 너를 사마관으로 남겨두고 조금 남부끄러운 연인 관계를 유지하기나 바라야겠지."

메리는 몸을 돌렸다. 로버트는 자신을 주시하는 시선을 의식해 누이를 다시 부르지 못했다. 메리가 멀어지기 전에 옷자락을 잡고 돌려세울까 생각했지만 사람들이 자신을 여자를 거칠게 대하는 남자, 아내를 죽인 남자로 생각할까봐 들었던 손을 내려놓았다.

여왕의 처소 문 앞이 웅성거리더니 엘리자베스가 나왔다. 그녀는 몹시 창백했다. 엘리자베스는 에이미가 죽기 3일 전, 에스파냐 대사에게 에이미가 죽거나 거의 죽은 상태라고 말했던 그녀의 생일 이후로 말을 타지도 정원을 산책하지도 않았다.

많은 사람들은 에이미가 죽기 3일 전에 '죽거나 거의 죽은 상태'라고 여왕이 말한 것을 그냥 우연이라고 생각지 않았다. 여왕이 형을 선고하고 로버트가 집행했을 뿐이라고 생각하는 사람들이 많았다. 그러나 지금처럼 여왕이 개인 처소에서 나와 알현실을 둘러보며 나라 안 모든 권력자들의 지지를 받는 한 그런 생각을 입 밖에 낼 사람은 아무도 없었다.

엘리자베스의 시선은 로버트와 니컬러스를 무심히 지나쳤다. 그녀는 프랜시스에게 고개를 까닥했고, 그녀 뒤에 있던 프랜시스의 아내 캐서린에게 고개를 돌려 무어라고 말했다. 엘리자베스는 세실에게 미소 지었고 합스부르크 대사에게 가까이 오라고 손짓했다.

대사가 그녀를 향해 걸어올 때 엘리자베스는 로버트를 보며 말했다.

"잘 지내나요, 로버트 경. 부인이 갑자기 안타깝게 돌아가신 데 대해 조의를 표합니다."

로버트는 고개 숙여 인사하면서 갑자기 분노와 슬픔이 치밀어 토할 것 같았다. 그는 엘리자베스에게 다가가 말했다.

"걱정해 주셔서 감사합니다."

그의 표정에는 분노와 슬픔이 고스란히 담겨 있었다. 그는 분노한 표정으로 사람들을 둘러보며 말했다.

"걱정해 주신 모든 분들께 감사드립니다. 제게 큰 힘이 되었습니다."

그러고는 퇴창으로 옮겨가서 내내 홀로 서 있었다.

토머스 블런트가 로버트를 찾았을 때 그는 마구간에 있었다. 이튿날 사냥이 예정돼 있어서 로버트는 말의 건강 상태와 마구를 확인하는 중이었다. 반짝반짝 윤이 나는 부드러운 안장을 얹은 마흔 두 마리의 말들이 길게 줄지어 서 있었고, 로버트는 말 사이를 천천히 걸어 다니며 안장과 뱃대끈과 등자를 주의 깊게 점검했다. 마구간 일꾼들은 행진 중인 병사들처럼 굳은 표정으로 자기가 담당한 말 앞에 줄을 지어 섰다.

마구간 일꾼들 뒤편에서 말들은 끊임없이 몸을 뒤척이고 고개를 들썩이며 서 있었다. 털가죽은 잘 닦여 반짝였고 발굽에는 기름이 칠해져 있었으며 갈기는 얌전히 정돈돼 있었다.

로버트는 꼼꼼히 살폈지만 말이나 마구, 마구간 모두 흠잡을 만한 구석을 거의 찾을 수 없었다. 마침내 그가 입을 열었다.

"좋아. 이제 저녁 먹이와 물을 주고 재우도록 해."

이내 로버트는 몸을 돌려 토머스 블런트를 보더니 짧게 말했다.

"내 사무실로 가 있게."

로버트는 자기 말 앞에 잠시 멈춰 서서 목을 토닥거리며 말했다.

"그래. 너는 변하지 않을 거지? 응? 내 귀염둥이."

블런트는 창가에서 기다리고 있었다. 로버트는 장갑과 채찍을 탁자 위에 던지더니 책상 앞에 놓인 의자에 털썩 앉으며 물었다.

"다 끝났나?"

"네, 잘 끝났습니다. 설교 도중 작은 말실수가 있긴 했습니다만."

"말실수라니?"

"멍청한 교구 목사가 '안타깝게 죽은'이라고 말하려다 '안타깝게 살해된'이라고 했습니다. 곧 정정하긴 했지만 듣기에 상당히 거북했습니다."

로버트는 한쪽 눈썹을 치켜 올리며 말했다.

"그게 실수라고?"

블런트는 어깨를 으쓱하며 말했다.

"그런 것 같습니다. 귀에 거슬리긴 했지만 나리를 비난하려 했던 말은 아니었습니다."

"소문을 부채질했겠군."

블런트는 고개를 끄덕였다.

로버트는 아무렇지도 않은 듯 애써 차분한 목소리로 물었다.

"에이미의 하인들을 보내고 그녀의 소지품을 가져왔나?"

"오딩셀 부인은 장례식 전에 벌써 떠났답니다. 이번 일을 견디기가 힘들었던 것 같습니다. 피토 부인은 유품들과 함께 스탠필드홀로 돌려보내 그곳에서 보수를 받도록 했습니다. 제가 쪽지를 써보냈습니다. 포스터 씨 부부도 만나고 왔습니다. 자기 집에서 엄청난 스캔들이 일어났다고 생각하는 듯했습니다."

블런트는 쓴웃음을 지었다.

로버트가 짤막하게 대답했다.

"그들에게는 내가 나중에 사례를 하겠네. 마을에 떠도는 소문이 있었나?"

"예상했던 소문 외에는 별다른 게 없었습니다. 마을 사람들 반 정도는 사고사라는 판결을 인정하는 듯했고, 반 정도는 살해 사건이라고 생각하는 듯했습니다. 앞으로 두고두고 얘기하겠죠. 그렇다고 나리께 달라질 일은 없을 것입니다."

로버트가 조용히 말했다.

"에이미에게도 달라질 일은 없지."

블런트는 입을 다물었다.

로버트가 몸을 일으키며 말했다.

"그래, 일을 다 끝냈구먼. 에이미는 죽어서 땅에 묻혔고 사람들이 뭐라고 생각하든 이제 더 이상 내게 상처를 줄 순 없어."

블런트가 맞장구쳤다.

"네, 이제 끝났습니다."

로버트는 들고 온 상자를 테이블에 내려놓으라고 손짓했다. 블런트는 소지품 상자와 작은 보석 상자를 내려놓고 그 옆에 열쇠를 놓고는 인사하고 기다렸다.

로버트가 말했다.

"가보게."

로버트는 그 상자를 잊고 있었다. 에이미에게 구애할 때 그가 선물했던 상자, 노픽의 박람회에서 그녀에게 주려고 샀던 상자였다. 그 작은 상자로도 충분할 만큼 에이미는 보석이 얼마 없었다. 아내를 보며 느끼곤 했던 짜증스러움이 다시 일었다. 에이미는 레이디 더들리가 되어 재산을 맘대로 쓸 수 있을 때조차 이 작은 보석 상자 이상 사치를 부리지 않았다. 거기에는 은 목걸이 두 개와 귀걸이 몇 개, 반지 한두 개가 있을 뿐이었다.

로버트는 열쇠로 상자를 열었다. 맨 위에 에이미의 결혼반지와 그의 이름이 새겨진 손때 묻은 반지가 있었다.

순간 그는 자신의 눈을 믿을 수가 없었다. 천천히 손을 집어넣어 작은 금반지 두 개를 들어올렸다. 퍼토 부인이 차가워진 에이미의 손가락에서 빼어 보석 상자에 넣은 것이었다. 충직한 하녀라면 누구라도 그랬을 것이다.

로버트는 두 반지를 물끄러미 쳐다보았다. 11년 전 여름 그가 에이미의 손가락에 끼워주었던 반지와 석 달 전 결혼 서약을 하면서 엘리자베스의 손에 끼워줄 때까지 그의 손을 떠난 적이 없던 반지였다.

로버트는 자신의 서명이 새겨진 반지를 새끼손가락에 끼고는 책상에 앉아 어떻게 이 반지가 연인의 목걸이를 떠나 죽은 아내의 손가락에 끼워졌는지 곰곰이 생각했다. 날은 점점 어둡고 추워졌다.

로버트는 강가를 걸었다. 머릿속에서 질문이 떠나지 않았다.

'누가 에이미를 죽였을까?'

그는 어린 소년처럼 부둣가에 앉아 부츠 신은 다리를 흔들며 깊은 물 속을 들여다보았다. 작은 물고기들이 방파제 목재에 돋아난 해초를 뜯어 먹고 있었다. 그때 또 다른 질문이 뇌리를 스쳤다.

'누가 에이미에게 내 반지를 주었을까?'

로버트는 한기가 느껴져 일어섰다. 그는 예선 뱃길을 따라 천천히 서쪽으로 걸어갔다. 뜨겁게 반짝이던 금빛 태양은 이제 타다 남은 장작불처럼 변해 서서히 지고 있었다. 로버트의 시선은 강에 머물렀지만 강을 보는 것은 아니었다. 하늘로 시선을 돌려도 하늘을 보는 것은 아니었다. 그의 머릿속에 오직 질문만이 맴돌았다.

'누가 에이미를 죽였을까?'

'누가 에이미에게 내 반지를 주었을까?'

이제 해는 졌고 하늘은 잿빛으로 변했다. 그러나 로버트는 계속 걸었다. 마구간 가득 말을 소유한 사내가, 바르바리산 경주마 한 떼를 거느린 사내가, 훈련 중인 어린 준마들도 가진 사내가 말 한 필 없는 가난뱅이처럼, 아내에게 말 한 마리 겨우 얻어 타는 남자처럼, 정처 없이 걸었다.

'누가 에이미를 죽였을까?'

'누가 에이미에게 내 반지를 주었을까?'

로버트는 에이미를 마지막으로 만났던 때를 기억하지 않으려 애썼다. 에이미를 품에 안고 사랑에 눈먼 그녀에게 그 역시 사랑에 눈이 멀어 '사랑해'라고 속삭이던 순간도 기억하지 않으려 애썼다.

에이미를 기억하지 않으려 애썼다. 강둑에 주저앉아 이제는 죽어버린 그녀를 위해 어린 아이처럼 훌쩍일 것 같았기 때문이다.

'누가 에이미를 죽였을까?'

'누가 에이미에게 내 반지를 주었을까?'

기억이 아닌 생각을 하는 동안에는 그를 집어삼키기 위해 달려드는 고통의 파도를 피할 수 있을 것 같았다. 에이미의 죽음이 비극이 아니라 수수께끼라면 그는 자신을 비난하는 대신 질문의 해답을 찾는 데 몰두할 수 있었다.

질문은 두 개였다.

'누가 에이미를 죽였을까?'

'누가 에이미에게 내 반지를 주었을까?'

무언가에 걸려 휘청거리며 정신이 들었을 때에야 비로소 그는 날이 어두워졌고 자신이 물살이 빠르고 수심이 깊은 강가의 가파른 강둑을 걷고 있다는 사실을 깨달았다. 그는 오던 길로 되돌아섰다. 그는 삶에 악착스러운 가문에 태어나서 지금껏 살아남았지만 삶에 미련이 없는 여자와 잘못된 결혼을 했던 남자였다.

'누가 에이미를 죽였을까?'

'누가 에이미에게 내 반지를 주었을까?'

그는 왔던 길을 다시 걷기 시작했다. 담장에 에워싸인 정원의 철제 대문을 열려고 손을 댔을 때 손끝에 느껴지는 걸쇠의 차가움에 비로소 그는 자신이 두 개의 질문을 반복하고 있다는 사실을 깨달았다.

'누가 에이미를 죽였을까?'

'누가 에이미에게 내 반지를 주었을까?'

그는 질문은 두 개지만 답은 하나라는 사실을 깨달았다.

반지를 가진 사람이 누구든 에이미는 그를 믿었을 것이다. 에이미는 반지를 보여준 사람의 말대로 집에서 모든 사람을 내보냈을 것이다. 반지를 가진 사람이 바로 그녀를 죽인 사람이었다. 그런 일을 할 수 있는 사람은 단 한 명이었다. 그런 일을 할 만한 사람은 단 한 명이었다.

엘리자베스.

로버트는 엘리자베스에게 당장 달려가 그녀의 광기 어린 행동에 불같이 화를 내려 했다. 엘리자베스는 에이미가 죽기를 바랐을 수는 있다. 그런 일로 그녀를 비난할 수는 없다. 그러나 그는 연인이 자기 아내를, 자기가 사랑해서 결혼한 여자를 살해했다는 생각 때문에 분노에 휩싸였다. 그는 엘리자베스를 붙잡아 그녀 속의 거만함과 사악함, 왕권으로 무슨 일이든 할 수 있다고 여기는 그 오만함을 마구 흔들어 내팽개치고 싶었다. 여왕의 권력과 정보망으로 연약하고 죄 없는 에이미를 무자비하게 죽였다는 생각에 그는 분을 주체하지 못하는 성난 소년처럼 몸을 부르르 떨었다.

로버트는 그날 밤 잠을 이루지 못했다. 그는 침대에 누워 천장을 뚫어져라 바라보았다. 그의 마음속에서는 에이미가 반지를 받아들고 그를 만나러 뛰어가는 모습이 계속 떠올랐다. 그녀는 그 반지가 행복의 나라로 가는 허가증이라도 되는 것처럼 손에 꼭 쥐고 있었으리라. 바로 그때 세실이 보냈을 사내가 로버트를 대신해 그녀를 맞이했으리라. 그러고는 토끼의 목을 내리치듯 에이미의 목을 주먹으로 내리쳐 단번에 그녀를 죽였으리라. 그리고 쓰러지는 그녀를 붙잡아서 다시 집으로 옮겨놓았을 것이다.

에이미가 얼마나 고통스러웠을지 생각하니 로버트는 괴로워 미칠 것 같았다. 얼마나 무서웠을까? 남편과 여왕이 자객을 보내 자신을 죽인다고 생각하니 얼마나 공포스러웠을까? 그는 끙 하고 신음 소리를 내며 돌아누워 베개에 머리를 파묻었다. 자신이 자객을 보냈다고 생각하며 에이미가 죽어갔을 것이라 생각하니 더 이상 남은 생을 견뎌낼 수 있을지 자신이 없었다.

마침내 새벽이 밝아 침실 창문이 환해지고 있었다. 로버트는 십 년은 더 늙어 보이는 초췌한 모습으로 일어나 침대 시트를 맨몸에 둘둘 말고 창가에 서서 밖을 내다보았다. 날씨는 화창할 것 같았다. 강을 덮었던 안개는 서서히 걷히고 있었고 어디선가 딱따구리가 나무 쪼는 소리가 들려왔다. 개똥지빠귀도 삶은 계속된다는 사실을 상기시켜 주는 듯, 맑은 소리로 마치 축복을 내리듯 지저귀기 시작했다.

로버트는 생각했다.

'그녀를 용서할 수 있을 것 같아. 내가 그녀였더라도 그렇게 했을 거야. 우리 사랑이 제일 중요하다고, 어떤 희생이 따르더라도 우리의 바람을 이루어야 한다고 생각했을 거야. 우리가 왕위를 계승할 아이를 가져야 한다고 생각했을 거야. 우리 둘 다 스물일곱 살이니 더 이상 미룰 수 없다고 생각했겠지. 내가 그녀처럼 절대 권력을 가졌다면 나도 아마 그렇게 했을 거야. 우리 아버지도 그렇게 하셨겠지. 아버지도 그녀의 행동을 용서하셨을 거야. 오히려 그녀의 결단력을 칭찬하셨을지 몰라.'

그는 한숨을 내쉬며 큰 소리로 말했다.

"그녀는 나를 사랑해서 그런 일을 저질렀어. 그녀를 당당하게 사랑할 수 있는 자유의 몸으로 나를 만들어주기 위해서. 바로 내가 그녀와 결혼하고 왕이 될 수 있도록. 그녀는 우리 두 사람이 가장 원하는 게 무언지 알고 있었어. 이 엄청난 슬픔과 비극적인 범죄를 사랑의 선물로 여겨야 해. 나는 그녀를 용서할 거야. 그녀를 사랑할 거야. 이 비극에서 행복을 찾아낼 거야."

하늘이 밝아지면서 활짝 핀 꽃같이 화사한 해가 천천히 은빛 강물 위로 떠올랐다. 로버트는 차분히 기도를 올렸다.

"하느님, 저를 용서해 주십시오. 하느님, 엘리자베스를 용서해 주십시오. 에이미에게 제가 지상에서 주지 못한 행복을 천국에서 느끼도록 해주십시오. 하느님, 이번만은 제가 더 훌륭한 남편이 되도록 해주십시오."

그때 누군가 방문을 똑똑 두드리는 소리가 들렸다. 하인이 큰 소리로 물었다.

"나리, 새벽입니다. 뜨거운 물을 가져다 드릴까요?"

로버트가 대답했다.

"그러게."

그리고 그는 침대 시트를 끌며 문으로 가 빗장을 열고 말했다.

"물은 거기다 놔두고 부엌에 가서 내가 배고프다고 전하게. 그리고 내가 한 시간 안에 가겠다고 마구간에 전해 두게나. 내가 오늘 사냥을 지휘한다고."

로버트는 조신들이 말을 타기 한 시간 전에 마구간으로 가 말과 사냥개, 마구, 사냥 시종을 비롯해 모두 완벽하게 준비되었는지 확인했다. 모든 조신들이 오늘 말을 타고 즐거운 나들이를 할 것이다. 로버트는 마구간 계단에 올라서서 조신들이 말에 오르고 궁녀들이 마부들의 도움을 받으며 안장에 오르는 모습을 지켜보았다. 무리 중에 그의 누이는 없었다. 그녀는 이미 펜스허스트로 돌아가 버렸다.

엘리자베스는 기분이 좋아 보였다. 로버트는 그녀가 말에 오르는 걸 도와주려다 말고 다른 사람을 보냈다. 엘리자베스는 조신들 사이로 로버트에게 살짝 미소를 지었다. 그도 그녀를 향해 미소를 지어 보였다. 그들 사이가 변함없으며 그가 이미 용서했으니 그녀는 안심해도 좋다고 알려주고 싶었다. 에스파냐 대사가 사람들을 배웅했고 여왕의 옆에는 합스부르크 대사가 있었다.

아침 사냥은 순조롭게 이루어졌다. 숲의 향취는 강렬했고 사냥개들은 힘차게 달렸다. 금빛, 빨간빛, 노란빛으로 물들기 시작하는 나무 밑에 앉아 일행이 설탕과 향료를 넣어 데운 에일과 뜨거운 스프와 파이를 저녁으로 먹을 때 세실이 말을 타고 나타났다.

로버트는 엘리자베스와는 조금 거리를 두었다. 그녀가 고개를 돌려 그에게 수줍게 미소 지으며 가까이 오라고 신호를 보내도 고개 숙여 인사만 했을 뿐 가까이 가지 않았다. 그는 엘리자베스가 사람들과 떨어져 혼자 될 때까지 기다릴 생각이었다. 엘리자베스가 혼자 있을 때 다가가 그녀가 저지른 일을 알고 있다고, 그를 사랑해서 그랬다는 걸 안다고, 그녀를 용서한다고 말할 참이었다.

저녁식사를 마치고 모두가 말이 매여 있는 곳으로 돌아갔다. 프랜시스 놀스는 자신의 말 옆에 로버트의 암말이 매여 있는 걸 발견했다.

프랜시스가 딱딱한 음성으로 로버트에게 말했다.

"부인의 죽음에 깊은 애도의 뜻을 전합니다."

로버트 또한 여왕의 친구인 이 사내만큼이나 딱딱한 음성으로 답했다.

"감사드립니다."

프랜시스가 말을 돌리려 할 때 로버트가 갑자기 물었다.

"여왕 전하의 예배당에 함께 했던 오후를 기억하십니까? 여왕님과 당신, 레이디 캐서린과 제가 함께 그곳에 있었지요. 결혼식을 했었는데, 기억하시죠? 깰 수 없는 약속을 했었습니다."

로버트보다 연배가 높은 프랜시스는 딱하다는 듯 그를 보며 딱 잘라 말했다.

"그런 일은 기억나지 않습니다. 내가 그 자리에 없었거나 아니면 그런 일 자체가 없었겠죠. 어쨌든 기억나지 않습니다."

로버트는 화가 치밀어 얼굴이 빨개지는 것이 느껴졌다. 그는 강한 어조로 말했다.

"저는 잘 기억하고 있습니다. 틀림없이 있었던 일입니다."

"당신 혼자만 기억하고 있나 보지요."

프랜시스는 조용히 말하고 말을 돌려 서둘러 사라졌다.

로버트는 말들을 다시 확인하고 사냥개들도 훑어보았다. 말 한 마리가 살짝 다리를 절뚝거리자 로버트는 마부를 불러 궁으로 다시 데려가도록 했다. 그는 궁정 사람들이 말에 오르는 것을 지켜보았지만 사실 사람들이 거의 눈에 들어오지 않았다. 그의 머리에는 프랜시스의 말만 떠올랐다. 프랜시스는 로버트와 여왕의 결혼 서약을 부인했을 뿐 아니라 여왕 또한 그 일을 부인할 것이라고 암시하지 않았는가.

로버트는 중얼거렸다.

'마치 그녀가 나를 배반하기라도 할 거라는 듯 말하는군. 하지만 그녀는 나와 결혼하기 위해 그런 일까지 저질렀는데 그럴 리 없어. 나를 자유롭게 하려고 그런 일까지 저질렀잖아. 그건 나를 진정 사랑한다는 증거가 아니고 뭐겠어? 내가 그녀를 사랑하는 만큼 그녀는 나를 사랑해. 생명보다도 더! 우리는 하늘이 맺어준 인연이야. 우리를 다시 갈라놓을 순 없어. 그녀가 내 사랑을 얻기 위해 이렇게 끔찍하고 무서운 범죄를 저질렀는데! 나를 자유롭게 하려고!'

세실은 로버트 곁으로 말을 몰고 와 다정하게 물었다.

"궁으로 다시 돌아오니 기쁘십니까?"

로버트는 정신을 차리고 세실을 보며 조용히 말했다.

"기쁘다고는 말할 수 없지요. 사람들이 저를 따뜻이 환영해 주는 편은 아니니까요."

세실은 친절한 표정으로 다정하게 말했다.

"사람들은 곧 잊어버릴 겁니다. 잘 알잖습니까. 물론 전과 같진 않겠지만 사람들은 잊어버릴 겁니다."

"나는 이제 자유롭게 결혼할 수 있는 몸이 됐습니다. 사람들이 내 아내와 그녀의 죽음에 대해 잊어갈 때쯤 나는 다시 자유롭게 결혼할 수 있습니다."

세실이 고개를 끄덕이며 답했다.

"그렇지요. 하지만 전하와는 안 됩니다."

로버트가 그를 쳐다보며 물었다.

"뭐라고요?"

세실은 계속 애써 다정한 척하며 말했다.

"스캔들 때문입니다. 당신이 궁을 떠날 때 말했잖습니까. 그분은 절대 당신을 남편으로 맞을 수 없습니다. 당신의 아들들은 절대 왕이 되지 못할 것입니다. 당신은 아내를 죽인 사내란 악명을 얻었어요. 전하께 구혼할 자격이 없단 말입니다. 전하는 이제 절대 당신과 결혼할 수 없어요."

"무슨 말입니까? 여왕이 이제 나와 결혼할 수 없다는 말입니까?"

세실은 유감이라는 듯 말했다.

"맞습니다, 잘 이해했군요. 전하는 이제 당신과 결혼할 수 없습니다."

로버트가 소복소복 눈이 쌓이는 소리만큼이나 작은 목소리로 물었다.

"그렇다면 여왕은 왜 그런 짓을 저질렀습니까? 왜 내 아내 에이미를 죽였어요? 나를 자유롭게 하려는 게 아니라면? 누구보다 순수한 에이미를, 신앙을 지킨 잘못밖에 없는 에이미를. 나를 자유의 몸으로 만들어주려는 게 아니라면 에이미가 죽었다고 그녀에게 무슨 득이 된단 말입니까? 당신이 그녀와 함께 이 모든 계획을 세웠을 것이오. 에이미를 죽인 사람은 바로 당신이 고용한 무뢰한이겠지. 나를 자유의 몸으로 만들려는 게 아니면 왜 연약한 에이미를 죽였단 말입니까?"

세실은 로버트의 말을 못 알아듣는 척하지는 않았다.

"전하와의 결혼을 위해 당신을 자유롭게 해준 게 아닙니다. 당신은 남편 후보감으로는 탈락되었어요. 다른 자격으로는 얼마든지 여왕 전하 곁에 있을 수 있습니다. 당신은 항상 전하께서 제일 아끼는 남자일 거요. 하지만 이제 전하께서는 당신을 선택할 수 없습니다. 당신은 완전히 자격이 박탈되었으니까."

로버트가 갈라지는 음성으로 말했다.

"당신이 나를 파멸시키는군, 세실. 당신이 에이미를 죽이고 내게 누명을 씌웠어. 나를 파멸시키려고."

세실은 투정하는 아들을 다정히 타이르는 아버지처럼 말했다.

"나는 그분의 하인일 뿐입니다. 잘 알고 있잖습니까."

"여왕이 내 아내를 죽이라고 명령했습니까? 나를 이렇게 치욕스럽게 만들려고, 다시는 고개조차 들 수 없게 만들려고 엘리자베스가 에이미를 죽이라 명령했단 말이오?"

세실이 로버트에게 일깨워주었다.

"아니오. 그저 사고였을 뿐입니다. 조사 결과 그렇게 판결이 났잖습니까. 최선을 다해 진실을 밝혀달라고 당신이 편지를 보냈지만 애빙던의 정직한 배심원 열두 명이 그렇게 판결을 내렸습니다.

배심원들은 그렇게 판결을 내리고 우리에게 알렸어요. 사고사였을
뿐입니다. 그렇게 덮어두는 게 우리 모두를 위해 나을 거요."

〈끝〉

작가의
말

에이미 롭사르트의 죽음에 얽힌 미스터리는 400년이 지난 지금까지도 풀리지 않은 채 남아 있다. 그녀의 죽음의 원인에 대해서는 수많은 추측이 있다. 그녀가 호소했던 가슴 통증으로 미루어 보건대 그녀는 유방암에 걸렸으며 그 때문에 목뼈가 약해져서 목이 부러졌다는 설이 있고, 로버트 더들리가 그녀를 살해하도록 사주했다는 설, 엘리자베스가 사주했다는 설, 세실이 사주했다는 설, 자살했다는 설 등이 있다.

흥미로운 점은, 내가 이 책에서 묘사하고 있는 바와 같이 세실과 엘리자베스는 로버트를 범인으로 몰아갈 수 있는 경솔한 말들을 에이미가 죽기 전 며칠 동안 에스파냐 대사에게 전했고, 에스파냐 대사는 그 말을 본국 왕에게 보고했다는 것이다.

나는 이 사실을 근거로 세실과 엘리자베스는 에이미가 9월 8일 일요일에 죽게 될 것을 미리 알고 있었고, 로버트 더들리에게 죄를 뒤집어씌울 수 있는 증거를 만들어 일부러 에스파냐에 흘렸다고 생각했다. 엘리자베스는 사건이 일어나기 전 에이미의 죽음을 예측했고, 자세한 소식이 궁에 당도하기 전인데도 에이미가 목이 부러져 죽었다고 말했다. 이는 엘리자베스 스스로가 그 죽음에 연루되었음을 증명하는 것이다.

엘리자베스와 세실이 왜 그런 짓을 저지를 수밖에 없었는지는 아무도 모른다. 나는 두 사람 모두, 스캔들을 떠벌릴 만한 인물인 에스파냐 대사에게 무심코 말을 내뱉었을 리 없다고 생각한다. 그래서 나는 엘리자베스와 세실이 로버트 더들리를 자기 아내를 살해한 파렴치범으로 몰아갈 계략을 세웠다는 가설을 제시한다.

로버트가 범인일지 모른다는 의심은 그림자처럼 그를 따라다녔고 왕좌에 오르려는 그의 노력은 완전히 좌절되었다. 1566년 윌리엄 세실은 로버트 더들리가 여왕과 결혼할 수 없는 여섯 가지 이유를 열거한 기록을 추밀원에 남겼다. 그중 여섯 번째 이유는 이러하다. '그가 아내의 죽음으로 인해 평판이 나쁘다.'

엘리자베스와 로버트는 평생 연인 관계를 유지했을까? 자유로운 현대를 살아가는 우리는 그게 무슨 상관이냐고 말할지도 모른다. 엘리자베스는 평생 그를 사랑했고, 로버트는 훗날 라티샤 놀스(불린가의 붉은 머리카락을 물려받은 또 다른 여인)와 재혼했음에도 불구하고 엘리자베스를 사랑한 것이 분명했지만 우리는 그게 무슨 상관이냐고 할지 모른다. 로버트가 죽기 전 마지막으로 쓴 편지의 수취인은 엘리자베스였고 그녀를 향한 자신의 사랑을 고백하고 있었으며, 엘리자베스가 숨을 거둘 때 그녀 옆에는 로버트의 편지가 놓여 있었다.

엘리자베스 1세
여왕의 연인 ②

초판 1쇄 인쇄일 | 2010년 02월 20일
초판 1쇄 발행일 | 2010년 02월 25일

지은이 | 필리파 그레고리
옮긴이 | 윤은진
발행처 | 현대문화센타
발행인 | 양장목
출판등록 | 1992년 11월 19일
등록번호 | 제3-448호
주소 | 경기도 고양시 일산동구 백석동 1309
대표전화 | 031-907-9690~1   팩시밀리 | 031-813-0695
이메일 | hdpub@hanmail.net
ISBN 978-89-7428-369-8 (04840)
     978-89-7428-367-4 (전2권)

값 13,000원

브론테 자매 컬렉션

현대문화센타에서만 만나실 수 있습니다

빌레트(전 2권)

샬럿 브론테 지음/ 안진이 옮김

19세기의 사회적 제약 속에서 '여자가 한 남자의 아내로 살아가며 자유로운 삶을 추구하는 것이 가능한가?'
라는 시대를 앞선 문제의식을 던지는 〈빌레트〉는, 샬럿 브론테의 자전적 소설인 동시에
탄탄한 줄거리와 탁월한 심리묘사로 독자들을 매료시키는 최후의 걸작이다.

폭풍의 언덕

에밀리 브론테 지음/ 안진이 옮김

여성 특유의 섬세함과 돋보이는 서정성으로 셰익스피어의 리어 왕과 비교되는 폭풍의 언덕
음산하고 황량한 요크셔의 황야를 배경으로 악마적이라고 할 정도로 난폭한 인간의 애증을,
3대에 걸친 특이한 성격의 일가족이 펼치는 사랑과 증오와 복수를 강력한 필치로 묘사하고 있다.
고전(古典) 중의 3대 비극으로도 일컬어진다.

제인 에어(전 2권)

샬럿 브론테 지음/ 서유진 옮김

태어나자마자 부모를 잃게 된 제인 에어, 반항적인 기질을 타고난 그녀는 온갖 구박을 당하는 어린 시절을 보낸 뒤,
불우한 소녀들을 교육하는 로우드 기숙학교에 보내진다.
열여덟 살의 숙녀로 성장한 제인은 가정교사로 첫 걸음을 내딛게 되고,
그곳에서 저택의 주인이며 추남이지만 폭풍 같은 열정의 소유자인 로체스터를 만나게 된다.

아그네스 그레이

앤 브론테 지음/ 문희경 옮김

일인칭 화자의 목소리를 통해 위선적인 인간군상을 명쾌하면서도 익살스럽게 기록함으로써
빅토리아 시대의 여성과 계층문제를 사실적으로 다루고 있다.
특히 교육수준이 높아 자존심이 강하지만 하녀와 다를 바 없는 처우를 받아야 했던
가정교사의 고뇌가 이 작품 속에 고스란히 담겨 있다.

제인 오스틴 컬렉션

영국 BBC의 '지난 천 년간 최고의 문학가' 조사에서 셰익스피어에 이어 2위를 차지했던 제인 오스틴.
현대문화센타는 오스틴의 모든 작품을 만날 수 있습니다.

오만과 편견

사랑이 시작될 때 남자들은 '오만'에 빠지기 쉽고 여자들은 '편견'에 곧잘 빠진다는데……
아름답고 총명한 엘리자베스와 무뚝뚝해 보이지만 내면은 섬세하고 자상한 성격의 다아시
그들의 오만과 편견 그리고 사랑의 행보는 어떻게 될 것인가.

엠마

엠마는 자신이 주변 사람들을 엮어주는데 천부적인 소질이 있다고 믿는다. 천진난만한 그녀는 친구와 이웃들의 삶에 감 놔라 배 놔라 사사건건 참견하면서
정작 자신이 사랑에 빠졌다는 사실은 깨닫지 못한다. 〈엠마〉는 사랑과 결혼에 관한 한 편의 놀라운 희극으로 평가받는 작품이다.

이성과 감성

거센 폭풍우에도 흔들리지 않는 지성의 표상 엘리너, 사랑하는 사람을 통째로 삼켜버려야만 직성이 풀리는 정열의 화신 메리앤.
서로 다른 삶의 방식을 통해 진실한 사랑을 찾아가는, 이성과 감성에 관한 두 자매의 고도의 역전 드라마가 펼쳐진다.

설득

한 번 헤어졌던 연인들이 8년 후 다시 만나면서 겪게 되는 복잡다단한 감정의 곡선을, 얽히고 설킨 남녀의 미묘한 감정선의 파장을
꼼꼼하면서도 무척 클래식하게 잘 그려내고 있다. 제인 오스틴의 여섯 작품 중에서 마지막 작품이다.

노생거 사원

그녀 특유의 아이러니와 유머, 그 시대 문학가들에 대한 풍자가 곁들여진 〈노생거 사원〉은 사랑과 결혼, 재산을 추구하는 젊은이들에 대한
흥미로운 주제를 담고 있다. 원제는 〈수잔〉인데, 완성된 지 13년 동안 방치되어 있다가, 후에 〈노생거 사원〉으로 개작되어 출간되었다.

맨스필드 파크 (전 2권)

가난하지만 예리한 지성이 넘치는 여주인공 패니는 맨스필드의 부유한 친척 집에서 지내고 있다.
어느 날 매력적인 크로퍼드 남매가 등장해 곧 삼각관계를 형성하고, 한편 맨스필드 파크는 간통과 배반의 소용돌이에 휘말리게 된다.